Then Comes Seduction
by Mary Balogh

麗しのワルツは夏の香り

メアリ・バログ
山本やよい［訳］

ライムブックス

Translated from the English
THEN COMES SEDUCTION
by Mary Balogh

First published in the United States by Bantam Dell.

Japanese translation published by arrangement with
Mary Balogh ℅ Maria Carvainis Agency, Inc.
through The English Agency (Japan) Ltd.

麗しのワルツは夏の香り

主要登場人物

キャサリン（ケイト）・ハクスタブル……………………ハクスタブル家の三女
ジャスパー・フィンリー……………………モントフォード男爵
シャーロット・レイバーン……………………ジャスパーの異父妹
セス・レイバーン……………………シャーロットの父方の大叔父
プルネラ・フォレスター……………………シャーロットの父方の叔母
サー・クラレンス（クラリー）・フォレスター……………………プルネラの長男
ミス・ダニエルズ……………………シャーロットのコンパニオン
コンスタンティン（コン）・ハクスタブル……………………先々代マートン伯爵の長男（非嫡出子）
スティーヴン・ハクスタブル……………………マートン伯爵。ハクスタブル家の長男
マーガレット（メグ）・ハクスタブル……………………ハクスタブル家の長女
エリオット・ウォレス……………………モアランド公爵
ヴァネッサ（ネシー）・ウォレス……………………ハクスタブル家の次女。モアランド公爵夫人
セシリー・ウォレス……………………エリオットの妹

1

モントフォード男爵ジャスパー・フィンリーは二十五歳。じつは今日が誕生日だ。いやいや――ネッククロスの結び目を片手でゆるめ、だらしなくすわりこんだ椅子の肘掛けから反対の手を垂らして、半分に減った酒瓶を揺らしながら、心のなかで訂正した――きわめて厳密に言うなら、誕生日はきのうだった。いまは午前四時二十分。男爵家のタウンハウスの書斎に置かれた時計が四分遅れているという事実を差しひいて考えるとしても。この時計は彼の記憶にあるかぎり、つねに遅れていた。

眉根を寄せて時計に目を凝らした。よし、近々、時計の針を正確に直してやるべきだ。なぜ外の世界より四分遅れたままで、時計がその生涯をすごさねばならないのだ？　筋の通らない話だ。ただ、困ったことに、時計が急に正確な時刻を示すようになったら、こちらの頭が混乱してしまい、食事の席にも、その他さまざまな約束の場にも、四分早く――いや、遅く？――到着することになりかねない。召使いたちがあわてふためき、調理場が大混乱に陥るだろう。

時計の針はこのままのほうがいいかもしれない。

この重大な問題に満足のいく解決策が見つかったので、今度は自分のことに注意を向けた。一時間前にはベッドに入っているべきだった。もしくは、二時間前に。いや、できれば三時間前に。レディ・ハウンズローの屋敷の舞踏会からまっすぐ帰宅するべきだった。ただ、そんなことをしたら、誕生日の真夜中を自宅で一人きりで迎えることになっていただろう。そんな情けないことはない。ならば、その約一時間後、社交クラブの〈ホワイツ〉を出たあとで家に帰ればよかったのだ。そして、たしかにそのようにしたことが、記憶によみがえった。いまこうして、慣れ親しんだ自宅の慣れ親しんだ書斎にいるのだから。ただ、ベッドへ直行することができなかった。彼が〈ホワイツ〉を出たときに、なぜか紳士の一団がくっついていて、すでに歴史の彼方へ去ってしまった誕生日を祝うために、彼の家まで一緒についてきたからだ。

脳を曇らせているアルコールの靄《もや》というか、じっさいには濃霧に近いものに包まれたまま、ふと考えこんだ――ぼくのほうから誘ったのだろうか。もしそうでなければ、勝手についてくるなんて、図々しいにもほどがある。訊いてみよう。

「なあ」言葉をはっきり発音するために、ゆっくりした口調でジャスパーは尋ねた。「ここに招待された者が、きみたちのなかに誰かいるのかい?」

みんなも酔っぱらっていた。誰もがエレガントとは言いがたい姿で椅子にもたれていた。ただ一人、チャーリー・フィールドだけはべつで、暖炉に背を向けて立ち、片方の肩をマントルピースで支えて、グラスの中身を揺らしていた。まことに巧みな揺らし方で、高価な酒は一滴たりともグラスの縁《ふち》からこぼれていなかった。

「誰かいるかだと——?」チャーリーは眉をひそめてジャスパーを見おろした。ムッとした様子だった。「よく言うよ、モンティ、勝手にみんなをひきずってきたくせに」

「みんなのブーツのつまみ革をつかんで」サー・アイザック・カービーも同意した。「〈ホワイツ〉を出たあと、充分な睡眠をとるために、全員がよろめく足で家に帰るつもりでいたのに、きみが耳を貸そうとしなかったんだぞ、モンティ。夜はまだまだ長い、男が二十五歳の誕生日という試練に直面するのは一生で一度しかない、と言いはった」

「もっとも、二十五歳になるのは、さほど嘆かわしいことではない」マザラム子爵が言った。「三十になるまで待ってみろ。そのときは、いとこやまたいとこはもちろん、三親等、四親等、五親等にいたるまで、親戚じゅうの女どもが、早く義務を果たせ、結婚しろ、子供を作れ、とせっついてくるんだぞ」

ジャスパーは渋い顔をして、空いたほうの手の親指と中指でこめかみを押さえた。

「天よ、お助けを」

「天に仲裁を頼んでも無駄だね、モンティ」子爵が断言した。現在三十一歳、結婚して一年になる。妻が忠実に義務を果たして、一カ月前に息子を産んでくれた。「親戚の女どもはいつだって天を打ち負かす。まさに悪魔だ」

「もう……いいよ」サー・アイザックが言った。麻痺したように見える唇から言葉を押しだそうと、雄々しい努力をしている。「暗い話はもういい。飲みなおして、マザラム、明るくいこう」

「礼儀作法は気にするな」酒瓶とデカンターがずらりと並んだサイドボードのほうへ腕をふりながら、ジャスパーは言った。ほとんどの中身がひどく減っているように見える。妙なこともあるものだ。二、三時間前にみんなで部屋に入ったときには、どれもたっぷり入っていたのに。「酒を注いでやりたいが、立てないんだ、マザラム。脚がどうかしてしまったらしい。身体を支えてくれそうもない」

「二十五歳の誕生日を迎えた男に必要なのは」チャーリーが言った。「気分を明るくしてくれるものだ。新たな冒険。かっ……活気……。それからあの言葉、なんだったかな？　えーと、そうそう、新たな〝挑戦〟だ」

「挑戦？　大胆なことに挑むという意味かい？」ジャスパーの顔が明るくなった。「賭けとか？」期待をこめてつけくわえた。

「いいね！」チャーリーは片手をあげると、肩をもたせかけていたマントルピースの角をつかんだ。「建築家を呼んでこの床を調べさせたほうがいいぞ、モンティ。こんなにグラグラ揺れるのはおかしい。危険きわまりない」

「すわれ、チャーリー」サー・アイザックが助言した。「ずいぶん酔ってるぞ――虎になってる。大虎かもしれん。きみがそこに立って揺れてる姿を見るだけで、こっちは胃がおかしくなりそうだ」

「ぼくが酔ってる？」チャーリーは驚きの表情になった。「そうか、それで安心した。床のせいだと思ってた」ふらつきながらも慎重な足どりで、いちばん近くの椅子まで行き、崩れるようにすわりこんだ。「じゃ、モンティのために今度はどんな賭けをする？　馬車レース？」

「ぼくは二週間前にブライトンまでの往復レースをやったばかりだ、チャーリー」ジャスパーは彼に思いださせた。「賭けのタイムより五十八分も早く戻ってきた。今度はまったくべつの賭けにすべきだ。何か新しいもの」

「飲み比べは？」マザラムが意見を出した。

「先週の土曜日にウェルビーと飲んだら、あいつが酔いつぶれてしまった」ジャスパーは言った。「ウェルビーぐらい酒の強いやつは、この街には一人もいない――いや、いなかった。おや、ぼくの頭はふだんの二倍に膨れあがってしまったに違いない。頭を支える任務に首が耐えきれなくなっているようだ。二倍の大きさに見えるかい？」

「酒のせいだよ、モンティ」チャーリーが言った。「朝になったら、もっと大きくなった気がするだろう――あ、頭のことだぞ。ぼくの頭も同じだ。胃袋は言うに及ばず」

「すでに朝だ」ジャスパーは暗い声で言った。「とっくにベッドに入ってなきゃいけないのに」

「だが、一緒に入るのはおことわりだ、モンティ」サー・アイザックが言った。「醜聞になりかねない」

このくだらない冗談に、騒々しい野卑な笑い声があがった。やがて、全員が渋い顔になった。

「アガサ・ストレンジラヴだ」ハル・ブラックストーンが言った。革椅子に沈みこんで半昏睡状態だったが、ようやく覚醒し、この三十分間で初めて会話に加わった。

「彼女がどうしたんだ、ハル?」サー・アイザックがおだやかに尋ねた。

アガサ・ストレンジラヴは歌劇場に出ている踊り子だ。金色の巻毛と小さなカールがあでやかで、唇はバラのつぼみのようにふっくらしていて、スタイルのほうは、出るべきところが豊満に出て、脚は肩まですらっと伸びている——一、二カ月前に彼女が初めて舞台に登場したとき、一人のおどけ者がそう評した。そして、それを聞いた男たちは一人残らず、その言葉が何を意味するかを正確に知ることとなった。彼女はまた、舞台のあとで楽屋に押しかけて口説こうとする男たちに、めったなことではなびかない女だった。

「モンティが彼女をベッドに誘いこむんだ」ハルは言った。「一週間以内に」

呆れたと言いたげな小さな沈黙が広がった。

「それなら、彼女がこの街にきたつぎの週に、モンティがすませたじゃないか」サー・アイザックが言った。その声はあいかわらずおだやかで、まるで病人に話しかけているみたいだった。「忘れたのかい、ハル? 月曜の夜、〈ホワイツ〉で賭け金帳に書きこまれ、期限は一週間とされた。すると、モンティは火曜と水曜と木曜の夜に彼女を手に入れた。そのあとの三日間も言うまでもないがね。ついには二人とも疲労困憊となった」

「あれっ」ハルはいささか意外そうな口調で言った。「もうすんでたのか。ぼくもかなり酔ってるに違いない。一時間前に家まで送ってくれればよかったのに、モンティ」

「そもそも、ぼくがきみたちをここに招いたのかい、ハル?」ジャスパーは訊いた。「それとも、みんなが勝手に押しかけてきたのかい? どうしても思いだせない。今年のロンドンはきっと、例年以上に退屈なんだろうな。本当に興味の持てる挑戦も、独創的な挑戦も、まったく残っていないようだ。そうだろ?」

ジャスパーはあらゆることをやりつくしていた。まだ二十五歳だというのに。春の初めに、こう言っていた者がいた――モントフォード卿が放蕩三昧の日々を送る気なら、自分の領地のすみずみにまで手を広げ、さらには、近隣のもっと豊かな領地にも目を向けて、四方八方を征服していくべきだ。さすがに、まだ全制覇には至ってないはずだ。どうだね? そこまで行ったら、人生が虚しくなりそうな気もするが。

「お堅い女性はどうだい?」チャーリーが提案した。グラスに酒を注ぎ足すため、部屋を横切ってサイドボードまで行こうとして、波打つ床を歩く危険を冒そうとしている。

「どうしろと言うんだ?」ジャスパーは訊いた。空になったグラスをそばのテーブルに置いた。もう飲めない。もっとも、〈ホワイツ〉を出る前から、酒量はたぶん限界に達していただろう。「誰のことだか知らないが、きっと退屈きわまりない女だな」

「誘惑するんだ」チャーリーは言った。

「ほう、いいね」ハルは半昏睡状態に戻っていたが、いつものとりとめのない会話になりかけていたのが興味深い方向へ変化したので、ふたたび覚醒した。「どういうのがお堅い女だい?」

「すぐ思いつけるなかでいちばんお堅いタイプというと」チャーリーが安全な椅子まで帰り着き、得意そうに言った。「若く可憐な処女だな。結婚という市場に登場したばかりで、その評判に一点の曇りもない乙女。百合のように白く純潔」

「ほう、いいね」しかし、ハルは全員の視線を集めたものの、何を言えばいいのか思いつけなかった。しかし、はっきりと覚醒していた。

マザラムがクスッと笑った。「それこそ、きみにとってまったく新たな賭けになるだろう、モンティ。悪行と放蕩に満ちたきみの輝かしき経歴に新たな星が加わるわけだ」友達のために乾杯するかのように、グラスを掲げた。

「いや、モンティは乗ってこないと思うよ」サー・アイザックが椅子にすわりなおし、グラスを置いて、きっぱりと言った。「いくらモンティでも、応じる気になれない賭けがある。これもそのひとつだ。無垢な乙女を誘惑するはずはない。ぼくがどれだけ理由を並べ立てようとも――もっとも、並べる気はないけどね。妙なことに、舌と唇と歯がうまく嚙みあわないんだ。それに、モンティが挑戦を受けて立つ気になったとしても、たぶん、無理だろうし」

そう言ったのが間違いだった。

無垢な乙女を誘惑するなど、まともな紳士なら夢にもやろうとは思わないだろう。いや、社交界でもっとも悪名高き放蕩者の一人ですら。男たちが応じる賭けには限界がある。もっとも、じっさいには、それが歯止めになるわけではないし、賭けをする者がしらふか泥酔状態かによって、当然ながらその限界が変わってくる。ジャスパーはしらふからほど遠い状態だった。正体をなくす一歩手前まできていた。おまけに、挑戦したところで無理だろうと、たったいま誰かに言われた。

「名前を挙げてみろ」ジャスパーは言った。

「ほう、いいね！」

「ヒャッホー、モンティ」

「さすがだ」

友人たちはすでに大乗り気だった。社交界にデビューするため、社交シーズンを迎えたこの街に滞在中の若い令嬢たちの名前を、片っ端から挙げていった。かなりの人数になった。しかし、その令嬢のすべてが、さまざまな理由のもとに一人ずつリストから消されていった。ミス・ボータはアイザックのまたいとこの子供だし、レディ・アナ・マリー・ローチはハル・ブラックストーンの弟の友達の義兄か何かともうじき婚約の予定。ミス・ヘンディはニキビがあるので、美人の範疇《はんちゅう》に入らない……などなど。ただし、ジャスパーが自ら消した令嬢は一人もいなかったが。

やがて、キャサリン・ハクスタブルの名前が出た。

「コン・ハクスタブルのいとこの？」サー・アイザックが言った。「やめたほうがいい。コンがいまも街にいて、今夜ここでぼくたちと一緒だったら、あいつが即座にリストから消してしまうだろう。気に食わないに決まっている」

「そんなの、コンが気にするものか」マザラムが言った。「コンといとこたちのあいだには、愛情のかけらもないんだから。理由は明々白々。コンが運よく嫡出子として生まれていれば、いまごろは、爵位を継いだ坊やのかわりにコンがマートン伯爵になっていたはずだ。ミス・キャサリン・ハクスタブルはその坊やの姉にあたる」友人たちがまだ知らずにいるといけないと思い、そうつけくわえた。

「どっちにしても、年を食いすぎてる」ハルがきっぱりと言った。「二十歳をすぎてるはずだ」

「だが、あれだけ清純無垢な令嬢はいないぞ、ハル」マザラムが指摘した。「弟はマートン家の伯爵位を継いだばかりで、それもまさに青天の霹靂《へきれき》だった。噂によれば、一家は誰も聞いたことのないような辺鄙《へんぴ》な村の小さなコテージで暮らしていて、教会のネズミみたいに貧乏だったそうだ。そして、ミス・キャサリンは突然、伯爵の姉という身分になり、社交シーズンのロンドンで貴族社会にデビューしようとしている。きっと、生まれたての子羊みたいに無垢だろうな。いや、もっと無垢だ」

「ならば、田舎ふうの道徳に縛られているに違いない」芝居がかった態度で身を震わせて、チャーリーが言った。「清教徒的な価値観と、難攻不落の貞操観念と、その他もろもろ。ハンサムで、伝説的な魅力と誘惑の技を備えたモンティといえども、彼女の前では手も足も出ないだろう。そんな令嬢をモンティのために選びだすなんて、そりゃあんまりだ」

そういう言い方をしたのも、やはり間違いだった。

成功の見込みのない賭けに挑戦するぐらい、刺激的なことはない。もちろん、成功の見込みのないものはふつうは賭けの対象になりえないが、ジャスパーにとっては、彼自身に対して、そして、彼が失敗するほうに賭ける連中に対して自分の腕前を証明することこそが、生きる証だった。

「金髪の子だろう？」ジャスパーは言った。「背が高くて、すらっとしていて、笑顔が愛らしく、深みのある青い目をした子」唇をすぼめながら、彼女の姿を思い浮かべた。たしかに美人だ。

友人たちから賞賛のどよめきがあがった。

「おやまあ、モンティ」サー・アイザックが言った。「早くも目をつけてたのかい？　足枷をはめられることをひそかに望んでいるとか？　相手は無垢な乙女だし、マートンの姉でもあるからな」

「たしか」片方の眉をあげて、ジャスパーは言った。「賭けの対象となるのは、女を誘惑することであって、結婚ではないはずだが」

「では、誘惑の対象となるレディとして、ミス・キャサリン・ハクスタブルを指名することに、ぼくは一票を投じる」ハルが言った。「もちろん、できるはずがない。ああいう女性を誘惑するには結婚で釣るしかない。しかも、結婚という餌をちらつかせるのがきみとなると、向こうは乗ってこないだろう、モンティ。気を悪くしないでくれ。だが、きみは悪名高き男だから、無垢な相手は怯えて逃げだすはずだ。今回だけは賭け金が増えて戻ってくるだろうと、ぼくは確信している。価値ある投資だ」

「誘惑というのは」サー・アイザックが言った。「完全なる性行為を意味する。そうだな?」

全員が彼を見た。当然じゃないかと言いたげに。

「唇を奪うとか、尻をさわるといった程度では、モンティにふさわしい挑戦とは言えない」ハルが言った。「たとえ、女が喜んでキスを許し、尻をさわらせたとしても。もちろん、完全なる性行為さ。だが、無理じいはだめだぞ。言うまでもないことだが」

「だったら、なぜそんなことを言う、ハル?」ジャスパーは両方の眉をあげた。みんな、ひどく酔ってるな。明日になったら――もしくは、明日以降、しらふになるたびに――この賭けを後悔することだろう。だが、たとえしらふになっても、賭けから手をひく者はいないだろう。この賭けはもうじき、クラブのひとつで賭け金帳に正式に記入され、金を失う覚悟のある紳士なら誰でも参加していいことになる。いったん賭けが成立し、それに参加したなら、手をひくような者は一人もいない。

ジャスパーはとくに。

こいつらの名誉の観念というのは、どうもゆがんでいるようだ――この瞬間、彼にしては珍しく、道徳的なことを考えた。

だが、良心も名誉も知ったことか。こんなに酔っていたら、脳ミソがさらに混乱するだけだから、あれこれよけいなことを考えている余裕はない。

「では、われわれは」マザラムが話をまとめた。「〝モンティがミス・キャサリン・ハクスタブルを誘惑し、完全なる性行為に至るのは無理である〟というほうに賭ける。その期限は……どうする？　一カ月？　二週間？」

「二週間だ」チャーリー・フィールドがきっぱりと言った。「結果はモンティの口から聞き、その言葉を信頼することにしよう」

彼らの議論は、賭けをするさいの金銭的なこまかい事柄に移った。

「受けて立つか、モンティ」すべての取決めがなされたところで、マザラムが尋ねた。

「受けて立つ」無頓着に片手をふって、ジャスパーは言った。「ミス・キャサリン・ハクスタブルは二週間以内にベッドへの誘いに応じ、ぼくを喜ばせてくれることだろう。そして、ひとことつけくわえるなら、彼女自身も喜ぶことだろう」

卑猥な笑いがはじけた。

ジャスパーは大きなあくびをした。たしかに、彼にとっては目新しいことだ。このようなことはこれまで一度も経験がない。しかし、本当に興味を惹かれる挑戦はもう何も残っていない。すでに賭けの対象とされ、彼が勝利を収めたものばかりだ。とりあえず、今度の賭けは興味深いだろう。それに、挑戦のしがいがある。

アガサ・ストレンジラヴを誘惑したときは、そのどちらでもなかった。じつを言うと、ジャスパーのほうが誘惑されたのだ。もっとも、女の誘いに応じながらも、彼の心は覚めていたのだが。ミス・キャサリン・ハクスタブルは稀に見る美女だ。この春、何度も彼女を見かけ、ときには、ぼうっと見とれたこともあった。さきほど誰かが言ったように、若きマートン伯爵の姉にあたる。その上の姉は、マートンの正式な後見人であるリンゲイト子爵と最近結婚したばかりだ。おそらく、子爵はミス・ハクスタブルの後見人にもなっているだろう。おもしろいことになりそうだ。

侮りがたい人物だ。リンゲイトというのは。

コン・ハクスタブルも同様だ。コンがいとこたちを恨んでいるとマザラムは断言したが、ジャスパーにはそうは思えなかった——少なくとも、キャサリンというとこに関しては。ある日、彼女ともう一人の令嬢を連れて馬車で街を走っているコンに、ばったり会ったことがあった。たぶん、市内観光に連れだしたのだろう。ところが、珍しいことに、コンは馬車を止めて彼女たちを紹介しようとはしなかった。清純無垢なこの二人を守ろうとしたのだろう。子羊の群れをオオカミから守ろうとする風変わりな牧羊犬といったところか。

賭けにも、必然的な結果にも、コンは眉をひそめることだろう——どういう結果になるかは、もう決まったようなものだから。

そしてこの事実も、挑戦をさらに刺激的なものにするだけだ。なにしろ、コンは親しい友人なのだから。

ふと見ると、みんなが帰り支度をしていた。ここが自分の家でよかったと、ジャスパーはつくづく思った。もっとも、苦労して立ちあがり、階段をのぼってベッドにたどり着くことを考えただけで、げんなりだった。だが、努力だけはすべきだ。でないと、三十分もしないうちに、たくましい下男を一人か二人連れて従僕コッキングがここにあらわれ、ジャスパーをベッドまで運んでいくだろう。前に一度そうされたことがある。ひどい屈辱だった。たぶん、それがコッキングの狙いだったのだろう。以後、二度とそういうことは起きていない。

ジャスパーは友人たちが無事に屋敷から去るのを見届け、三十分もしないうちに千鳥足で階段をのぼって自分の部屋へ行った。すると、こんな時刻なのに、従僕が待ちかまえていた。遅い時刻と言うべきか、はたまた、早い時刻と言うべきか。

「やあ、コッキング」彼のことを赤ん坊扱いして服を脱がせようとする従僕に、ジャスパーはすなおに従った。「今日は忘れてしまうのがいちばんと言いたくなるような誕生日だった」

「誕生日というのは、たいていそういうものです、閣下」従僕が楽しげに言った。

だが、忘れられそうもない。そうだろう？　賭けをしたのだから、新たな賭けを。

賭けに負けたことは一度もない。

だが、今回は？

従僕を下がらせ、窓をあけるために寝室を横切ってからしばらくすると、なんの賭けをしたのか思いだせなくなっていた。覚えていたときですら、かならず後悔しそうな気がしていたのだが。

ジャスパーはふだんから、社交界に新しく顔を出す若き花嫁候補たちをしげしげと観察するほうではなかった。なかにはハッと目を引く美人もいるが、結婚という罠にとらえられる危険が大きすぎる。無垢な乙女は自分のような男とは結婚したがらないと、さっき誰かに言われたけれど……。だが、ジャスパーには財産と爵位がある。このふたつがあれば、数多くの欠点も簡単に拭い去ることができる。

しかし、そんな彼も、キャサリン・ハクスタブルにだけは何度か視線を奪われている。彼女の美貌はありきたりなものではない。田舎っぽい無邪気さというか、純真さというか、そういう独特の雰囲気がある。だが、育ちの良さも感じられる。そして、あの目。近くで見たことは一度もないのに、その目に彼は惹かれている。目の奥に何があるのかと、無意識のうちに考えてしまう。

このようなことで思い悩むとは、なんとも彼に似合わぬことだった。人の上っ面しか見ない男だ。自分自身についても同じだ。心の奥をのぞきこむという習慣がない。

キャサリン・ハクスタブルに惹かれる理由のひとつは、たぶん、彼女がコン・ハクスタブルのいとこで、コンがジャスパーに紹介するのを故意に避けたという事実にあるのだろう。

ジャスパーはいま、彼女を誘惑しようと心に誓った。

完全なる性行為。

二週間以内。

思いだしたぞ！ うん、それだ。それが賭けの条件だ。それに応じることにしたのだ。

酔いがさめてきた——文字どおり。ベッドにもぐりこみながら、泥酔状態だったのが、吐き気と激しい頭痛を伴う二日酔い状態へ変わっていくのを感じた。

そのうち、酒をやめなくては。

賭けをするのも。

放蕩にふけるのも。数える気になれないほど何年ものあいだ、放蕩三昧の日々を送ってきたけれど。

そのうちに。だが、いまはだめだ——たった二十五歳なのだから。

それに、まっとうな生き方を始める前に、賭けに勝たなくてはならない。一度も負けたことがないのだから。

キャサリン・ハクスタブルは最高の運に恵まれた一人で、リンゲイト子爵夫人となった姉のヴァネッサと一緒にロンドンのハイドパークで朝の散歩を楽しみながら、しみじみそう感じていた。

2

わずか二、三カ月前までは、いちばん上の姉のマーガレット、弟のスティーヴンとともに、シュロプシャーにあるスロックブリッジという小さな村の粗末なコテージで暮らしていた。ヴァネッサは、当時は未亡人でヴァネッサ・デューという名前だったが、近くのランドル・パークに住み、舅姑のもとで暮らしていた。キャサリンは週に二日か三日、先生として村の学校で幼児クラスを受け持ったり、ほかのクラスを教える校長の手助けをしたりしていた。一家はさほど豊かとは言えない暮らしを送っていた。食料と必要最低限の衣服しか買えない暮らしだった——あとは、スティーヴンの大学進学の費用にするため、マーガレットがお金を貯めているだけだった。

やがて、不意にすべてが変わった。バレンタイン・デーにリンゲイト子爵という見知らぬ人物が村を訪れ、青天の霹靂とも言うべき知らせをもたらした。スティーヴンがマートン伯爵という爵位を継いで、ハンプシャーにあるウォレン館の主となり、その他いくつかの広大で豊かな領地を相続するという。そして、莫大な財産も。

一家の運命は大きく変わった。まず、伯爵家の本邸である豪壮な屋敷と庭園からなるウォレン館で暮らすことになり、ヴァネッサも同行した。やがて、ヴァネッサがリンゲイト子爵と結婚した。それから、全員がロンドンに出て、王妃陛下に拝謁し、貴族社会に紹介され、春の社交シーズンにあちこちでひらかれるパーティや舞踏会に顔を出すようになった。

そういうわけで、キャサリンとヴァネッサはいまこうして、人生にこれ以上楽しいことはないと言いたげに公園を散歩しているのだった。ひどく退廃的な暮らしを送っているような気がする――でも、申し分なく楽しい暮らしでもある。

突然、新しいすてきなものをなんでも手にできる身分となった――お金、安全、流行の衣装、膨大な数の新たな知りあい、そして、時間が足りなくてこなしきれないほど多くの社交行事。キャサリンには突然、きらびやかな未来がひらけた。早くも、結婚相手にふさわしい多数の紳士がキャサリンに関心を寄せている。

キャサリンは二十歳、いまだに決まった男性はいない。スロックブリッジに住んでいたころからチャンスはいくらでもあったが、どうしても恋をする気になれなかった。困ったことに、ここロンドンでもあいかわらずだ。自分の崇拝者の多くに好意を抱いてはいるのだが。

いまもヴァネッサの質問に答えて、顔見知りの紳士のなかに特別な相手は一人もいないことを認めたばかりだった。

「自分の人生に誰か特別な人がほしいとは思わないの？」ヴァネッサが訊いた。その声にはかすかな苛立ちがにじんでいるようだった。

「そりゃ思うわよ」キャサリンは軽いためいきをついた。「でも、そこが問題なのよね、ネシー。特別な人でなきゃいけないの。結局、そんな人はいなくて、わたしは幻を、不可能なことを追ってるだけかもしれない」

しかし、ロマンティックな恋そのものは不可能ではないことを、キャサリンは知っている。姉のことを考えてみればいい。ヴァネッサは最初の夫ヘドリー・デューを深く愛していた。リンゲイト卿のことも、きっと、それに劣らず深く愛しているはずだ。

「いえ、ひょっとすると、そういう人がたしかにいるのに、わたしが気づいてないだけかもしれない。わたしがいけないのかも。わたしって、燃える情熱とか、うっとりするロマンスには縁がないんじゃないかしら」

ヴァネッサは〝大丈夫よ〟と言うように、妹の腕を軽く叩いて笑った。

「もちろん、そういう人はいるのよ。そして、もちろん、出会った瞬間、ピンときて、夢に見ていた恋心に包まれることになるのよ。いえ、たぶん、出会ってしばらくたってからでしょうね。わたしとエリオットのように。わたし、彼をどんなに愛しているかを知る前に——ううん、それどころか、愛してることに気づきもしないうちに、結婚してしまったでしょ。じつを言うと、いまでも、自分の愛をほんの少ししか認めてないのよ。あの人が知ったら、ひどく動揺するかもしれない。気の毒な人」

「やだ、もう」キャサリンは言った。「ちっとも励みにならないわ、ネシー。でも、リンゲイト卿のことだから、動揺なんかしないわよ」

二人は横目で見つめあい、両方がクスッと笑った。

でも、やっぱり、わたしがいけないのよね――それから何日も、何週間も、キャサリンは思っていた。理想の男性はこんな外見がいいとか、こんな行動をとる人がいいとか、先入観で凝り固まっているのかもしれない。恋人を探す場所が間違っているのかもしれない。わたしがのぞいてみるのは安全な場所だけだもの。

愛が安全とは無縁なものだとしたら?

この驚くほど唐突な、そして、いささか警戒すべき疑問が心に浮かんだのは、ある夜、キャサリンがヴォクソール・ガーデンズへ出かけたときだった。

マーガレットとスティーヴンはしばらく前にウォレン館のほうへ戻っていた。マーガレットがそちらへ戻ることにしたのは、ずっと以前から愛していた男性、クリスピン・デューがイベリア半島に駐屯中にスペイン女性と結婚したことを、つい最近になって知り、ひどくショックを受けたからだ。もっとも、たとえ問い詰められたところで、マーガレット自身はぜったい認めないだろうが。スティーヴンがウォレン館に戻ることにしたのは、十七歳という年齢ゆえに貴族社会の社交生活に全面的に参加することがまだ許されず、勉学に戻って秋のオクスフォード入学の準備をすることにしたためだった。ヴァネッサとリンゲイト卿も、ウォレン館の近くにある二人の屋敷、フィンチリー・パークに何日か滞在するため、マーガレットたちと一緒に旅立った。キャサリンもできればついていきたかったが、ロンドンで楽しい社交シーズンをすごすようにと説得された。そこで、キャヴェンディッシュ広場にあるモアランド邸に移り、リンゲイト子爵の母親と、このシーズンにデビューする末娘のセシリーと暮らしている。母親がわりとしてキャサリンに目を光らせておくことを、先代のリンゲイト子爵未亡人が約束したのだ。

でも、約束したわりには、あまりきびしい監視じゃないわね——ビートン卿と妹のミス・フラクスリーがヴォクソール・ガーデンズでひらいたパーティに、セシリーと二人で顔を出した夜、キャサリンはそう思った。若い子たちのパーティのお目付け役をビートン卿の母親がひきうけてくれたため、先代のリンゲイト子爵未亡人は、自宅でのんびりくつろげる夜という、めったにない機会を楽しむことにしたのだった。

パーティに参加したのは、ビートンの母親をべつにすると若い人々が八人。そこになんと、モントフォード卿が含まれていた。

ロンドンでもっとも悪評高き危険な放蕩者の一人として、とくに注意するようにとキャサリンが言われていたのが、まさにこのモントフォード男爵だった。警告をよこしたのは男爵の友人の一人。だから、男爵のことをよく知っているに違いない。じつを言うと、その友人というのはコンスタンティン・ハクスタブル。ギリシャ人の血が半分まじった、危険な匂いのするハンサムな男性で、キャサリンのまたいとこにあたり、つい最近、姉弟と一緒にウォレン館に越したときに、初めて顔を合わせた相手だった。コンスタンティンは親切にも、このロンドンでキャサリンと彼のいとこのセシリーを可愛がり、市内観光に連れだしたり、彼の目から見て二人がつきあうにふさわしいと思われる人々に紹介したりしてくれている。彼ほどきびしいお目付け役はどこにもいないだろう。ただし、コンにはあまり好ましくない知りあいがたくさんいて、親しいつきあいもあるのではないか、とキャサリンは思っている。たとえば、モントフォード卿もそうだ。この紳士はある日、公園でキャサリンたちに近づいてきて、コンスタンティンに向かって、世界でもっとも親しい友人であるかのように挨拶した。ところが、コンスタンティンはそっけなくうなずいただけで、馬車を止めて二人を紹介することもなく、そのまま走り去った。キャサリンにはずいぶん失礼なことに思われた。

　モントフォード男爵は容姿端麗なる男だった（男性の外見を説明するのに、こんな言葉を使ってもかまわないとすれば）。偶然の出会いのあとで、あの男には気をつけるようにとコンスタンティンに言われたが、たとえ言われなくても、キャサリン自身、この男は放蕩者だ、避けるにかぎると、ひと目で見抜いていたことだろう。整った顔立ち、さりげなく高価なエレガンスを感じさせる服装、たしかな乗馬の腕前のほかに（これらはすべて、キャサリンがこの数週間に出会った無数の紳士たちの特徴でもあるのだが）、モントフォード男爵には何か別のものがあった。何か——粗野なものが。その何かをどう形容すればいいかと考えても、ぴったりの表現が浮かんでこない。キャサリンがもし〝官能的〟という言葉に慣れ親しんでいたなら、それこそが自分の探していた言葉だと気づいたことだろう。彼の全身からそんな雰囲気がにじみでている。

そして、危険な雰囲気もにじみでていた。

「この社交シーズンのあいだに、きみたちのどちらかがやつのほうへちらっとでも目をやり、ぼくがそれに気づいたなら」あのとき、モントフォード卿が馬で走り去ったあと、彼が何者なのか、なぜ紹介しなかったのかをキャサリンたちに説明してから、コンスタンティンは言った。「ぼくはその悪い子を屋敷に連れ帰り、部屋に閉じこめ、鍵を呑みこみ、夏がくるまで部屋の外で見張りに立つだろう」

そう言いながら、コンが一人一人にニッと笑ってみせたので、二人とも楽しげに笑いだし、大声で文句を言ったが、彼の友人であるその男と少しでも関わりを持とうものなら、コンのきびしいお仕置きが待っていることには、セシリーもキャサリンも疑いを持たなかった。

無論、そのすべてがキャサリンの好奇心を煽り立てた――いけないことだと思いつつも。モントフォード卿の姿が目に入るたびに、好奇の視線をこっそり向けていた。貴族階級の行動範囲はほぼ同じなので、顔を合わせる機会はひんぱんにあった。

モントフォード卿は公園で初めて出会ったときにキャサリンが受けた印象より、今夜のほうがさらにハンサムだった。背が高いが、のっぽという感じではなく、ほっそりしているが、痩せこけた印象ではなく、つくべきところに強靭な筋肉がついていた。褐色の豊かな髪をしていて、それを当世の流行よりやや長めに伸ばしている。乱れた髪がひと房あって、それが絶えず額の右側に垂れ下がっている。目は濃い色をしていて眠たげだ。もっとも、その表現は的確ではないだろうが。眠そうに見えるのは、しばしばまぶたを軽く伏せるせいだが、キャサリンは物憂げなまぶたの下の目がとても鋭く光っていることに気づいていた。一度か二度、目が合ってしまい、彼を見ていたのではないふりをして、あわてて視線をそらすしかなかったこともあった。

そのたびに、心臓が胸のなかで厄介な動悸を打った。こういう相手には、こっそり見ていたことを知られたくないものだ。〝容姿端麗〟という言葉が頭に浮かんだのは、こうした瞬間だった。

ハンサムで、傲慢そうな顔をしていて、右の眉が左より高くあがることがしばしばあった。輪郭のくっきりした唇は、たいてい軽くすぼめられていて、まるで心のなかで何か不道徳なことを考えているみたいに見える。

身分は男爵、きわめて裕福なことで知られている。しかし、社交界に君臨する堅苦しい連中は、彼とのつきあいを避けようとしている。奔放な遊び人であり、正気の沙汰とは思えぬ危険な挑戦を受けて立ち、誰もがそれに喜んで金を賭け、荒れた無謀な暮らしを送って淫《みだ》らな放蕩にふけっているという評判は、コンスタンティンの誇張ではなかったのだ。娘の結婚相手を物色中の母親たちも（野心むきだしのタイプまで含めて）、彼のことを、永遠の疫病を背負った者のごとく避けている。いやいや、避ける理由はむしろ、母親自身の怯えにあるのかもしれない。娘が言い寄られたり、ダンスを申しこまれたりする場面を想像しただけで、あの男は人を小バカにしたような鋭い視線をよこし、右の眉を吊りあげ、唇をすぼめ、こちらに身の縮む思いをさせるに違いない——たぶん、そんなふうに思っているのだろう。

彼はけっしてダンスをしない男なのだが。

多くの貴婦人がモントフォード卿にぜったい近づこうとしないのには、べつの理由もあった。女性のほうからあまりに大胆な視線を向けると、向こうは目で貴婦人のドレスを脱がせる癖があるというのだ。キャサリンはそれが真実であることを知った。そんな光景に遭遇したことがある。幸いなことに、狙われたのは彼女ではなかったが。

じつのところ、キャサリンは彼に魅了されていた。彼になびこうという気はまったくないけれど。しかし、心が無防備になった瞬間、しばしば空想したことがある。それはいったいどんな感じなの……？

キャサリンはいつも、〝それ〟が何を意味するのかを自分自身に問いかける前に、空想を打ち切っていた。

ところが、今夜は、彼と同じパーティに出ることになった。彼のすぐそばでこの宵をすごす運命となった。先代のリンゲイト子爵未亡人が知ったら震えあがることだろう——なぜなら、セシリーもこのパーティに参加しているからだ。セシリーはまだ十八歳、学校を出たばかり。コンスタンティンは激怒するに違いない。でも、彼は目下ロンドンを離れている。グロースターシャーに屋敷を買ったばかりで、それを見に出かけている。そしてレディ・ビートンも、そのこわばった姿勢と渋い表情から判断するに、あまり喜んでいない様子だった。

キャサリンはレディ・ビートンに少しばかり同情した。夫人にはなんの落ち度もないのだから。既成事実を突きつけられてしまったら、きわめてそっけない態度をとる以外に、いったい何ができるというの？　じつは、パーティのメンバーのなかにレイチェル・フィンリーという令嬢がいた。この令嬢はかなり年上なのだが、セシリーとキャサリンの親しい友人で、ミス・フラクスリーとも大の仲良しだった。それでミス・フィンリーはパーティに誘われた。婚約者のグッディング氏と一緒に。ところが、運の悪いことに、グッディング氏はこの日の朝、二輪馬車から飛びおりたときに足首をくじいて、歩けなくなってしまった。ミス・フィンリーは夜の約束をことわるのが惜しくて、どうにかできないかと必死に考えた。弟のモントフォード卿にエスコートを頼みこんだ。そして、弟は親切に承知した。

というわけで、彼がやってきた。あとのみんなは、ロンドンでもっとも悪名高き放蕩者の一人とヴォクソールのボックス席にすわるのが、ごくふつうのことであるかのようにふるまうしかなくなった。

キャサリンは、彼がなぜ姉のエスコート役をひきうけたのかと首をひねった。身内をそこまで大事にするタイプには見えないし、今夜のメンバーは、彼がつきあっている仲間とはずいぶん違う。紳士たちのなかに、彼ととくに親しい者は一人もいない。もっとも、全員が畏敬の念をこめて、さらには、英雄崇拝といってもいいような視線で、彼をちらちら見ている。あからさまな敵意よりは、このほうが多少ましだろう。いえ、本当にそうかしら。放蕩者を英雄のように崇拝する紳士がどこにいるの？　でも、とにかく彼はここにきて、眠たげな目と、かすかにおもしろがっているような顔を見せている。愉快な冗談を思いついたが、みんなに話す気はないとでもいうように。

それにしても、これもひどい冗談！　困ったものだわ！　彼があらわれたとたん、セシリーは扇でしきりと顔をあおぎはじめ、ひどく怯えた表情になっていた。

「ねえ、どうすればいい？」彼がミス・フィンリーと一緒にあらわれたとき、セシリーはキャサリンにささやいた。「コンに言われたでしょ――」

もちろん、二人にできることは何もなかった。

「気分を楽にして、今夜のパーティを楽しみましょうよ」キャサリンも同じくひそひそ声でセシリーに答えた。「レディ・ビートンの目の届く安全な場所で」

あれこれ考えたところで、モントフォード卿が二人のどちらかを木立のなかへ連れこみ、不埒な行為に及ぶ心配なんてないんだし。そう思っただけで、キャサリンは愉快になり、セシリーに助言したように、今宵のひとときを、そして、この紳士を身近で観察するという予想もしなかった機会を楽しむことにした。

モントフォード卿はレディ・ビートンのとなりにすわって愛敬をふりまき、さらには魅力たっぷりにふるまって、レディ・ビートンをうっとりさせていた。やがて、レディ・ビートンはすっかりくつろいで、笑ったり、うれしそうに頬を染めたり、扇で彼の腕を軽く叩いたりするようになった。ほかのみんなも徐々にくつろぎはじめて、仲間内でしゃべったり、興味深そうにあたりを見たりしていた。爽やかな夏の宵には、ヨーロッパでもっとも人気の高い行楽地のひとつとされている、ここテムズ川南岸のヴォクソール・ガーデンズ以上に魅惑的な場所はどこにもないだろう。

モントフォード卿は洗練された軽やかな声をしていた。笑い声は柔らかく、音楽のようだった。キャサリンがボックス席の端から、向かいにすわった彼をこっそり見ていると、そのうちに気づかれてしまった。苺を食べようとしたとき、不意に彼に見つめられた。揺るぎもしないまっすぐな視線で、わざわざキャサリンを選びだしたかのようだった。一瞬彼の視線が下がって、苺がキャサリンの口のなかに消える様子と、果汁が顎へ垂れないよう神経質に唇に舌を這わせる様子に向けられた。

彼にじっと見られたまま、キャサリンはナプキンを持ちあげて唇を拭き、そのあとで、拭きすぎたため、そして、彼の無遠慮な視線を浴びて落ち着かなくなったために、舌で唇を湿らせた。

いやだわ、どうしよう、見たりしなければよかった——ついに目を伏せて、キャサリンは思った。二度と見ないようにしなきゃ。彼にのぼせあがってるとか、誘いをかけようとしてるとか、そういうはしたない女に思われてしまう。マーガレットが一緒だったらよかったのに。

「あなたもそうお思いになりませんか、ミス・ハクスタブル」キャサリンがつぎの苺を口に運ぼうとしたそのとき、モントフォード卿が尋ねた。

苺は彼女の手のなかで静止した。

彼が名前を覚えていたことに、キャサリンはびっくりした。もっとも、彼の姉に紹介されてからまだ一時間もたっていないのだが。

本当なら、ここで分別ある正直な返事をすべきだった——彼とレディ・ビートンの会話を聞いていなかったと答えれば、それですんだはずだった。ところが、うろたえてしまった。

「ええ、たしかにそうね」と答えると、彼の目に淫らな微笑が広がるのが見えた。レディ・ビートンが啞然とした表情でキャサリンを見た。とんでもない返事をしてしまったらしい。

「い、いいえ、あの……」

そして、不意にある思いが浮かんだ——モントフォード卿のような人に夢中になるのは、たぶん、とても簡単なことなのね。禁じられた相手。安全とは言えない人。危険。

危険きわまりない人。

わたしが恋に夢中になるような愚かなまねをするとしたら、相手はモントフォード卿のようなタイプの人ではなくて、たぶん、モントフォード卿その人だわ。

そう思ったとたん、胸のあたりが妙にこわばり、それ以上に妙な痛みと鼓動が下のほうへ広がって、内腿のあいだで止まった。

愛とは安全なものではないのかも、という思いが浮かんだのはそのときだった。愛が見つからないのは、安全な場所で探そうとしているせいかもしれない。永遠に見つからないかもしれない。もし……。

もし、なんなの？

闇のなかに飛びこまなくてはだめ？　とても危険な闇のなかに。

モントフォード卿は必要以上に長いあいだキャサリンの目を見つめてから、レディ・ビートンに注意を戻した。そのあとは、もっと安全に、変わったこともなく、なごやかに夜がすぎていった。食事がすむと、何列も並ぶボックス席の前のスペースでビートン卿がキャサリンとダンスをし、それから、もうひと組の男女と一緒に広い並木道へ散歩に出かけ、浮かれ騒ぐ人々をよけながら、木々の枝で魔法のように揺れている色とりどりのランタンの下をそぞろ歩いた。

ビートン卿はキャサリンの熱烈な崇拝者の一人だった。キャサリンのほうで気のあるそぶりを見せようものなら、たぶん、真剣に求婚してくることだろう。いくらキャサリンの父親が伯爵の孫息子にあたる人だったといっても、今年の初めごろのキャサリンが村の学校で子供たちを教える身分の低い人間だったことを考えるなら、まさに玉の輿と言っていいだろう。だが、キャサリンが気のあるそぶりを見せたことは一度もない。ビートン卿に好意は持っている。金髪で、ハンサムで、性格がよくて、そして……まあ、かなり退屈な男だ。危険な匂いはこれっぽっちもない。

こんなふうに考えるなんて、わたしもどうかしてるわね。ビートン卿はちっとも悪くないのに。堅実な性格は最大の長所と言えるはず。なぜまた急に、危険な男のほうに惹かれそうだなんて考えが浮かんできたの？　と言うより、ある一人の危険な紳士に好意以上のものを抱いてしまいそうな気がするのはなぜ？　この分別のない奇妙な思いに翻弄されることのないよう、願ったほうがよさそうね。

ところが、翻弄される結果となった。

ダンスと食事とおしゃべりをさらに続けたあとで、花火が上がるまでの時間をつぶすために、全員が散歩に行こうと言いだした。愛想よく言葉をかわしながら、ふたたび広い並木道を歩きはじめた。とくに決まったカップルを作ることもなく。

だが、それは、まっすぐ歩くこともできないほど酔った男がキャサリンにぶつかりそうになるまでの話だった。機敏に男をよけた瞬間、モントフォード卿がそばにきて腕を差しだした。

「このように危険な航海をするときは、信頼できる航海士が必要ですよ」

「あら、あなたがその航海士？」キャサリンは彼に訊いた。彼ならむしろ、危険な航海のほうではないかと言いたくなった。彼の腕に手をかけようかどうしようか、キャサリンは迷った。なぜだか息苦しくなった。

「もちろんです」モントフォード卿が答えた。「港まで安全にお連れしましょう、ミス・ハクスタブル。これは真剣な約束です」

彼が笑顔を見せると、その目が楽しげにきらめいた。安全で信頼できる男のように見えた。完璧な紳士としてふるまい、浮かれ騒ぐ連中から守ろうと言ってくれている。そして、キャサリンは彼の腕に手をかけたがっている自分に気がついた。

「でしたら」彼に笑みを返して、キャサリンは言った。「お受けいたしますわ。ありがとうございます、男爵さま」

彼の腕に手を通すと――愚かなことに――こんなに大胆で、無謀で、刺激的なことをしたのは生まれて初めてのように感じた。岩のように硬い腕だった。そして、温かだった。もちろん、温かいに決まってるでしょ。わたしったら何を考えてるの？　この人が歩く死体だとでも？　髭剃り用の石鹼かコロンの香りがした。キャサリンにはなじみのない、麝香《じゃこう》のようなほのかな香り。とても……男性的。

彼自身もそうだった。男らしさの権化だった。キャサリンは彼の男らしさに包まれ、そのなかに閉じこめられるのを感じた。

呼吸するための空気を奪われてしまった。

そして、よからぬ評判の立っているハンサムで魅力的な紳士がこちらに注意を向け、人ごみを通り抜けるために腕を差しだしてくれただけで、わたしったら、青臭い少女みたいにふるまっている。恥ずかしいこと。〝みっともない〟と言ったほうがいいかもしれない。

「若きマートンと、姉上たちと、リンゲイトが田舎へ帰ってしまって、寂しい思いをしておられることでしょうね」モントフォード卿は愛想よく言うと、キャサリンを自分の脇へ軽くひきよせた。しかし、キャサリンはなんの警戒心も抱かなかった。周囲の混雑がひどく、彼がその混雑からどうにか守ってくれている。正直なところ、とても頼もしいと思った。

ただ、そこにかすかな危険の匂いを感じとり、心臓をドキドキさせていた。

でも――この人、わたしのことを知ってるの？　わたしが誰なのか、どんな家族がいるのかも知ってるの？　メグとスティーヴンがウォレン館に戻ったことや、ヴァネッサとリンゲイト卿がフィンチリー・パークで何日かすごすため、メグたちに同行したことまで知ってるの？ そっと彼の顔を見た。ドキッとするほど近い距離だった。

「だが、その寂しさは悲しみに満ちたものでしょうか」モントフォード卿が彼女に尋ねた。「それとも、姉上たちの留守のあいだ、自由に羽を伸ばせるという安堵も含まれているのでしょうか」

彼の目に浮かんでいた安全そのものの笑みに、かすかな茶目っ気がまじった。

これがたぶん、羽を伸ばすということなのね。家族がついていれば、キャサリンがお目付け役もなしに彼から五十メートル以内に近づくのを許すはずがないのは、この人もきっと承知しているはず。いえ、わたしにはお目付け役なんて必要ないけど。まったくもう、くだらない！ わたしは二十歳なのよ。

「どうふるまうべきかを、弟や姉たちから指図される必要のないよう願っております」キャサリンは自分の声に気どった響きを聞きとった。

モントフォード卿が低く笑った。それを耳にしただけで、キャサリンの背筋に震えが走った。

「コンにも？」彼が言った。「あなたとミス・ウォレスがこの街にきて以来、コンがつんとすました子守役に変身してしまったのを、ぼくが容赦なくからかったものだから、コンのやつ、しっぽを巻いて、屈辱を隠すために田舎へ逃げてしまったんですよ」

「どこへも逃げてはいらっしゃらないわ。新しいお屋敷を見るために田舎へいらしただけよ。グロースターシャーにお屋敷があるんですって」

「いずれにしても」モントフォード卿はキャサリンに少し顔を近づけて言った。「コンはいなくなった。あなたの弟さんと、姉上たちと、義理の兄上もいなくなった」

彼の言い方からすると、まるでキャサリンが自由の身になってこの許されぬ逢引きを楽しむために、長時間かけて熱心に画策し、みんなを追い払ったかのようだ。でも、これは逢引きではない。モントフォード卿がここにくるなんて、知りもしなかったのだから。そもそも……。

しかし、突然、たしかに逢引きのような気がしてきた。

「わたしはモアランド邸に滞在しています」キャサリンは彼に説明した。「先代のリンゲイト子爵未亡人というお目付け役もいらっしゃいます」

「ほう。今宵、そのご不在がはっきりしている貴婦人のことですか」

「でも、ちゃんとべつのお目付け役が――」キャサリンは憤慨の口調で言おうとしたが、ふたたび彼が低く笑ったので、思わず黙りこんだ。

「――レディ・ビートンのことですか。だが、ぼくたちがほかのみんなから遅れたことに、あの方は気づいた様子もない」

たしかに、二人はみんなより遅れていた。何人かが二人を追い越して、あいだに割りこんでいる。少し前のほうでレディ・ビートンのロイヤルブルーの羽根の髪飾りが揺れているのが、人々の頭越しに見えた。

「ミス・ハクスタブル」顔をさらにキャサリンに近づけ、首をまわして彼女の顔をのぞきこんで、モントフォード卿は言った。「大胆に生きてみたいと、ちらっとでも思ったことはありませんか。危険な生き方を望んだことは？」

キャサリンは唇をなめようとして、舌まで乾きかけていることに気づいた。この人、今夜、わたしの心を読んでいたの？

「いいえ、とんでもない」キャサリンは答えた。「一度もありません」

「嘘つき」彼の目が笑っていた。

「なんですって？」キャサリンは怒りがこみあげるのを感じた。

「誰だって人生になんらかの冒険を求めるものですよ。誰だってたまには危険と戯れたくなる。世間の荒波から守られて、まことに行儀よく育てられた令嬢たちでさえ」

「非常識なことをおっしゃるのね」キャサリンは言った——だが、きっぱりした口調ではなかった。彼の目から視線をそらすことができなかった。その目は鋭くキャサリンを見つめていて、まるで、彼女の胸の思いも、憧れも、欲望も、すべて読みとることができるかのようだった。

モントフォード卿はふたたび笑い、頭をあげて、少しだけ彼女から離れた。

「そう、たしかに非常識ですね」と同意した。「おおげさに言ったのです。生まれたときから生真面目で、ごく小さな冒険で人生につまずいてしまう危険を冒すぐらいならむしろ死を選ぶであろう人々を、男であれ、女であれ、ぼくはいくらでも知っています。しかし、あなたはそういう連中の一人ではない」

「どうしてわかるの?」キャサリンは尋ね、なぜ彼と議論などしているのかと不思議に思った。

「あなたがそう質問なさったからです。表情を隠し、なんのことだかさっぱりわからないという顔でぼくを見つめるかわりに。あなたは防御の構えをとった。ぼくが真実を言いあてていることを知り、それを認めることを恐れた」

「あら、そうでしょうか」キャサリンはこの言葉に注ぎこめるかぎりの冷やかさを注ぎこんだ。「で、わたしが求めているのはどのような冒険ですの? そして、どのような危険と戯れたがっているのでしょう?」

べつの表現を使えばよかったと悔やんだが、あとの祭りだった。

彼の顔がふたたびキャサリンに近づいた。

「ぼくです」と、低くささやいた。「どちらの質問の答えも」

ぞくっとする興奮の震えがキャサリンの全身を貫いた。相手に気づかれないことを願った。人々の噂が正しかったことを、キャサリンは知った。コンスタンティンが正しかった。キャサリン自身の勘も正しかった。

たしかに、きわめて危険な男だ。いまこの瞬間、彼の腕から手をはずし、みんなを追って、大急ぎで混雑のなかを走り抜けるべきだった。

「まあ……図々しい」キャサリンは逃げるかわりにその場にとどまり、議論を始めた。

なぜなら、危険というのがとても魅惑的だったから。そして現実には、さほど危険でなかったから。ここはヴォクソールの広い並木道。仲間の一行は、一分ごとにどんどん遠くなっていくが、周囲には人がたくさんいる。危険は幻想にすぎない。

「ぼくはあなたの心の奥底にひそんだ、もっとも暗い欲望について語っているのですよ」キャサリンが返事をせずにいると、モントフォード卿はさらに続けた。「真の貴婦人ならば、もちろん、そのような欲望に従って行動することはありえない。残念なことです。そのほうが、多くの貴婦人ははるかに楽しい人間になるでしょうし、ご当人も楽しめるのに」

キャサリンは彼をじっと見た。きびしい視線を送った——少なくとも、そうであるよう願った。頬がやけに火照っていた。身体のほかの部分もすべてそうだった。心臓の鼓動があまりに激しくて、自分の耳にもその音が届きそうだった。

「とりわけ、あなたがそうだ。自分が熱い情熱を備えた女であることに、これまで気づいたことはありますか、ミス・ハクスタブル。いや、たぶん、ないでしょうね——そんなことを認めるのは上品ではないし、真実を認めるようあなたに迫ることのできる人間に出会った経験は、おそらく一度もなかったでしょう。だが、あなたはそういう人だ」

「違います」キャサリンは憤慨の声でつぶやいた。

モントフォード卿は返事をしなかった。伏せたまぶたの奥の目が笑っていた。悪魔の目。人の姿を借りた罪。

唐突に、キャサリンは笑いだした。自分でも意外で、飛びあがりそうになった。笑いころげた。

この状況を楽しんでいると言ってもいいことに気づいてびっくりし、ひどく落ち着かない気分になった。これから何日ものあいだ、夜のこのひとときを思いだすことだろう。もしかしたら何週間も。たぶん永遠に。悪名高きモントフォード卿と言葉をかわし、手を触れあった。卿のほうは、図々しくわたしを口説こうとした。そして、わたしは恐怖にすくみあがり、品位を汚された怒りで口も利けなくなってしまうかわりに、笑いころげ、反論している。

二人はそぞろ歩きの足を止めた。キャサリンは彼の腕に手を通したままだったが、おたがいの顔がすぐ近くにあった。いまにも肌が触れそうだった。浮かれ騒ぐ人々が二人をよけて、流れるように通りすぎていく。

「まあ、なんて悪い人なの」キャサリンは大胆に言った。「わざとわたしを困らせてらっしゃるのね。そうでしょ？　誰もが発揮したいと願う資質を、わたしがむきになって否定するよう、わざと仕向けたんだわ」

「その資質とは情熱のこと？」彼が訊いた。「では、あなたは情熱を発揮できるのですね、ミス・ハクスタブル。ご自分で認めるのですね。上品な育ちゆえに情熱を示すしるしが貴婦人からすべて奪い去られてしまうのは、じつに残念なことです」

「でも、それは夫だけに見せるべきものですわ」キャサリンは言った。たちまち、呆れるほどとりすました自分の口調が恥ずかしくなった。

「あててみましょうか」モントフォード卿はこれまで以上におもしろがっている様子だった。「父上は聖職者で、あなたは説教を耳にし、目にしながら大きくなった」

キャサリンは反論しようとして口をひらき、ふたたび閉じた。気の利いた反論なんてできない。そうでしょ？　この人の言うとおりですもの。

「わたしたち、どうしてこんな話をしてるんでしょう？」モントフォード卿に尋ねた。五分ほど遅すぎたけれど。「とても不道徳な会話ですわ。よくご承知でしょうけど。お目にかかったのは今夜が初めてだというのに」

「おやおや、ミス・ハクスタブル。とんでもない嘘をつくものですね。あなたが地獄で焼かれずにすめば、じつに幸運というものだ。これまでに何度もぼくを見つめていたじゃないですか。ご自分で意識して、じっとぼくを見ていたことが、一度ならずあったはず。おそらく、〝あの男には気をつけろ〟とコンから警告があったに決まっているが、それが逆効果になったのでしょうね。コンのように世慣れた男なら、それぐらいわかってもよさそうなものなのに。だが、あなたが憤慨に頰を膨らませ、さらに嘘を重ねる前にひとこと言っておくと、過去においてあなたがぼくを観察していたことにぼくが気づいていたとすれば、それは無論、ぼくのほうもあなたを観察していたからです。ただ、あなたと違って、その事実を否定しようとは思わない。あなたを見るたびに喜びが高まったものだった。ご自分がどんなにすばらしい美人かは、わかっておられるはずだから、その美貌にうっとり見とれてあなたを退屈させるようなまねは控えるとしましょう。もっとも、お望みならば、いくらでもそうしてさしあげますが」

モントフォード卿は両方の眉をあげて、キャサリンの目をまっすぐに見つめ、返事を待った。

キャサリンは自分が深い水のなかに入っていってすでに足が立たなくなっていることを、はっきりと意識した。しかし、妙なことに、安全な浅瀬に戻る気にはなれなかった。本格的に口説かれている。それに、こちらが彼の存在に気づいていたのと同じく、彼のほうも前からわたしに気づいていた。

口説かれてうれしがるなんて、ずいぶんバカねえ。まるで、なんの分別もない女みたい。

「まあ、男爵さま」キャサリンは言った。「上品な会話をするための規則を無視してらっしゃるのね」

「つまり、上品さという名のもとに口にされる嘘や偽善を、ぼくが認めていないという意味ですね。そのとおりです。鋤《すき》を目にしたとき、何かほかの呼び方をすれば会話がはずむなどとは、ぼくは思いません。品のいい貴族社会の人々の多くがぼくとのつきあいを避けたがるのは、たぶん、そのせいもあるでしょう」

「そのせいもある……」キャサリンは言った。「すると、ほかにも理由が?」

モントフォード卿はにこやかな笑みを浮かべ、しばらくのあいだ無言でキャサリンを見つめた。キャサリンにはそれがとてもうれしかった。微笑で彼は一変する……この人にふさわしい言葉はどこにあるの？　ハンサムな人？　ハンサムだと思ったことは前にもあった。だったら、たまらなく魅力的？

「まことに鋭く意地悪なお言葉でしたね、ミス・ハクスタブル。しかも、上品ではなかった」

キャサリンは下唇を嚙み、笑顔になった。

「この並木道を行く人々の流れを、ぼくたちはひどく妨害している。少し歩きましょうか」

「ええ、そうね」キャサリンは前方を見た。仲間の一行はもう見えなくなっていた。追いつこうと思ったら、かなり急がなくては。ほんとはホッとしなきゃいけないのに。じゃ、この短い奇妙な幕間劇はもうおしまい？　そうね、おしまいにしなくては。

モントフォード卿が彼女を連れて歩きはじめたのは、そちらの方向ではなかった。もとのボックス席へ戻ろうとしたわけでもなかった。かわりに、並木道から枝分かれした細い小道に入っていった。

「近道なのです」彼はつぶやいた。

ほどなく、二人は木立と闇と孤独に包まれた。枝から揺れるランタンは、ここにはひとつもなかった。人里離れた場所にきたような雰囲気だ。

今夜の出会いは――キャサリンは思った――とても危険な方向へ進みはじめている。ほかのみんなに合流するための近道だとは、キャサリン自身、一瞬たりとも信じていなかった。いますぐきっぱりした態度に出て、ただちに広い並木道へ、そして、レディ・ビートンのところへ、安全な場所へ連れて帰ってほしい、と主張すべきだった。いや、連れて帰ってもらう必要もない。一人で戻れる。彼もまさか、力尽くで阻止するようなことはないだろう。

じゃ、なぜ一人で戻らないの？

きっぱりした態度をとるかわりに、キャサリンは彼と一緒に歩きつづけた。木々の梢のはるか上空に浮かんだ月と星々がわずかな光を添えているだけの暗がりに、さらに深く入っていった。

これまで冒険とは無縁に生きてきた——あるいは、危険とも。未知のものへの戦慄とも。あるいは、禁じられた男の強烈な魅力とも。

誰が見ても危険な男。

そして、少なくともいまこの瞬間、抵抗しがたい魅力に満ちた男。

3

ミス・キャサリン・ハクスタブルはジャスパーが予想したとおり、純真そのものだった。危険なまでに無知だった。

そして、うっとりするほど愛らしかった。

それに、思いもよらぬ好ましい点があった。退屈なタイプかと思っていたが、そうではなかった。

もちろん、そんなのはすべてどうでもいいことだ。

彼女の目――深みのある、思わず吸いこまれそうなブルーの目。初めて彼女を見たときから、この目がジャスパーを惹きつけてやまなかった。いくら見つめても、目の表情を、あるいは、彼女を理解することができない。その目に不意に笑いがあふれ、それに釣られて、キスするのにぴったりの柔らかそうな唇の端がきゅっとあがる。

髪はよく見ると金色ではなかった。じっさいには、濃いブロンドだった。あまり目立たず、地味と言ってもよさそうな色合いだが、ところどころに金色の髪がまじっているため、きらきら光って輝きが増し――男を惹きつける。

子馬のようにほっそりした、少女っぽい身体つきだが、すらりといいスタイルをしている。好きなタイプが選べるなら、ジャスパーは肉感的な女が好みだが、選択肢がない場合は、ほっそりした上品なタイプもそれなりにいいものだ。

キャサリンの身のこなしには天性の優雅さが備わっていた。

今夜ヴォクソールでひらかれたこのパーティに、彼の姉レイチェルが招かれたのは、まことに幸運なことだった――彼の誕生日のちょうど四日後――なんと、ミス・キャサリン・ハクスタブルもパーティに顔を出すという――ほかの家族は抜きで。ジャスパーがひそかに調べたところ、家族全員が田舎へ戻っていて、彼女だけがリンゲイト子爵の母親に預けられたことが判明した。ジャスパーがここにやってきたのは、幸運によるものでも、偶然によるものでもなかった。けさ、二輪馬車からおりるときにわざと足首をくじくよう、渋るグッディングを口説くのに、五十ギニーもかかった。姉のレイチェルをうまく誘導して、〝グッディングのかわりに、あなたにエスコートを頼みたいの〟と言わせ、すべてが姉自身の思いつきだと信じこませるには、さほど苦労する必要もなかった。姉はジャスパーに大いに感謝して、婚約者抜きで行くしかなくても、ヴォクソールの一夜を逃すわけにはいかないと弁解した。これまではロンドンの華やかな暮らしとほぼ無縁に生きてきた。現在二十六歳。今年がまだ二度目の社交シーズンだ。

「なんのために弟がいると思う?」ジャスパーは姉の肩を抱いて、寛大な口調で言った。「姉が落胆したときには、弟が力になるのが当然じゃないか。ところで、グッディングの足首は骨折には至らなかったそうだよ。きっと、つぎの大舞踏会までにすっかりよくなって、姉さんと踊れるだろう」

手の込んだ策略をめぐらし、財布の紐を大いにゆるめなくてはならなかったとしても、こうしてパーティに出られたのは、すばらしく運のいいことだった。ヴォクソール以上にロマンティックに貴婦人の感性に訴えかける場所はどこにもないし、誘惑するのにお誂《あつら》え向きの場所もない。

最大の技巧を要する瞬間はすでにすぎていた。広い並木道から離れることに、キャサリンは抵抗しなかった。若き令嬢たちには、世間の邪悪さを徹底的に教えこむ必要がありそうだ。もし――もし？――自分に娘ができたら、教育の必修科目にそれを入れることにしよう。読み書き、美しい字を書く練習、刺繍、ダンス、水彩画、地理、そして、〝世間の邪悪さを避ける方法〟。

ジャスパーはしばらくのあいだ、ミス・ハクスタブルのほっそりした腕を自分の脇にしっかり押しつけていたが、さらに狭くて人目につかないべつの小道に入ったところで、その手を放し、彼女のウエストに腕をまわすことにした。こうしないことには、並んで歩けない。細い道を歩くときは一列で進むのが唯一の分別ある方法だが、分別など誰が望むだろう？

ミス・キャサリン・ハクスタブルが望んでいないのは明らかだ。

分別ある者なら、仲間のところに戻るための近道ではないと指摘すればいいはずなのに、そんなことは言わなかった。また、彼が馴れ馴れしく手を触れても、いやがる様子もなかった。瞬間的に身を硬くしたのは事実だが、そのあとでふたたび身体の力を抜いた。

「うーん」ジャスパーはそっとささやいた。「きみのこの香水、ぼくの知らない香りだね」

正直な意見でもあった。

「香水じゃないわ。わたし、香水はつけないの。けさ、髪を洗ったから、きっとそのときの石鹸の香りでしょうね」

ジャスパーは無邪気な返事に思わず微笑した。そして、キャサリン自身は意識していない色っぽい表現にも。足を止め、彼女も一緒に立ち止まらせた。彼女の髪に顔を寄せて、息を吸った。柔らかな絹のような髪が彼の鼻をくすぐった。

「ああ」ジャスパーはつぶやいた。「ほんとだ。石鹸の香りがこんなに……魅惑的だなんて、誰が知っていただろう？」

ジャスパーにミス・ハクスタブルの震えが伝わった。

「わたしが使う石鹸はいつもこれよ」

「ひとこと助言してもいいだろうか」ジャスパーが彼女の身体をわずかにまわすと、キャサリンは密着するのを避けようとして、彼の胸に片手をあてた。「その習慣をけっして変えないでほしい。どんな香水よりも、その石鹸の香りのほうがうっとりする」

「まあ。そうかしら」

「そうとも、ミス・ハクスタブル」ジャスパーは熱のこもった口調で答えると、彼女の指の付け根に自分の親指をすべらせ、その手を包みこんで自分の肩まで持ちあげ、反対の手で彼女を抱きよせた。「だが、ときには、もっと楽しいことをしたくなる」

ジャスパーは顔を低くして、ミス・ハクスタブルの肩と首のあいだの温かく柔らかな肌に唇をつけ、上のほうへ這わせていった。耳のうしろの火照った敏感な部分を舌でくすぐると、ハッと息を吸いこむ音が聞こえ、耳に優しく息を吹きかけた瞬間、彼女が身体をしならせて強く押しつけてくるのを感じた。やがて、ジャスパーの唇がさらに移動して彼女の唇を覆った。

ミス・ハクスタブルの唇が閉じたまま軽く突きだされていたので、たぶん初めてのキスだろうとジャスパーは察した。彼女は全身をひどく震わせ、さらに強くもたれかかってきた。両手で彼の肩にすがりついた。

ジャスパーはそっとキスをし、彼女の手の力がゆるむのを待ってから、舌で唇に触れ、彼女の唇がひらいたところで、口の奥へ舌をすべらせた。ミス・ハクスタブルはそうされながら、口からゆっくり息を吸いこんでいて、ジャスパーはその無意識の官能的な動きに刺激されて、早くも硬くなってしまった。

ミス・ハクスタブルは苺とワインと女の味がした。

ジャスパーはほっそりしたウェストに片腕をまわし、反対の手をヒップに軽くあてがった。

「きれいだ」唇を合わせたままでささやいた。「きれいだ、きれいだよ」

ミス・ハクスタブルは目を閉じていた。唇をそっと彼に押しつけた。

「ここでこんなことをするなんてだめだ」ジャスパーはつぶやいた。「ぼくと一緒にいてはだめだ。相手はこのぼくなんだぞ。警告されただろ」

ミス・ハクスタブルはすでに目をあけていた。二人が立っているのは真っ暗闇に近い場所なのに、深い信頼と降伏が彼女の目に浮かんでいるのが見えるようだった。

「人を判断するときは、自分でします」

ああ、愚かなことを。純真すぎる。ジャスパーは彼女への愛しさで奇妙に胸が疼《うず》くのを感じた。

「きみが？」彼女の唇に軽く何度もキスをした。「ぼくは卑しい男だ。なんの価値もない。しかし、きみはすばらしく美しい」

ジャスパーは片手を彼女の頭のうしろで広げると、顔を近づけ、いきなり深く熱烈なキスを始めた。自分の唇で彼女の唇を押しひろげ、舌で彼女をむさぼった。

ミス・ハクスタブルの腕が彼にきつく巻きついた。

「ああ」しばらくして、ジャスパーはささやいた。「ぼくを誘惑するんだね」

彼女は喉の奥で低いうめきをあげただけで、何も言わなかった。そこで、ジャスパーは彼女の身体をそっとまわすと、小道からそれ、なめらかな木の幹に彼女をもたれさせた。遠くのメイン・パビリオンでオーケストラがワルツを演奏し、人々が笑いさざめき、名前を呼びあっていた。

ジャスパーは彼女が急に怯えて逃げだしたりしないよう、手と唇を使って、ゆっくりと、優しく、忍耐強く、崇めるように愛撫を続けた。ミス・ハクスタブルはおそらく、動揺や罪悪感といった感情の嵐に翻弄されていることだろう。性の欲望をぶつけられた経験がないため、彼を止めるのはもう少しあとにしようと思い、さらにまた先延ばしにし、そのうちに、ひどい醜態をさらさずに彼を止めようとしても、もう手遅れだと感じることになるだろう。ジャスパーのほうは、その瞬間が訪れ、過ぎ去るのを待てばいい。

そして、あとに続くひとときのなかで、禁じられた官能の歓びに対する彼女のあらゆる夢を満たしてやる。自分のものにしたすべての女から、ジャスパーはいつも大きな歓びを得てきたが、大きな歓びを与えるのも、彼のプライドにとって重要なことだった——たとえ、賭けがからんでいる場合でも。

彼女の肌に手を這わせながら、薄地のドレスを肩からはずし、腕の下へすべらせて、胸をあらわにさせた。優しく愛撫し、唇に含んで吸った。小ぶりではあるが、ひきしまっていて、温かく、絹のようにしっとりした感触だった。乳首が小石のように硬くなっている。

彼女の指がジャスパーの髪にからみつき、木の幹に頭をもたせかけた。息遣いが荒く、ジャスパーにも聞こえるほどだった。

この石鹸から誰か香水を作るべきだ。その誰かはひと財産築くことだろう。

ジャスパーは彼女に寄り添って立ち、その顔にそっと唇をつけ、ささやきかけながら、両手でドレスの裾を脚の上までたくしあげて、張りのある、すべすべした、温かい肌に触れた。内腿のあいだに片方の膝を押しこみ、彼女が脚を広げるのを待って、大切に守られてきた秘密の場所に、熱く燃える彼女の芯に片手を近づけた。

そこに触れた瞬間、彼女がかすかなあえぎを洩らしたので、しばらく手を止めて、彼女の唇にキスをした。

「ああ」ジャスパーはささやきかけた。「とても魅惑的だ」

彼女という存在も魅惑的だった。ほっそりしていて、非の打ちどころのない美人だ。無垢な少女であり、柔らかく温かく男を誘惑する女でもある。ジャスパーは片手で彼女を弄び、じらし、軽く爪を立てた。指を一本、途中まですべりこませて、それからひっこめた。熱くじっとり濡れていた。

彼を迎える準備ができている。

無意識の欲望で熱くなっている。

それに、たぶん、逃げようとしても手遅れだと気づいていることだろう。これまでは、女を誘惑するのに慣れた連中から言い寄られても、すげなくことわってきていたに違いない。

ジャスパーは片手で愛撫を続け、舌で彼女の口をまさぐりながら、反対の手を使って自分の夜会用のズボンのボタンをはずし、前をひらいた。準備ができたところで、硬くなったものを彼女に押しつけると、よく知っているあの疼きを感じた。貫き、激しく動き、究極の解放を迎えるときの、苦痛と紙一重と言ってもいい快楽への期待。

裸の肌と肌の触れあい。この部分で。いまから……。

本気で彼女がほしくなってきた。もう単なる誘惑ではない。皮肉っぽい態度は必要ない。なのに、どうして自分をごまかそうとするんだ？

自分も彼女と同じく理性を忘れ去るべきなのに、まさにその瞬間、その疑問が冷たい言葉となって彼をとらえた。

不意に、明日の自分の姿が浮かんできた。得意げな足どりでクラブに入っていき、わずか五日目にして賞金を請求する姿が。無垢な乙女の誘惑完了——完全なる挿入、完全なる性行為、完全なる降伏。完全なる歓び。とんでもないモテ男。モントフォード男爵——彼を崇拝する友人たちから、親しみをこめて〝モンティ〟と呼ばれている男——にとっては、どんな大胆な挑戦も大胆すぎることはなく、無謀な行為も無謀すぎることはなく、どんな放蕩も放蕩の度がすぎることはない。

つねに、そして、永遠に勝者だ。

それと一緒に、明日のキャサリン・ハクスタブルの姿も浮かんできた。自分が何をしたかという事実に直面し、良心を持たない冷酷な放蕩者の最新の餌食にされて、破滅し、孤独になり、見捨てられたことを悟る姿が。自分を責めるしかないことを悟るだろう。警告されていたのだから——彼自身からも。

もちろん、彼女が一方的に悪いのではない。責任の大半が彼女にあるわけでもない。男の豊富な経験に抵抗することが、無垢な乙女にどうしてできるだろう?

ジャスパーは突然、ひどく腹が立ってきた。こういう瞬間に考えこむような人間ではないのに。こんなことを考えるなんて。本当は冷酷な男、良心を持たない男だ。無節操な放蕩者だ。それに、賭けの賞金を手にしなくてはならない。

彼女にてのひらをあて、彼を誘いこもうとしている熱い部分と、彼女を凌辱するための道具を片手で隔てた。

「ミス・ハクスタブル」自分でも呆れるほど冷静な声で、ジャスパーは言った。「あなたのおかげで、ぼくは数百ギニーも失うことになりそうだ」

そして、プライドと評判までも。物笑いのタネになるだろう。

「え、なんですって?」彼女のほうは困惑の声だった。かすかにうわずっていた。

「あなたにのしかかって肉欲を満足させるという究極の歓びをあきらめることによって、ぼくはそれだけの代償を支払わされるのです」ひとつひとつの言葉をはっきり発音して、彼女に――そして、たぶん彼自身にも――意味が伝わるように言った。

「なんですって?」彼女はまだ何も理解できない様子だった。声が細くなり、困惑していた。

「四日前に、紳士クラブのひとつで正式な賭けがおこなわれました」ジャスパーはぶっきらぼうに言った。「多数のメンバーがはりきって賭けに参加し、ぼくが二週間以内にあなたを誘惑するのは無理だというほうに賭けました。誘惑というのは、完全なる性行為を意味しています。あなたの身体に完全に挿入することです。今夜ここでそのような事態になることはありません。今夜だけでなく、今後もずっと。あなたが〝ノー〟と言ったからではありませんよ、ミス・ハクスタブル。本当なら、ぼくがあなたを脇道へ誘いこんだ瞬間に、そして、それ以後のあらゆる瞬間に、道徳的な怒りをこめてあなたのほうからきっぱり拒絶すべきだった。ま、それはともかく、ぼくが〝ノー〟と言っているからです」

「なんですって？」ミス・ハクスタブルはこれ以外に言葉が見つからない様子だった。しかし、いま、その声に警戒心がにじみでていた。

ジャスパーは一歩下がって、彼女のスカートを足もとに落とし、自分のズボンのボタンをもとどおりにはめた。ドレスの身頃を、およそ優しいとは言えない手つきで胸の上までひっぱりあげた――彼女自身は何もしそうになかったから。

「すべて計画のうえのことだったのです、ミス・ハクスタブル」ジャスパーは冷淡で残酷な説明を正直におこなった。「グッディングが二輪馬車からおりようとして足首をくじいたのもね。そのせいで、グッディングは今夜のパーティに出られなくなり、ぼくがその穴を埋めることになった。すべて計画的なことでした。ぼくがたったいま、簡単に餌食になりそうで、なんの面白味もないと思ったりしなければ、なんの支障もなく進められていたことでしょう。あなたの貞操は、ぼくの賛辞とともに、自宅のベッドへ持ち帰ってください。さて、あなたの評判に深刻な被害が及ばないうちに、レディ・ビートンのボックス席に戻らなくては。いまだって、あなたがレディ・ビートンから渋い顔を向けられることは疑いのないところですけどね」

ジャスパーの怒りはすべて彼女に向けられていた――少なくとも、外から見たかぎりでは。まったくなじみのない感情をぶつけるのに、いまは彼女が便利な標的だった。その感情に〝罪悪感〟という呼び名はまだついていない。たぶん、永遠につくことはないだろう。ジャスパーが罪悪感に駆られたことはこれまで一度もなかった。人間らしい心も良心も持ちあわせない自分を誇りにしてきた。長い歳月のあいだに、いまのような評判が立つに至った。

今夜は自分好みの女が労せずして手に入ったはずだった。高額な賞金も、男性の知人全員からの畏怖まじりの賞賛も。

どれも手に入らなかった。生まれて初めて賭けに負けた。自分でそう決めたからだ。彼女にうんざりし、自分自身にうんざりしたからだ。

というより、自分でそう思いこもうとした。

正直なところ、なぜやめたのか、彼自身にもわからなかった。生まれて初めての経験だった。そのため、怒りと挫折感に包まれていた。

「信じないわ」ミス・ハクスタブルは胸の上の露出した肌を手で覆っていた。自分の慎み深さを守ろうとするかのように。馬が逃げたあとで廏の扉を閉めるのに似ている。声が震えていた。いまの言葉を口にしたあと、歯がカチカチ鳴っていた。

「信じないというのですか」ジャスパーはそっけなく言った。「ぼくが礼儀正しく世間話をしているとでもお思いですか、ミス・ハクスタブル。最低の放蕩者だということは、ちゃんと警告したはずだ。そういう警告には耳を貸すべきですよ。コン・ハクスタブルのような人間から聞かされた場合はとくに。あいつはぼくのことをじつによく知っている。並木道でぼくがあなた一人に注意を向けたとき、その先に何が待っているかを、あなたはすぐさま悟るべきだった。いや、それよりも前に、ボックス席で苺を食べるあなたをぼくがじっと見ていたときに。あなたにはわかっていたに違いない。ぼくの魂胆にまったく気づかないほど世間知らずだとは、とても思えない。しかし、自分は強くて世の中をよく知っているから、男の一人ぐらいうまくあしらえる——そう思っていたんでしょう？　女というのは、不届きな男でもうまく扱って改心させてやれる、愛情をかければおとなしい人間にさせられる、などと思いこみがちだ。あなたも今夜、ぼくをそんなふうに扱おうと思っていたのでしょう？」

ミス・ハクスタブルはすぐには返事をしなかった。両腕が脇に垂れていた。いまにもヒステリーを起こすか、ワッと泣きだすことを、ジャスパーは覚悟した。クソッ、なだめる方法を考えなくては。それにしても、なぜこんな残酷な仕打ちをしてしまったんだろう？

「いいえ、考えもしませんでした」ミス・ハクスタブルは言った。声の震えはすでに止まっていた。「あなたから歓びを与えてもらおうと思っただけです、モントフォード卿。だって、それを与えることのできる人として、とても有名な方ですもの。残念だわ。その名声はひどく誇張されたものだったのね。がっかりしました。あなたのように悪名高き放蕩者なら、大いに楽しませてくださると思っていたのに。どうしてあなたを改心させようなどと思わなきゃいけないの？　すっかり失望していますのよ。おとなしくさせようという気もありません。とっても退屈な方なんですもの。そのような野心はありません。それを知れば、あなたもホッとなさることでしょう。ええ、戻りましょう。ここにいても、得るものは何もありませんから。そうでしょう？」

ジャスパーは面食らい、思わず噴きだした。

なんとまあ。

罵倒のセリフとしては、まさに名人級だ。

ミス・キャサリン・ハクスタブルはたぶん、こちらが思っていたよりはるかに中身のある人間なのだろう。だが、その中身が何でできているかを探ろうと思っても、もう手遅れだ。もっとも、探りたいわけではないが。まさにその逆だ。今後、二人が生きているかぎり、こちらが心がけるべきは、地球の大きさが許すかぎりの距離を彼女とのあいだに置くことだ。さほど困難なことではないだろう。向こうも彼を避けようと固く決心したはずだから。

ああ、なんてことだ！　クソッ！

〝残念だわ。その名声はひどく誇張されたものだったのね。がっかりしました〟

ジャスパーは思わず短い笑い声をあげ、もっと大笑いしたいという困った衝動に駆られたが、どうにか抑えこんだ。

なぜか気分が浮き立ってきた。彼女を破滅させずにすんだ。女にされた彼女が涙に暮れ、震えながらうずくまる姿を見ずにすんだ。

〝どうしてあなたを改心させようなどと思わなきゃいけないの？　すっかり失望していますのよ。おとなしくさせようという気もありません。とっても退屈な方なんですもの〟

小癪《こしゃく》な女！　本気で好きになってしまった。

もう遅すぎる。

「ぼくが先に行きましょう」ジャスパーはそう言いながら、小道に戻った。「すぐうしろをついてきてください」

「あまりぴったりつかないようにします、せっかくですけど」ミス・ハクスタブルは冷たく言うと、彼のあとから小道に出た。「あなたのご親切な保護が必要となるような危険に出会うことは、今夜はもうないと思いますので」

生意気女！

そこで、二人は縦に並んで歩きはじめた。

4

セシリーが賞賛で目を丸くした。

「ほんとにモントフォード卿と二人で散歩したの？」ヴォクソールから屋敷に戻ってほどなく、キャサリンの化粧室にちらっと顔を見せたときに、セシリーは言った。「あたしだったら、怖くて震えてしまいそう。あの方がミス・フィンリーと一緒にあらわれたときには、危うく気絶するところだったわ。いくら実の弟さんとはいえ、あんな方を連れてくるなんて、ミス・フィンリーもあんまりよねえ。コンに知られたら、あたしたち、殺されてしまう。エリオットだってカンカンになるだろうし。あの方が姿を見せたときのレディ・ビートンの顔を見た？　下顎がガクッと垂れて、ボックス席の床まで届くんじゃないかと思ったわ。レディ・ビートンには同情するしかないわね。どうすることもできなかったんですもの。ひと騒動起こす気にでもならないかぎり。でも、そんなことしたら、それこそ最悪。ねえ、どんな話をしたの、ケイト？　あたしだったら、十歩も行かないうちに、舌がもつれてしゃべれなくなってたと思うわ」

「何を話したのか、よく覚えてないのよ」キャサリンは答えた。「ずいぶんいろんな話題が出たけど」

「ねえ、あの方の評判について誰が何を言おうと、あたしは気にしないわ」セシリーはためいきをついた。さっき言ったこととぜんぜん違う。「貴族社会で群を抜いてハンサムな人ですもの。あ、もちろん、コンはべつよ。それから、あなたの弟さんも」

「コンスタンティンはたしかにとってもハンサムね」キャサリンは同意した。「ギリシャ人の血をひいてるからだわ。あなたのお兄さまも同じぐらいハンサムだし。そう言えば、あの二人ってそっくりでしょ」

セシリーの兄というのは、リンゲイト子爵エリオット・ウォレス。キャサリンの義理の兄にあたる。

「それから、スティーヴンもあと何年かすれば、数えきれないぐらいの貴婦人にためいきをつかせるようになると思うわ」キャサリンはつけくわえた。

さらにしばらくおしゃべりを続け、何回かあくびをしたのちに、セシリーはようやくベッドへ去っていった。キャサリンはホッと胸をなでおろした。正直なところ、誰ともしゃべりたくなかった。何も考えたくなかった。眠りたかった。できることなら、長い、長いあいだ。

ところが、翌日の午後には、考えるのと話すのを両方やらざるをえなくなった。馬車で公園へ出かけていた先代のリンゲイト子爵未亡人が帰ってきたのだ。レディ・ビートンにばったり会って、立ち話をしたという。子爵未亡人はキャサリンを客間に呼び、お茶にした。セシリーは新しい友達の一人と一緒に、その令嬢のメイドをお供にして、図書館へ出かけていた。子爵未亡人はとても優しい口調でキャサリンをたしなめた。

「あなたはもう二十歳なのよ、キャサリン。セシリーより年上だから、分別もずっとあるはず。ゆうべのあなたの行動に非難の余地などなかったことを、わたしはいささかも疑ってはいませんよ。そもそも、モントフォード卿が参加なさったのは、あなたの責任じゃないんですものね。事前に知らされなかったことがほんとに不運だったわ。でもね、社交シーズンのロンドンでは、ゴシップを広めるのがみんなの大好きな仕事になるの。ほんのわずかでも醜聞のタネになりそうなことをすれば、一週間以上にわたってあちこちの客間の話題となり、淑女の評判がひどく汚されることになるのよ。今後は、モントフォード男爵との同席を極力避けるか、ゆうべのようにそれが無理な場合には、最初から最後まで同行の人々から離れないようになさい。そうすれば、あなたの名前を男爵の名前と結びつける理由を、誰にも与えずにすみますから。モントフォード卿は世間体など歯牙にもかけない方なのよ。その気になればとても魅力的にふるまうこともできるのに。でも、ゆうべ、あなたがあの方と二人で散歩をし、ほかの人たちから遅れてしまった以上、それはあなたのことを注意して見守っていなかったレディ・ビートンの責任だと思うけど、わたしとしては、モントフォード卿が高潔な方であったことを強く願うしかないわ」

子爵未亡人は屋敷で預かっているこの令嬢に、問いかけるような目を向けた。

「ええ、もちろんそうでした」キャサリンはきっぱりと答えた。

「まあ、よかった」子爵未亡人は微笑した。「呆れるほど自堕落な生き方をなさっていても、やはり紳士だし、貴族社会でのふるまい方は心得てらっしゃるのね。あの評判はずいぶん誇張されているんじゃないかしら。みんなが噂しているような無茶ができる人なんて、どこにもいるはずがないわ」

「ええ」キャサリンは同意した。

「これは叱責じゃないのよ」子爵未亡人は優しく言った。「あなたより年上で、上流社会のやり方をあなたより知っているつもりの人間からの、ちょっとした警告の言葉なの。あなたのためによかれと思って言っているだけですからね」

「よくわかっています」キャサリンは言った。「ご心配いただいて感謝します。ほんとにお優しいのね」

「いいのよ」子爵未亡人は椅子から身を乗りだし、キャサリンの手を軽く叩いた。「お姉さまたちがいなくて寂しいんじゃない?」

「いえ……」キャサリンは言った。涙があふれてきて、自分でも驚き、とまどってしまった。「あの、ほんとはそうなの。こんなに長く離れ離れになったことは、これまで一度もなかったから」

ヴァネッサがヘドリー・デューと結婚し、ランドル・パークで夫の家族と同居するようになったときでさえ、歩いて三十分ほどの距離だったので、ほぼ毎日のように、誰かがその距離を行き来していた。

子爵未亡人がキャサリンの手をとり、握りしめた。

「エリオットとヴァネッサに連れていってもらったほうがよかったかもしれないわね。でも、あの二人も、社交シーズンのあいだ向こうへ行きっぱなしではないのよ。そうでしょ？　もうじきこちらに戻ってくるわ」

「ロンドンに残るようにって、二人が言ってくれたんです」キャサリンはハンカチで涙を押さえながら言った。「こちらで楽しくすごすようにって。もちろん、わたし、楽しんでいます」

「そうでしょうとも」子爵未亡人は優しく言った。「ヴォクソールはあいかわらずすてきだった？」

「ええ、前よりすてきになったぐらいです」

キャサリンは胸が痛くなるほど姉たちと弟に会いたくなった。だが、みんなが街にいなくてホッとしているのも事実だった。今日、みんなにどう言えばいいの？　惨めなあさましい話をすべて打ち明けたくなったとき、どうやって自分を止めればいいの？　立ち直るための時間が必要だった。

ゆうべは何を考えていたのかと自分に問いかけても、意味のないことだった。そもそも、何も考えていなかったのだから。というより、理性的な考え方はできなかった。遊び慣れた男の誘惑の魔力に、そして、自分自身の身体の下劣な欲求に、あっというまに屈してしまえることを知って、キャサリンは心の底からぞっとした。

心のなかでは、それを愛と呼びさえした。

華やかで危険な男と光り輝く情熱の恋に落ちたのだと思いこんだ。

なんてみっともない。なんて……恥さらし！

危うく許してしまうところだった……。

ううん、そんなことはない。何度も彼を止めようとしたんだもの。手遅れになる前に、きっと止めていたはず。

いいえ、たぶん、止めていなかったわね。

すでに手遅れになっていたのだから。

とりかえしのつかない身の破滅を招かずにすんだことを、彼に感謝しなくては。汚された女にならずにすんだことを。

すべては彼の側で計画し、意図的に進めたことだった。きわめて冷静に、意図的に、誘惑にとりかかったのだ。ヴォクソールのパーティにもぐりこめるよう画策し、わたしをほかのみんなから遠ざけて、人気《ひとけ》のないあの暗い小道に誘いこんだ――そのあとは、小道から離れて木の陰へ。最初からすべて計画のうえだったのだ。

わたしはやすやすと彼の餌食になってしまった。彼が途中でやめたのは、あまりに簡単すぎて挑戦の醍醐味が味わえなかったからだ。

どこかの紳士クラブの悪名高き賭け金帳に、この賭けが記載されているという。わたしの名前とともに。貴族社会の数えきれない紳士のあいだに、わたしの名前が広まっている。今日はたぶん、具体的に何があったかを話して、モントフォード卿がみんなを楽しませてるんだわ。

お茶を飲み、子爵未亡人と話をするあいだ、キャサリンの頭にあった思いはただひとつだった。家に帰りたい――できることなら、生まれ故郷のスロックブリッジに。昔の日々に戻りたかった。澄みきった幸福な日々だった。故郷に戻って、トム・ハバードと結婚できればいいのに。おたがいに回数を忘れてしまうぐらい何度も求婚してくれた人。でも、そうね、ウォレン館のほうがいいかも。メグとスティーヴンがいるから。それに、ウォレン館はハンプシャーの田舎にあって、ロンドンから遠く離れている。

「これから十日ほどは、毎日、朝から晩まで忙しくすごすことになりそうよ」子爵未亡人が言っていた。「すてきだと思わない？　あなたも、セシリーも、行く先々で崇拝者に囲まれるでしょうね。社交シーズンが終わる前に、二人とも幸せな婚約をする見込みが大いにあるわ。ひょっとすると、秋には結婚しているかもしれない。誰か特別な紳士はいないの、キャサリン？」

キャサリンはカチャンとカップを置き、涙があふれてこないように目をしばたたいた。

「家に帰りたい」

小さくつぶやいた。

耐えられなかった――屋敷を出れば、ふたたびモントフォード卿に出会う危険があると思うと、どうしても耐えられなかった。彼の顔など二度と見たくなかった。

二度と。

「まあ、かわいそうに」子爵未亡人は立ちあがると、キャサリンのところにきて横にすわり、慰めるように肩を抱いた。「そりゃ帰りたいわよね。薄々察してはいたけど、そこまでひどいホームシックだとは思わなかったわ」

キャサリンの目に思わず涙があふれ、頬を伝い落ちた。しゃくりあげた。

しかし、子爵未亡人の旅行用馬車で快適に安全にウォレン館へ向かって旅立つまで、準備に三日もかかったものの、キャサリンが心配をする必要はまったくなかった。モントフォード卿が訪ねてくることはなかった。キャサリンが思いきって夜のコンサートに出かけたときも、モントフォード卿はきていなかった。

そして、以後三年のあいだ、キャサリンが彼と顔を合わせることはなかった。

ヴォクソールでの敗北の翌朝、ジャスパーがみんなの前で惨めな完敗を認めると、その場に居合わせる幸運に恵まれたすべての紳士が、呆然と黙りこんだ。だが、最初の沈黙はほどなく、彼が失敗するほうに賭けた者たちの歓声に変わり、みんなが浮かれだし、楽しげに背中を叩いたり、同情の言葉をかけたり、ウィットに富んだ淫らな意見を述べたりしはじめた。

ロンドンでもっとも豊富な成功を誇る遊び人が、世間知らずの田舎の小ネズミにこてんぱんにやっつけられたのだ。娘は一瞬にして彼の策略を見抜き、ヴォクソールの庭園の小道へ文字どおり彼をひきずっていった。それは処女を捧げて降伏のあえぎを洩らすためではなく、痛烈な叱責の言葉を滔々《とうとう》と並べ立てるためだったので、彼もついには、二週間目の期限の日まで誘惑に精を出したところで無駄なだけだと、しぶしぶ認めるしかなかったというのだった。

完敗したモンティが田舎娘の雄弁さを前にして、屈辱のなかでうなだれる姿を想像すると、みんな、愉快でたまらず、以後何日にもわたって、男どうしの会話のなかでくりかえし話題になった。ミス・キャサリン・ハクスタブルの評価が大いに高まった。十人以上の紳士が彼女への熱烈な恋心を宣言した。二人の紳士は永遠に彼女の奴隷になることを宣言した。一人は社交シーズンが終わる前に結婚の申込みをすると誓った。

ジャスパーは最初の大騒ぎが収まったあとも、賢人ぶった助言におもしろ半分の同情がまざった言葉を、周囲から贈られる運命にあった。その多くは、男も二十五歳の誕生日をすぎると、ある方面の業績が急激に下がっていくという趣旨のものだった。

「日に三十分は化粧室の鏡の前にすわって白髪を抜くのが、思慮分別のあることと言えるだろう」さほどウィットに富んでいない男が言った。

「きみの頭のことではないぞ、モンティ」ほかの誰かがつけくわえた。

「あるいは、白髪が出ていることを貴婦人に知られてしまう危険もある」三人目が言った。

「誘惑の最後の段階に入ったときに」

「それもきみの頭のことではないぞ、モンティ」さっきと同じ声がくりかえした。

そんな調子で会話は続いた。

「きみは白髪の心配をしなくていいかもしれない、モンティ。最後の段階まで進むことは二度とないだろうから」

「いやいや、あるとも。だが、硬くするには、もっと集中が必要であることを学ばなくては」

「そして、硬くなったら入れるということも」

「きみが本当に学ばなきゃいけないのは、モンティ、一キロ先から田舎のネズミの存在を嗅ぎつけ、反対方向へ風のように逃げだすことだ」

「しかし、二十代も半ばになると視力が衰えてくるぞ」

「脚もそうだな。それから、ほかの部分も」

「心配しなくていいよ、モンティ。聖職者になるという手もある」

「それから、修道院に入るという手も」

「ロンドンじゅうの高級娼婦がこぞって喪に服すことだろう、モンティ。だが、きみの誕生日が近いことを知って、たぶん、彼女たちも予想してはいただろう」

「賭けに勝ったから、新しいブーツが買える。よかったら貸してやるよ、モンティ。飛びかかってやろうという顔で近づいてくる小ネズミを、きみがこのつぎ見つけたときに」

「彼女とはどこまで行ったんだ、モンティ？　賭けに勝ったのに、こっちはがっかりだ。きみへの信頼を失うしかないのなら、これからは誰の武勇を信じればいい？　ひとつの時代が終わったのか、ああ。嘆き悲しむのは高級娼婦だけではない。国を挙げて喪に服する日を設けるべきだ」

「すべての者に黒い腕章をつけさせよう」

ジャスパーはこのすべてをあきらめの境地でおとなしく受け入れた。本当のことを話さないかぎり、からかいに耐えるしかないのだが、事実を話すほうが、すでについた嘘以上に屈辱的だ。だが、どこまで行ったかという質問にはきちんと答えた。

「まるっきりだめだった」と言って、悲しげなためいきをついた。「尻にさわることも、くすぐることも、キスすることもできなかった。頬への軽いキスもなし。彼女がぼくの腕をとったのは事実だが、プライバシーを確保するために並木道からぼくを連れだすことだけが目的だったんだ。そのうえで、ぼくがよちよち歩きのころ以来耐え忍んだこともないような叱責を浴びせてきた。一分もしないうちに、こっちの耳はタコだらけさ。いまもタコで硬くなったままだ。みんなにも想像がつくと思うが、じつに、じつに、屈辱的だった。あまりに屈辱的なので、傷をなめ、ぼくの誘惑の技について考えなおすために、こっそり田舎へ逃げだすことに決めた。ぼくにとっては、これが終わりではない。来年あたり、不死鳥のごとくよみがえり、これまで以上にいい男になって戻ってくる。厳粛に誓う。紳士の名誉にかけて」

この言葉に、何人かは嘲《あざけ》って大笑いし、彼のまわりに集まった者のほとんどは賞賛の喝采をあげた。

ロンドンを離れると言ったのは本気だった。しばらくのあいだ、本当に田舎の領地にひっこむつもりだった。ミス・キャサリン・ハクスタブルのためを思ってロンドンを離れるつもりだった。自分の動機は崇高なものだと、無理にでも思いこもうとした。残されたシーズンのあいだ、この自分と顔を合わせる危険に怯えながら社交行事に出るのは、彼女にとって苦痛だろうし、バツも悪いだろうから、そうした思いをさせないように、自分は気を遣っているのだと。彼女と顔を合わせたときの自分自身のバツの悪さを避けるためでもあることに、ふと気づいたとしても、その思いは強く抑えこんでおいた。

しかし、胸のなかの屈辱感だけは、どうにも抑えきれなかった。

あと一歩で、彼女を手に入れ、賭けに勝つことができたはずだ。ものにする寸前まで行っていた。やすやすとミス・ハクスタブルをものにできただろう。また、彼女との行為を楽しむこともできただろう。彼の評判に傷がつくことはなかっただろう。いや、逆に高まったことだろう。

彼女にとっては身の破滅となっただろう。それは事実だ。だが、彼がそんなことを気に病む必要はない。強姦されたと叫ぶことはできないのだから。彼女自身がすっかりその気になっていたのだから。

しかし、途中でやめることにした。自分からやめたのがいまだに信じられなかった。

良心の疼きというのは、彼にはまったくなじみのないものだった。また、胸のなかでそんなものを育むつもりもなかった。どうにも気分が落ち着かないだろうし、自由をひどく束縛されることになる。途中でやめたのは良心が疼いたからではなく、ミス・ハクスタブルにも言ったように、うんざりしたからだった。誘惑するのが簡単すぎたからだ。

自分でほぼそう信じていた。困ったものだ。

ヴォクソールでの一夜から三日後に、故郷であるドーセットシャーのシーダーハースト・パークに帰った。自分に必要なのは心と活力を注ぎこむことのできる何か新しいもの、退屈を紛らすための何かだ——そう考えていた。

じつに意外なことに、その何かが彼自身の荘園で見つかった。荘園は三代にわたるすぐれた管理人の有能な采配のもとで、彼が生まれたときから順調に経営され、繁栄していたので、こまごました事柄で自分の頭を悩ませる必要を感じたことは一度もなかった。ところが、夏の残りの日々も、秋に入ってからも、そして、冬のあいだも荘園の運営にたずさわり、けっこうそれに夢中になって彼自身と管理人を驚かせていた。自分がいろいろと提案できる人間であることも初めて知った。

だが、来年はロンドンに戻るつもりだった。かならずそうしよう。戻っていけない理由がどこにある？　ほどなく、キャサリン・ハクスタブルのことも、良心の奇妙な疼きも、仲間から受けた屈辱も記憶の彼方へ遠のき、古代史にすぎなくなった。それどころか、完全に忘れ去った。

ジャスパーは何度となく自分にそう言い聞かせた。

5

三年後

マーガレット・ハクスタブルと妹のキャサリンがロンドンで多くの時間をすごすことはなかった。ハンプシャーにある伯爵家の本邸、ウォレン館で静かに暮らすほうが好みに合っていた。

マーガレットはスロックブリッジのコテージにいたころと同じ有能さを発揮して、伯爵家を切りまわしていた。キャサリンは牧師と力を合わせ——スティーヴンの賛成を得たうえで——ある高名な校長の指導のもとに、ウォレン館の近くの村に学校を設立した。ときどき、年少クラスの授業を手伝うこともある。かつてスロックブリッジでやっていたのと同じように。

また、キャサリンはフィリップ・グレインジャーから求婚されていた。ウォレン館の近くに住む男性で、少し年上。この二年半のあいだに彼から二回結婚の申込みを受け、二回目のときは、彼のことは大好きだが、親しい友達以上の気持ちはどうしても持てないと、はっきり告げた。

彼は悲しげな顔をして、妻に迎えることができないのなら、友情で我慢するとキャサリンに約束した。しかし、ときどき、友達にあるまじき熱い視線を向けてくることがあり、キャサリンのほうも、もう一度求婚されたら承諾するのではないかと、ときどき思っていた。なにしろ、もう二十三歳。同じ年代の女性のほとんどが、とっくに夫選びをすませている。

キャサリンはもはや、ロマンティックな恋など信じていなかった。

あ、いやいや、信じてはいる。夢のかけらもない人間になってしまったわけではない。ただ、自分にそういう恋ができるとは思えなくなっていた。恋をしようと何度も努力したが、うまくいかなくて、もうそんな気になれなかった。しかし、結婚したい気持ちはある。自分の家庭を持って落ち着きたい。自分の子供がほしい。死ぬまでスティーヴンの世話になるのは、ぜったいにいや。

フィリップ・グレインジャーと結婚すれば、きっと、絵に描いたように幸せな人生が送れるだろう。まあ、とにかく、安らぎに満ちた人生が送れるはず。安らぎというのが人々からひどく過小評価されているように、キャサリンには思われる。ロマンティックな恋がもたらす無上の幸せより、安らぎのほうがたぶん長続きすることだろう。グレインジャー氏は好感の持てる人だ。いい夫になり、いい父親になるだろう。でも、いまのような気持ちで――というか、気持ちのないまま――結婚を承諾するのは、彼に対して失礼だ。

キャサリンとマーガレットはときたま、次女のヴァネッサに会うため、ノーサンプトンシャーのリグビー・アベイへ出かけていた。ヴァネッサとエリオットが現在住んでいるのは、もうフィンチリー・パークではない。二年近く前、エリオットの祖父のモアランド公爵が突然亡くなったあとで、そちらへ越したのだ。現在はエリオットが公爵となっている。ヴァネッサは公爵夫人。

ヴァネッサになかなか会えないのが、二人とも寂しくてたまらなかった。また、フィンチリー・パークで生まれた姪のイザベルに会えないのも寂しかった。生まれたばかりの甥のサミュエルにはまだ会っていない。この子が現在のリンゲイト子爵だ。

今年になって、社交シーズン最後の数週間をロンドンですごそうと二人が決心したのは、ひとつには、ヴァネッサの一家と会う機会があまりないのを埋めあわせるためだった。モアランド公爵は議会に出るためロンドンに滞在中。だから、もちろん、ヴァネッサと子供たちもロンドンへ行っている。

そして、スティーヴンも。大学を卒業したばかりで、オクスフォードから直接ロンドンへ行ってしまった。卒業祝いをしたいので、そちらに集まってくれるよう、姉たちを急かしていた。もうじき二十一歳。成人に達して、後見人から完全に自由になれる。マーガレットのほうも、十一年前に父親の死の床で自らに課した、弟妹がすべて無事に成人するまで面倒をみるという義務から、もうじき解放される。

バークレイ広場のマートン邸にみんなが腰を落ち着けて、まだ二日目だというのに、スティーヴンは友人たちと夜をすごすために出かけてしまった。その一人がまたいとこのコンスタンティン・ハクスタブルで、キャサリンは彼のことが大好きだが、会う機会がほとんどない。

スティーヴンは出かける前に、都合がつけばコンスタンティンを今夜早めの時間に家に連れてくる、と約束した。もちろん、約束は守られなかった。キャサリンも、マーガレットも、本気で期待したわけではない。スティーヴンは愛情深く、ふだんは思いやりのある弟だが、それと同時に若い男性でもある。若い男性というのは、仲間どうしで集まると、自分たちの楽しみの追求以外はつい忘れてしまうものだ。

マーガレットは前日の馬車の旅の疲れがまだ抜けきらず、今日の昼間はヴァネッサと子供たちを訪ねて長時間にぎやかにすごし、なおさら疲れてしまったため、早めに寝室にひきとった。キャサリンはしばらく読書をしてから、自分の部屋に戻ろうと思い、階段をのぼりはじめた。するとそのとき、階下の玄関ドアの開閉する音が聞こえた。

スティーヴンの快活な声と、それに答える執事の謹厳実直な声が聞こえてきた。キャサリンは階段の手すりから身を乗りだし、下の玄関ホールまでは見えなかったが、とにかく耳をすませた。やがて、もっと深みのある声がした——コンスタンティンの声だ。

遅い時刻だった。かなり飲んできたに違いない。そして、たぶん、書斎でもう一、二杯飲むつもりなのだろう。おりていかないほうがよさそうね。わたしが姿を見せるとは思っていないだろうから、向こうもあわてるかもしれない。コンスタンティンはあとしばらくロンドンにいるはずだわ。明日かあさって、あらためて会えるだろう。

男たちの陽気な笑い声がはじけ、言葉までは聞きとれないものの、おしゃべりが始まり、やがて静かになった。書斎に入ってドアを閉めたのだろう。

スティーヴンにおやすみの挨拶だけでもしてこよう——キャサリンは不意に決心して、階段を軽やかに駆けおりた。二人が飲みはじめる前に、コンスタンティンに挨拶しよう。ちょっと顔を出すだけにしておこう。

執事はすでに姿を消していた。キャサリンは軽くノックすると、返事も待たずにドアをあけた。スティーヴンがサイドボードのところに立って、クリスタルのデカンターからグラスに酒を注いでいたので、笑顔を向けた。スティーヴンは子供のころからほっそりしていて、優美で、金色の髪は、カールしているところも、言うことを聞かないところも、昔と少しも変わっていない。しかし、この二、三年で、自信にあふれた若者に成長していた。これからはその魅力で貴婦人たちを夢中にさせることだろう。いやいや、すでに夢中にさせているかもしれない。

「スティーヴン」キャサリンは言った。

つぎに、暖炉を背にして立っているまたいとこのほうへ、歓迎の顔を向けた。

「コンスタンティン」小走りで彼に近づき、両手を差しのべた。「スティーヴンがもっと早い時間にあなたを連れてきて、メグとわたしに会わせてくれることになっていたのよ。きっと、あなたに話すのを忘れてたのね。クリスマスの前に会ったのが最後じゃないかしら。お元気？」

「元気いっぱいだよ」コンスタンティンはキャサリンの両手をとって、頬にキスをした。「きみに同じ質問をする必要はなさそうだね、キャサリン。健康に輝いているし、あいかわらず美しい。いや、前以上だな。レディの美貌は一年ごとに衰えていくとされているものだが。きみはさらに輝きを増している」

コンが笑いかけてきたので、キャサリンもすぐさま笑いを返した。

「もう、いやあね。そんなお世辞を聞くためにおりてきたんじゃないのよ。ご挨拶しようと思ったの。さてと、男性だけにしてさしあげるわ。そう聞いてホッとなさったでしょ。こちらも心得ていますもの――女がそばにいては、ええと……そのう、羽目をはずすわけにいかないことを」

キャサリンは首をまわしてスティーヴンに笑いかけ、そこで初めて、ほかにも人がいることに気づいた。もう一人の紳士。ひらいた本を手にして、書棚のそばに置かれたオーク材のデスクの横に立っていた。

そちらに目を向けた。視線が合った。

えっ！

自分の胃が一メートルほど落下したような気がした。急に膝の力が抜けた。

紳士の右の眉がかすかにあがり、額に垂れていた黒っぽい髪の陰に隠れた。唇がゆがんだ。頭を傾けて軽くお辞儀をした。

「わ、いけない！」スティーヴンが叫んだ。「紹介するのをすっかり忘れてた。申しわけない。ケイト、モントフォード卿を知ってる？　姉のキャサリン・ハクスタブルです、モンティ」

「ミス・ハクスタブル」キャサリンが鮮明に記憶している、あの軽やかな心地よい声で、モントフォード卿は言った。キャサリンの背筋にまとわりつき、身体の奥にぞくっと震えを走らせる声。「お目にかかれて光栄です」

キャサリンはどうにか膝に力を入れ、軽く膝を曲げてお辞儀をすることができた。

「いらっしゃいませ」と言った。

コンスタンティンが咳払いをした。

「二階までエスコートさせてくれるね、キャサリン」と言って進みでると、腕を差しだした。

「遅い時刻ではあるが、マーガレットがまだ起きていたら、挨拶してこよう」

「もう休んでますわ。それに、エスコートしてくださる必要はないわ。自分の部屋ぐらい、一人で戻れますもの。おやすみなさい」

キャサリンはコンとスティーヴンに明るい笑顔を向けてから、モントフォード卿のことは無視して、そそくさとドアに向かった。それでも、コンスタンティンのほうがドアに先まわりして、キャサリンのためにひらいてくれた。

「おやすみ、キャサリン。明日、迷惑でなければ、あらためてきみとマーガレットに会いにお邪魔しよう」

「おやすみ、ケイト」スティーヴンが言った。

キャサリンが階段をのぼりはじめるまで、コンスタンティンは書斎のドアを閉めなかった。彼女は片手をあげ、笑顔を見せてから、急いで階段をのぼった。

あれから三年たった。なのに、たったいま、歳月がすべて消え去った。まるできのうのことのような気がする……。

恥ずかしい思い。

ひどい屈辱。

嫌悪――すべてが彼に向けられたわけではなかった。

彼はまったく変わっていなかった。あいかわらずハンサムで、エレガントで、人を小バカにした感じだ。

そして、あのときと同じく、危険なまでに魅力的。

メグがすでにベッドに入ってくれててよかった。

若きマートンは、今夜姉たちを訪ねてくれるようコンに頼むのを忘れていただけでなく、そもそも、姉たちがロンドンにきていることすら伝えていなかった。もし伝えていれば、ジャスパーも横でそれを耳にして、今夜であれ、ほかの夜であれ、バークレイ広場から一キロ以内のところにはけっして近寄らなかっただろう。

しかし、屋敷に入ってしまった。だから、キャサリン・ハクスタブルがマートンの書斎に飛びこんできて、にこやかな笑みと、みごとな美貌と、興奮にうっすら染まった頬をみんなに見せたとき、ジャスパーは呆然とするだけだった。

そして、罠にかかったネズミのような心境になった。

彼女が自分のほうを見るのを待った。反応するのを。気絶するのを。ヒステリーを起こすのを。彼に非難の指を突きつけ、身内の男たちに庇護と復讐を求めるのを。

そうしたことは何ひとつ起きなかった。

ただ、ジャスパーにとって何よりも衝撃だったのは、キャサリンを見たとたん、あの夜の記憶がひとつ残らずよみがえったことだった。まるできのうのことのように。じっさいには……あれからどれだけたったのだろう？　二年？　三年？　四年？

とにかく、遠い昔のことだ。

すべて忘れたつもりだった。そうだろう？

賭けに負けたのは、それ以前も以後も含めて、あのとき一度きりだった。もっとも、本当に負けたわけではない。十日ほどの余裕を持たせて、楽々と勝てていたはずだ。その哀れな賭け騒動のことはとっくの昔に忘れたものと思っていた。だが、すでに忘れたことなら、書斎に入ってくる彼女を見た瞬間、なぜまた雷に打たれたような衝撃を受けたのだろう？

コンがさりげなくキャサリンを書斎から連れだそうとしたことに、ジャスパーも気づいていた。あの賭けの件をコンは耳にしたのだろうかと、いつも気になっていた。コンからそのような話が出たことは一度もない。だが、もしジャスパーが勝利を手にしていれば、さぞひどい言葉を浴びせられたことだろう――そして、ひどい目にあわされたことだろう。

もっとも、コンは誰かを天使のように守ろうという男ではない。その逆だ。だが、なんとも理解しがたい話ながら、またいとこたちに好意を持っている様子だ。この一家に――というか、少なくともマートンに――爵位と領地と財産を奪われてしまったというのに。ジャスパーの父親があと二日早く結婚していれば、すべてが彼のものになったはずだ。両親が正式に結婚したのはコンが生まれる前ではなく、すぐあとだったため、コンは非嫡出子の世界に永遠にとり残され、何も相続できないことになった。自分がマートン伯爵になれなかったことをコンがどう感じているかは、誰にもわからない。彼がそれについて語ることはけっしてない。

もしかしたら、心ひそかにマートンを憎悪しているかもしれない。

その夜帰宅してから、ジャスパーは考えた――今年の社交シーズンが終わるまで、大きな催しは避けたほうがいいかもしれない。すでに出席の返事を出した分まで含めて。そして、自分の行動半径を、紳士の社交クラブと、タッターソールの馬市場と、ジャクソンのボクシング・サロンと、その他、出会う相手は紳士だけであることがはっきりしている安全な場所に限定すべきかもしれない。

だが、それは卑怯なやり方だ。自分が誰かから身を隠したことがこれまでにあっただろうか。かつて唇を奪い、愛撫まで進んだのにものにできなかった女から、いまになって身を隠そうというのか。そんな考えが自分の頭に浮かんだこと自体、彼には信じられなかった。

それにしても、彼女はなぜまた、独身のままなのか。すでに二十代も半ばになっているはず。この何年かのあいだに多くの男から結婚の申込みがなかったとは、ぜったいに思えない。コンは彼女をからかい、お世辞を並べ立てていたが、それでもひとつだけ正しいことを言った。二年前よりいまのほうが美しい――いや、三年前だか、四年前だか知らないが。しかも、あのころだって充分に愛らしかった。子馬のような表情はもう消えてしまった。だが、いまだにほっそりしていて、男なら思わずウェストを左右の手で包みたくなりそうだ。そして、抱きよせて……。

こら。もうやめろ。

招待状に出席の返事を出してしまった分については、きちんと顔を出すことにした。ちなみに、つぎの催しは新たにレディ・パーミターとなった女性が主催する大舞踏会だ。父親は裕福な平民だが、紳士階級ではないため、出席してくれそうな者を相手かまわず招待するという女性である。

モントフォード卿までも。

といっても、社交界に君臨する口やかましい連中をのぞけば、意地悪く彼を排除しようとする者はどこにもいないし、連中がひらく社交行事は古臭いものばかりなので、ジャスパーは出たいとも思わない。

ハクスタブル家の姉妹はお高くとまっているから、パーミター家の舞踏会にはたぶん出てこないだろう。あるいは、ロンドンに着いたばかりなので、もともと招待されていないかもしれない。

ところが、出かけてみると、出席者はかなりの数にのぼっていた。レディ・パーミターにとってまことに喜ばしいことだったに違いない。ジャスパーが少し遅れて到着し、出迎えの列の前を通りすぎてからあたりを見ると、舞踏室は人々でにぎわっていた。

最初に彼の目に飛びこんできたのはハクスタブル家の姉妹だった。

そうか……。

避けられない運命だったのだ。

本来ならば、ハクスタブル家の姉妹が注目の的になるはずはなかった。長女はキャサリン・ハクスタブルよりさらにいくつか年上だ。もう一人の姉であるモアランド公爵夫人は、年齢的には二人のあいだ。だから、すでにかなりの年増と言っていい。だが、じっさいの公爵夫人は妹に負けないぐらい愛らしい。まあ、妹よりはるかに色黒で、体つきは豊満だが。じつを言うと、そういうタイプのほうが彼の好みだ。

二人とも大きな注目を集めていて、ダンスを申しこむ男がどっさりいた。社交界にデビューしたばかりで、貴族社会を魅了し、結婚相手として最高に望ましい独身男に足枷をはめてひきずっていこうとしている若き令嬢たちの軍団にしてみれば、きっと、心おだやかではいられないだろう。

ジャスパーは夜のほとんどをカードルームですごした。ここはつねに、彼を——そして彼の金を——歓迎してくれる。ダンスをする気はほとんどなかった。たぶん、そのほうがいいだろう。いまだに一部の母親から猜疑の視線を向けられていて、その視線ときたらまるで、彼が娘をダンスフロアの中央へ連れていき、そこで凌辱にとりかかると思っているかのようなのだ。

ふだんから、舞踏会に出ても夜通しカードルームですごすことが多かった。踊ることがとくに楽しいとも思えなかった。ごくふつうの良識を持った紳士淑女がダンスフロアに出て、エレガントで優美に見せようと努めながら、ちょこまか動いたり、跳ねまわったりし、それと同時にできるだけ多くの賞賛を集めようとしているのを見ると、うんざりしてしまう。

今夜はこれまで以上に、舞踏室を避けるべき理由があった。ところが、ジャスパーがひと勝負終えて賭け金を集めようとしていたとき、若きマートンが彼を捜しにやってきた。

「ああ、ここにいたんだね、モンティ。たまには踊ろうよ。きれいな子がどっさりいるから、ぼくなんか目がくらみそうだ」

そう言って、マートンは明るく微笑した。

「そして、みんな、きみと踊りたがっていることだろう」ジャスパーはそう言いながら立ちあがり、マートンの肩に手を置いた。

「まあね」マートンは照れくさそうに言った。「だって、マートン伯爵だもの。わかるでしょ?」

「そのおかげで、きみはあらゆる女性のハートをとろけさせることができる。そのなかの一人とついに結婚するときがくるまで」ジャスパーは言った。「だが、カールした金髪とその笑顔もたぶん、きみの魅力を高めていることだろう」

じっさい、マートンは天使のような姿をしている。幸い、充分な気概を持ち、性格もきっぱりしているため、弱々しいタイプにも、覇気のないタイプにも見えない。ジャスパーはこの青年がことのほか気に入っている。しかも、マートンは街にきたばかりだ。分不相応に女性の注目を集めることにはなんの不思議もない。

「メグに紹介するからきて」マートンは言った。「いちばん上の姉。このあいだの晩はケイトがきただけで、メグは書斎に顔を出さなかったから」

うう……。さて、どうする？　もうひと勝負することにして、隠れたままでいる？　それとも避けがたい運命を受け入れる？　ジャスパーは避けがたい運命を受け入れることにした。

〝隠れる〟という言葉が好きでないのが、その最大の理由だった。

「喜んで」ジャスパーは陽気に偽りの言葉を返し、マートンの肩を強くつかんだ。

オーケストラは休憩中だった。もちろん、そんなことでもなければ、マートンが自由にカードルームへくることはできなかっただろう。ダンスの相手としてひっぱりだこで、もちろん、マートン伯爵という身分だけがその理由ではなかった。それを理解するには、彼がそばを通った瞬間に若い令嬢たちの顔に浮かぶ、うっとりした崇拝の表情を見るだけでいい。

ジャスパーはすでに二十八歳、しわくちゃの祖父になったような気がしてきた。もっとも、ジャスパーが舞踏室に突然姿を見せれば、もちろん、周囲が気づかないはずはない。彼の唇が愉快そうにほころんだ。もっとも、自分たちがどこへ向かっているかを思いだすまでのことだったが。キャサリン・ハクスタブルが姉と一緒に立っていないことに一縷の望みをかけていたが、その望みはすぐさま打ち砕かれた。

近づいてくる彼を見て、キャサリン・ハクスタブルが眉をあげた——そして、顎までも。扇を持ちあげると、猛烈な勢いであおぎはじめた。すぐうしろに軍隊が控えていれば、全員を涼しくできそうな勢いだった。

「メグ」まわりの雰囲気がどこかぎこちないことなど、呑気に気づかないまま、マートンは言った。「こちらはモントフォード卿。姉さんに紹介するって約束したんだ。コンの友達だよ——そして、ぼくの友達でもある。今夜はコンがここにいなくて残念だね。こちらはぼくのいちばん上の姉です、モンティ。両親が亡くなったあと、何年ものあいだ母親がわりをしてくれました。こんないい母親はどこにもいません」

膝を曲げてお辞儀をする姉に、マートンは愛情あふれる笑みを向けた。

「初めまして、モントフォード卿」マーガレットが言った。

その目は妹と同じくブルーだった。髪の色から考えて、黒っぽい目だろうと、ジャスパーは想像していたのだが。たぐいまれな美人だった。美男美女の血筋というわけだ。公爵夫人だけがやや例外。もっとも、その血筋からはずれているわけではない。

「ミス・ハクスタブル」ジャスパーは頭を下げた。「ミス・キャサリン」

キャサリンはお辞儀をしようとしなかった。扇を使って猛烈な勢いで頬に風を送るのをやめなければ、手首が折れてしまいそうだ。

ジャスパーは姉娘のほうへ視線を戻した。

「つぎの曲の相手をさせていただけませんか」と尋ねた。マートンがそう期待しているだろう。それに、彼の姿を目にしても、ミス・マーガレット・ハクスタブルが怯えてあとずさるようなことはなかった。彼の悪評を何ひとつ知らないか、もしくは、妹と同じく芯の強いタイプなのだろう。

「あら」ミス・ハクスタブルは心から申しわけなさそうな表情になった。「アリンガム侯爵さまとお約束してしまいましたの。しばらく前に申しこまれたものですから。でも、ご親切に言ってくださって本当にありがとうございます」

ジャスパーは彼女に軽く会釈をした。これで礼儀正しく退散できる。

「あ、侯爵さまがいらしたわ」ミス・ハクスタブルがジャスパーの背後に目を向け、アリンガム侯爵に温かな歓迎の笑みを向けた。

「ぼく、ミス・アクトンにつきあわなきゃ」マートンが少々残念そうに言った。「ミス・アクトンはワルツに参加できないんだ。〈オールマックス〉の会員になってる貴婦人たちの誰からも、まだ許可が出てないから。彼女を見つけにいったほうがよさそうだ。じゃあね、メグ。ケイト。モンティ」

そして、マートンは行ってしまった。

何秒かすると、ミス・ハクスタブルもいなくなった。

ジャスパーは妹娘と二人きりで残された。

ワルツ。

はあ……。

遠くの場所が――カードルームという形をとって――しきりに手招きしていた。

「前に聞いた話ですが」お辞儀をして無礼にならない程度に急いで立ち去るかわりに、ジャスパーは言った。「身体のどこか一カ所を休みなしに動かしつづけると、年をとってからリューマチになるそうです」

キャサリン・ハクスタブルは彼の視線がどこを向いているかに気づき、不意に扇の揺れを止めた。腕が脇に下がった。

「それはわたしの問題ですから、モントフォード卿」

ウィットに富んでいるとも、独創的とも言えない返事だった。しかし、断固たるきつい口調だったので、彼女がかつてのことを忘れてもいなければ、許してもいないことを、ジャスパーは思い知らされた。

驚きはしなかったが。

「まだまだお子さまのミス・アクトンと違って」ジャスパーは言った。「あなたのほうは、ワルツを踊る許可を何年も前に得ておいででしょうね、ミス・ハクスタブル。あ、年齢を重ねておられることを非難する気はないのですよ」

「ヤードリーさまと踊る約束になっています」

「ヤードリーなら、三十分ほど前に呼びだされ、カードルームから飛びだしていきました。たしか、奥方が大事な時期に入っているはずで、ついにそのときがきたのでしょう……そのう、新しい命が……」

「まあ」キャサリン・ハクスタブルは屈辱の表情になった。ヤードリーに妻がいることを、たぶん知らなかったのだろう。ヤードリーはとんでもない女たらしなので、妻の存在は隠せるかぎり隠しておこうとする。今回がヤードリー夫人の六回目のお産のはずだ。モントフォード卿のほうでうっかり見落としている分が一回か二回ほどないかぎりは。

「かわりに、ぼくとワルツを踊ったほうがいいですよ」ジャスパーは言った。

おいおい、気はたしかか？

「あら、わたしが？」彼女の眉が跳ねあがり、扇でふたたび頬に風を送りはじめた。「その気になれませんので、モントフォード卿」

「そうしないと、壁の花になってしまいますよ。レディにとってきわめて不愉快なことだと、前に聞いた覚えがあります。とくに、そのう……ある程度の年齢のレディにとっては」

「ある程度――」彼女の鼻孔が広がり、扇を揺らす手が止まり、胸が膨らみ、目がギラッと光り、そして……いきなり笑いだした。思いもよらぬことだった。心の底からおもしろがっている様子だった。ジャスパーの心の隅にひっかかっている記憶があった。

「なんて突飛なことをおっしゃるの。たぶん、かつてはあなたのそんなところに惹かれたんでしょうね」

「ぼくに愛想を尽かすまでは」ジャスパーはそう言って首を軽くかしげ、彼女の目をじっと見た。「ええ、そうでした」彼女はうなずいた。何やら考えこむ様子で彼を見ていた。「長いあいだ、あなたのことを悪の権化だと思っていました。でも、あとでフッと気がついたんです──あの夜はわざと賭けに負けることになさったのだと。あなたのなかにも多少の品位があるというしるしだったのでしょうね」

ジャスパーはおおげさに肩をすくめてみせた。

「あのときの失敗がぼくの評判に汚点を残すこととなり、まるでフジツボのごとく記憶に貼りついている。その事実に、〝品位がある〟などと誰かから思われているという屈辱を加えると、ぼくは絶望の淵へ追いやられてしまう」

「あら」扇をパチッと閉じて、キャサリン・ハクスタブルは言った。「よけいな心配をなさる必要はありませんことよ、モントフォード卿。品位のある方だなんて、もちろん思っておりませんもの──一生に一度だけ、品位があると言えそうなことをなさった方というだけのこと」

ジャスパーは彼女に笑みを向けた。

「二人でワルツを踊ることにしましょう。壁の花になる気はないでしょう？ それに、ぼくとしても、あなたにダンスの相手を恭《うやうや》しくお願いしたあとではねつけられる姿を、ここに集まったみなさんに見られたくないので」

ことわられることを覚悟しつつも、そうならないよう願っている自分に気づいて、ジャスパーは驚愕した。

クソッ！　冗談じゃない。何年ものあいだ、彼女のことは考えないようにしてきたのに。ぼくに最大の屈辱をもたらした女だ。厳密に言うならば、唯一の屈辱。この女がいなければ、ぼくの輝かしき評判に傷がつくこともなかっただろう。賭けに負けたことを仲間全員の前で認めざるをえなかったのは、愉快な経験ではなかった。女性をめぐる賭けとなればとくに。しかも、楽々と勝てたはずなのに。男の面目丸つぶれだった。

「ええ、よろしくてよ」彼女が歯切れよく答えた。いささか意地悪な口調だった。「喜んで」明らかに彼の返事など期待していない様子だった。ジャスパーが腕を差しだすと、袖に手をかけ、彼に導かれるままに、ほかの人々がすでに集まっているフロアへ出ていった。

そして、ぼくはここにいる。ミス・キャサリン・ハクスタブルと再会しただけでなく、貴族の館の舞踏会でワルツを踊ろうとしている。

つぎはどうなるんだ？

世界が終わりを迎える？

ブタが空を飛ぶ？

月がチーズに変わる？

6

キャサリンはひどく不安だったにもかかわらず、弟と上の姉と一緒に舞踏会に顔を出した。あの人もきてたらどうするの？　彼には二度と会いたくなかった。でも、そんな態度は臆病だと思った。怖いからというだけで、家のなかに閉じこもっているつもり？　三年もたったのに？　ロンドン滞在中、ずっと家にこもっていることはできないし、一生のあいだロンドンを避けつづけるわけにもいかない。ばかげている。

それに、家でじっとしていても、彼と顔を合わせずにすむわけではない。そうでしょ？　わたしの家に——いえ、正確に言うと、スティーヴンの家に——押しかけてきた。書斎に立っていた。当然の権利があるような態度で。もちろん、権利はあった——スティーヴンが連れてきたのだから。

それに、キャサリン自身、舞踏会に出たくてたまらなかった。ロンドンにくることはめったにないし、社交シーズンにひらかれる無数の催しのすべてに顔を出したいとは思わないが、たまにその雰囲気を楽しむのは好きだった。

というわけで、モントフォード卿をひきよせるような催しではないと自分に言い聞かせつつ、今夜の舞踏会に出かけてきたのだった。メグとスティーヴンとともに到着したときは、彼の姿はどこにもなかったので、胸をなでおろした。

ところが、彼がきていないことを確信したそのとき、スティーヴンが、「モントフォード卿がカードルームにいるから呼んでくる。メグに紹介したいんだ。まだ会ってないし」と言いだした。モントフォード卿はコンスタンティンの親しい友人で、だから、スティーヴンともつきあいがある。

まったく厄介ねえ。スティーヴンに反対して、モントフォード卿をカードルームからひっぱりだすのはやめるよう頼みたいけど、どうすればそんなことが言えるの？　スティーヴンが理由を知りたがるわ。メグだって。

スティーヴンに連れられてモントフォード卿がついに姿を見せたときに自分がとった態度を、キャサリンはいまも誇らしく思っていた。つんとすまして、わずかに冷たさを示し、しかも、弟と姉の注意を惹きそうなことは態度にも言葉にもいっさい出さなかった。メグはモントフォード卿にワルツを申しこまれたが、アリンガム卿と踊る約束になっていたので、ことわるしかなかったし、スティーヴンはミス・アクトンを捜しにいってしまった。キャサリンはヤードリー氏が早く姿を見せてダンスを申しこんでくれるよう願った。そうすれば、試練も終わりを告げる。

自分の態度はなかなか立派だった。

だったら、いまはなぜ、モントフォード卿と向かいあってダンスフロアに立ち、ワルツを踊ろうとしているの？

筋の通った説明はできそうもない。

ふと気づくと、ドキンとするほどなつかしい香りに包まれていて、パーミター家の舞踏室のかわりに、ヴォクソール・ガーデンズがまわりに広がっているのではないかと思ったほどだった。麝香系の高価な香り、ひどく男っぽい感じ。髭剃り用の石鹸かコロンだろう。誘惑と抑えきれない情熱と屈辱の記憶をよみがえらせる香りで、こうした熱い感情をキャサリンが強烈に経験したことは、ヴォクソールの夜の前も、それ以後も、一度もなかった。

そして、ふたたび経験したいという思いは、彼女のなかにはこれっぽっちもなかった。

モントフォード卿は彼女の記憶にあるとおり、ハンサムだった。背が高くてほっそりした優美な姿、黒っぽい髪、横柄な感じの眉、嘲りの色をたたえた鋭い知的な目を隠す物憂げなまぶた。あいかわらずハンサムで、あいかわらず魅力的だ。そして、あいかわらず危険。この種の危険に、キャサリンがいまも弱いとすれば。

でも、もう、そんなことはない。

ワルツが始まろうとしていた。オーケストラのメンバーが楽器を構え、フロアに出た人々のあいだにかすかな静寂が広がった。

モントフォード卿の右腕がキャサリンのウェストにまわされ、腰のくびれに手があてがわれた。ドレスのサテンの生地がその手に焼かれて、穴があいてしまったかに思われた。反対の手がキャサリンの手をとって、温かくしっかりと包みこんだ。キャサリンは指が彼の手と触れあうのを避けようとしたが、そのせいで指が丸まって、彼の手の甲に触れてしまった。彼の肩に反対の手をかけると、その肩はたくましい筋肉に覆われていた。最後に手をのせたときの記憶のままだ。

生々しい肉体の感触に、窒息してしまいそうだった。

キャサリンがワルツを心から楽しんだことは、これまで一度もなかった。一人の紳士と身を寄せあって三十分も踊りつづけるのはなんとなく気詰まりだし、その相手だけと礼儀正しく会話をしなくてはならないのはうんざりだと、いつも思っていた。もちろん、理想のパートナーがいれば、そのすべてがまばゆいほどロマンティックな体験になるだろうと、つねに想像しているのだが。

どう考えても、モントフォード卿は理想のパートナーとは言えない。

キャサリンは彼をにらんだ。まるで、彼がたったいま、〝ぼくこそ理想のパートナーだ〟と宣言したかのように。

「あなたはたぶん、スティーヴンがまだ若くて愚かなうちに、あの子を誤った方向へ連れていこうと思ってらっしゃるんでしょうね」

彼の眉が両方とも跳ねあがった。

「そして、弟さんを堕落した放蕩者にする？　当然じゃないですか。ぼくが弟さんと友達づきあいをするのに、ほかにどんな理由があるというのです？　ぼくが親しくしている友人のいとこだからではない。そうでしょう？　ところで、弟さんは若いだけではなく、愚かなのですか。あなたの姉上の育て方は、どうやらあまり感心しないものだったようですね」

キャサリンは目を大きくひらき、相手の罠にはまってしまった。

「言葉をもっと慎重に選ぶべきでした」不機嫌な声で言った。「〝愚か〟のかわりに、〝感受性の強い〟という言葉を使うべきでした」

「しかし、どちらもたいして違わないのでは？　感受性の強い男というのは、愚かな男ではないでしょうか。弱い男ではないでしょうか。堕落などするものかと弟さんが心に誓っていた場合、ぼくの力で果たして堕落させられるでしょうか」

「存じません」キャサリンは言った。「できるとお思いですか」

キャサリン自身、たやすく堕落させられそうになった。

彼の顔は筋肉ひとつ動く気配もなかった。ただ、物憂げなまぶたの下で、突然、目にいたずらっぽい笑みが浮かび、その変化を見たとたん、キャサリンは膝の力が抜けそうになった。

「だが、なぜぼくがそんなことを願ったりするのです？　あなたの妄想のなかで、ぼくは悪魔の化身にされてしまったのでしょうか、ミス・ハクスタブル」

「妄想？」

モントフォード卿はクスッと笑った。「だが、あなたはすでに、ぼくのなかにわずかな品位を見つけたことを認めている。悪魔というのは、善なるものにはいっさい縁がないのですよ。あなたの意見は矛盾しています」

ようやく演奏が始まり、人々がワルツを踊りだしたおかげで、キャサリンはこの場にふさわしい返答を考える手間をかけずにすんだ。

ああ。

〝ああ〟というためいきしか出なかった。

そのあとの数分間、キャサリンはまともにものを考えることができなかった。こんなに優雅に踊れる人だとは、ワルツを踊るために生まれてきたような人だとは、思いもしなかった。もっとも、落ち着いて考えてみれば、それぐらいは想像がついたはずだ。こういう男はどんなことでも完璧にできるよう、つねに心がけているものだ――乗馬、ボクシング、ダンス、賭博、ベッドの――。

ああ！　またそんなことを考えている。

しかし、それは、無意識の思いがひそんだ胸の奥深くのことにすぎなかった。キャサリンの心は、音楽、リズム、ドレスやロウソクの渦巻く色彩、話し声と笑い声、男っぽいコロンの香り、物憂げな黒っぽい目に浮かんだ微笑とひとつになった。

そして、前々からの想像が正しかったことを知った。ワルツはまばゆいほどロマンティックだ。パートナーが理想の男なら――。

ふたたび、そんな思いにとらわれた。

そして、それとともに、恐ろしい疑惑が浮かんできた――わたしったら、数分のあいだうっとりしてしまって、彼から目が離せなかったんじゃない？　唇が曲線を描いて微笑に変わったんじゃない？　頬が赤く染まり、目がきらめいたんじゃない？

そして、数分のあいだ、愚かにも心の底から楽しんだんじゃない？　ワルツを楽しんだでしょ？　わたしを回転させながら、足の下に床など存在しないかのように踊る男とのひときを楽しんだでしょ？

危険な男。

それがモントフォード卿。

そして、わたしのほうは、三年前のうぶな少女から少しも成長していない。

キャサリンは微笑を消し、目を伏せた。こんな男とのダンスを、よくもまあ楽しめたものね。何を考えてたの？

ぞっとする賭けの話を、じつに無遠慮に、傲慢に、冷静に、彼から告げられたときのことを思いだした。

そして、あの夜以来千回も二千回も考えたことだが、彼はなぜ、いったん始めたことを最後までやりとおし、賭けの賞金がいくらだったか知らないが、それを自分のものにしようとしなかったのだろう？　彼のなかにも多少は品位があるのかもしれない、たぶん少しは良心を持った男なのだろう、などとはぜったい信じたくなかったし、いまも信じていない。あのときの彼の説明を信じているほうがよかった。簡単に餌食になりそうで、なんの面白味もない――彼はそう言ったのだ。でも、お金を賭けてるときに、そんなことを問題にするものなの？

「いまもぼくを恨んでるんですね」モントフォード卿が低く言った。

惨めな声だった。わざとではないかと怪しみたくなるほどだった。同時に、おもしろがっている様子もあった。この人、わたしを見ておもしろがってるのね。

「意外でした？」キャサリンは視線をあげてふたたび彼を見た。

「いえ、ちっとも。あなたはある忌まわしき機会に、ぼくに失望させられたとおっしゃった。そのような失望を与えた相手を、人はどうして恨まずにいられるでしょう？」

彼はたしかにキャサリンを嘲笑しているのだ。しかし、この場にふさわしい辛辣な返事を考えようとするキャサリンの努力は、彼にリードされて舞踏室の隅でターンした瞬間、立ち消えになった。巧みな足さばきに誘われて、キャサリンも思わずステップを合わせていた。楽しげに笑いだしたが、やがて、少しも楽しくないのにと気がついた。

「ぼくを恨まないようにする方法を、あなたに教えてあげられますよ」モントフォード卿が言った。

キャサリンは両方の眉をあげた。

「あなたのためにもなることではないでしょうか」モントフォード卿は訊いた。

「恨むのをやめれば、わたしがあなたに無関心になり、顔を合わせるたびににらみつけることがなくなるから？　たしかに、そちらには都合のいいことでしょうね」

「ぼくに無関心？」ワルツの曲のあいだに短い休止があったとき、モントフォード卿は二人の踊りを中断させたが、キャサリンにまわした手ははずさなかった。「ミス・ハクスタブル、いくらぼくでも、あなたを無関心にさせられる力があるかどうか疑問です」

キャサリンの胃がふたたび宙返りをしていた。あの物憂げな目からどうしても視線がはずせない。

「ないでしょうね」キャサリンはためいきをついた。「嫌悪と無関心は違いますもの。そうでしょう?」

モントフォード卿はあけっぴろげな笑みを浮かべ、クスッと笑った。

「ぼくを憎まないように、あるいは、嫌わないように、教えてあげることもできるのですよ」演奏の続きがまだなので、とても低い声でモントフォード卿は言った。その目がキャサリンの唇に向いた。「なんなら、ぼくを愛することを教えてあげることもできる、ミス・ハクスタブル」

キャサリンは驚きのあまり言葉を失った。

「まっ!」と言うのが精一杯だった。半分は感嘆の叫び、半分は疑問の声だった。

「いまのは同意の言葉ですか」ふたたび演奏が始まった。前よりやや速めのテンポだった。キャサリンが答えられずにいるあいだに、モントフォード卿が彼女を何度かターンさせた。

「では、認めるのですね。ぼくにそれができることを」

「百万年たっても無理でしょうね」ようやく声が出せるようになってから、キャサリンは言った。その声は憤慨に震えていた。「いいえ、十億年でも無理だわ」

「では、十億と一年ぐらいかかるでしょうか。なんと退屈な!　そして、あなたはなんと頑ななことか。しかし、ぼくのことを過小評価しておられますよ、ミス・ハクスタブル」

「そして、あなたもわたしを過小評価していらっしゃいます！」キャサリンが猛烈な勢いで言いかえしたので、横で踊っていたカップルが二人のほうを見た。「わたしを説得して愛を得ようとなさるのは、モントフォード卿、わたしがあなたを説得して愛を得ようとするのと同じぐらい、無理なことですわ」

モントフォード卿は返事をしなかった。なんとも厄介なことだった。というのも、気分を浮き立たせるリズムに合わせて二人がワルツを踊るあいだ、キャサリンの言葉が二人のあいだにたゆたい、あとを追ってくるように感じられたからだ。そして、二人のあいだに熱が生じるにつれて、彼の肉体が痛いほど意識され、ぎこちなさが強まっていった。

ワルツが社交界の多くの人々からはしたないと思われている理由が、キャサリンにもよく理解できた。〝はしたない〟というのは、礼儀にはずれているという意味だ。たしかに、これまでに考案されたダンスのなかでもっとも不道徳なものだ。じつに……淫靡《いんび》と言ってもいいほどだ。

握りあった二人の手が熱を帯び、じっとり湿ってきた。

テンポの速い曲は長くは続かなかった。まもなく、ほとんど中断なしで、はるかにゆったりした、そして、もっと……ロマンティックな曲に変わった。

それでも、二人は無言で踊りつづけた。やがてついに、モントフォード卿が二人のあいだの沈黙を破った。

「そのような言い方をされると、たしかに不可能のように思えますね」キャサリンの言葉から彼の返事までのあいだに五分ほどの沈黙などなかったかのように、モントフォード卿は言った。「ぼくは恋をしたことがないんです、ミス・ハクスタブル。今後も恋をするとは思えません。身体だけの関係のほうがはるかに楽しいし、満足できる。ぼくが恋に落ちることは、残念ながら、ぜったいにありません」

「わたしも同じです」キャサリンはカッとなって言いかえした。「どう考えても、断じてありません」

「つまり、おたがいにありえないわけですね。賭けをするにはもってこいのように思えるが。いかがです？」

「賭け？」キャサリンは彼に向かって眉をひそめた。

「いや、わかっています」モントフォード卿はおおげさにためいきをついてみせた。「上品な貴婦人は賭けなどしないものです。それに、ぼくが負けるほうに賭けた人は、男性であれ、女性であれ、かならず後悔することになります。ぼくはけっして負けませんから」

「一度だけ例外がありましたわね」キャサリンは辛辣に言った。

モントフォード卿は右の眉をあげた。額に垂れ下がった髪の陰に、眉が半分隠れた。

「ただ一度の例外」彼はうなずいた。「それを思いださせてくださるとは、なんと親切な方だろう、ミス・ハクスタブル。だが、おたがいに知っているように、あれはぼくが負けたというより、権利を放棄したようなものです」

「いま話題になっているのは、どのような賭けでしょう？」短い沈黙ののちに、キャサリンは彼に尋ねた。

わたしの気のせいなの？　それとも、たしかにさっきより身を寄せあって踊っている？

キャサリンはわずかに身をひこうとしたが、ウェストにあてがわれた彼の手がまるで壁のようだった。

「二重の賭けという形にするしかないでしょうね」モントフォード卿は言った。「おもしろくなりそうだ。ぼくのほうは、あなたを誘惑してぼくに恋をさせることに賭け、あなたのほうは、ぼくを誘惑してあなたに恋をさせることに賭ける」

「まっ！」キャサリンはふたたび言った。「あなたが賭けに勝つ見込みは、たとえ千年たっても、この地球上にはありませんことよ。いえ、十億年たっても」

「そして、あなたが賭けに勝つ見込みは、この宇宙にはいっさいない」モントフォード卿は愛想よく言った。「これは天でとりきめられた賭けなのです、ミス・ハクスタブル。応じる価値のある賭けはただひとつ、勝つのは不可能と言えそうなものだけです。あとの賭けはすべて、挑戦する価値もない」

「ヴォクソールでのわたしに価値がなかったように？」キャサリンはそう言ったあとで、舌を嚙み切りたくなった。

彼の目がひどく物憂げになった。もっとも、目に浮かんだ微笑はそのままだった。

「あのとき、ぼくはとんでもない嘘をつきました。途中でやめて、恥さらしにも賭けに負けてしまった理由は、そういうことではなかったのです、ミス・ハクスタブル」

「まあ。じゃ、なんでしたの？」

「たぶん」モントフォード卿の目がふたたび彼女をあざ笑っていた。「あなたに恋をしてしまいそうで怖かったのでしょう」

「まっ！」キャサリンがこう言ったのは三度目だった。もっとも、ふだんの彼女の語彙には、この言葉というか、音は含まれていないのだが。またしても胃が宙返りを始めていた。

「そのような危険を冒すわけにはいきませんでした」モントフォード卿はふたたびニッと笑った。

「なんてバカなことをおっしゃるの」キャサリンは不機嫌な声で言った。「いましがた、一度も恋をしたことがないし、自分には恋などできないとおっしゃったばかりなのに」

「もしかしたら」モントフォード卿はそう言いながら、二人が舞踏室の端でふたたびターンした瞬間に、キャサリンにわずかに顔を近づけた。マーガレットが笑顔でアリンガム侯爵を見あげているのが、ちらっとキャサリンの目に入った。「生涯で一度だけ、その危険に陥ったのかもしれません、ミス・ハクスタブル。一度だけ賭けに負けたのと同じように。もしかしたら、あの夜、あなたがぼくの鎧に裂け目を見つけ、いま、ぼくのハートに通じる道を見つけようとしているのかもしれない」

キャサリンは彼を凝視した。

「ぼくにハートがあるならね」モントフォード卿はつけくわえた。「ひとこと警告しておくと、自分では、ハートがあるとは思っていません。だが、ぼくが否定すれば、あなたはよけい挑戦する気になるかもしれませんね」

「バカなことを！」キャサリンはふたたび言った。

「わかりませんよ。やってみなければ」

「でも、なぜわたしがそんなことをする気になるの？　あなたにハートがあってもなくても、わたしには関係ないことだわ。あるいは、あなたに恋ができてもできなくても。そんなばかげた賭けに、どうしてわたしが勝とうと望んだりするでしょう？　どうしてあなたがわたしに恋をすることを望んだりするでしょう？」

「なぜなら、あなたがそうしたことを望んでいると正直に認めたときには、ミス・ハクスタブル、たぶんぼくに恋をするだろうから。その恋が報われないものではないことを知るのが、あなたにとってもっとも重要なことになるでしょう」

モントフォード卿はこのうえなく邪《よこし》まな罪深い目をしていた。その目は顔のほかの部分が笑っていないときでも、笑みを浮かべることができる。笑うこともできる。嘲ることもできる。そして、キャサリンの防御をすべて突きくずすことができる。キャサリンはやがて、心を見られているような、さらにはもっと深いところまで見られているような気分にさせられる。

「両方が成功すれば」モントフォード卿は言った。「ぼくたちはそのあと、いついつまでも幸せに暮らしていけるでしょう。心を入れ替えた放蕩者こそが、もっとも忠実な夫になると言われています。そして、もっとも技巧に長けたすばらしい恋人になる、とも」

「もうっ！」キャサリンは頭をのけぞらせ、憤慨の面持ちで彼をにらみつけた。「またしてもわたしを誘惑なさるおつもりね」

モントフォード卿はおおげさにたじろいでみせた。

「できれば、その言葉は使わないでいただきたい、ミス・ハクスタブル。かつて、そうしようとしたら、あなたに打ち負かされてしまった」

「してません！」キャサリンは言いかえしたが、相手の口車に乗ってとんでもないことを言ってしまったのに気づき、髪の付け根まで赤くなった。

「おや」モントフォード卿は両方の眉をあげた。「したじゃないですか。あのとき、メイン料理まで進めなかったので、ぼくはあれ以来ずっと空腹なんですよ。だが、話が脇へそれてしまった。賭けはどうします？」

どうしてこんな会話にひきずりこまれてしまったの？　こともあろうに、モントフォード卿を相手にして。でも、ほかの紳士だったら、こんな話はできるはずがない。

「もちろん、おことわりします」キャサリンは軽蔑をこめて答えた。

「怖いんでしょう、ミス・ハクスタブル。ぼくが勝ち、あなたは勝てないとわかっているから。そして、あなたは衰弱の一途をたどり、傷心のあまり死んでしまう。家族が枕もとに集まって、身も世もなく泣きくずれることでしょう」

キャサリンは彼をにらみつけ――やがて、彼が描きだした滑稽な情景を想像して、思わず笑ってしまった。

「そのような想像を得意げになさるものではありません、モントフォード卿。かならず失望なさるでしょう。わたしのほうは、あなたのためにそういう感動的な死の場面を考えるような無駄なことはいたしません」

モントフォード卿も笑いだした。

「で、もしわたしがそのように非常識な提案に同意したとすれば?」キャサリンは彼に尋ねた。「そして、賭けに勝ったとすれば? わたしに恋をしたことを、あなたはぜったい認めようとしない。そうでしょう?」

モントフォード卿の眉が跳ねあがった。仰天している様子だった——そして、気分を害したようだ。

「ぼくが嘘つきになれるとおっしゃっているのですか、ミス・ハクスタブル。名誉を重んじる紳士ではないと? だが、たとえぼくが嘘をついたとしても、あなたはすぐに真実を知ることでしょう。ぼくが深い憂鬱に沈みこみ、影のように痩せ衰えてしまうのを見ることができるはず。絶えず悲しげなためいきをつき、下手な詩を書き、肌着を替えるのも忘れるようになるでしょう」

恋するモントフォード卿の姿を思い浮かべて、キャサリンはまたしても笑いが止まらなくなった。

「おそらくありえないことと思いますが、万が一そうなった場合には、ぼくも正直になって、敗北を認めることにしましょう。だが、これはあくまでも仮定の話ですよね? あなたはやはり、臆病者となり、賭けに応じるのを拒絶するおつもりですか」

「モントフォード卿」二人でふたたびターンして、壁の燭台のロウソクがまばゆい光の帯となって揺らぐなかで、キャサリンは言った。「はっきり申しあげておきましょう。今宵、あなたとワルツを踊り、このように不道徳でばかげた会話をすることに、たしかに同意いたしましたが、わたしはもう、三年前のうぶな娘ではありません。この社交シーズンのあいだ、いいえ、それどころか、これから一生のあいだ、あなたにお目にかかるたびに礼儀正しく接するつもりでおりますが、正直なところ、ふたたびお会いしたいとも、言葉をかわしたいとも思いません。永遠に」

「つまり」短い沈黙ののちに、モントフォード卿は言った。「ノーという意味に解釈していいのですね」

キャサリンは憤慨して彼を見た。なぜまた、この人のことをほんの少しでも魅力的だと思ったのかしら。知りあいの紳士たちといるより、この人と一緒にいるほうが刺激的だなんて、どうして思ったの？

「そのつもりで申しあげました」キャサリンは言った。

「あなたはやっぱり臆病者だ。そうなると、一方的に賭けをするしかないですね——あなたを口説いてぼくに恋をさせる……ええと、そうだな、夏が終わる前に。紅葉した最初の葉が地面に落ちる前に」

キャサリンの鼻孔が膨らんだ。

「もしも、芳しくない評判をお持ちの紳士がたの賭け金帳に、わたしに関わる賭けが記載されているなどという噂が、こちらの耳に入った場合には——」

「いやいや、まさか」モントフォード卿が笑顔になり、不意に温かな魅力を見せた。「これはあなたとぼくのあいだの個人的な賭けです、ミス・ハクスタブル。いや、訂正——ぼくとぼくのあいだの賭けだ。だって、あなたは臆病にも参加を拒んでいるのだから」

「なるほど」キャサリンはつっけんどんに言った。「わたしへの嫌がらせのおつもりね。心ひそかに楽しむために。きっと、ひどく退屈なさっているのでしょう、モントフォード卿」

「嫌がらせ？」モントフォード卿は片方の眉をあげた。「ぼくなら、求愛と呼ぶでしょうね、ミス・ハクスタブル」

「そして、成功した暁には、わたしを失恋の痛手のなかに残していくつもりでいらっしゃる。そんなことにはならないでしょう。先に申しあげておきますけど」

「しかし、ぼくも同じ失恋の痛手を負うことになる」ワルツの旋律が終わりに近づいているなかで、キャサリンに軽く顔を近づけて、モントフォード卿は言った。「賭けの残り半分は、あなたがぼくを口説いて恋をさせられるかどうか、という内容でしたよ」

キャサリンは舌打ちをした。

「試してみることさえ時間の無駄です。たとえ、わたしがあなたの恋心を求めているとしても。ありえませんけどね。求めるはずなどありません」

二人は踊るのをやめていた。ほかの人々もみな。ダンスフロアから人の波がゆっくりとひいていった。

「しかし、そのときの様子をちょっと想像してみてください、ミス・ハクスタブル」モントフォード卿は低い声で言った。まぶたが軽く伏せられ、その奥から彼の目が鋭くキャサリンを見据えていた。「両方が賭けに勝った場合のことを。ハノーヴァー広場の聖ジョージ教会で、貴族社会の人々すべてに列席してもらって豪華な式を挙げ、そのあと生涯にわたって眠れぬ夜をすごし、子供を作り、情熱的に愛をかわす。かならずしもこの順序とはかぎりませんが」

キャサリンの鼻孔がふたたび膨らみ、それと同時に、膝がバラバラにこわれてしまいそうな気がした。もうっ、なんて図々しい人なの！

「ところで、あなたはどうして、自分は賭けに勝てないなどと断言するのです？」モントフォード卿が訊いた。「数多くの貴婦人がぼくに――いや、むしろ、ぼくの身分と富に――言い寄ろうとして、失敗に終わりました。何もしないほうが成功につながるのかもしれませんね」

「そういう愚かな妄想でご自分を楽しませることになさっているなら、モントフォード卿」彼から離れようとしながら、キャサリンは言った。「わたしの力では止められません。それに、止めようという気もありませんし」

「ああ、残酷なハートの持ち主だ」モントフォード卿はそう言いながら、キャサリンの手をとって自分の袖にかけさせ、フロアを横切ってメグとスティーヴンのいるほうへ向かった。

「ぼくのハートはすでに、砕け散って無数の破片となる危険に直面している」

キャサリンが彼を見あげると、向こうは笑顔で彼女を見おろしていた。ごくありふれた世間話をしているかのように。

どうしよう。わたしったら、ほんとにモントフォード卿とこんな会話をしていたの？　この何年か、心のなかで彼のことを悪鬼のように思いこんでいたのに、ウィットでこの人に対抗するのをけっこう楽しむなんて。

この人はわたしのハートを盗もうとしている――それは単に、わたしがぜったい無理だと言っていることに挑むのが楽しいから。

無理に決まってるのに。

彼のハートを盗むのが無理なのと同じように。

ああ、それができさえすれば。わたしに恋をさせて、それからはねつけて、あざ笑ってやれるなら……。

「すてきなワルツだったわね」近づいてきた二人に、メグが言った。「ダンスがとてもお上手ですのね、モントフォード卿。アリンガム卿もお上手ですけど」

「おそらく」モントフォード卿は言った。「世の人々が知っているダンスのなかで、これこそ最高にロマンティックなものでしょうね。とくに、舞踏会に出席したもっとも美しい貴婦人二人のうちの一人と踊る、という特権を与えられた男にとっては。アリンガムがその一人と踊り、ぼくがもう一人と踊ったのです」

温かな魅力にあふれた口調で、嘲りの色はこれっぽっちもなく、ユーモアたっぷりに語っているので、くだらないへつらいの言葉には聞こえなかった。キャサリンが非難の目で彼を見あげると、彼は空いたほうの手でキャサリンの手を袖からはずし、お辞儀をし、その手を唇に軽く持っていった。

ぞくっとした感覚がキャサリンの腕を這いあがって、胸までおり、さらに下へ移って腿のあいだに広がった。信じられないほど魅力的な人だってことを、わたしはこれまで一度も否定していない。そうでしょ？　といっても、この人を愛そうという気にはなれないけど。

「マートン」上機嫌で一人ずつに笑顔を向けているスティーヴンに、モントフォード卿が声をかけた。「カードルームでひと勝負どうだい？　いや、だめか。もちろん無理だな。ここにはきみの注意を惹きたがっている若き令嬢がどっさりいる。とにかく、途中までで一緒にきてくれ」

モントフォード卿はキャサリンの手を放すと、それきり彼女のほうを見ることなく、スティーヴンと二人で歩き去った。

「まあ、ケイト」二人が声の届かないところまで遠ざかると、すぐさまマーガレットが言った。「なんて魅力的な紳士なのかしら。それに、ずばぬけてハンサム。あなたと踊っていたあいだ、あの方はきっと一度だってあなたから目を離さなかったでしょうね」

「最高に信頼できる人から聞いた話では」キャサリンは言った。「あ、はっきり言うと、コンスタンティンのことなんだけど、あの方、とんでもない放蕩者だそうよ、メグ。ところで、アリンガム侯爵はいまもお姉さまにお熱なの？　結婚の申込みを何回おことわりしたの？」

「あら、一度だけよ」マーガレットは異議を唱えた。「しかも、三年前のことだし。でも、少しも恨みに思ってらっしゃらないみたい。ほんとに立派なお人柄ね」

「人柄が立派なだけ？」キャサリンは顔を曇らせた。

二人で悲しげに笑みをかわしたあと、これから始まるカントリー・ダンスのためにそれぞれのパートナーがやってきたので、二人の注意はそちらへ向いた。

7

ジャスパーのロンドンでの行動からすると、自分のことしか考えない男のように見えるが、じっさいはそうでもなかった。姉のレイチェルのことが大好きだった。ちなみに、レイチェルはローレンス・グッディングと結婚して、いまはイングランドの北部に住んでいる。それから、ジャスパーは父親違いの妹シャーロットのことを溺愛していた。溺愛しすぎて、何かがほしくなるたびに兄を意のままに操る技をシャーロットが完璧の域にまで高めたのではないかと、ときに勘繰りたくなるほどだった。

復活祭がすんだら一緒にロンドンへ行きたいと言って駄々をこねられたため、ジャスパーは妹を連れてきていた。ただし、きびしい条件つき。まず、ミス・ダニエルズのそばにぴったりくっついて日々をすごす約束になっている。ミス・ダニエルズはかつての家庭教師で、現在はコンパニオン役。いかなる場でもシャーロットが礼儀正しくふるまえるよう、目を光らせてくれている。もうひとつの条件は、今回のロンドン滞在は社交界デビューではないことを、ちゃんとわきまえておくということ。まだわずか十七歳だ。

八月に十八歳の誕生日を迎えることになっている。来年がいよいよ社交界へのデビューだ。

そのときはすべてを正式に進めなくてはならない。どう進めればいいのか、ジャスパーはまだよくわからないのだが。なにしろ、姉のレイチェルからは、父親違いの妹の後見役を務めるために社交シーズンのあいだじゅうロンドンに滞在するなんて、考えるのもいやだと、きっぱり拒絶されている。自分の家庭があり、夫と子供の世話で毎日大忙しなのだ。また、彼の母親のたった一人の妹であるフロリー叔母は病弱で、コーンウォールのどこかにひっこんでいる。ほかに頼める人がいるとすれば、レディ・フォレスター（シャーロットの父方の叔母で、名前はプルネラ）だけだが、この女性には頼もうという気にもなれない。あの叔母に預けてシャーロットに辛い思いをさせるぐらいなら、勉強部屋に永遠に閉じこめておくほうがまだましだ。来年までに何か考えなくてはならない――シャーロットを社交界にデビューさせ、結婚市場へ送りだすためのちゃんとした方法を。

しかし、今年はとにかく、シャーロットのおねだりに負けて、ロンドンに連れてきた。今年のうちにロンドンの暮らしに慣れて、どこの仕立て屋が、あるいはどこの店が最高かを知り、最高の画廊や美術館や図書館に足を運び、できれば、亡き母の親しい友達だった年配の貴婦人の何人かを個人的に訪問しておけば（これを聞いて、ジャスパーは唇をすぼめたのだが）、来年のためにプラスになるというのが、シャーロットの意見だった。

シャーロットはジャスパーの母親と二番目の夫とのあいだに生まれた子で、父親はこの娘が八歳になる前に死んでしまった。母親も夫の死からわずか五年後に亡くなった。パーミター邸の舞踏会から帰った夜、ジャスパーはベッドのなかで眠れぬままに、頭のうしろで指を組み、左右の足首を交差させて、近づきつつあるシャーロットの誕生日のことを考えていた。いや、もっと正確に言うと、誕生パーティのことを考えていた。

それはいまに始まったことではない。シャーロットをロンドンに連れてくる前から、故郷に戻ったあとで八月に誕生日のお祝いをしようと約束してある。シャーロットは周囲数キロに住む若い子たちを全員招待して、昼間は庭園で遊びまわり、夜は客間でジェスチャーゲームやカントリー・ダンスをしようと、楽しい計画を立てている。ジャスパーは妹の好きなようにさせるつもりだった。自分の妹が十八歳になるのは、一生に一度しかないことだ。

だったら——ジャスパーは考えた——シャーロットが考えている以上に豪華なものにしてやったほうがいいかもしれない。はるかに贅沢なものに。

この寛大なる案は、もちろん、シャーロットのためだけを考えて生まれたものではなかった。ほかにも魂胆があった。

ジャスパーは絹地にひだを寄せて作られたベッドの天蓋を見あげた。

ぼくもどうかしているに違いない。もっとも、いま初めて自覚したわけではないが。

まったく、なんてことをしてしまったんだ。なぜまた、彼女にワルツを申しこんだりしたんだろう？　向こうがつんとすましていたから？

たぶん、そのせいだ。

そして、なぜまた、ワルツを踊っていた三十分のあいだ、言葉巧みに彼女をおだてて二重の賭けを承知させようとしたんだろう？　向こうが乗ってくるかどうか、見てみたかったから？　じっさい、向こうもあと一歩で承知するところだった。好奇心とプライドを刺激されたに決まっている。ところが、最後の瞬間になって怖気づいた。

だったらなぜ、さらにしつこく迫り、賭けが成立していないのに、自分の側の賭けに勝ってみせるなどと宣言したんだろう？　それができることを自分たち二人に証明したいというだけの理由から？

そうに違いない。

だが、このぼくは、彼女に恋をしてほしいと思っているだろうか。もちろん、思ってなんかいない。考えただけで気が重い。こっちはバツの悪い思いをするだろうし、向こうは苦悩するだろう。ぼくは罪深き人間ではあるが、誰かを故意に傷つけたことは一度もない。もっとも、彼女と初めて顔を合わせたときは、危うく傷つけそうになったが。

途中でやめたのは、彼女を傷つけたくなかったから？

クソッ！　なぜこんなに彼女のことが気になるんだ？

しかし、ジャスパーには答えがわかっていた。これまでに出会った女性のなかで、言葉で彼と互角に渡りあうことができたのは彼女だけだった。ヴォクソールでのあの夜、衝撃と屈辱で息絶えてしまっても不思議ではなかったときに、彼女がぶつけてきたあのみごとな罵倒の言葉を、ジャスパーはいまも覚えている。今夜だって、けっして彼にひけをとらなかった。

〝そして、あなたもわたしを過小評価していらっしゃる！　わたしを説得して愛を得ようとなさるのは、モントフォード卿、わたしがあなたを説得して愛を得ようとするのと同じぐらい、無理なことですわ〟

ああ、そうだ、そう言われて、こっちもムキになったんだ。

たまらなく魅力的な女。

だが、彼女に恋してほしいとは、いまも思っていない。そうだろう？

ただ、認めさせたいという思いはある……このぼくにのぼせあがっていることを。

ジャスパーはキャサリン・ハクスタブルに惹かれていた。意外なことだった。ベッドをともにできる見込みのない女には、けっして目を向けない主義なのだから。いったいどういうことだ？　結婚という足枷を求める気など、もちろんない。だが、ミス・ハクスタブルに惹かれていた。この三年間、彼女のことを考えるのさえ自分に固く禁じてきたことを考えると、なんとも不思議だった。もう三年にもなるのだろうか。彼女がそう言っていた。女というのはたいてい、こういうこまかいことをよく覚えているものだ。

三年前に楽々と彼女を手に入れることもできたのにと思うと、妙な気がした。もしあのとき手に入れたとしても、今年もやはり彼女をほしいと思っただろうか。もちろん、今年はそう楽々とはいかないだろう。ひとつには、いまの彼女はこちらの魂胆を見抜いているだろうから。もうひとつには、年を重ねて聡明になっているから。もううぶな娘ではないと、舞踏会のときに彼女が言った。ぼくもそれを信じた。

いくらこちらががんばったところで、向こうが彼を愛しているなどと認めることはまずないだろう。いや、彼にのぼせあがっていると認めることすらしないだろう。彼に言わせれば、両方とも同じなのだが。しかし、もちろん、ひどく頑固な女だから、それも認めはしないだろう。

勝てる見込みのない賭けをこちらから提案した。

抵抗しがたい魅力を持つ賭け。

たぶん、そのせいで、シャーロットの誕生日のことが頭に浮かんできて、もとの計画よりはるかに豪華なパーティをひらこうという気になったのだろう。

さらにしばらく横になったまま、あれこれ計画を立てたり、あくびをしたりした。

悪魔のような賭けになることだろう――眠りに落ちる直前に思った。だが、〝賭けはあなたの負けよ〟と告げる力を彼女から奪おうとは、これっぽっちも思っていない。そうだろう？　あの質問が出る前に、彼女のほうからノーと言って、賭けに終止符を打つこともできたはずだ。賭けの話が具体化する前に。

湿った花火が消えてしまうように。

彼女もノーとは言わないだろう。このぼくがぜったいに言わせない。

賭けに勝たなくてはならない。一度も負けたことがないのだから。あのときの賭けでさえ、本当に負けたわけではなかった。

「ずっと考えてたんだ、シャーロット」レディ・パーミターが主催した舞踏会の翌日、朝食の席でジャスパーは言った。「おまえの誕生パーティのことを」

シャーロットが皿から目をあげた。

「ほんとなの？　お兄さま」警戒気味の口調で尋ねた。

見た目がレイチェルや彼とはまったく違う。金髪で、目はハシバミ色、小柄で華奢。そして、一夜にして少女から若いレディに変身したように見える。男たちの視線を。早くもボンド・ストリートやハイドパークで熱い視線を浴びる存在となっている。ある朝、数人の若者がシャーロットに熱い視線を向けているのに気づいて、ジャスパーがにらみつけてやると、向こうは大あわてで逃げだした。片眼鏡を目にあてててにらみつけてやるまでもなかった。連中の頭をぶつけあって砕いてやる必要があれば、ためらうことなく実行していただろう。

とにかく、シャーロットはまだ十七歳の乙女なのだ。

また、恥ずかしがり屋で、控えめで、物事に熱中するタイプで、衝動的で、ときには、興奮のあまりおしゃべりになることもある。矛盾するさまざまな性格がまじりあい、周囲を困惑させている。

「ずっと考えてたんだ」ふたたび、ジャスパーは言った。「おまえの誕生日には、シーダーハーストの隣人だけじゃなくて、もっとたくさん招待したほうがいいんじゃないかって。おまえがロンドンで新たに知りあった人々に一週間か二週間ほど遊びにきてくれるよう頼めば、承知してくれる人がたぶん何人かいるだろう。十八歳になるのは、一生で一度しかない。せっかくだから、豪勢なハウス・パーティをひらこうじゃないか」

社交界のパーティには一度も出ていないのに、シャーロットにはすでに何人か知りあいができていた。少々若すぎることが妨げとなって本格的な社交行事への出席を許されず、ロンドンで鬱々と日を送っている若い子は、シャーロットのほかにもたくさんいる。

シャーロットはテーブルの向こうから兄のほうへ軽く身を乗りだした。頬が紅潮し、目が輝いていた。

「わあ、お兄さま、何よりもすてきだわ。ミス・クレメントと、デュボイス家の姉妹を誘ってもいい？　あ、レディ・マリアン・ウィリスもいいかしら」

「反対する理由はなさそうだね」ジャスパーはそう言いながら、その子たちの親が誰だったか、思いだそうとした。たぶん、彼の母親の友人か、友人のそのまた友人だろう。全員が申し分のない家柄であることは、たぶん、コンパニオンのミス・ダニエルズのほうで確認ずみだろう。「きみの意見はどうかな、ミス・ダニエルズ？」

「ミス・クレメントと、デュボイス家の上のお嬢さまは、すでに社交界デビューを終えておいでです。ですから、来年、シャーロットにとって貴重なお友達になってくださることでしょう。もっとも、噂によりますと、ミス・デュボイスは婚約間近だそうですが。妹さんのミス・ホーテンス・デュボイスとレディ・マリアンは来年の春、シャーロットと一緒にデビューすることになっています。ハウス・パーティはすばらしいお考えだと思います、男爵さま。若い紳士を何人か招待なさるのも、よろしいのではないでしょうか。それと、できれば、社交界でお名前の通っている、もう少し年上の方々も」

ジャスパーは同意のうなずきを送った。彼が言うつもりだったことを、ミス・ダニエルズが先に言ってくれた。

「でも、どちらの紳士をお招きすればいいの？」椅子にもたれて、シャーロットが訊いた。「それから、年上の方々ってどなた？　あたし、ほとんど誰も知らないのよ。ほんとにつまんない。十七歳と十カ月以上になるのに、まだ――」

ジャスパーは〝まあまあ〟と言うように片手をあげた。

「ミス・ダニエルズと二人で招待客リストの相談をしておいてくれ。午前中、ぼくはほかに用があるんだ。ミス・ダニエルズはベロウ牧師の妹さんを訪ねるために、今日の午後は休みをとる予定だったね？　こんなによく晴れた爽やかな日に、一人ぼっちで家に閉じこめられているのは気の毒だな、シャーロット。午餐をとりに戻ってくるから、そのあとで一緒に出かけよう。どうだい？」

「お兄さまと一緒に？」シャーロットは兄にうれしそうな笑顔を見せ、年齢についての愚痴をあっというまに忘れ去った。

「ぼくの友達に、マートン伯爵という青年がいる。オクスフォードを卒業したばかりで、まだ成人に達してないけどね。コン・ハクスタブルのまたいとこにあたる。お姉さん二人も、最近、この街でマートン伯爵に合流したばかりだ。マートンが爵位を継ぐ前は、牧師の娘として田舎で暮らしていた人たちなんだ。二人ともおまえより年上だが、友達になってもらっても、もちろん、なんの不都合もない。ミス・ダニエルズがさっき言っていた条件にぴったりの、少し年上で、社交界で名前の通った人たちだ。午後から、そちらのお宅を訪問することにしよう。ぼくもおつきあいがあってね、おまえがきっと好きになれる人たちだと思うよ」

「まあ、お兄さま。とっても楽しみ。お兄さまと一緒に行けるのね。そんなすてきなことってないわ」

ジャスパーはときどき、自分はここまで無条件の崇拝を受けるに値する人間ではないという、うしろめたさを感じることがある。今日はとくにその思いが強かった。午後の訪問を計画したのには——そして、ハウス・パーティを計画しているのにも——ひそかな理由があるからだ。ただ、ハクスタブル家の姉妹のことだから、きっとシャーロットを歓迎し、こんな年若い者から招待を受けてもいやな顔はしないだろうと、心の底から信じてはいるのだが。

「シャーロット」ミス・ダニエルズが皿の横にナプキンを置き、席を立ちながら言った。「あなたのお部屋へ行って、二人でこのリストを検討しましょう。何人ぐらい招待なさるご予定ですか、モントフォード卿」

「十人ぐらい？」ジャスパーは言ってみた。「それとも五十人？　シーダーハーストの屋敷に詰めこめるかぎり？きみとシャーロットが声をかけて集められるかぎり？」

「言うなれば、白紙委任状をくださるわけですね」ミス・ダニエルズは彼に笑顔を見せた。「では、その委任状を活用させていただきます。そうよね、シャーロット？」

「わあ、これまでで最高のお誕生日になりそう」シャーロットはコンパニオンのあとから部屋を出ようとして、そう言った。「そして、お兄さまは最高の方だわ、ジャスパー。だーいキスをした。

好き」ジャスパーの椅子のそばを通ったとき、彼の首に抱きつき、騒々しい音を立てて額に

来年の社交シーズンが終わる前には――シャーロットたちの背後でドアが閉まると同時に、ジャスパーは悲しく考えた――シャーロットの頭のなかはすてきな男たちのことでいっぱいになり、このぼくはいささか退屈な兄という役割へ追いやられてしまうだろう。だが、そいつらがどうかシャーロットにふさわしい男でありますように。ぜったいそうであってくれ！

今日の午後、ハクスタブル家の姉妹が屋敷にいてくれればいいのだが。

指先でテーブルを軽く叩き、唇をすぼめ、少し遠くをぼんやり見つめた。

あの人は髪を洗うのにいまも同じ石鹸を使っている。ゆうべ、彼女とワルツを踊りはじめた瞬間に、そのことに気がついた。嗅覚がいかにあざやかに記憶をよみがえらせるものか、これまでの彼は知らなかった。不思議なことに、不快な記憶ばかりがよみがえるわけではない。

とりとめもなく物思いにふけるのはやめて、〈ホワイツ〉へ出かけ、朝刊を読んだり、午前中の時間を埋めるための楽しい仲間を見つけたりすることにしよう。すでに郵便受けをのぞいて、どの招待を受けるか、どれを辞退するかを決めていた。シーダーハーストから届く二週間ごとの報告書は、あとで読もうと思って脇へどけておいた。

しかしながら、テーブルの席を立って、部屋を出ようとすると、その前に執事がやってきた。手にした銀の盆に名刺をのせ、ひどい仏頂面をしていた。

「ただちにお目にかかりたいという紳士がきておられます、閣下」銀の盆から名刺をとるジャスパーに、執事は言った。「一刻も早く。そう仰せでした、閣下」

いったい誰がそのように緊急に会いたがっているのか知らないが、ジャスパーは名刺の名前を見る暇も与えられなかった。正式に案内されるのを玄関ホールで待つような客ではなかった。執事のすぐうしろに続くようにして、朝食の間にずかずか入ってきた。

ジャスパーは片方の眉を雄弁に吊りあげた。

「クラリー！」皮肉たっぷりの口調で言った。わざわざ立つのは省略した。「これはこれは、予期せぬ喜びだ。さあ、入って楽にしてくれ。この家で格式ばる必要はないからな」

クラレンス・フォレスター――一年半ほど前に父親が亡くなったため、現在はサー・クラレンス――がこの世で何よりも嫌っているのは、クラリーと呼ばれることだった。なので、ジャスパーは昔からかならずそう呼ぶことにしている。プルネラ叔母に溺愛されている一人息子で、シャーロットのいとこにあたり、きわめつけの狡猾な男だった。ジャスパーは彼の膨張しつつある腹まわりと、薄くなってきた金髪と、血色のいい顔に目をとめた。この前顔を合わせてからずいぶんになる。せいぜい二十五歳ぐらいのはずなのに、年のとりかたが下手なようだ。

「母とぼくはきのうロンドンに着いた」クラレンスはそう説明し、すわったらこわれるのではないかと言いたげに空いた椅子をながめ、べつの椅子に腰をおろした。「噂を聞くや否や、大急ぎでこちらに飛んできたんだ」

「ケントからはるばる?」ジャスパーは訊いた。「すまないが、サー・クラリーにコーヒーを注いでやってくれ、ホートン。緊急に滋養物を必要としている顔だ。馬を強引に駆けさせてきたのだろう? 軽率なやつだな。無理に走らされた馬は、乗り手が手綱さばきに長けていないと、脚を痛める危険があるぞ」

「サー・クラレンスだ。いいな」クラレンスは執事のホートンのほうへとがった声をかけた。「それから、コーヒーのかわりに黒ビールを持ってきてくれ」

ホートンに視線を向けられて、ジャスパーはうなずいた。

「噂を聞いた」椅子にもたれて、黒ビールのグラスが前に置かれるのを待ちながら、クラレンスは言った。「もっとも、おそらくこちらの聞き間違いだろうから、もしそうなら、かならず訂正してもらえることと思う、ジャスパー。きみがいとこのシャーロットをロンドンに連れてきたという噂を耳にしたのだ」

ジャスパーはクラレンスに礼儀正しく視線を向けた。

「それはすべて」愛想よく言った。「きみの耳が正常に機能していることを証明するものだ、クラリー。耳のことが心配だったのかい?」

「すると、シャーロットはここにいるんだな?」クラレンスが訊いた。

「肉体も精神も」ジャスパーはうなずいた。「それから、頭脳も。シャーロットはけっして天才とは言えないが、ミス・ダニエルズがあの子の教育に全力を傾けてくれた。ミス・ダニエルズはすばらしい女性だ。こちらにきてからは、二人で連れだって画廊や美術館へ出かけている。ぼくは大いに感心している」

クラレンスは大きく息を吸いこんで、びっくりするほど身体を膨らませた。上唇に黒ビールの泡が細くくっついていた。いささか自堕落に見える。

「では、本当なんだな。何かの間違いであってほしいと、せつに願っていたのだが。うちの母も同じだぞ。馬車でこちらに向かうあいだ、そう言いつづけていた。〝ほんとにねえ、クラレンス〟と、十回以上も言ったんだ。〝これが杞憂に終わってくれたら、どんなにうれしいか。もっとも、ジャスパーが関わっている以上、そんなことは望めそうにないけれど〟と。ぼくは過去何年にもわたって、ジャスパー、きみに関する嘆かわしき邪悪な事柄を信じざるをえない状況に、何度も追いこまれてきた。ぼくの伯父の継子にあたる男性を寛大なる目で見ようとして、大いに努力したというのに。きみが我慢強い伯父を毎日のように怒らせていたにもかかわらず、伯父はきみのことを実の息子のように可愛がっていたんだぞ。だが、今回のことは、これまでで最悪だ。きみは常軌を逸している。大叔父のレイバーンに会いにいかねばならない。年老いた紳士の安らぎを乱すのは、どうにも気の進まないことだが。母は苦悩に打ちひしがれている」

「それはさぞお辛いことだろう」ナプキンをたたみ、自分の皿の横に置きながら、ジャスパーは言った。「クッションで頭を支えてあげてはどうかな、クラリー。それとも、脚を支えてあげる？　それとも、両方を？　クッションの数は足りるかい？」

なんてことだ――プルネラ叔母がこの街にきているとは。そして、クラリーまでも。まさに大安売りだ。シャーロットはシーダーハーストに残ればよかったと思うことだろう。二人がシャーロットに激怒しているとなればとくに。いや、訂正――激怒の相手はこのぼくだ。

「その軽薄な口調にも困ったものだ、ジャスパー」クラレンスが彼に言った。「昔からそうだったな。伯父は気の毒にも、いずれきみも大人になるだろうと信じていた。ぼくには、そんなことはありえないとわかっていた」

「つねに大きな満足が得られるものだ。違うかね?」ジャスパーは物憂げに言った。「自分の意見の正しさが証明されたときは。予想したことが意地悪な内容であった場合はとくに。ぼくが永遠に少年でいることを非難するのが、意地の悪いことであればね。ひょっとして、きみ、お世辞のつもりで言ったんじゃないのかい? せっかくだから、お世辞だと思うことにして、心からお礼を言わせてもらおう。サー・クラリーのグラスにビールを注ぎ足してくれ、ホートン。空っぽだぞ」

「サー・クラレンスと言え」クラレンスはムッとしていた。「わかってもらいたいね、ジャスパー、まだ社交界にデビューしていない若い少女をロンドンに連れてくるなど、言語道断であるということを。うちの母は礼儀作法にうるさい者なら、心悸亢進とヒステリーの発作を起こすことだろう。礼儀作法に関して最高にうるさい人間なんだぞ」

「きみがシャーロットを〝少女〟と呼んだことは、あの子に内緒にしておいたほうがいい、クラリー」ジャスパーは親切に言った。「とくに、若い少女と呼んだのだからな。いまのあの子は、自分のことを若いレディだと思っている――ひとことつけくわえるなら、充分に理由のあることだ。だが、きみも、母上も、これが本当に杞憂であったことを知って、多少は安堵することだろう。あちこちで訊いてまわってくれれば——きみたちのことだから、もちろんそうするだろうが——シャーロットは貴族社会の催しにはいっさい顔を出していないし、年齢と身分にほんの少しでもふさわしくない行動は何ひとつとっていないことがわかるだろう。ぼくは礼儀を知らないかもしれないが——その点はまさにきみの言うとおりだ——ミス・ダニエルズはきちんと礼儀をわきまえた人だ。きみに警告しておくが、何か不都合なことがあったのではと勝手に想像して彼女を咎《とが》めるようなことは、やめてもらおう。ミス・ダニエルズはクリスマス前に聖職者と結婚することになっていて、きみが彼女の感情を害した場合は、相手のベロウ牧師がきみを教会から除名するか、もしくはそのたぐいのきびしい対処をしようと決心するかもしれない。もちろん、あの牧師はこのうえなく気立てがよく、おだやかな紳士だが、最愛の女性が侮辱された場合にどのような行動に出るものやら、ぼくには見当がつかない。試してみようという気もないし」

クラレンスは手の甲で口の上を拭い、ビールの泡でできた粋な口髭を消し去った。

「すべてを冗談にしないと気がすまないのか、ジャスパー。シャーロットは名門の血をひく娘だ。そして、莫大な財産を受け継ぐ相続人でもある。来年、王妃陛下への拝謁をすませるまでは、公の場に姿を見せないようにするのが何よりも大切なことだ。きみは伯父の遺言の条項を無謀にも愚弄した。それをやめさせるために、ぼくがこうして出向いてきたのだ。ぼくからレイバーン大叔父に話をすれば、あの人も同調してくれるだろう」

「大叔父さんを訪ねたら、ぼくがよろしく言っていたと伝えてくれ」ジャスパーは愛想よく言った。

クラレンスと話をしながら、ジャスパーは不思議に思いつづけていた。シャーロットの叔母といとこは、彼女の父親が亡くなったあとの十年間、いやいや、母親が亡くなったあとの五年間でさえ、知らん顔だったのに、なぜまた急に、シャーロットのためだなどと言って騒ぎはじめたのだろう? レディ・フォレスターが姪のためにやったのは、せいぜい、年に二回、クリスマスと誕生日に長たらしい手紙を書くことだけだった。いい子にして、高潔にふるまい、その他おおぜいの言葉より家庭教師の言葉に耳を傾けるようにと説いて聞かせるためだった。そこにはつねに、ジャスパーは〝その他おおぜいの一人〟だという含みがあった。

いまようやく、理由がわかったような気がした。クラレンスがシャーロットのことを〝莫大な財産を受け継ぐ相続人〟と言ったが、それが理由だったのだ。そういえば、去年のクリスマスに、シャーロットが叔母から届いた手紙の一節を読みあげたことがあった。そのなかで、レディ・フォレスターはレイチェルから連絡があったことを告げ、あなたが十八歳の誕生日を迎えたあとで社交界デビューをするさいに、あのお姉さんに後見役を務める気がないのなら、わたくしが喜んでその役をひきうけましょう、と言っていた。じつは、前々からそのつもりでいたし、あなたのお父さまも、その時期がきたときに万が一お母さまが亡くなっていた場合は、わたくしに頼むつもりでいらしたのだから、とも。それに続いて、クラレンスもいとことの再会を心から待ち望んでいる、いまでは立派な青年になり、自分にふさわしい女性に出会ったら身を固めるつもりでいる、と書いてあった。

シャーロットはジャスパーに、自分を叔母といとこに預けるようなまねはぜったいにしないことを約束してほしいと言った。彼女も兄と同じく、この二人を嫌っている。

ただ、困ったことに、ジャスパーはモントフォード男爵で、彼の誕生の一カ月前に父親がこの世を去ったため、生まれたときからずっと男爵という身分であったにもかかわらず、そして、彼がシーダーハースト・パークの当主で、母親と二番目の夫は死ぬまでそこで暮らし、シャーロットも生まれてからずっとそこに住んでいるにもかかわらず、そして、シャーロットにとってはジャスパーが父親違いの兄で、男性の身内のなかではいちばん近い存在であるにもかかわらず――彼にとって有利なこうしたすべての事実にもかかわらず、じつを言うと、シャーロットの後見人は彼一人ではなかった。母親の二番目の夫はジャスパーに好意も信頼も持っておらず、妻の説得に屈して、シャーロットが二十一歳の誕生日か婚礼の日を迎えて自分の財産を自由にできるようになるまでの後見人としてジャスパーを選んだものの、あと二人の紳士を加えて複数後見という形をとらせることにした――その二人とは、継父の叔父にあたるセス・レイバーンと、義弟のサー・チャールズ・フォレスター。サー・フォレスターの死後は、息子のクラレンスが後見人としての責任の三分の一をひきつぐことになった。

これが意味するのは、シャーロットの人生と幸福に関わるどんな問題についても、後見人のうち二人が手を組めば、あと一人の負けになるということだった。

セス・レイバーンは年配の無精な世捨て人で、シャーロットにも、クラレンスにも、いや、それどころか彼の一族の誰にも、まったく興味を示したことがないので、ジャスパーはつねにそれを慰めとしてきた。ついでに言っておくと、大叔父はジャスパー自身にも興味を向けたことがない。

「うちの母は」クラレンスが言った。「自分の時間と活力と悠々自適の日々を犠牲にして、シャーロットが必要としている立派な家庭を与え、社交界デビューのために然るべき準備を整えるつもりでいる。母の見たところ、そのような準備はまったくなされていないようなのでね。きみも喜んで賛成してくれることと思う、ジャスパー。父親違いの妹のために、きっと最高のものを望んでいるだろうから。シャーロットの世話をぼくと母に一任することに同意してくれるなら、明日、大叔父を訪問するのは見合わせようと思っている。後見人どうしの意見の衝突など、誰も望んではいないからね。それに、きみだって、責任から自由になればうれしいはずだ。どうだい？」

クラレンスはおどけた表情を作ろうとしたが、間の抜けた顔になっただけだった。

ジャスパーは、クラレンスが探している〝彼にふさわしい女性〟というのがシャーロットのことではないかという、きわめて不吉な予感に襲われた。シャーロットは彼のいとこだし、いとこどうしの結婚は違法ではないとしても、感心できることではない。シャーロットはまた、きわめて裕福でもある。その一方、クラレンスの父親のほうは賭けごとにのめりこんでいたが、腕前も運も充分ではなかった。亡くなった時点で充分にあったのは、たぶん、借金だけだっただろう。

ジャスパーは眉根を寄せて考えこんだ。クラレンスの態度は陽気と言ってもいいほどだ。

「正直なところ、きみの意見にはなんの欠点も見あたらない、クラリー。ただ、ぼくはたしかにシャーロットにとって最高のものを望んでいるが、あの子の世話をきみと母上にまかせるのがどうしてその望みを満たすことになるのか、どうにも理解できない。ぼくの頭が鈍いのなら、許してくれたまえ。レイバーン大叔父なら、よく理解してくれるかもしれない。やはり訪問したほうがいいんじゃないかな。きみの顔を見れば、大叔父も喜んでくれるだろう。ところで、これ以上ここにすわってきみと楽しく言葉をかわすことはできないんだ。きみは親戚同然の大切な相手なのだが。この〝同然〟という言葉に含まれるささやかな恵みに、きみもぼくと同じように感謝してるかい？　さてと、午前中は予定が詰まっているのでね」

「ジャクソンのサロンでボクシングか、もしくは、タッターソールで馬の品定めかな」クラレンスは嘲るように言った。

「いやいや」ジャスパーは立ちあがった。「そういう面倒な用じゃないんだ、クラリー。では失礼。たぶん、数日中に、きみと母上が顔を見せてくれることと思う。ただし、ひとことことわっておかねばならない——残念ではあるが——その日はぼくたちが家を留守にする予定になっている」

「何日に訪ねるとは言ってないぞ」クラレンスが指摘した。

「あれっ、そうだっけ？　とにかく、その日は留守にする予定だ。きみはさきほど、一人で勝手に入ってきたね。すまないが、帰るときも一人で出ていってくれないか。客が帰るのを見送るためだけに、はるばる玄関まで行かなくてはならないのは、きわめて退屈なことなのでね。ぼくとしては、このまま二階へ行くほうがはるかに楽なんだ」

ジャスパーは礼儀正しく頭を下げ、クラレンスの先に立って朝食の間を出た。ふりかえることなく階段をのぼっていった。

だが、無頓着なその態度は、胸の憂鬱な思いから遠く隔たっていた。

セス・レイバーンがどういう人間なのか、ジャスパーにはよくわからない。昔からわからなかった。

大バカ者を前にしたとき、それに気づいてくれるよう願うしかない。たとえ、そのバカ者がレイバーンの甥の息子であっても。

8

キャサリンがマーガレットと一緒に客間にいたとき、執事が銀の盆に訪問者の名刺をのせて入ってきた。すでに先客があった——三十分近く前に、スティーヴンとタッターソールの馬市場で長い午前中をすごしたコンスタンティンが戻ってきて、この部屋にいたのだ。ほかに来客の予定はなかった。じつを言うと、姉妹で公園へ散歩に出かけようとしていて、そこにコンスタンティンたちが戻ってきたのだった。

「モントフォード卿だわ」銀の盆から名刺を持ちあげたあとで、マーガレットは言った。キャサリンをまっすぐに見て、両方の眉をあげた。

「モンティだね」スティーヴンがうれしそうに言った。「わあ、早くお通ししてくれ。ゆうべの舞踏会にきてたんだよ、コン。話したっけ？」

「あいつが？」コンスタンティンが言った。「たぶん、ひと晩じゅうカードルームにいて、ほかの招待客から金を巻きあげてたんだろうな」

「ひと晩じゅうじゃないよ」スティーヴンは言った。「一曲だけ踊ったんだ」

〝ああ、お願い、スティーヴン、それ以上言わないで〟

キャサリンはあのワルツを事実と記憶の両方から消してしまえればいいのにと、強く願った。あのおかげで、ゆうべはあまり眠れなかった。今日はそれ以外のことをほとんど考えられない。ああ、あの人が提案した、くだらない、ぞっとするほど淫らな賭けに、危うくひきずりこまれるところだった。賭けに応じそうになった自分が信じられなかった。相手はこともあろうにモントフォード卿。

〝しかし、そのときの様子をちょっと想像してみてください、ミス・ハクスタブル。両方が賭けに勝った場合のことを。ハノーヴァー広場の聖ジョージ教会で、貴族社会の人々すべてに列席してもらって豪華な式を挙げ、そのあと生涯にわたって眠れぬ夜をすごし、子供を作り、情熱的に愛をかわす。かならずしもこの順序とはかぎりませんが〟

まあ！

そしていま、モントフォード卿に言われたこの言葉が、控えめに見積もっても十回以上は頭に浮かんでいたとき、当の本人がスティーヴンの屋敷の客間に入ってきたのだった。ハンサムで、非の打ちどころのないエレガントな姿だった。すばらしく愛らしい若い令嬢が一緒だった。

まあ、ゆうべあんな話をしたというのに、そして、三年前にあんなことがあったというのに、よくもぬけぬけと訪ねてこられたものね。もっとも、彼はゆうべ、賭けに勝ってみせると宣言したのだし、わたしとの出会いを画策しないことには、賭けに勝つことができない。

モントフォード卿がお辞儀をし、若い令嬢が深く膝を曲げて挨拶した。

「ミス・ハクスタブル」モントフォード卿は彼の注意を——そして魅力を——マーガレットに向けた。「一緒に踊っていただく幸運には恵まれませんでしたが、ゆうべお知りあいになれたのがいかに喜ばしいことであったかをお伝えしたくて、参上したしだいです。また、図々しいことは百も承知で、妹のシャーロット・レイバーンも一緒に連れてまいりました。あなたとミス・キャサリン・ハクスタブルにご紹介することをお許しいただきたいと思いまして」

じつに品がよくて、完璧な礼儀作法を心得ている——キャサリンはそれに気づいて、いささかムッとした。

「まあ、そうでしたの」マーガレットは小走りで部屋を横切りながら、少女のほうへ右手を差しのべた。「ミス・レイバーン。ようこそ！　わたしの妹をご紹介しましょう。それから、弟のマートン伯爵。それから、またいとこのコンスタンティン・ハクスタブル氏」

マーガレットが一人ずつ紹介すると、少女は頬を染め、くりかえし膝を曲げて挨拶した。

「社交界デビューはまだなんです。十八歳になっていないので。でも、ジャスパーとコンパニオンのミス・ダニエルズが、注意深く選んだ方たちなら、今年のうちに知りあいになっておいてもかまわないだろうって言ってくれましたの」

「それに、ぼくはとにかくこちらをお訪ねするつもりでしたし」モントフォード卿は言った。「今日の午後は、ミス・ダニエルズがよそへ出かけているため、シャーロットを連れてくることにしたのです」

「そうしてくれてよかった、モンティ」笑みを浮かべ、お辞儀をして、スティーヴンが言った。「来年の春にあなたの社交界デビューの舞踏会がひらかれるときは、かならずダンスを申しこみますからね——前もって。すでにお知りあいになっているという強みを生かして」

少女は笑いだし、赤くなった。

「お目にかかれて光栄です、ミス・レイバーン」コンスタンティンが笑顔で言った。

「わたしもうれしいわ」マーガレットが言った。「さあ、こちらにきて、となりにおすわりくださいな、ミス・レイバーン。コンスタンティン、横のベルの紐をひいてくださらない？お茶とケーキを追加してもらいましょう。モントフォード卿、どうぞおかけくださいませ」

入ってきた客を迎えるために、キャサリンは立ちあがっていたが、ここでふたたび、さっきまですわっていたラブシートの片側に腰をおろした。コンスタンティンが紐をひいてからもう片方の側にすわる前に、モントフォード卿がすわってしまった。そして、腰をおろすさいに、部屋に入ってから初めてキャサリンに目を向けた——とても無遠慮で、熱烈で……焼けつくような視線だったが、部屋にいるほかの人々には気づかれないようにしていた。

もちろん、キャサリンの落ち着きを失わせ、ゆうべのことも、賭けに勝とうという決意も忘れてはいないことを伝えるための、故意に向けられた視線だった。

彼がとなりにすわったあと、肩も腿も触れあっていないのに、キャサリンはその両方を肌で感じ、心臓の鼓動が速くなった。半分は憤りから、あと半分は、彼の肉体がすぐそばにあることを、ゆうべじっさいに肌を触れあったとき以上に強く意識したせいだった。

「ミス・ハクスタブル」モントフォード卿がキャサリンのほうを向いて話しかけた。「ゆうべの舞踏会はいかがでしたか」

「とても楽しかったです、男爵さま」〝ただ一曲のワルツで楽しさが台無しになったという事実にもかかわらず〟――ほかの誰かに聞こえる危険さえなければ、そうつけたしてやりたかった。

「ぼくもです。いかなる社交の場であれ、親愛なる友人たちに会えるのは、つねに喜ばしいことです」

彼のマナーは非の打ちどころがなかった。目に微笑が浮かんでいた。その奥にひそんだ喜びと嘲りの色を読みとることができたのは、わずか三十センチほどの距離からその目を見ているキャサリンだけだった。この人ったら、楽しんでるんだわ。

最初のうちは顔を赤らめて黙りこんでいたミス・レイバーンも、マーガレットとスティーヴンが優しく気を配ったおかげで、ほどなく緊張を解き、どんな話題を出されても楽しげにおしゃべりをするようになった。キャサリンは彼女に温かな笑みを向けた。

「まあ」マーガレットがお茶を注ぎ、スティーヴンがケーキを勧めるあいだに、キャサリンは言った。「田舎を愛してらっしゃるのね、ミス・レイバーン。わたしもそうなのよ。たまにロンドンに出てくるのは大好きだけど、家へ帰るときになると、いつもうれしくてたまらないの」

キャサリンはウォレン館のことと、さらにはスロックブリッジのことまでも、盛んに話題にした。姪のイザベルと、甥のサミュエルと、姉のヴァネッサのことも語った。会話を独占することはなかったが——それは不作法というものだ——ふだんの彼女に比べると口数が多かった。

そして、ことあるごとに、ほぼ無言で横にすわっている男性のことを意識した。そちらへはただの一度も目を向けなかった。しかし、彼がおもしろがっていることはわかっていた。彼を意識していることを向こうが見抜き、故意にそれを煽り立てていることもわかっていた。どうして彼にそんなことができるのか、キャサリンにはわからなかったが、横にすわって十分もすると、身体の左側に火がついたように感じられ、心臓は強風に逆らって丘の上まで駆けっこをしているような状態になってきた。

このすべてが腹立たしくてたまらなかった。ダンスを申しこまれたときに、どうしてそっけなくことわらなかったの？　あら、一度はことわったわ。そうでしょ？　それにもかかわらず、この人と踊ることになってしまった。

モントフォード卿は——キャサリンは結論を出した——名人級の人形使い。そして、わたしは無力な操り人形。

そう思ったとたん怒りがこみあげてきたので、彼をにらみつけた。モントフォード卿は礼儀正しくキャサリンを見つめかえした。唇に優しい笑みを浮かべて。

「姉上はモアランド公爵夫人でしたね」と言った。

「たぶん、まだお会いになっていませんわね」キャサリンは言って、ミス・レイバーンに視線を戻した。「そのうち、姉のところへご案内しましょう。大喜びするでしょうね。あなたもきっと、姉のことが好きになると思うわ。わが家でいちばん明るい性格なの。そうでしょ、メグ」

少女はうれしそうな顔になった。でも、この子と長くつきあうのは、あまりいいことじゃないかもしれない。だって、あいにくなことに、モントフォード男爵の妹さんだもの。でも、すでに誘いの言葉をかけてしまった。

「公爵夫人なの……？」ミス・レイバーンはつぶやくと、急に不安そうな表情に戻った。しかし、やがて明るい笑みを浮かべた。「とっても楽しみです」

「そうだわ」マーガレットが言った。「明日の午後、ハイドパークでケイトとわたしの散歩につきあってくださらないかしら、ミス・レイバーン――ほかにもっと楽しい予定がおありでなければ」

「いいえ、ありません」少女は椅子から身を乗りだして、きっぱり答えた。「正式なデビューがまだなので、何軒かのお店と画廊のほかは、ほとんどどこへも行っていないんです。お目にかかる相手といえば、母と同じぐらいのお年のおばさまばかり。もっとも、そのなかには、あたしと同じ年ごろのお嬢さまやご子息をお持ちの方もいらっしゃいますけど。こちらのみなさまと公園をお散歩できるなんて、とっても楽しそう。かならずまいります。いいでしょ、お兄さま。雨にならないといいわね」

「ぼくがおまえのエスコートをしよう」モントフォード卿が言った。「男性の同伴にミス・

ハクスタブルと妹さんがいやな顔をなさらなければね。この街で最高に美しい女性三人と一緒にいるところを見られたら、ぼくは公園にいる紳士すべての羨望の的になることだろう」

すべてこの人の思う壺ね――キャサリンは気がついた。ふたたびみんなに――いえ、わたしに――会うために、まさしくこのようなチャンスを期待していたに違いない。ここにきて妹を紹介するだけで、あとは何もする必要がなかったわけだ。

「お兄さまったら！」ミス・レイバーンが楽しげに笑った。「バカねえ、もう」

「えっ？」モントフォード卿は言った。「じゃ、最高に美しい女性二人と言えばよかったのかい、シャーロット？　ぼくはおまえの容貌のありとあらゆる不完全さを見落としているのだろうか。なぜなら、妹だというだけで、おまえをえこひいきしているから？」

この人がシャーロットに話しかける声には、ゆったりした愛情がこもっている――キャサリンはしぶしぶながら思った。彼の美点なんて見つけたくなかった。

「もちろん、見落としてなんかいないよ、モンティ」スティーヴンが言った。「ぼくの姉たちにも、あなたの妹さんにも、不完全な点はまったくないもの。それから、ほかの紳士すべてがあなたを羨むということはないですよ。レディたちを連れて散歩する喜びを、あなた一人に許すわけにいかないもの。ぼくもお供します」

「まあ、うれしいわ、スティーヴン」キャサリンは言った。「あなたの腕に手をかけて散歩をし、若い令嬢たちとすれちがうたびに、羨望のためいきが洩れるのを見るのが、いつだってわたしの最大の楽しみなんですもの」

モントフォード卿をじかに見たわけではないが、彼が唇をすぼめ、おもしろそうな顔をしているのが、キャサリンにはわかっていた。

「ぼくもお供したいところだが」コンスタンティンが言った。「明日はべつの用がある。残念だな」

モントフォード卿が立ちあがって、妹のほうへ眉をあげてみせ、二人で暇を告げた。

「明日の午後を、このうえない喜びのなかで待つことにします」メグの手をとって頭を下げながら言った。スティーヴンとコンスタンティンに愛想のいい会釈を送った。ミス・レイバーンと握手をしているキャサリンのことは無視していた。

もっとも、メグに向けた言葉がじつはキャサリンのためのものであることを、無言のうちに伝えていたが。

まあ、どうしてそんなことができるの？

単なるわたしの思いすごし？　わたしったら、うぬぼれてるの？

そうではないことが、キャサリンにはわかっていた。

モントフォード卿は自分の楽しみのために、つまり、退屈を持て余した紳士であるため、キャサリンが彼に恋をするように仕向ける企みを実行しはじめたのだ。

十億年たっても無理だと、キャサリンが断言したにもかかわらず。

その断言は、当然ながら、彼をさらに刺激しただけだった。

「ゆうべ、モンティはワルツを踊ったんだよ」客が帰ったあとで、スティーヴンが言った。

「ケイトと。なんでもできる人だけど、ダンスもすごく上手だね。ぼくは残念ながら、ワルツを踊れなかった。ミス・アクトンのために我慢するしかなかった。彼女にはまだワルツの許可がおりてないから」

コンスタンティンがじっと自分を見つめていることに、キャサリンは気がついた。首をまわして、正面から彼に笑みを向けた。

「今日の午後、モンティが妹を連れてやってきたのは、きみに会うためだったんだな」首をかすかにふりながら、コンスタンティンがキャサリンに言った。「妹はまだデビュー前だというのに。ずっと昔、あの男に気をつけるようきみに警告したのを、ぼくはいまも忘れていないよ、キャサリン。何も変わってはいない。モンティはもっとも親しい友人の一人だが、もしぼくに妹がいたら、お目付け役のご婦人と鎖で手首どうしをつながないかぎり、あいつの半径十キロ以内に近づくことは許可しないだろう」

キャサリンは笑いだした。

スティーヴンも。

「コンスタンティン！」マーガレットが非難の声をあげた。「モントフォード卿は紳士よ。礼儀作法を心得ている方だわ。それに、ミス・レイバーンを可愛がる様子はとても微笑ましいし」

「わたしはうぶな小娘じゃないのよ、コンスタンティン」キャサリンは言った。ゆうべ、モントフォード卿自身に言ったのと同じように。

「それもそうだね」コンスタンティンは認めた。「きみがもうじき年配婦人の仲間入りをしそうだということを、つい忘れてしまう、キャサリン。きみ……いくつになった？　二十三？　だが、忘れてはいけないよ――エスコート役のいないレディにとって、あいつは安全な相手じゃないってことを」

「じゃ、あなたは安全なの、コンスタンティン？」キャサリンは笑いながら訊いた。

コンスタンティンはわざと顔をしかめてみせた。「放蕩者だからこそ、同類を見抜くことができるんだよ。もっとも、ぼくのほうは、自分自身の不利になるようなことを認めるつもりはないけどね」

キャサリンは彼のことが大好きだった――またいとこで、彼の存在を知ったのは大人になってからだった。ハクスタブル家のみんなに、いつも親切にしてくれる。だが、彼を本当に知っているとは言えないことに、キャサリンは気づいていた。彼がウォレン館にくることはめったにないし、ロンドンにもあまり姿を見せない。もちろん、ハクスタブル家の者たちもそうだが。コンスタンティンはグロースターシャーに屋敷と領地を持っているが、招待してくれたことは一度もないし、屋敷の話もいっさいしない。また、彼のいとこで、キャサリンの義兄にあたるモアランド公爵エリオットと長年にわたって対立していて、どういうわけか、二、三年前に、ヴァネッサもそれに巻きこまれてしまったように思われる。礼儀作法の範囲内で無視してもいいときは、二人ともコンスタンティンと口を利こうともしない。どうしてなのか、キャサリンにはさっぱりわからない。だが、コンスタンティンには人の好奇心をあおる謎めいた雰囲気があり、キャサリンから見れば、それが彼の魅力のひとつになっている。この人、ほんとに放蕩者なの？　コンスタンティンはモントフォード卿の友達で、彼と同じぐらいおしゃれでハンサム。鼻のせいで、あと一歩のところで完璧な容貌とは言えないけど。昔、鼻を骨折して、そのあと、もとのまっすぐな鼻には戻せなかったらしい。でも、はっきり言って、完璧な鼻よりも、ちょっと曲がった鼻のほうがよけいに魅力的だ。

「そんな話はもうたくさん」マーガレットがきっぱりと言った。「晩餐の時間までいてくださるでしょ、コンスタンティン。ドアにかんぬきをかけてちょうだい、スティーヴン。コンスタンティンがいやだと言えないように」

「ぼくへの弾圧はかならず成功します」コンスタンティンは言った。「しかし、親切なご招待も同じです。喜んでご馳走になりましょう」

それじゃ——キャサリンは思った——今夜も眠れぬ一夜になりそうね。明日、モントフォード卿と散歩に出かけなくてはならない——メグと、スティーヴンと、ミス・レイバーンも一緒に。かならずこの三人の誰かと歩くように心がけなくては。

明日は雨になるよう、一心にお祈りしなくては。

翌日の午後、五人は予定どおり散歩に出かけた。午前中は湿度が高く、いまにも雨になりそうだったが、午後から幸い天候が回復し、太陽まで顔を出していた。ジャスパーは長女のミス・ハクスタブルと一緒に歩き、いっぽう、マートンは片方の腕をシャーロットに、反対の腕をミス・キャサリン・ハクスタブルに差しだして歩いていた。サーペンタイン池のほとりに立って、白鳥の姿を楽しんだり、乳母のきびしい監視のもとで池に小さなボートを浮かべている少年を見守ったりして、しばらくすごしたのちに、さっききた道をひきかえした。今度はマートンがシャーロットと上の姉にはさまれ、ジャスパーは下の姉と並んで歩いた。

もちろん、最初から彼の計画どおりに運んでいた。こうして女性を追いかけるときは、あまり露骨になってはいけないが、きっぱりした態度に出ることも必要だ。策略を用いて男女の組みあわせを変え、しかも、策略を用いたことを誰にも悟らせないようにする。たぶん、キャサリン・ハクスタブルだけは気づいていただろうが。ジャスパーが彼女の腕をとったとき、向こうは唇をこわばらせ、だがそれ以外は無表情なままで彼を見つめた。

「ミス・レイバーンって、可愛い方ね」恨みごとを述べるにも等しい口調で、キャサリン・ハクスタブルが言った。

「しかし、人にどう思われているのかと、ときどき不安を感じるようです」ジャスパーはそう言いながら、あの石鹸の香りをもう一度とらえられるだろうかと思い、息を吸いこんだ。香りを感じた。ほのかではあるが間違いない。これまでに生みだされたなかで、もっとも誘惑的な香りと言っていいだろう。

キャサリン・ハクスタブル自身も、セージグリーンの生地で仕立てたハイウェストの外出着に、淡いグリーンの絹のひだ飾りをつけた麦わらのボンネットをかぶり、同じ色のリボンを顎の下で結んでいて、とても魅力的だった。広いつばの下で、髪がみごとな金色に輝いていた。

「まあ。でも、うちの家族とご一緒のときは、不安になる必要などありませんわ。理由がありませんもの。きわめて平凡な一家ですから」

「本当に？」ジャスパーは両方の眉をあげてキャサリン・ハクスタブルを見おろしたが、彼女のほうは真剣そのものだった。「では、非凡な人々というのは、どういう人たちかな？その人たちを見るときには、目をかばう必要があるとか？」

キャサリン・ハクスタブルは舌打ちをすると同時に、非難の顔をあげた。

「いまのはお褒めの言葉でしたの？」と、そっけなく言った。「スティーヴンとメグにかわってお礼を申しあげます、閣下」

「シャーロットがあなたに憧れていますよ」ジャスパーは言った。正真正銘の事実だった。

「それから、あなたの姉上にも」不公平にならないようにつけくわえた。「あの子に合わせて優しく相手をしてくださったことに、妹は感激しています」

「べつに合わせたわけではありませんわ。二、三年前まではほんとに平凡な一家で、小さな田舎の村の小さなコテージで暮らしていました。わたしは週に二、三回、午前中だけ村の学校で教えて、つましい家計を助けていました。日々の暮らしのなかでいちばん華やかなものと言えば、たまにひらかれる村のパーティと、ランドル・パークでひらかれる——あ、これはサー・ハンフリー・デューが住んでいる荘園館のことですけど——毎年恒例の園遊会でした。それ以後、わたしたちの境遇は大きく変わりましたが、わたしたち自身は変わっていないつもりです。以前の自分たちが、わたしは好きなんです」

自分のことをわざと退屈な女のように言っているのだろうか。ジャスパーはなんとなく愉快になった。

「ぼくが思うに、ミス・ハクスタブル」彼女のほうへ軽く顔を寄せて、ジャスパーは言った。「そのころのあなたに会っても、きっと好きになっていたでしょう。もしや、毎年春になると、村の緑地に立てられたメイポールのまわりで踊っていたのでは？　美しい娘さんがポールにリボンを巻きつけながら、かがんで、揺れて、その拍子に足首をちらっと見せる光景以上に魅惑的なものは、どこにもありませんからね」

「メイポールはなかったわ」しかし、キャサリン・ハクスタブルは不意に笑いだした。「それから、足首を見せることも」

ジャスパーは陽ざしと温もりに包まれるのを感じていたが、ふと顔をあげると、太陽が雲の陰に隠れていたことに気づいて驚いた。また、まる三年のあいだ彼女を忘れようと努めてきたことも、彼女との思い出が心地よいものではなかったことも、彼には驚きだった。それはもちろん、彼女との思い出がすべて屈辱の思い出につながっているせいなのだが。

「メイポールも、足首を見せることもない。なんと嘆かわしい。いや、そうでもないかな。おかげで、あなたの村に住む十二歳から九十歳までの男性は、あなたの手をとって求婚するという、せつない苦しみから逃れることができたのだから」

「あのう、モントフォード卿」キャサリン・ハクスタブルが言った。もっとも、彼女の顔にはまだ笑いが残っていたが。「平凡な会話をする技量や経験はおありですの？」

「ありますとも」驚愕に見舞われて、ジャスパーは答えた。「ぼくは紳士だ。そうでしょう？まったくないと思われているのなら、傷つきますね」

「でも、証拠を見たことが一度もありません」

「あなたなら」空を見あげて、ジャスパーは言った。「空のあの雲を見て、今後の雨の前兆だとおっしゃいますか。ぼくは言いませんね。白くて、ふわふわしていて、とてもおだやかそうだ。それに、雲のまわりには青空が広がっている。ぼくの予想では、一時間もしないうちに空が真っ青に澄みわたり、悲観論者たちが明日の心配を始める前に、ぼくたちはしばらくのあいだ無上の喜びに浸ることができるでしょう。上天気のときは、かならず、近いうちにひどい嵐に苦しめられそうだという予想が生まれることに、気づいたことはありますか。誰かがその逆をやるのを、耳にされたことはありますか。冷たいみぞれが降り、北極のような風が吹き荒れる日に、この先いつか青空と陽ざしと暖かさに苦しめられることになるだろうと、誰かが暗い予想をするのを、耳にされたことはありますか」

キャサリン・ハクスタブルは笑いころげた。

「いいえ、ありません。でも、いまのが平凡な会話ですの、モントフォード卿？」

「天気を話題にしたのですよ。それ以上に平凡なものがあるでしょうか」

彼女の返事はなかったが、笑みは消えていなかった。

「ああ」ジャスパーは言った。「わかりました。あなたがおっしゃったのは、〝平凡な〟という意味ではなかった。そうでしょう？　〝退屈な〟という意味だったんだ。ええ、ぼくは退屈な会話もできますよ。お望みなら、ごらんに入れましょう。だが、その前に警告しておくと、ぼく自身が会話の途中で居眠りしてしまうかもしれない」

「ご心配には及びません。わたしのほうが先に居眠りしているでしょう」

「おお、興味深いお言葉だ」彼女のほうへ少し顔を近づけて、ジャスパーは言った。「将来のいずれかの時点で、その好機を活用するとしましょう」

「それは無理ですわ。あなたも眠りこんでらっしゃるでしょうから」

「ふむ。厄介な問題だ」ジャスパーは認めた。

「それに、モントフォード卿、わたしが眠ってしまったら、あなたに恋をするよう仕向けるのは無理でしてよ。そうでしょう？　すべてはそれが目的なのでしょう？　妹さんを連れて訪ねていらしたのも。こうして公園を一緒に散歩なさっているのも」

「あなたが居眠りしているあいだに？」ジャスパーはそう言って、彼女のほうへさらに顔を近づけた。

そして、じつを言うと、彼女の興味をかきたてようとするあいだに、彼自身もひどく興味をかきたてられていた。眠れる美女が――柔らかなマットレスに沈みこんだ温かく物憂げな美女が――彼に恋をする姿を想像しただけで、ぞくっとする魅力を覚えた。困ったものだ！

「ミス・ハクスタブル、あなたはじつに――」

そこまでしか言えなかった。一行は公園内でも人通りの多い場所にきていて、日々の散策がすでに始まっていた――ありとあらゆる種類の馬車、馬、歩行者。混雑した広い散歩道でみんなが押しあいへしあいしながら、注目を浴びようと競いあっていた。なぜなら、人々の目的は新鮮な空気と運動よりも、見たり見られたりすること、新しいボンネットや、新しい馬や、新しい愛人を見せびらかし、それより劣ったボンネットや馬や愛人を見て批判することにあるのだから。これが貴族社会の娯楽というものだ。

そして、ジャスパーとミス・ハクスタブルのすぐ横に、けばけばしいまでに派手な、幌をはずしたバルーシュ型の馬車がやってきて、速度を落とし、ゆっくりと停止した。馬車のなかの者たちが、眉をひそめた非難の表情で二人を見おろした。いや、厳密に言うと、ジャスパーを。

レディ・フォレスターとクラレンス。最悪！

社交シーズンが終わるまで、この二人とは顔を合わせずにいたいものだと、ジャスパーは願ってきた。もっとも、ジャスパーへの不快感を表明するためと、シャーロットを彼の邪悪な手から奪いかえすために、二人がケントからロンドンに出てきたときに、それは絶望的な願いになってしまったが。

二人がロンドンに到着したことを、ジャスパーは妹に話していなかった。よけいな心配をさせる理由がどこにある？

「レディ・フォレスター」ジャスパーは帽子のつばに手をかけて挨拶した。子供のころから、この人を〝プルネラ叔母さん〟と呼んだことはなかった。血のつながった叔母ではない。ジャスパーが神に祈るタイプの男なら、血のつながりのないことに日々感謝を捧げることだろう。「クラリー？　元気かい？　ここでひとつ紹介を――」

しかし、ミス・キャサリン・ハクスタブルを――あるいは、その姉と弟を――紹介する喜びは持てそうになかった。

「ジャスパー」恐ろしげな声をあげ、彼がよく覚えているように胸を大きく膨らませて、レディ・フォレスターが言った。「明日の朝、九時きっかりに、わたくしの家に来てちょうだい。シャーロット、いますぐその男から離れて、この馬車に乗り、わたくしの横におすわりなさい。父親違いの兄が常識はずれでも、あなたには常識があると思っていたのに。たしか、立派な家庭教師がついていたはずでしょう」

「プルネラ叔母さま！」息を呑み、嫌悪の表情を露骨に浮かべて、シャーロットは叫んだ。

「どういうことだ！」同時に、若きマートンが叫んだ。声に憤慨がにじみでていた。

「クラレンス」彼の母親が言った。「すぐに馬車をおりて、シャーロットに手を貸してあげなさい」

「おりないほうがいいぞ、クラリーくん」ジャスパーが助言した。「飛びおりたって、すぐまた飛び乗るだけなんだから、骨折り損ってものだ。それから、おまえもじっとしていなさい、シャーロット。ミス・ハクスタブルとマートン伯爵のそばで。靴ずれはできていないね？」

「え、ええ、お兄さま」シャーロットの目はカップの受け皿のように真ん丸になっていた。

「ならば、馬車に乗る必要はない」ジャスパーは言った。「馬車はけっこうです、レディ・フォレスター。しかし、わざわざ馬車を止めて申しでてくださったご親切に感謝します。では、お言葉に甘えて、明日の朝お邪魔させていただきます。四分遅刻するかもしれません。時間を見るのにいつも使っている書斎の時計が四分遅れているものですから。いや、四分早く着くのかな。どちらなのか、よくわからない。ぼくが言っているのはどっちでしょう、ミス・ハクスタブル」

　ジャスパーは自分の腕に手をかけているキャサリンを見おろした。

「遅刻のほうです」キャサリン・ハクスタブルは言った。「たぶん、遅刻なさるでしょうね。いえ、きっと遅刻だわ。時計の針を合わせようとは考えたこともないご様子ですもの」

「なんとややこしい」ジャスパーは言った。「どうすればいいのか途方に暮れてしまう。屋敷の召使いたちも同様でしょう」

「ジャスパー」レディ・フォレスターがきびしい声をあげたため、クラレンスは不安におののき、馬車のなかにとどまって母親の尽きることなき怒りを浴びるべきか、それとも、飛びおりてモントフォード卿の怒りを浴びるべきか、決めかねていた。「いつもの不遜な態度で話しかけてくることは、わたくしが許しません。シャーロット――」

「クラリー」ジャスパーはくだけた口調で言った。「きみ、馬車の流れを邪魔しているぞ。おそらく、二輪馬車と四輪馬車とバルーシュ型の馬車が公園の門まで延々と列を作り、通りにもはみだしていることだろう。ほかの乗物は言うに及ばず。すぐうしろにいる人の好さそうな御者が御者台からおりてきみの帽子をはたき落とそうと決心する前に、きみの馬車を出したほうがいい。御者の顔がすでに紫色になってるからな。馬車に乗っている連中の顔も同じだ。明日の朝、九時四分きっかりにお目にかかろう。では、失礼」

そこで、クラレンスは背後に並んだ馬車に不安そうな一瞥《いちべつ》を向けてから、自分の御者に馬車を出すよう合図した。

「ねえ、お兄さま」クラレンスたちが声の届かないところへ遠ざかってから、シャーロットは言った。「プルネラ叔母さまがあたしを連れ去るなんて、お兄さま、ぜったい許さないわよね？　あの叔母さまったら、夜明けから寝る時間までお小言ばっかり。監獄に入れられるようなものだわ。あたしには耐えられない」

「ねえ、落ち着いて、ミス・レイバーン」マートンが彼女の手を軽く叩きながら言った。

「お詫びいたします」長女のミス・ハクスタブルが言った。ひどくすまなさそうな声だった。

「今日の午後、一緒に散歩に出かけましょうって、わたしがミス・レイバーンをお誘いしたばかりに、困ったことになったのなら。社交界にまだデビューしてらっしゃらないからですの？　でも、子供や若い人だって、一日のうちある程度の時間は、新鮮な空気と運動が必要なものでしょう？」

「たぶん」マートンが言った。「ぼくが勝手についてきたのがいけなかったんだ。礼儀にうるさい人たちは、たぶん、正式なデビューがすまないうちにミス・レイバーンがぼくと一緒にいる姿を人に見せるのは間違いだ、と言うのでしょうね。心からお詫びします、ミス・レイバーン。それから、モンティ、あなたにも。ぼくの考えが足りなかった」

「いやいや」ジャスパーは言った。「後見人である兄と、友人三人と——しかもそのうち二人は年上の女性だぞ——まあ、そういう顔ぶれで公の場である公園を散策している少女に文句をつけることは、たとえ王妃陛下ご自身であろうとできないはずだ。あなたたちの誰であれ、ご自分に謂《い》われなき非難を向ける必要はいっさいない。明日の朝、レディ・フォレスターに会って、きちんと話をつけてくる。それから、大丈夫だよ、シャーロット、プルネラ叔母とクラレンスのいるライオンの穴へおまえを投げこむようなことはぜったいしない。何が起きようとも」

「でも、クラレンスはあたしの後見人の一人なのよ」シャーロットは兄に思いださせた。「昔から偉そうな顔をして、ほんとにいやな人だった。彼が子供のころから、あたし、大嫌いだったし、いまも大嫌いよ。おまけに、すごく醜くなったし。デブですもの」

この無遠慮な言葉で、クラレンスがいとこの前でくりひろげようと望んでいる求婚は、失敗を運命づけられたと言ってもいいだろう。

「マートン卿と姉上たちをこちらの個人的な問題で退屈させるのは、もうやめにしよう、シャーロット」ジャスパーはきっぱりと言った。「それから、野次馬がこれ以上増えないうちに、散策を再開したほうがいいと思う」

一同はその言葉に従った——やけに陽気なぎこちない会話がたまに生まれるだけで、あとは耳に痛いほどの沈黙のなかで歩きつづけた。

門のところまで戻ったとき、ミス・キャサリン・ハクスタブルがジャスパーの腕から手をはずし、すぐうしろに続いたほかの者たちにも聞こえるように言った。「とってもすてきな午後でしたわ。ご一緒してくださって、本当にありがとうございました、ミス・レイバーン、モントフォード卿」

彼女と弟と姉の向かう方向は、ジャスパーとシャーロットとは逆だったので、全員が陽気な別れの言葉をかわした。あの不愉快な芝居じみたひと幕はなかったかのように。

だが、どれぐらいの人々があの場面を目にしたことだろう？　ゴシップ好きの連中に自分のことで何を言われようと、ジャスパーはどこ吹く風だ。しかし、シャーロットのことを考えてやらなくてはならない。やれやれ、シャーロットを人々の目と批判にさらしたことを、あの叔母はどう思ったことやら。明日の朝、自宅の客間でジャスパーに叱責を浴びせるひとときを、手ぐすねひいて待っていることだろう。

「お兄さま」華奢な手をジャスパーの腕に通しながら、シャーロットは言った。「明日、プルネラ叔母さまは何をおっしゃるのかしら。どうなさるおつもりかしら」

「その心配はぼくにまかせておけ」ジャスパーは妹の手を軽く叩いた。「あるいは、心配するのをやめるか」

「でも、お父さまの遺言書にどう書いてあるか、お兄さまもご存じでしょ」シャーロットは落ちこんでいるため、声がかぼそく、うわずっていた。

父親の遺言書には、母親が亡くなった場合、シャーロットを養育するモントフォード男爵のやり方に怠慢もしくは不穏当という問題が起きたなら、父親の妹（シャーロットの叔母）が彼女をひきとり、結婚するまで養育せねばならない、と記されている。

「おまえの父上は後見人を三人指名した」ジャスパーは言った。「幸い、クラレンスはその一人にすぎない」

「でも、セス大叔父さまがクラレンスの側に立てば、プルネラ叔母さまはわたしを連れ去ることができるのよ。お兄さまにはもうどうにもできない。ああ、シーダーハーストでおとなしくしていればよかった」

「セス大叔父はとんでもない無精者で、動くのも億劫な人なんだよ」ジャスパーは妹に言って聞かせた。「実の甥から後見人に指名されたのを腹立たしく思っているという事実を、隠そうともしなかった。おまけに、その甥は図々しくもセス大叔父より先に死んでしまった。すまない、シャーロット。おまえの父上のことなのに、こんな無神経な言い方をしてはいけないね。しかし、セス大叔父のことは心配しなくていいよ」

「でも、やっぱり心配だわ。大叔父さまがひとことおっしゃるだけで――」シャーロットは胸の思いを最後まで述べずに終わった。

「そんなことはさせない」ジャスパーは妹を連れて通りを渡り、四つ辻の掃除係が片づける前の馬糞の山をよけて通った。「約束する。必要となれば、ぼくがじかにセス大叔父を訪ねることにする。もっとも、まるっきり歓迎してもらえないだろうが」

「大叔父さまのところへ？　大丈夫かしら――」

「もっと楽しい話をしよう」ジャスパーは妹の手を軽く叩いて提案した。「ハクスタブル家の人たちのことは気に入った？」

「ええ、とても」たちまちシャーロットの顔が明るくなり、ジャスパーに笑みを向けた。「お兄さま、ミス・キャサリン・ハクスタブルのことが好きなんでしょ」

ジャスパーはギクッとした顔で妹を見た。

「二人とも好きだよ。マートンのお姉さんたちだし、上品で魅力的だ。美人なのは言うまでもない」

「でも、ミス・キャサリン・ハクスタブルのことが大好きみたい」ボンネットのつばの下からいたずらっぽい笑顔を見せて、シャーロットは言った。「公園のなかを通って帰ったとき、あの方からほとんど目を離さなかったし」

「話をしてたんだよ。話をするときは相手の顔を見るのが礼儀だ。ミス・ダニエルズからそう教わらなかったかい？」

しかし、シャーロットは笑っただけだった。

「それに、あちらもお兄さまのことが好きだと思うわ」

「おいおい、やめてくれ」ジャスパーはいかにも怖そうに身を縮めた。「話をするあいだ、向こうもぼくを見てたなんて言わないでくれよ。そんな女は厚かましすぎる」

「お兄さまを見る様子でピンときたの。でも、たぶん、女の人はみんなお兄さまが好きなのよね。いつか結婚する気はあるの？」

「いつかずっと先にね、たぶん。おそらく。きっと。ひょっとしたら。だが、近い将来ではない」

「誰かに恋をしても？」

「万が一そうなったら、すぐさま結婚するとしよう。びっくり仰天して、ほかにどうすればいいかわからないから。地獄が凍ったという知らせを耳にしたときに劣らず、びっくりするだろうな」

「できれば」シャーロットはためいきをついた。「お兄さまがそういう困った皮肉屋さんでなきゃいいのに」

「ところで、マートンのことはどう思う？」笑顔をシャーロットに向けて、ジャスパーは尋ねた。

「信じられないぐらいハンサムで、愛想のいい人ね。まるで神さまだわ。きっと、誰もが夢中になるでしょうね」

「おまえも含めてかい、シャーロット？」

「いえ、とんでもない」シャーロットはきっぱりと言った。「あたし、そこまでバカじゃないわ。太陽に恋い焦がれるようなものよ。あたしだったら、もっと……ふつうの恋ができる相手を選びたい。でも、いまはまだだめ。せめて二十歳をすぎてからでなきゃ、結婚する気になれないわ」

「要するに、年増になってからってことだな」ジャスパーは愛情あふれる笑顔を妹に向けた。

シャーロットがいかに現実的か、いかに自分に自信がないか、自分の魅力をいかに過小評価しているか、これまでまったく気づかなかった。裕福な準男爵の娘で、男爵の妹でもあるシャーロットが、伯爵との結婚を夢見てならない理由はどこにもない。

だが、たしかにまだ早すぎる。

「ひょっとすると、近いうちに恋に落ちて、おまえ自身がびっくりするかもしれないぞ」

「それもいいわね」シャーロットは明るい笑顔を兄に向けた。「愛がどういうものか、ちゃんとわかるぐらい大人になったら。それから、お兄さまにもそういうことが起きるよう祈ってるわ、ジャスパー。恋に落ちるって意味よ」

「ありがとう」ジャスパーは妹の手を軽く叩いた。「だが、待ってくれ、おまえが与えてくれたのは祝福かい？ それとも、呪い？」

シャーロットは笑った。

「いいことを思いついた」ひたむきな目で兄の顔を見あげて、いきなりシャーロットが言った。「すてきな思いつきよ。ハウス・パーティの招待客リストにあと何人か加えることにしましょうって、ミス・ダニエルズが言ってるの。ミス・キャサリン・ハクスタブルをお招きしてはどうかしら。あ、それから、上のお姉さまも。だって、あたしと同じように、お兄さまにも気の合う仲間が必要ですもの」

「で、ぼくが年上で、あの二人の貴婦人も年上だから、おたがいに気が合うだろうって言うのかい？ 七月なのに、パチパチはぜる暖炉を囲んで、年老いた骨を温めるわけだね、たぶん」

「ミス・キャサリン・ハクスタブルはね、弟さんが爵位を継いだときは二十歳だったのよ。サーペンタイン池まで歩いたときに、そうおっしゃってたわ。で、それが三年前のことなの。そんなに年とってないわよ、お兄さま。もっとも、まだ結婚してらっしゃらないのが意外だけど。あんなにきれいな方なのに。たぶん、誰か特別な人があらわれるのを待ってるのね。そういうのって憧れちゃう」

「シャーロット」横目で妹を見て、ジャスパーは言った。「おまえ、まさか、縁結びの神をやるつもりじゃないだろうね？　警告しておくが、やっても無駄だぞ」

「そうなの？」シャーロットは目を大きくひらいた無邪気な視線を兄に向けた。

ジャスパーのほうは、たったいま、たいした努力もせずに自分のほしいものを手に入れたばかりだった。もちろん、キャサリン・ハクスタブルに招待に応じてもらう必要があるけれど。

「ならば、ぼくもこのゲームに参加するしかないな」ためいきをついて、ジャスパーは言った。「ハクスタブル家の姉妹を招待するなら、シャーロット、礼儀からいってマートンを省いてはならないぞ」

シャーロットがあわてて前を向いたので、赤く染まった彼女の頬がボンネットのつばに隠れた。

「あら、そうかしら。でも、あの方には、もっとはるかに興味深いことがたくさんおありだと思うけど」

「もしかしたらね」ジャスパーは同意した。「それを探りだそうじゃないか」

シャーロットとマートンを近づけるのは、はっきり言って、まだ早すぎるかもしれないが、まあ仕方がない。世の中には、ゴシック小説みたいな展開を好む者もいる。プルネラ叔母とその息子なども、自分たちの好きにできるなら、たぶん、若い娘たちを紡ぎ車と一緒に高い塔に閉じこめておくことだろう。

9

翌朝、ジャスパーはレディ・フォレスターとクラレンスを訪ねたが、この訪問はほぼ彼の予想どおりの展開となった。到着時刻に細心の注意を払ったので、九時四分きっかりに玄関ドアをノックすることができた。ところが、客間で十五分も待たされた。

やっぱりな。

二人がようやく客間にあらわれたが、椅子を勧めてもくれなかった。つぎに激しい非難攻撃が続いた。攻撃をおこなったのはレディ・フォレスターで、そのなかでジャスパーは人類が知るかぎりの非道な行為と悪徳について非難を受け、未知なるいくつかの悪徳についても非難され、シャーロットが矯正不能なまでに堕落する前に監督役を叔母に譲るようにと要求された。

「まだそこまで堕落していないのならね」クラレンスが浅はかにもつけくわえた。

ジャスパーは今日のために片眼鏡という武器をわざわざ持参していた。視力がいいので、ふだんは使うこともないのだが。この瞬間、それを目に持っていき、クラレンスを真正面から見据えた。とくに、仰々しく結ばれたネッククロスを。まったくもう、派手好きな伊達男でさえ、こんなものを見たら身を震わせることだろう。

「もしかしたら、クラリー、母上にきみの分までしゃべってもらうのが利口なやり方かもしれないぞ。きみのネッククロスのその結び目をぼくが直したら、きみはあまり喜ばないかもしれないが、ひとこと言っておくと、ぜひとも結びなおす必要がある」

ジャスパーは片眼鏡をおろしてから、レディ・フォレスターに礼儀正しく視線を戻した。

レディ・フォレスターはマートンとその姉たちを酷評しはじめた。

「貴族社会の人々の目には非の打ちどころがないように見えるかもしれないけど、わたくしの目はごまかせませんよ。卑しい成りあがり者だわ。あなたと一緒に公の場に出ても平然としているような人たちなら、やはり、どう行動するかをわきまえていないことになるわね。しかも——さらに悪いことに！——勉学中の少女まで連れて歩くなんて。あの子はね、王妃さまへの拝謁がすむまで、公の場に姿を見せてはならないのよ。

それから、どちらの姉が許可したか知らないけど、シャーロットがマートン伯爵と腕を組んで歩くなんて非常識すぎます。あの姉妹が図々しいあばずれだというわたくしの確信が裏づけられただけだわ」

レディ・フォレスターはさらにつけくわえた。

「公園で見かけた若い女の子が、なんと、わたくしの姪であり、亡くなった兄の大切な娘だと知って、とても不愉快な思いをさせられたわ。そうだったわね、クラレンス。この屋敷に帰り着いたあと、気付け薬にするために、メイドに命じて羽根を焼かせたのよ」

「そこに叔母上の夜会用の羽根飾りが含まれていなければいいのですが」ジャスパーがひどく心配そうな口調で言った。

「卑しい女たちで、おまけに薹《とう》が立ってる」レディ・フォレスターは言った。「本物の紳士があんな女たちとつきあうはずはないわね。それに、マートン伯爵があのような行動に出るのは、本人のためにならないことよ。しかも、あなたの友達だそうじゃないの。なるほどね」

ジャスパーはお辞儀をして笑みを浮かべた。

「本当にそろそろ失礼しなくては。楽しい三十分でしたが、ほかに用がありますので、残念ながら、ここで腰をおろして一緒に茶菓をいただくわけにはまいりません。いやいや――どうぞお気遣いなく。ついでに申しあげておきますと、シャーロットはひきつづき、ぼくの家で暮らし、ぼくの庇護とコンパニオンの指導のもとに置かれることになります。では、お二人とも、ご機嫌よう」

テーブルの帽子に手を伸ばした。玄関をあけて客間に案内してくれた召使いが帽子を預かってくれなかったため、テーブルに置いておいたのだ。

「シャーロットがそちらで暮らすのもそう長くはないぞ、ジャスパー」意地の悪い楽しげな声でクラレンスが言った。「きのうの午後、母を屋敷に連れて帰ったあとで、セス大叔父を訪問した」

ジャスパーは帽子に手をかけたまま、動きを止めた。

「ほう。二人のどちらにとっても、さぞ楽しい時間だったことだろう、クラリー。大叔父はきみに敬意を表して、太った子牛を殺そうとでも言ってくれたかい？」

「シャーロットに関する事実を大叔父に伝えることができた。早急に手を打たねばというぼくの意見に、大叔父も賛成してくれた」

「クラレンス」彼の母親がとがった声で言った。「その訪問のことは、ジャスパーなんかにひとことも話す必要はなかったのよ。ジャスパーにはなんの関係もないことだわ。シャーロットの身内とずっと疎遠にしている人ですもの。セス叔父さまも含めて」

「いや、知らせておくべきです、お母さん。ジャスパーがぼくのいとこを粗略に扱うのを、これ以上見すごすわけにいかない、ということを。近々、シャーロットはここでぼくたちと暮らすようになり、社交界デビューと立派な結婚に備えて然るべき準備を進めることになる」

「きみにひとつ助言しておこう、クラレンス」帽子を頭にのせ、外へ出るために部屋を横切りながら、ジャスパーは言った。「母上の言うことに耳を傾け、母上にきみの考えを代弁してもらったほうがいい。いかなる場合も。なぜなら、何事も母上がいちばんよく知っておられるから」

一分後、ジャスパーは大股で通りを歩いていた。

つぎの訪問が大至急必要なようだ。一刻の猶予も置かずに大叔父を訪ねなくてはという気にさせてくれたことで、皮肉にもクラレンスに感謝することとなった。

気の毒なセス・レイバーン！　二日間に二人も客を迎えるのは、大叔父にとってきびしい試練だろう。

だが、世の中には避けて通れないことがある。

同じ午前中の遅い時刻に、ハクスタブル家の姉妹が留守でないことを願いつつ、ミス・レイバーンとミス・ダニエルズがマートン邸を訪問したところ、すぐさま客間に案内された。そこには、いつもの姉妹だけでなく、もう一人のモアランド公爵夫人も幼い子供二人を連れてやってきていた。公爵は階下の書斎でマートン伯爵と話をしているという。いまなお、マートンの後見人として責任を感じているのだ。もっとも、この一年のあいだに手綱を大幅にゆるめるようになってきたが。

マーガレットとキャサリンはヴァネッサにミス・レイバーンの話をし、とても可愛い子だと言っているところだった。そして、叔母にあたるレディ・フォレスターと偶然出会って、どれほどうろたえたかということも。

「わたしたちも、スティーヴンも、考えもしなかったのよ――シャーロットを公園の散歩に誘うのが礼儀に反することだなんて。そうでしょ、ケイト」マーガレットは言った。

「礼儀に反してなんかいないわよ、おバカさんね」ヴァネッサは姉に断言した。「ところで、そのレディ・フォレスターって誰なの？　聞いたこともないわ。でも、救いがたい愚か者のようね。エリオットに訊いてみなくては。顔の広い人だから」

話題は——当然ながら——モントフォード男爵のことにも及んだ。彼がキャサリンに好意を抱いているようだと、マーガレットが意見を述べると、キャサリンのほうは、あの人は悪名高き放蕩者で、わずかな時間でも差し向かいで話をしてくれるレディがいれば、かならず好意を向けるのだと反論した。

「ああ、モントフォード卿ならよく知ってるわ」ヴァネッサは目を輝かせて言った。「今年の初めに、どこかのお屋敷の舞踏会に出たとき、夜食のテーブルでご一緒して、十分ものあいだ二人きりで話をしたのよ。わたしには好意のかけらも見せてくれなかったから、あなたの意見には賛成できないわ、ケイト。魅力的で楽しい人ね——それに、まぶしいほどハンサム」

「わたしだって、きのう、サーペンタイン池まであの方と二人で歩いたのよ」マーガレットがつけくわえた。「ケイトのほうは、スティーヴンと、あの方の妹さんと一緒に歩いていた。にこやかで楽しい方だったけど、わたしにはほんのわずかな好意も見せてくださらなかったわ」

この会話に邪魔が入って、キャサリンは心の底からホッとした。ミス・レイバーンがコンパニオンのミス・ダニエルズをみんなに紹介すると、ミス・ダニエルズは膝を曲げてお辞儀をし、すわるように勧められてドアの近くの椅子を選んだ。マーガレットがヴァネッサを紹介した。キャサリンが見守っていると、ヴァネッサが公爵夫人らしからぬ気さくな態度をとったおかげで、たちまち、ミス・レイバーンの顔から畏怖の表情が消えていった。ヴァネッサは笑みを浮かべて令嬢に話しかけ、幼いサムが睡魔との闘いに早く負けてくれるよう、こうして立ったままで、強風を受けた小舟みたいに身体を揺らしていなくてはならないのだと説明した。

「とっても頑固な子なのよ」ヴァネッサは言った。「この子のパパは、わたしから受け継いだ性格だって言うんだけど。もちろん、パパのほうに決まってるわ」

ミス・レイバーンは忍び足で前に出て、赤ちゃんの顔をのぞきこみ、つぎに二歳のイザベルに笑顔を見せて横にすわった。

マーガレットがお茶を注いで、みんなで何分か楽しくおしゃべりしていると、やがて紳士たちもやってきて、さらに紹介がおこなわれた。

サムはまだぐずっていた。

「きみの頭には浮かばなかったようだね」ヴァネッサの腕から赤ん坊を抱きあげながら、エリオットは言った。「家政婦の部屋にいる乳母を呼んで、どこかよそへ連れていくよう指示するということが」

「ええ、考えもしなかったわ」ヴァネッサが正直に答え、笑みを含んだ目を夫に向けると、彼は部屋を横切り、赤ん坊の頭を片手で自分の肩にもたれさせて、窓のそばに立った。

男性二人が入ってきたとたん、イザベルが勢いよく立ちあがり、スティーヴンの真ん前に立って両腕をあげた。スティーヴンは笑って、イザベルを抱きあげ、肩にのせた。イザベルは彼の巻毛をつかんで肩車をされたまま、楽しそうに笑っていた。

「お会いできて光栄です、ミス・ダニエルズ」スティーヴンは言った。「それから、ふたたびお越しくださって光栄です、ミス・レイバーン」

「今日お伺いしたのには、特別な理由があるんです」ミス・レイバーンは頬を赤らめ、椅子の縁まで身を乗りだした。「あたし、この八月に十八歳になります。せっかくの機会だからハウス・パーティをひらいてはどうかと、兄が言ってくれました。シーダーハーストの屋敷で――ドーセットシャーにあります。好きなだけお客さまをお招きしていいって。そして、二週間滞在していただくの。みなさんに楽しんでいただけるように、ミス・ダニエルズと二人でいろんな計画を立ててみました――ピクニック、小旅行、荒野の散策、クローケー、ダンス、ボート、乗馬、それから……ええと、ジェスチャーゲーム、カード遊び、それから……そう、ありとあらゆること。あたしの人生で最高にすてきな日々になるわ」

シャーロットは一人一人に熱のこもった笑みを向けた。

「それから、ほかのみんなにとっても最高にすてきな日々になるでしょうね、もちろん」と、つけくわえた。

ミス・ダニエルズが意味ありげな目でシャーロットを見た。

「それから？」と小声で言って、片手で何かを催促するようなしぐさを見せた。「ミス・ハクスタブルと、妹さんと、弟さんに、この話がどう関わってくるの？」

「あっ」ミス・レイバーンは照れくさそうな顔になり、同時に笑いだした。それから、軽やかな若々しい笑い声だった。「いらしていただきたいの、ミス・ハクスタブル。それから、ミス・キャサリン、あなたにも。それから、マートン卿、ご迷惑でなければ、ほかにもっとわくわくする予定が入っていなければ、ご一緒にどうぞ。お忙しいとは思いますけど。いかがでしょう？　みなさんでいらしていただきたいの。ぜひ。どうか〝イエス〟とおっしゃって」

〝ハウス・パーティをひらいてはどうかと、兄が言ってくれました〟

あの人、差し向かいで話をする機会がいくらでもある場所へ、わたしをおびき寄せようとしているの？

なんて狡猾な人かしら。

それとも、わたしが招待を深読みしすぎているの？

「とても楽しそうね」マーガレットが言った。「でも、おたくの招待客のなかにわたしたちがまじっても、本当に大丈夫なのかしら、ミス・レイバーン。あなたの叔母さまは、きのう、わたしたちがあなたと一緒にいるのをごらんになったとき、あなたがつきあうのにふさわしい相手だとはお思いにならなかったようよ」

少女は顔を赤らめた。

「みなさんがどういう方たちなのか、叔母は知りもしなかったんです。あたしが大きくなって、もう手のかかる子供じゃなくなったから、自分の屋敷にひきとろうとしているの。あたしの財産を管理して、クラレンスと結婚させるつもりで。そんなことするぐらいなら、死んだほうがましだわ」

「シャーロット、おやめなさい」ミス・ダニエルズが叱責した。

「あら、ほんとのことでしょ」少女は言いかえした。「あなただって言ったじゃない――あたしがマートン伯爵と、お姉さまたちと、それからジャスパーと一緒に公園を散歩するのは、非難されるようなことではないって。それに、ハウス・パーティは田舎でひらくのよ。ジャスパーとあたしの暮らす屋敷で。こんなに礼儀にかなったことはないはずよ。プルネラ叔母さまに口出しする権利なんかないわ。ねえ、お願い、いらして」

シャーロットはいまにも泣きだしそうな顔だった。

エリオットが窓のところでふりむいた。その肩にサムがもたれ、口をひらいて、ぐっすり眠りこんでいた。

「スティーヴンがミス・レイバーンのエスコート役にふさわしくないと言うのか？　人目につく公園で、ミス・レイバーンの実の兄と、スティーヴンの姉たちも一緒だったのに？　なんとも妙な話だな」

「あたしがまだ社交界にデビューしてないからなんです」ミス・レイバーンが説明した。「王妃さまへの拝謁のときがくるまで、勉強部屋に身を隠しているべきだと、叔母が信じているので」

「あのう」イザベルにせがまれて床におろしてやりながら、スティーヴンが言った。イザベルはキャサリンのところにきて、その膝にすわった。「八月のその二週間は、じつを言うと、すでにわくわくする予定が入ってるんです、ミス・レイバーン。ドーセットシャーのシーダーハースト・パークですごす予定なんですよ。わが友、モントフォード男爵の客として。そして、幸運な偶然により、ぼくの滞在中にあなたの誕生日がくるようですね」

「まあ」少女は握りしめた両手を胸にあて、彼にうれしそうな笑顔を見せた。「なんてすてきなの。来てくださるなんてジャスパーが大喜びだわ。そして、あたしも」

マーガレットが言った。「ケイトとわたしがご招待をお受けしても、なんのさしさわりもないと思いますよ、ミス・レイバーン。喜んで伺います。そうよね、ケイト」

あら、決定権がわたしから奪い去られてしまったのね。喜ぶべきか、悲しむべきか、キャサリンにはわからなかった。

「ええ、もちろん」キャサリンはミス・レイバーンに微笑した。「楽しみにしています」

そして、本来ならそんな気持ちになってはいけないのに、楽しみになりそうな予感がした。

ミス・レイバーンがみんなににこやかな笑顔を見せた。

「すごくうれしいです」と言った。「ああ、ありがとうございます」

数分後、ミス・ダニエルズが立ちあがり、ミス・レイバーンもそれに続いて、全員に別れを告げた。

「とっても感じのいいお嬢さんね」二人が帰ったあとで、ヴァネッサが言った。「妹さんのためにひっそりした田舎でパーティをひらくなんて、ずいぶん優しいお兄さんだこと。女の子は社交界にデビューするまで勉強部屋に閉じこもってなきゃいけないというのも、バカな話だわ。そんなことしてたら、もちろん、誰とも知りあいになれず、洗練もされず、すぐ赤くなったり、緊張したりするでしょうから。ほかにどんな人がシーダーハーストに招かれているか、ミス・ダニエルズが話してくれたわ。大部分が——令嬢も紳士も——すごく若い人たちなの。スティーヴンなんか、年配の政治家みたいに見えるでしょうね。でも、年上の者が何人か招待されるのもいいことだわ——モントフォード卿のために」

ヴァネッサはわざとらしくキャサリンを見て笑った。

キャサリンはイザベルをあやすのに忙しくて気がつかないふりをした。

セス・レイバーン氏は一年じゅうロンドンで暮らしている。暑い夏が訪れ、上流社会の人々がいっせいに街を離れて、はるかに快適な田舎や、比較的涼しい海辺へ逃げだす時期になっても、それは変わらない。

レイバーン氏の住まいがあるのはカーゾン・ストリートで、彼のような身分の紳士にとっては流行の住宅地だった。もっとも、氏は流行にはなんの興味もなく、上流社会とのつきあいもない。ついでに言うなら、つきあいがあるのは、従僕と、執事と、料理番と、出入りの本屋だけだ。

そして、つねに（どうしても口を利かなくてはならない場合に、という意味だが）こう言っている——男が望みうる最上の仲間は自分自身だ。少なくとも、自分自身に対しては、ささやかな知性と分別が期待できる。

来客に煩わされた翌日、またしても訪問用の名刺を渡されたものだから、レイバーン氏はいやな顔をした。きのうはクラレンス・フォレスターを家に入れるしかなかった。というのも、あのバカ男が名刺に添えて、〝シャーロット・レイバーンのことで生死に関わる重大問題が起きました〟というメモをよこしたからだ。シャーロットは彼の甥の娘で、そのうえ、彼が後見人となっている。後見人に指名されたことを最初から迷惑に思っていたが、甥の遺言書の条項に異議を唱えることもしなかった。甥の死後すぐに、〝あの少女にはいっさい関心がないのに、後見人の役割を押しつけられるとはまことに遺憾〟と、異議を申し立てていれば、この役を免れることができたかもしれない。だが、いまとなっては、たぶんもう手遅れだろう。

きのうは、しぶしぶではあったが、クラレンスを部屋に通した。甥の娘が死の床でいまにも息をひきとろうとしているという、痛ましい話が聞けるのではないか、もしくは、家庭教師が眠りこけているあいだに、シーツを結びあわせて作ったロープを伝って勉強部屋から脱出し、馬番の男と駆け落ちしたという、忌まわしい事件が起きたのではないか、もしくは、似たような悲惨なことが起きて、その解決のために自分の出番が求められているのではないか、と思ったからだった。

もっとも、少女を死から救うために、あるいは、馬番と結婚しベッドをともにした少女を勉強部屋に連れもどすために、自分にいったい何ができるのか、レイバーン氏には想像もつかなかったが。また、想像したいとも思わなかったが。

結果から言うと、クラレンスの長たらしい話につくづくうんざりさせられ、長年抱きつづけてきた信念をさらに強めただけだった。自分は七十年以上前に、生まれてくる家を間違えて、バカ者ぞろいの家に生まれてしまい、以来、そのせいで苦労ばかりしてきた、というのが彼の信念であった。

しかし、きのう、クラレンスからいつもの偉そうな態度で行動を起こすよう要求され、長いあいだ放っておくのはたぶん無理と思われる問題をいくつか突きつけられたため、執事の盆から名刺をとったレイバーン氏は、そこに書かれたジャスパーの名前を目にして、深いためいきをついたのだった。

「名刺にメモは添えられていなかったかね？」と尋ねた。「生死に関わる重大問題だというメモは？　空が落ちてくるとか、われわれ全員を最後の審判の場に呼びだすための運命のラッパが天から大きく鳴り響いているとかいうメモは？」

「ございません」執事が断言した。

「ならば、部屋に通してくれ」レイバーン氏はまたもやためいきをついた。「少なくとも、あいつとは血のつながりがない。いくらか慰めになる。小さな慰めではあるが、ないよりましだ」

一分か二分すると、甥の継息子がつかつかと部屋に入ってきた。おしゃれで、男っぽくて、生気にあふれていて、癪《しゃく》にさわるぐらいだ。継息子は入ってくる途中で片手をあげた。

「あ、どうぞそのままで」と言った。「堅苦しいことは抜きにしましょう。そのままですわっていてください」

レイバーン氏には立ちあがる気はなかったし、客を迎えて席を立ったことなど一度もなかったので、ムッとした。若き男の目に浮かんだ楽しげな輝きに気づいたので、なおさらだった。

「生意気な若造め」とつぶやいた。「いまだに放蕩のかぎりを尽くしておるそうだな。噂に聞いたぞ」

「聞いた？」ジャスパーは勝手に椅子にすわりながら、片方の眉をあげた。「クラリーの口からでしょうね、たぶん」

「では、あいつを嘘つき呼ばわりするのかね？」レイバーン氏が訊いた。

「たぶん、しないでしょう」ジャスパーはにこやかに微笑した。「もっとも、あの男は子供のころから、話を脚色するすばらしい才能を持っていました。自分を大きく見せ、ぼくを貶めるためです。ずる賢い点は昔もいまも変わっていない。あ、お詫びします。あなたの甥御さんの息子でしたね」

「不幸なる偶然のなせる業だ」老人は言った。「何か飲みたかったら、勝手にやるがいい、モントフォード。わしが席をたって、きみのために飲みものを注ぐのを待っていたら、砂漠のごとく干あがってしまうぞ」

「さぞ苦痛でしょうな」ジャスパーは言った。「しかし、喉は渇いておりません。おそらく、クラリーのやつが、ぼくをシャーロットの後見人にしておくのは言語道断とでも言ったのでしょうね」

老紳士は不機嫌な声をあげた。

「一昨日、シャーロットが若きマートン伯爵と公園ではしゃぎまわっていたことを、きみは知っていたかね？　それとも、知らなかったのかね？　本来ならば勉強部屋にこもって、九九の暗誦をしていなくてはならないときに」皮肉がこもっていなくもない口調で、レイバーン氏は尋ねた。

「シャーロットは十三×十三の掛け算表を、一度も間違えることなく、いっきに暗誦できます」ジャスパーは言った。「本当ですよ。ある日、ぼくが筆算をおこなって確認したところ――なんと、すべて正解でした。勉強部屋にこもることはもうありません。現在、十七歳と十カ月半になりますし、家庭教師は新たな肩書を得て、いまではコンパニオンの役目を果たしてくれています。それから、ええ、シャーロットがマートンと一緒に公園にいたことは、ぼくも知っています。そばにいましたから。マートンの姉上たちもご一緒でした」

レイバーン氏はふたたびムッとした。

「おそらく」ジャスパーは言った。「クラリーはそうした重要な事柄を省略したのでしょうね」

老紳士はさらに話を続けた。「それから、愛する姪がそのように淫らな行為に関わっているのを見て、プルネラがその場で気絶したのを、きみは目にしたのかね？　しなかったのかね？　倒れた拍子に頭に深い傷を負い、そのため、背後の馬車が半マイルにわたって延々と待たされたそうだが」

ジャスパーは噴きだした。

「ぜひとも目にしたかったです。きっと、ぼくがよそ見をしたか、まばたきした瞬間に、そんなことが起きたのでしょう」

「では、これは本当か嘘か、どちらだね？」レイバーン氏はさらに続けた。「マートンの姉がろくでもない女どもだというのは」

ジャスパーはたちまち真剣になった。

「それこそ、真っ赤な嘘です」彼らしくもない険しい表情で、ジャスパーは言った。「クラリーがあの人たちのことでそんなひどい嘘を言いふらしているなら、いっそのこと――」

「やめてくれ」老紳士は片手をあげた。「きみが愚かにも、あのバカ者の顔に手袋を叩きつけ、やつの人生を終わらせることできみ自身の人生を破滅させる気でいるのなら、実行するさいには、頼むから、わしにすべてを見せねばなどという思いには駆られないでもらいたい。わが甥の非道なる遺言書によると、フォレスターかわし自身の明確な承諾がないかぎり、きみはシャーロットをシーダーハーストの敷地の外へ連れだしてはならんことになっている。とにかく、きみはその禁を犯したのだ。社交界にデビューしてもいない娘が伯爵の腕に手をかけて公園をうろつきまわり、世間にその姿をさらしたとなると、いくら実の兄と伯爵の姉たちが一緒だったとしても、プルネラのような女はヒステリーの発作を起こすに決まっておる。あの女はそれをいい口実にして、平和なるこの安息所に攻撃をかけてきおった。公園の件は、もちろん、くだらんたわごとで、わしもあの二人のせいで堪忍袋の緒が切れかけているが、二人の苦情をこっちが無視して、シャーロットがその伯爵か、または、結婚相手としてあまり望ましくない誰かほかの男とスコットランドのグレトナ・グリーン村へでも駆け落ちする結果になったら、わしはまたしても、クラレンスの訪問を耐え忍ばねばならん。おそらく、プルネラも押しかけてくることだろう。そして、わしは後見人の義務を怠ったという気持ちにさせられることだろう。然るべき時期がきたら、シャーロットと財産の両方を、まじめで立派で退屈な夫に無事ひき渡すのが、後見人の役目だというのに」

「クラリーのことですね」ジャスパーは言った。

「えっ？」

「間違いありません。レディ・フォレスターは長年にわたり、シャーロットのことなど少しも気にかけていなかった。ところが、シャーロットが十八歳の誕生日を迎えて財産を相続できる日が近づいている。先代のフォレスターは賭博の借金を山のように残して死んだ。そして、クラリーは幸いにもまだ独身で、然るべき女性との結婚によって一族の財産をとりもどせる立場にいる」

「いとこどうしの結婚というわけか」レイバーン氏が嫌悪もあらわに言った。「だが、それでようやく納得できた。どうせ、ほかの女がつかまるはずもないしな。わしとしては、そのような結婚に許可を与えることは断固拒否するつもりだ、モントフォード。もちろん、きみもそのつもりだと思う。わしを少女の後見人に指名した甥など、悪魔に食われてしまうがいい。一族のほかの者と同じく、少女もバカなのかね？」

「とんでもない」ジャスパーは言った。「ぼくはあの妹が可愛くてたまりません」

レイバーン氏はブツブツ言った。「少なくとも、十三×十三の掛け算表は暗誦できるわけだな。クラレンスだったら、手と足の指を使わんことには、二の列の暗誦もできんだろう。二×十一まできたときに、なぜ指が足りないのかと、首をかしげることだろう」

ジャスパーはクスッと笑った。

「よく聞いてくれ」老紳士が言った。「一回しか言わんからな、モントフォード。そのうえで、きみの好きにしてくれ。そろそろ、わしの午餐と昼寝の時間で、その時間はぜったいずらすわけにいかん。この夏から冬まで、少女をきみの手もとに置いておけばいい――わしも賛成票を投じよう。だが、来年の春、少女が社交界にデビューするさいには、きみが後見役を務めるわけにはいかん。クラレンスの話を信じていいのなら、きみの姉は――名前がいまちょっと思いだせんのだが――結婚していて、またしても妊娠したため、シャーロットの社交界デビューを準備し、監督する名誉を辞退したそうではないか。すると、その役目はプルネラに頼むしかない」

「しかし――」

レイバーン氏はふたたび片手をあげた。

「解決法がひとつある。きみの顔に鼻がついているのと同じく、明白なことだぞ、モントフォード。だが、それを勧めるつもりはない。わし自身、その道はけっして通らなかったし、不倶戴天の敵に対してもそれを勧めようとは思わん。だが、シャーロットにとってはいい解決法となる。もし、きみがシャーロットのために決心するならば」

「それはつまり」ジャスパーは言った。「ぼくに結婚しろということですか」

「人の話を聞こうとせんやつだな」老紳士は言った。「べつにそこまで言った覚えはないが」

珍しくも、ジャスパーは言葉を失った。

「とにかく、夏と冬をシャーロットと一緒にすごすがいい――わしが許可する。ただし、わしの顔をつぶすようなことをしなければ、という条件つきだ。きみの不謹慎な行いや乱痴気騒ぎを、きのう、わがご立派な甥の息子が忌まわしくも詳細に列挙してくれたが、こちらはそのようなものにはなんの興味もないし、聞かされた話の半分以上が、誇張か、根拠のない当てこすりか、まったくの嘘偽りであることぐらい、よくわかっている。どれがその半分にあたるかはわからないとしてもな。だが、そうは言っても、とにかく気をつけろ。わしはあくまでもシャーロットの後見人だ。きみのことで何か騒ぎが起きて、少女をきみに預けておくのは無責任きわまりないことだという意見が出た場合には、わしも行動に出ざるを得なくなる。そのようなことはさせないでくれ、モントフォード。おもしろがってはいられなくなるからな。帰るときは、玄関ドアを静かに閉めていってくれ。いいね？　大きな音と急に入ってくる風が、わしは大嫌いなのだ」

ジャスパーは立ちあがった。

「シャーロットをあんなやつらにひき渡すおつもりですか――」

「わしが考えているのは」レイバーン氏はそっけなく言った。「この家で一人静かに暮らすことだけだ、モントフォード。きみのことは気に入っておるのだぞ。少年時代からずっと、わしのバカな甥に反抗しつづけていたからな。もっとも、ときにはあまりにひどい反抗に、さすがのわしもギョッとさせられたが。それに、きみは甘ったれた泣き虫のバカ男ではない。ほかの連中のかわりにきみが血縁者であってくれればよかったのに。そうでないことが、昔からひどい不公平だと思えてならなかった。だが、好むと好まざるとにかかわらず、はっきり言うと〝好まざる〟ほうだが、わしはシャーロットの後見人の一人なのだ。呼びだされ、後見人の権利の三分の一を行使するよう求められた場合は、シャーロットにとって何がいちばんいいかを念頭に置いて、それに応じることにする。悪魔と深海のどちらかを選ぶにすぎなくともな。さあ、帰ってくれ。しゃべりすぎて喉が痛い」

ジャスパーは屋敷を辞去した。

考える材料をたくさん胸に抱いて。

10

キャサリンがつぎにモントフォード男爵と顔を合わせたのは、リッチモンドでガーデン・パーティに出たときだった。彼女とマーガレットとスティーヴンがミス・レイバーンの誕生パーティの招待を受けることにした二日後のことだった。

パーティ会場は混雑していた。多数の招待客がやってきて、屋敷の前にある石畳の広いテラスでお茶を飲んだり、テラスとテムズ川のあいだに広がる芝生を散策したり、川でボートを漕いだりしていた。ここはアダムズ夫妻の屋敷で、豪勢なもてなしで知られている。それと、庭園の美しさも有名で、とくにこの季節は、紫、赤紫、ピンクといった色とりどりの花でいっぱいだ。屋敷の正面にずらっと並んだバスケットからも、同じく色とりどりの花が垂れ下がり、テラスに置かれた大きな鉢にも咲き乱れている。

まばゆいばかりの豪華な光景で、混雑した社交行事に惹きよせられることもあれば、孤独を(できれば自然の美に囲まれて)楽しみたいこともあるキャサリンにとっては、抵抗しがたい魅力を備えていた。一時間以上のあいだ、人々と歓談を続けた。しかし、やがて、そこから逃げだしてしばらくでも一人になりたいという、いつもの思いが湧いてきた。

マーガレットはアリンガム侯爵に誘われてボートで川に出ていたし、スティーヴンは若い令嬢たちとくるくるまわる日傘を中心にした元気いっぱいのグループの真ん中にいたし、ヴァネッサとエリオットはアダムズ夫人の誘いで屋敷のなかに姿を消していたので、キャサリンはバラ園と向かいあった愛らしい小さなガラスの温室のほうへ一人で向かうことにした。

太陽が出ているおかげで、暖かな一日だった。しかし、雲が少しあり、風もけっこう強くて、キャサリンが温室に入ったのは、太陽が雲に姿を隠してかなりたったときだったので、腕に鳥肌が立っていた。ガラスの壁と屋根に太陽の温もりが残っていて、キャサリンはホッとしながら錬鉄のベンチに腰をおろし、しばらくのあいだ、バラの花と暖かさを楽しむことにした。そのうち、良心の咎めを感じてふたたび外に出て、パーティの輪のなかに戻るに決まっているのだから。

たちまち、バラの濃厚な香りに包まれ、かぐわしいその香りを吸いこむにつれて、安らぎが心にしみこんできた。

しかし、一人きりの時間は長くは続かなかった。

五分もしないうちに、誰かがテラスの人ごみを離れてこちらにやってきた。そちらを見ると、それはモントフォード卿だった。濃いグリーンの上着をエレガントにはおり、それが胸と腕の筋肉をくっきりと見せている。ズボンは淡い黄褐色で、これまた脚の筋肉をきわだたせている。そして、ぴかぴかのヘシアン・ブーツ。こんなにハンサムな紳士がいるなんて許せない。たしかに、控えめに言っても、非難を浴びて当然の人物なのに。

レディ・クランフォードがひらいた昨夜のコンサートに、モントフォード卿は顔を出していなかった。そして、今日の午後も、さきほどまでは姿がなかった。どちらもキャサリンにとって喜ばしいことだった。モントフォード卿には、なぜか彼女の落ち着きを乱さずにおかないものがある。

それに、キャサリンはもうしばらく一人でいたくてたまらなかった。

だが、その望みは叶わなかった。ガラスの向こうから彼の目がキャサリンをとらえた。キャサリンを追ってきたことは明白だった。あいにく、ガラスの温室はうまく身を隠せる場所ではない。もっとも、ガーデン・パーティで身を隠す場所を探すなど、ふつうはありえないことだが。

心臓の鼓動が高まったのが、自分でも腹立たしかった。

モントフォード卿は温室の広い入口までくると足を止め、木のフレームに片方の肩をもたせかけた。胸の前で腕組みをして、ブーツに包まれた足首を交差させた。この姿がいつまでも記憶に残ることだろうと、キャサリンは思った。物憂げな様子で、目は鋭い光を放っているが、伏せたまぶたに半ば隠れ、片方の眉を軽くあげ、黒っぽい髪がひと房、額に垂れている。

「きっと、綿密に計算なさったのでしょうね」モントフォード卿が言った。「花の色と調和するドレス、繊細な田園風の魅力を高める麦わら帽子、ガラスの壁の奥への退避。これは孤独への欲求と、その孤独を妨げてほしいという巧妙な誘いをあらわしている。そして、くつろいだ優美な姿——すべて、計算の上に違いない」

　こんな無礼なことが言えるのは、彼しかいない——たとえ真実だとしても。

「ええ、もちろん、計算の上ですわ。わたしがガーデン・パーティに出るときはかならず、そのお屋敷の奥さまにあらかじめ相談して、お庭の花の色と、ガラスの温室があるかどうかを教えていただくことにしているの。それぐらい、あなたにもおわかりでしょう？　ガラスの温室はテラスと芝生からよく見えますから、絵のように美しい姿をみなさんにお見せできるわ。もちろん、計算の上のことでしてよ」

　キャサリンのドレスは深みのあるローズピンクのモスリンだった。つばの広い帽子の山を、もう少し淡いピンクのバラのつぼみが飾っている。

　モントフォード卿がクスッと笑った。女心をとろけさせる物憂げな響きだった。

「だったら、とうてい望みえないほど成功したことになる。あなたに敬意を表する喜びを手にしようとして、紳士たちが外で列を作っていないことに、ただもう驚くしかない。だが、ぼくはいまここに着いたばかりだ。たぶん、パーティが始まってからずっと、みんながあなたに言い寄っていて、いまようやく終わったところなのでしょう。ぼくもいいですか」

　モントフォード卿は温室に入ってきて、キャサリンがすわっているベンチの空いたところを指さした。彼女の許可を待ちもしなかった。彼が腰をおろすと、キャサリンはたちまち、ベンチの幅が足りないことを意識した。触れあってもいないのに、彼の身体の熱が伝わってくる。麝香に似たコロンの香りに包まれた。

「どうぞおすわりくださいな、モントフォード卿」キャサリンは意地悪く言った。「わたしの前で立ったままでいなくては、などとお思いになる必要はありませんことよ」

モントフォード卿はまたしてもクスッと笑った。

「ご機嫌斜めですね、ミス・ハクスタブル。ご気分を害するようなことを、ぼくが何かしたのでしょうか。それとも、何か言ったのでしょうか」

「あなたが？　礼儀作法の鑑《かがみ》のような方が？　お答えくださいな。八月に二週間もわたしをシーダーハースト・パークに招待するというのは、あなたの思いつきでしたの？　それとも、ミス・レイバーン？」

「おやおや！　十八歳の誕生パーティの招待客リストを作成する日には、ぼくはきっと、誰かが脳に銃弾を撃ちこんでくれればいいと真剣に考えることでしょう。そうしてもらえば、あれこれ悩まなくてすみますからね」

わたしの質問への答えになってない。そうでしょ？　でも、これ以上追及しても無駄だわ。

「すてきなお庭ですわね」キャサリンは言った。「ウォレン館が恋しくなります。それから、スロックブリッジも。田舎ですごすほどすてきなことはないと思いません？　あなたもシーダーハースト・パークのことが恋しいのでは？」

「少なくとも、人生最初の二十五年間は、あそこを強烈に憎んでいました」

「まあ、どうして？」キャサリンは驚いて尋ねた。彼のほうを見た。

「たぶん、ぼくが受けていた束縛を、あの屋敷が象徴していたからでしょう」

「束縛？」キャサリンは彼のほうへ眉をひそめた。「あなた以上に自由な人は、世の中にほとんどいないと思いますけど、モントフォード卿。必要なものや、ほしいものを、何もかもお持ちですし」

モントフォード卿はいつもの物憂げな笑みを彼女に向けた。

「あなたの弟さんは幸運な人だ、ミス・ハクスタブル。思いがけずマートン伯爵の位を継ぐことになったからではない。継いだときは……何歳でした？」

「十七です」

「……十七歳か。幸せだと申しあげたのは、それ以前の何年ものあいだ、好きなように生きる自由が与えられていたからです」

「父の死後、わたしたち一家は小さなコテージで暮らしていました」キャサリンは憤然として言った。「食費や衣服費を工面するために、メグが必死にやりくりをしながら」

「それから、コン・ハクスタブルも幸運な男だ。先々代の伯爵である父上が特別許可証を手に入れて母上と結婚する二日前に、この世に生まれてくることができたのだから。おかげで、伯爵家の長男として育ったけれど、相続権は与えられなかった。彼も最初からそのことを知っていた」

これがキャサリンの神経を逆なでした。

「それが〝幸運〟だとおっしゃるの？　コンにとって最悪のことだったに決まってるじゃありませんか。そんなことがあったのを知って、幸運にめぐりあったスティーヴンの喜びは翳《かげ》ってしまいました。ほかの誰かの不運によって自分が得をするなんて、あの子はいやだったんです」

「弟さんは十七歳になるまで自由に夢を見ることができた。そして、爵位継承の知らせを受けたときは、夢が叶ったような気がしたに違いない。コンのほうは、いつだって自由に夢を見られる身分だった」

「じゃ、あなたはそうではなかったの？」キャサリンはふたたび眉をひそめていた。

「ぼくは男爵家の長男にして、ただ一人の男の子だった。父はぼくが生まれる前に亡くなった。ぼくは生まれながらにして、モントフォード男爵の肩書を持っていた。シーダーハーストも、それ以外の財産も、すべてぼくのものだった」

「あなたのような境遇にあれば、ほとんどの人は」キャサリンはとがった声で言った。「自分の幸福を嚙みしめながら人生を送ることでしょう」

「たぶんね」モントフォード卿は低く言った。「ぼくが昔からありがたいと思ってきたのは、ミス・ハクスタブル、自分がけっして〝ほとんどの人〟のなかに入らないことです」

「ええ、たしかにそのとおりですわね」キャサリンは譲歩し、膝の上で両手を固く握りあわせた。

だが、これまで心に浮かんだこともなかった考え方について、じっくり考えてみる時間がほしいと思った。自由とは何なのか。もちろん、貧しさではない。貧しさは人間にとって恐ろしい足枷となる。彼女の一家は食うや食わずというほどの貧乏ではなかったが、それでも、貧しい暮らしというものをよく知っているので、そこに自由がないことは確信できる。でも、富と地位と特権のなかに自由はないというの？　それこそ自由を象徴するものではないの？　立派な屋敷と荘園の主人であり、財産を持っていることを憎むなんて、罰当たりと言ってもいいのでは？

でも、必要なものも、ほしいものも、すべて持っていたら、あとは何を夢に見ればいいのかしら。こんな疑問を持ったことは、これまで一度もなかった。

誰かがテラスを離れて温室のほうにやってくるのを、キャサリンは視野の端でとらえた。そちらへ顔を向けた。よく見ると、紳士が二人だった。片方はサー・アイザック・カービーだと、キャサリンは気づいた。だが、彼女がそちらを見たときには、二人はすでに足を止めていた。もう一人のほうが、何かに、もしくは、誰かに気づいたかのように右手をあげ、二人はやがて、それ以上近づいてくることもなく、テラスのほうへ戻っていった。

キャサリンが反対側を向くと、モントフォード卿もちょうど片手を途中まであげたところで、片方の眉が大きく吊りあがっているのが見えた。

きっと、この人とあの紳士たちのあいだに合図がかわされたんだわ。この人、二人を近づけたくなかったの？

キャサリンはまた、彼の反対の腕がベンチの背にかけられ、彼女の肩のあたりにきていることに気づいた。ただし、じかに触れてはいなかった。彼の身体が軽くキャサリンのほうを向いていた。

「人はみんな、夢を見る必要があるわね」キャサリンは言った。

「うーん、でも、ぼくは夢なんか見たくないな」ふたたび、モントフォード卿のまぶたが伏せられ、かすかな笑みを含んだ目がキャサリンをとらえた。「もっと楽しいことがあって、眠るどころではないときにには。いまこの瞬間、ここにすわってあなたと差し向かいで話をする以上に楽しいことは、何ひとつ思いつけない」

呆れた人。この人の言い方ときたら、まるで、恋人どうしが人目を忍んで逢引きしているみたい。自分の身体が反応して思わず震えが走ったのを、キャサリンは無視した。乳首が固くなり、腿のあいだが熱くなっていた。

「いいえ、誤解してらっしゃるわ」きっぱりと言った。「夢の世界に遊ぶのは、人間にとって不可欠なのよ。食べることや、呼吸をするのと同じように。希望を持つのと同じように。夢があるからこそ、希望を持つことができるのよ」

「夢なんか見るのはやめて、もっと役に立つことをしろ」モントフォード卿はきびしい親か家庭教師の口調をまねて、ふざけた調子で言った。ひょっとすると、遠い昔、この人にこんなふうに言った人がいたの？

「わたしだったら、自分の子供たちにはその反対のことを言いたいわ——いたずらに忙しくするのはやめて、夢を見なさい。想像力を働かせなさい。未知の世界へ手を伸ばし、どうすれば経験を広げて、自分の心と魂と世界をより良きものにできるかを考えなさい、って」

モントフォード卿がクスッと笑った。

「で、ミス・キャサリン・ハクスタブルは何を夢見ているのかな？　恋と結婚と母親になること？」

やっぱり、わかってないのね。頭のいい人かもしれないけど、この人のなかには、夢を持つ人間のきらめきが欠けている。たぶん、何ひとつ不自由のない身分だから、夢を見る必要がなかったのね。でも、そんなのはばかげている。

ええ、とってもばかげたことだわ！

「飛ぶこと」キャサリンは衝動的に口にした。「わたしは空を飛ぶことを夢に見てるの」

もちろん、飛ぶことなんてできない。とにかく、文字どおりの意味では。しかし、夢を表現するのに現実的な言葉は使えない。夜、眠っているあいだに見る夢の大部分についても。

「ほう」モントフォード卿の目にからかうような光が浮かんだ。「役に立つことをするかわりに、そういう価値あることをするわけか」

「空の青さのなかを抜けて、新鮮な空気を顔に受けるの」彼の言葉を無視して、キャサリンは言った。「太陽に近づいていくのよ」

「イカロスのように」モントフォード卿は言った。「大胆になりすぎて、翼の蠟が溶け、ふたたび大地へ、そして、現実の世界へ墜落してしまう」

「いいえ。墜落なんかしない。夢には失敗の可能性なんて含まれてないから。太陽の近くまで飛びたいという願い、やむにやまれぬ気持ち。それしかないのよ」

もちろん、バカな意見だと思われているだろう。メグやネシーにすら、こんな話をする気になったことはほとんどなかった。夢というのは、とても個人的なものだ。

モントフォード卿は錬鉄のベンチの背を指で叩きながら、細めた目でキャサリンを見つめ、いっぽう、彼女のほうはバラの花に注意を戻そうとしていた。

「人生から逃げだそうとするなんて、あなたの人生の何がそんなにつまらないのかな」モントフォード卿が訊いた。

いまではすっかりキャサリンのほうに身体を向けて、真正面から彼女を見ていた。

「あら、逃げだしたいなんて思ってないわ」キャサリンは憤慨した。「ただ……まだ行ったことのないところへ、知らないところへ、自分の殻から抜けだせるところへ行ってみたいだけ。説明するのがむずかしいわね。でも、人間ってそういうものじゃありません？」

「そうかな」モントフォード卿はおだやかに言った。

「人はみな、自分の……自分の魂を、どこか……はるか彼方へ解放することに焦がれていると思うの。ぴったりの言葉が見つかればいいのに。でも、あなたもきっと、そんなふうに感じたことがあるでしょう？」

「神を信じたいという心？　ぼくは小さいころ、日曜日ごとに教会へ連れていかれた。だが、男爵家専用のクッションの柔らかな信者席にすわっていても、愛と審判、赦しと天罰、天国と地獄の業火についての退屈でややこしい曖昧な話に、ぼくの心は苦しめられていた。おかげで、そのように曖昧な、人を混乱させる神から遠ざかり、自分に理解できないものにはけっして目を向けないことを学ぶに至った」

「まあ、困ったこと」キャサリンはそう言って、ふたたび彼のほうを向き、首をかしげたが、その拍子に、突然、自分の耳から数センチも離れていないところに彼の腕があることに気づいた。「話の要点がまったくおわかりにならなかったのね」

「とんでもない。じつによく理解できたと思いますよ。きわめて鮮明に説明してもらったから——何度もくりかえして。どうやら、ぼくは、最後の審判と、天罰と、地獄の業火に向かって進んでいたらしい。救済不能だった。絶望的だった」

モントフォード卿にニッと笑いかけられて、キャサリンは首をふった。

「どこの牧師さまにそんなことを言われたの？」と、腹立たしげに訊いた。「うちの父なら、その人を叱り飛ばすでしょうね」

「牧師ではない。少年の人生には、牧師以上の権威を持って神の代弁者となる者が、ほかにいるものだ」

キャサリンは彼をじっと見た。父親のことを言っているの？　でも、父親はこの人が生まれる前に亡くなっている。じゃ、家庭教師？　それとも、母親の再婚相手？　つまり、ミス・レイバーンの父親？

「あなたの人生の何がそんなにつまらないのかな？」モントフォード卿がふたたび尋ねた。

「つまらないなんて言ったら罰があたるでしょうね。けっしてそんなことはありませんもの。ただ、たまに一人になったとき、わたし、一人になるのが大好きなんですけど、何かが湧きあがるのを感じるんです。あと一歩で手の届くところに何かがあるという思い。大きな幸せがわたしを待っているのを感じるの。ときどき、その感覚を詩で表現しようと思うんだけど、詩にも言葉が必要でしょ。わたしのことを笑いたければ、笑ってくださってけっこうよ」

モントフォード卿は微笑したが、しばらくは何も言わなかった。キャサリンはわずか数センチ先にある黒っぽい目をいささか気詰まりな思いで見ている自分に気がついた。ふたたび、彼のコロンの香りが意識された。

膝の上で指を広げた。

「結婚に夢を持っていますか」モントフォード卿が彼女に訊いた。「結婚に幸せを見つけようという夢は？」

「ええ、結婚を夢に見ているわ。そして、子供を持ち、自分の家庭を築くことを。女にはそれ以外の生き方なんてないでしょう？　いままでも、一生、スティーヴンのお荷物になるんじゃないかって心配なんです。もう二十三ですもの」

「きっと、数えきれないほど結婚の申込みがあったはずだ」

「何回か」キャサリンは認めた。「いいお相手から、いいお話がありました」

「しかし――？」モントフォード卿は眉をあげた。

「わたしが求めているのは、このうえなく特別な人なんです」バラ園のほうへ視線を戻しながら、キャサリンは言った。「わたしのハートのなかのハート、魂のなかの魂。そんな人を待つなんてばかげてるわね。たぶん、誰もがそういう相手を見つけたいと願っているでしょうけど、そのような唯一の相手をじっさいに見つけられる人は、ほとんどいませんもの。でも、それ以下の相手で妥協しようという気には、まだなれないの」

キャサリンは不意に、現実から遊離したような感覚に襲われた。わたしったら、こともあろうにモントフォード卿を相手にして、本当にこんな会話をしているの？　いったい、どうしてこんな話題になってしまったのかしら。

危うく噴きだしそうになった。

「その人は幸運な男ですね」いささかも皮肉の感じられない口調で、モントフォード卿は言った。「というより、あなたと出会ったときに幸運な男となるでしょう。山をも動かす愛が生まれることでしょう」

キャサリンはふたたび彼に顔を向け、今度は本当に笑いだした。

「いいえ、相手の男性がいっきに十キロ以上走って逃げてしまう可能性のほうが高いわ。男の人の考える恋や結婚は、女とは違いますもの。わたしは二十三年の人生でそれを学びました。もし〝あなたこそ、わたしのハートのなかのハート、魂のなかの魂よ〟って申しあげたら、あなたはどう反応なさるかしら」

この言葉を口にしたとたん、キャサリンは舌を噛み切りたくなった。

モントフォード卿が軽く伏せたまぶたの下からキャサリンを見つめた。

「きっと、ぼくの心臓の鼓動が速くなり、魂が長い休眠状態からさめることでしょう」

キャサリンは唇を噛んだ。

「あるいは」モントフォード卿が少し顔を近づけてきたので、キスするつもりかと思って、一瞬ビクッとした。「賭けに勝ったと主張するかもしれない」

キャサリンはふたたび笑みを浮かべた。モントフォード卿はほんのしばらく冷静な表情を保ち、それから、キャサリンと同じく笑顔になった——ゆっくりと、物憂げに。

「だが、そんなことを言うつもりはないのでしょう？」モントフォード卿は訊いた。

「ありません」キャサリンは同意した。

「いまはまだ。だが、いずれ言うことになる」

キャサリンはクスッと笑った。男からふざけ半分に口説かれたことは一度もない。彼女のほうから男にふざけ半分の言葉をかけたこともない。でも、それはモントフォード卿と出会うまでのこと。顔を合わせるたびに、どうしてこうなってしまうの？　この人はどうしてこんなふざけたまねをするの？　どうしてわたしはそれを許しているの？

彼の視線がふたたびキャサリンから離れた。片手をあげて敬礼のまねをし、その手を軽くふってから、キャサリンに注意を戻した。

「向こうに、尊敬すべきサー・クラレンス・フォレスターがいたのでね」と説明した。「そして、さらに尊敬すべき母上も。こちらにくる気はもうなさそうだ。それを知れば、あなたもホッとなさることと思う。二人はたぶん、シャーロットがここにいないのを知って、興味をなくしたのだろう。シャーロットを見つけるために、庭と川のあらゆるところを捜すに違いない——気の毒に、時間の無駄だ。シャーロットはきていないのだから」

「あの方たち、午後からずっとここにいらしたわ」

メグとスティーヴンとキャサリンに紹介されるのを、あの二人はあからさまに避けていた。キャサリンはおかげで、先日ミス・レイバーンを誘ってハイドパークを散歩したことが、本当に不作法な行為であったような気にさせられた。そんなふうに思うなんて、じつにばかげている。エリオットもそう言ってくれた。そういうことにはとてもくわしい人だ。

「あいつらが?」モントフォード卿は言った。「ほかの招待客もみんな、さぞ楽しかったことだろう」

「あの二人のことが本当にお嫌いなのね。あなたの叔母さまといとこなのに」

「ぼくの身内ではない」モントフォード卿はきっぱりと言った。「哀れなシャーロットの身内なんだ。レディ・フォレスターがシャーロットの父親の妹で、クラレンスがその息子」

「義理のお父さまの身内でしょ」

「母の二番目の夫のね。うん」

「その方のことも、お好きじゃなかったのね?」立ち入った質問をしすぎたと思ったが、もう手遅れだった。

「信心深くて、高潔で、罪を犯さぬ人だった」モントフォード卿は笑顔で言った。「同時に、ユーモアも、ウィットも、思いやりも、喜びもない人だった。ぼくが一歳の誕生日を迎える直前に母と結婚し、ぼくが十八歳になった直後に亡くなった。これ以上言うのはやめておこう。その男がシャーロットの父親だ。あなたと一緒にとても楽しくすごしたこの三十分を台無しにしたくないのでね、ミス・ハクスタブル」

そんなに時間がたってしまったの？　三十分も？　大変だわ！　パーティの人々の群れから離れるとしても、せいぜい十五分ぐらいにしておくつもりだった。三十分ものあいだ二人きりでここにすわっている姿を目にして、ほかの人たちがどう思ったことやら。もっとも、ここはガラスの温室で、テラスからも芝生からもよく見える場所にあるけれど。

キャサリンは立ちあがると、スカートを手でなでつけた。モントフォード卿は動かなかった。錬鉄のベンチにくつろいだ姿ですわったままだった――まあ、どうしましょう、ほんとに狭いベンチだわ――彼の片方の腕がベンチの背にかけられていた。

「たぶん、アリンガム侯爵とボートに乗りにいってたメグが、そろそろ戻っているころだわ。捜しにいかなくては」

「ええ、どうぞ、ミス・ハクスタブル」モントフォード卿は言った。軽く伏せたまぶたの下から、ふたたび彼の目が笑いかけていた。「あなたの髪の残り香が漂い、それに比べるとやや魅力に劣るバラの香りを圧倒しているあいだ、ぼくはここにすわっていることにします」

「まあ」キャサリンは笑った。「ばかげたことを」

「人生はばかげたことに満ちている」モントフォード卿は言った。「幸いにも」と、小声でつけくわえた。

キャサリンは彼に愛撫されたように感じながら、あわてて立ち去った。どうしてそんなことができるの？　わたしに触れてもいないのに。あの声には何かがある。あの目にも……。

〝あなたこそ、わたしのハートのなかのハート〟と言ったらどう反応するかと、キャサリンが尋ねたとき、彼はこう答えた。〝きっと、ぼくの心臓の鼓動が速くなり、魂が長い休眠状態からさめることでしょう〟

キャサリンは微笑した。

そのあとで、彼はつけくわえた。〝あるいは、賭けに勝ったと主張するかもしれない〟

キャサリンはククッと笑った。

この三十分を楽しくすごしたことを否定しても、なんの意味もない。

やがて、テラスでもうひと組のカップルとともにワインを飲んでいるヴァネッサとエリオットの姿が見えたので、そちらへ向かいながら、二人に手をふった。

11

きたるべき災厄の前触れがジャスパーを襲ったのは、その翌朝、雲が低く垂れこめ、霧雨が本格的な雨に変わりそうな様子なのも気にせずに、ハイドパークへ乗馬に出かけたときのことだった。乗馬専用路のロットン・ロウは彼がほぼ一人占めだった。もっとも、アイザック・カービーとハル・ブラックストーンもきていて、一緒に馬を走らせていたが。

ジャスパーに気づくと、二人は馬を止め、彼が追いつくのを待った。

「よう、モンティ」挨拶がわりにハルが声をかけた。「ゆうべはよく眠れなかっただろ。恋は男を不眠症にすると言われてるからな」

ハルがアイザックにニッと笑ってみせると、向こうも笑いかえした。すばらしくウィットに富んだことを言ったかのように。

ジャスパーは片方の眉をあげた。

「恋？　ぼくの眠りを妨げる？」

「ハルに話してたところなんだ」アイザックは言った。「きのう、アダムズ家のガーデン・パーティでチャーリーとぼくがすげなく追い払われたことを」

ジャスパーは手綱をひき、二人と同じカタツムリのような速度まで落とした。

「追い払われた？　すげなく？」

二人はなおさらふざけはじめた。

「ほら見ろ、アイザック」ハルが言った。「恋は男を盲目にする。モンティはきみに気づきもしなかったんだ」

「そうか」アイザックが言った。「すると、ハエでも追い払ったつもりだったに違いない、ハル。モンティがあの令嬢の魅力にまいったために、チャーリーとぼくが冷遇されたわけではなかったのだ」

おいおい、やめてくれ！　二人がなんの話をしているのか、ジャスパーは不意に気づいた。

「きみも同意せざるを得ないと思うがね、ハル」ジャスパーは言った。「チャーリーやアイザックより、ミス・キャサリン・ハクスタブルのほうがはるかに愛らしいということには。彼女と二人でバラを観賞してたんだ。それから、ゆうべはぐっすり眠ったよ。おかげさまで」

「三十分以上もバラを観賞か」アイザックが言った。「花をひとつずつ見て、花弁を一枚ずつ数えてたのかい、モンティ？　おおぜいの連中がそんな憶測をしてたぜ……ぼくもそれを耳にした。レディと――それも、公の場で――二人だけになるなんて、きみらしくもない。ひとこと助言させてもらおう。結婚という足枷を求めているのでないかぎり、今後、バラの花弁は一人で数えたほうがいい。もしくは、頭が変になったらしいと友達みんなに思われたくないなら、いっさいやめるべきだ」

「嘆かわしき事態だな」ジャスパーは言った。「結婚の罠にはまる危険を冒さないことには、社交行事の場で貴婦人との交流を楽しむこともできないとは」

だが、大人になってからの彼は、きのうのガーデン・パーティで人々のあいだに軽率にも巻きおこしてしまったような憶測を、つねに心して避けてきたのだ。今後はもっと注意しなくてはならない。

「だが、きみがパーミター家の舞踏会でワルツを踊ったときと同じ相手なんだろ？」ジャスパーのうしろから馬を進めながら、アイザックが言った。「きっと、一見の価値ある光景だっただろうな、モンティ。ぼくもその場にいたかった。そもそも、きみが踊れるなんて知らなかったぞ」

「しかも、モンティ」ハルがつけくわえた。「舞踏会のわずか一日か二日あとに、きみはその同じ相手と公園を散歩したんだろ？　そして、夏になったら、その同じ相手がシーダーハーストに二週間滞在することになってるんだろ？」

「ほう、そんなことまで知ってるのか」ジャスパーは言った。

「ゆうべ、マートンと顔を合わせてね、そのときに聞いたんだ」ハルは説明した。

「だったら、きみ、これも知ってるはずだが」ジャスパーは言った。「マートン自身と長女のミス・ハクスタブルもシーダーハーストにくる予定だ。全員がぼくの妹の招待客として」

しかし、友達二人は笑うだけだった。

やはり、もっと注意しなくては——ジャスパーは決心した。キャサリン・ハクスタブルをふざけ半分に口説くのが楽しくてたまらなかったため、何年間も怠ることのなかった用心をすっかり忘れていた。もちろん、用心を怠ったせいで、彼の評判はガタ落ちだろう。モントフォード卿が上流社会の貴婦人と一度に三十秒以上すごす姿を見るのは、まことに稀有なことなので、そのような事態になれば、誰もが驚きの目をみはるのは当然だ。

しかし、それは彼の心に重くのしかかるような問題ではなかった。相手の令嬢に近寄らないようにしていれば、芽生えたばかりのゴシップなどすぐに消えてしまう。

新鮮な朝の空気が——頬にあたる霧雨でさえ——爽快だった。楽しみがたくさん詰まった新たな一日に期待を寄せた。まずは、珍しく誰もいないロットン・ロウに馬を走らせることにしよう。馬に拍車を入れてギャロップで走りだすと、友人二人も左右にぴったりついてきた。

災厄の前触れがキャサリンを襲ったのは、コンスタンティンと顔を合わせたときだった。ガーデン・パーティの翌日の午後、彼がキャサリンとマーガレットを訪ねてきた。天候が悪くなったため、二人は家にいた。霧雨が土砂降りに変わって昼まで続き、ようやく雲間から青空がのぞきはじめたときには午後も遅くなっていたので、出かける予定は立てないことにしたのだった。

コンスタンティンがきてくれたので、家でじっとしていてよかったと思った。二人とも彼に会うのが大好きで、コンスタンティンのほうもひんぱんに訪ねてくる。姉妹と一緒にお茶を飲み、三十分ほどゆっくりしたあとで、帰ろうとして立ちあがった。

「ようやく、太陽が必死に輝こうとしている」窓のほうを向いて、コンスタンティンは言った。「今日は二輪馬車で出かけてきたんだ。残念なことに、あと一人しか乗れない。本当は二人一緒に誘って公園をひとまわりしたいところだが」

「ありがとう。でも、どっちみち、わたしはだめだわ、コンスタンティン」マーガレットが言った。「レースに使われるタイプの馬車は怖くてたまらないの。バルーシュ型の馬車か、同じ二輪馬車でも一頭立てのギグか、屋根のついた馬車でないと、乗っていても安心できないのよ」

コンスタンティンは立ったまま、マーガレットに笑みを向けた。

「では、そのうちバルーシュを借りて、あらためてあなたを迎えにくることにしよう。今日はきみが一緒に乗ってくれないかな、キャサリン。それとも、きみもすでに震えている？」キャサリンが窓の外の陽ざしにせつない視線を向けていたときに、コンスタンティンが太陽の話題を出してきたのだった。一日じゅう家にこもってすごすなんて、キャサリンはまっぴらだった。

「ぜひお供したいわ。ボンネットをとってくるから、ちょっと待っててね」

しばらくすると、二人は公園を馬車で走っていて、キャサリンは高い座席にコンスタンティンと並んですわって、景色を楽しみ、人々の様子をながめていた。

「モンティの招待で、八月になったら二週間ほどシーダーハースト・パークに滞在するそうだね、キャサリン」

「ええ、そうよ。メグも、スティーヴンも、わたしも、みんな一緒に出かけるの。十八歳の誕生日をお祝いするハウス・パーティに、ミス・レイバーンの招待客としてお邪魔するのよ」

わたしったら、どうして弁解じみた口調になってるの？

コンスタンティンは混みあった馬車や、午後の散歩を楽しむ人々のあいだを縫うようにして二輪馬車を走らせた。まもなく、さほど混雑していない長い道に出た。

「キャサリン」コンスタンティンが言った。「口うるさいお目付け役の婦人みたいな口調になる危険を承知のうえで、ひとこと注意させてくれ。くれぐれも慎重にふるまってもらいたい。どういうわけか、モンティのやつがきみを追いかけまわしている。結婚を考えている可能性はきわめて低い。そんな気はまったくないやつだ」

キャサリンは衝撃的な怒りを感じた。そして……屈辱？

「あら、心配はご無用よ、コンスタンティン。そんな話がしたくて、午後からわたしを誘いだしたの？　メグのいないところに？　わたしへの責任を感じて？　どうしてコンがそんなふうに感じるのか、わたしにはわからない。誰かに守ってもらう必要が生じたら、スティーヴンもエリオットもいてくれるのよ。それとも、わたしを信用してないの？　わたしはもう二十三。この年になるまでに、人生について多少は学んできたつもりよ。もちろん、どうやって――放蕩者を見分けるかも学んだわ。モントフォード卿にそういう評判があることは、わたしも知ってるし、ずっと以前にコンが注意してくれなかったとしても、自分で気がついてたと思うわ。モントフォード卿が図々しく口説こうとすれば、わたし一人でちゃんと撃退できるから大丈夫よ。口説かれたことなんて、まだ一度もないけど」

「三年前のことはどうなんだ？」コンスタンティンに訊かれて、キャサリンの胃の筋肉がこわばった。「あのとき、ぼくはロンドンにいなかったが、きみがその状況をみごとに切り抜けたことは知っている。きみはすぐさまやつの魂胆を見抜いて、人目のないところへ連れていき、小言を言い、痛烈に罵倒したそうだね。その翌日、モンティが友達みんなにそう告白した。もし告白していなかったら、あるいは、わずかでも成功を収めていたなら、いまごろはたぶん、そんな自慢話をすることも、ふたたびきみにつきまとうことも、できなくなっていただろう」

キャサリンは突然、心臓の鼓動がいつもの倍になったような気がした。かつての賭けの話をコンが知っている？　ずっと知ってたの？　でも、じっさいに何があったかはよく知らないみたい。じゃ、モントフォード卿はあの夜のことをみんなに話すときに、嘘をついたの？　自分わたしにはなんの落ち度もない、それどころか立派だった、とみんなに思わせたの？　自分自身は間抜けな役を演じたわけなの？

「その件をすべてご存じなら、わたしを信用してくださってもいいでしょ」どうにか声を出すことができた。「お説教はけっこうよ、コンスタンティン。それに、モントフォード卿のお友達なんでしょ。あの方のことを信用してないの？」

「あのとんでもない失敗のあとだけに、モンティのやつ、名誉挽回しなくてはと思っているかもしれない。ついでだが、すっかり面子がつぶれてしまったようで、あのあとロンドンを離れて、一年以上田舎にひっこんだままだった。モンティはその気になれば、きわめて魅力的になれる男だ、キャサリン。ぼくはあいつと長いつきあいだからね。忘れないでくれ」

「愛想よくしてらっしゃるだけかもしれないわ」

「モンティはけっしてダンスをしない。なのに、レディ・パーミターのところの舞踏会できみとワルツを踊った。貴婦人に腕を差しだして公園を散歩するようなこともけっしてない。なのに、きみと一緒にサーペンタイン池まで歩き、また戻ってきた」

「メグと、スティーヴンと、妹さんも一緒だったのよ」キャサリンはムッとして言った。「ずいぶんバカなことを言うのね、コンスタンティン」

しかし、彼の話はまだ終わっていなかった。

「そして、きのうのアダムズ家のガーデン・パーティでは、ほかに誰もいない温室にきみと二人で一時間近くすわっていた。ぼく自身はその場にいなかったが、噂に尾ひれがついていて、じっさいは三十分だったかもしれないし、温室も、そのなかにいる者も、パーティにきているすべての客からよく見えたはずだという点を考慮に入れたとしても、モンティと二人だけになったのは事実だし、きみはあいつに寄り添う形ですわっていた――人々の注目の的になるぐらい長いあいだ。一部の噂によると、モンティの腕がきみの肩を抱いていたということだ」

〝人々の注目の的になるぐらい長いあいだ……〟

〝一部の噂によると……〟

キャサリンは突然、背筋に冷たいものを感じた。

「あなたがつまらないゴシップに耳を傾ける人だとは思わなかったわ、コンスタンティン」

キャサリンの声はひどく息苦しそうで、震えていた。

「傾けないわけにはいかないよ。周囲の誰もがその話ばかりしている場所にいればね。ぼくはゆうべ、そういう場所にいたんだ。くだらないゴシップを耳にしても、百のうち九十九は聞き流すけれど、そのひとつがぼくのいとこに関するもので、しかも、それが大好きないとことくれば、気にするのは当然だ」

「意地悪でばかげたゴシップだわ。レディ・パーミターのお宅でわたしが踊ったほかの紳士がたはどうなの？　その人たちのことを、誰かが噂にしている？　それから、サーペンタイン池まで散歩したとき、わたしはスティーヴンとミス・レイバーンと一緒に歩き、メグがモントフォード卿の腕に手をかけて歩いたのよ――その事実はどうなるの？　それから、きのう、モントフォード卿とわたしが一緒にいたのはせいぜい三十分だし、その場所はガラス張りの温室で、招待客のほとんどが集まっていたテラスと芝生から数メートルぐらいしか離れていなかったのよ。メグはわたしがモントフォード卿と一緒にすわっていたよりも長い時間、アリンガム侯爵とボートで川に出ていたわ。あの二人のことを誰か噂にしてる？　それから、モントフォード卿がわたしの肩を抱いてたなんて嘘よ。ベンチの背に腕をかけてらしただけ。ベンチが狭かったから。わたしには指一本触れてらっしゃらないわ」

「きみが怒る気持ちはよくわかるよ、キャサリン」コンスタンティンは二輪馬車の向きを変えて、もとの広い通りへ続く道に入った。「しかし、貴族社会のことがきみにわかっているかどうか心配なんだ。ゴシップというのは、純粋な真実に基づいていなくてもかまわないんだ。半分だけの真実と、直感と、誇張と、憶測と、他人の最悪の姿を想像し、その想像を楽しむという人間の性格の上に築かれるものなんだ。しかも、モンティはいつものあいつにあるまじき行動をとっていた。いかなる社交行事の場においても、特定の女性を選びだすようなことはけっしてしないやつだ。同じ女性を相手に、一度ならずそれをやったという事実からすれば、誰もが注目するのも仕方がない。ぼくからモンティに話をしておこう。もっと分別を持ってもらわないとね。あ、もちろん分別はあるやつなんだが、問題は、貴族社会からどう思われようと歯牙にもかけないという点なんだ。くれぐれも気をつけてくれ。きみの貞操のことではないよ。それが安全なことは、ぼくもよくわかっている。だが、きみの評判を大切にしてほしいんだ。モンティはぼくの友達ではあるが、疫病神だからね、キャサリン」

二人の馬車は木立の外に出た。太陽が燦々《さんさん》と輝いていて、キャサリンは日傘をさした。

「お説教の必要なんてぜんぜんなかったのよ、コンスタンティン。でも、わたしのことを心配してくださったということは覚えておくわ。いつまでも感謝します。おたがいに子供のころからの知りあいだったら、どんなによかったかしら。またいとこなんだから、それが当然なのにね。ジョナサンとも仲良くできただろうし。わたし、きっと、ジョナサンのことが大好きになってたと思うわ」

ジョナサンというのはコンスタンティンの弟のこと。弟ではあるが、正式な跡継ぎとして生まれ、父親の死後しばらくのあいだ、マートン伯爵という地位にあった。障害を抱えていたため、十六歳で死去し、爵位と領地と財産はスティーヴンが継ぐこととなった。コンスタンティンはかつて、弟のことを〝どんな相手でも分け隔てなく愛した〟と評していた。

コンスタンティンが首をまわして、キャサリンにニヤッと笑いかけた。

「話題を変えようとして必死だね。うん、いいだろう。そうだな、ジョナサンを大好きになってくれたことだろう。そして、ジョナサンもきみになついたと思うよ。きみたちみんなに」

キャサリンは緊張を解き、外出の残り時間を楽しもうとした。

しかし、心の一部がショックでほぼ麻痺していた。

わたしがゴシップの種にされている。こともあろうに、モントフォード卿とのことで。でも、少なくともその一部はわたしの責任。レディ・パーミターの舞踏会でダンスを申しこまれたときに、ことわればよかったのだ。ハイドパークでサーペンタイン池からひきかえしたときには、行きと同じくスティーヴンの腕に手をかけて、モントフォード卿にはメグか妹さんと一緒に歩いてもらえばよかったのだ。きのうの温室のときだって、一人にしておいてほしいと、きっぱり告げればよかったのだ。いいえ、すぐさま立ちあがり、〝ご機嫌よう〟

と礼儀正しく挨拶して、彼を置き去りにすれば、もっとよかっただろう。

ええ、そう、こちらにも責められるべき点はある。彼と一緒にいるのが楽しかったし、彼の会話がウィットに富んでいて刺激的だと思ったのは事実だもの。彼のすることに眉をひそめ、あんな男とは関わりを持ちたくないと思っていたにもかかわらず。ろくでもない男だと、よくわかっていたにもかかわらず。

本当にもっと気をつけなくては。ロンドンにいるあいだは、彼といっさい関わりを持たないようにし、シーダーハースト・パークを訪ねたときは――行かずにすめばどんなに楽かしら――つねに、メグか、スティーヴンか、ミス・レイバーンか、ほかの招待客の誰かと一緒にいるようにしなくては。


しかし、もっと気をつけようと決心したときには、すでに手遅れだった。

翌日、災厄が本格的にジャスパーに襲いかかった。前日の夜は、彼にしては珍しくも自宅にこもっていた。クラークスン家の夜会に出席の返事を出しておいたのだが、キャサリン・ハクスタブルも顔を出しそうな催しだったため、欠席したほうが賢明だと思ったのだ。もちろん、顔を出して、ひと晩じゅう彼女から離れてすごすことで今後のゴシップの芽を摘んでおくというやり方もあったが、そんなことをすれば退屈で仕方がなかっただろう。退屈を我慢するのは、ジャスパーが極力避けたいと思っていることだった。

そこで、ゆうべはずっと家にいて、シャーロットの相手をしてやった。

翌朝、新聞を読もうと思って〈ホワイツ〉へ出かけたところ、友人と知人と野次馬連中からなる大群に迎えられ、びっくり仰天することになった。

「よう、モンティ」挨拶がわりに、マザラム子爵が呼びかけた。「きみはいまごろ全速力で山奥めざして逃走中だろうと、われわれみんなが想像してたんだぞ」

「みごとな勇気だ、わが友よ」バーニー・ランゲイトが言った。「こんなことになるとは、夢にも思わなかったぞ。何事もなかったような顔で、きみがここにのんびり入ってくるほうに賭けておけばよかった」

「勇気だと？」チャーリー・フィールドが言った。「死の願望と言ったほうがいいぞ、ランゲイト。けさになってもこの街に残っているとは、自殺行為に近いんじゃないかい、モンティ。シーダーハーストまで逃げても安全とは言えないと思うがねえ。ついでに言うと、山奥だって。アメリカの荒野が差し招いているのでは？」

「きみはもう、死んだも同然だ、モンティ」誰の声だかわからないが、悲しげに言った者がいた。「疑いの余地がない」

「〝同然〟は不要だね」ほかの誰かがつけたした。「モアランド公爵と、マートン伯爵と、コン・ハクスタブルがきみの血を求めているはずだ、モンティ。とりあえず、三人だけ名前を挙げるとすれば」

なんだと！　どういうことだ？

ジャスパーは眉をあげ、唇を結んだ。

「新聞はどこへ消えてしまったんだ？」と尋ねた。「またノートンが全部持っていったのかい？　それから、ぼくは何か興味深いことを見逃してしまったのかな。たとえば、三人の紳士が吸血鬼に変身したとか？」

「モンティ」チャーリー・フィールドが彼の肩を叩いた。「新聞のことは気にするな。あの三人は、まずフォレスターを追いかけるほうが重要だと思ったようだが、そうでなければ、いまごろすでにきみを見つけだして、一人につき一リットルぐらいの血を吸っていたことだろう。フォレスターはたしか、きみのいとこだったな？」

なんだと！

ジャスパーは黙りこんだ。相手の誤りを正そうともしなかった。生まれて初めて、ひどく不吉な予感に襲われた。

「がっかりだな」物憂げに言った。「フォレスターのほうがぼくよりずっと重要ってわけかい？　そのような特別待遇を受けるとは、あの男、いったい何をやったんだ？　それとも、何を言ったんだ？」

「いや、原因はむしろ、ほかの誰かの言ったことにあるんだ、モンティ」マザラムが説明した。「もっとも、それが誰なのか、知ってる者は一人もいないようだが。自分から口の軽さを認めるようなやつは、もちろん、どこにもいない。しかし、きみが何年か前に敗北を喫したあの悪名高き賭けのことを、誰かがフォレスターに話してしまったんだ。もちろん、あの賭けについては、二、三十人ほどの男が知っていたが、紳士の名誉の掟を守り、仲間以外の連中にまで噂を広めるような者は一人もいなかった。とくに、無垢な令嬢の評判がかかっていたのだから。とにかく、これまでのところ、一人もいなかったんだ。ところが、誰かがフォレスターに話してしまった。たぶん、きみのいとこだから、すでに知っているものと、その誰かは思いこんだんだろう」

ジャスパーはマザラムを凝視した。物憂げな無関心を装うどころではなくなっていた。予想もしなかった深刻な事態だ。

「それで――？」と、低く訊いた。

「それで、フォレスターはゆうべのクラークスン家の夜会で、話を聞いてくれる相手がいれば、誰にでもべらべらしゃべってまわったってわけさ」マザラムの話は続いた。「ただし、こまかい点をいくつか変更して、相手の女性の名誉を傷つけた。賭けに勝てなかったというきみの言葉を嘘だときめつけた。今年の彼女の態度を見れば、彼女が以前にきみを拒絶しなかったことは明白だし、それ以後も、機会があれば一度も拒絶していないのが明らかだ、と言っていた」

「災難だなあ、友よ」チャーリーが必要もないことを言い、ふたたびジャスパーの肩を叩いた。「ゴシップというのは、パンドラの箱の中身みたいなものだ。いったん広まったら、とりかえしがつかない」

「いますぐ全速力で逃げださないと、牧師の罠にとらえられてしまうぞ」ハルが言った。「もしぼくがきみだったら、猛ダッシュで逃げるだろうな」

「だが、そんなことをしたら、ハクスタブル家の娘にとって、結婚の望みはすべて消えてしまうぞ、モンティ」バーニー・ランゲイトが言った。「そして、たぶん、その子の姉にとっても。さすがのモンティも、しばらくのあいだ、あまり歓迎してもらえなくなるかもしれん。極悪非道の所業だからな。誰がフォレスターの眉間に弾丸を撃ちこむかを決めるためにいまごろ、モアランドとマートンとコンがコイン投げをしているかもしれない。きみを追いかける前にな。なぜまた、フォレスターのようなやつと、いとこどうしの関係になってしまったんだ？　まったく不運なことだ。そして、やつがこんな甘い復讐を考えだすとは、きみはいったい何をやって、やつを怒らせてしまったんだ？」

ジャスパーはかの有名なアンニュイをわずかにとりもどしていた。片手を口にあてて、あくびまでしてみせた。もっとも、はっきり言って、いささかやりすぎのようだが。

「ぼくの母が運悪く、あいつの伯父と結婚してしまったんだ。あいつはぼくのいとこではないし、いとこなどと言われることが二度となければありがたい。サー・クラレンスのかわりにサー・クラリーと呼ばれたものだから、腹を立てたのだろう。腹立ちのあまり、若き令嬢に残忍な攻撃を加えることにしたのだろう。その令嬢は、あいつを怒らせるようなことは何ひとつしていないし、ぶつけられる数々の非難については完全に潔白なのに。ここにいるみんなはその事実を確信してくれていると思っていいね？」ジャスパーの声はひどく静かになっていた。

同意のつぶやきがあがった。

「雪より純白だとも、モンティ」チャーリーが言った。「それを疑う気持ちはいっさいない。とにかく、ここではな。だが、この街のほぼすべての客間では、またべつの展開になるだろう。ゆうべはきっと、レディ・フォレスターが息子のそばにいて、息子の話にいちいち相槌を打っていたことだろう。ところが、そのあとでヒステリーの発作を起こして、外で待っている馬車まで運ばなくてはならなかったそうだ。じつに痛ましい光景だったと聞いている」

「さてと」ジャスパーは部屋を見まわした。「ノートンが新聞をすべて持ち去ったのなら、ぼくがここに長居をしても意味がない。そうだろう？　ほかに何か楽しいことを見つけにいかなくては。イタチ狩りにでも出かけるとしようか」

どういう意味かと尋ねた者は一人もいなかった。止めようとする者もいなかった。そして、チャーリー・フィールドがまたしても彼の肩を叩き、激励するかのようにつかんだものの、一緒に行こうと言いだす者は一人もいなかった。

二分もしないうちに、ジャスパーは大股で通りに出ていった。〈ホワイツ〉のドアに近づいてきた紳士二人が彼の顔をちらっと見て、挨拶と同情の言葉を送るのはやめようと決めた。

災厄が本格的にキャサリンに襲いかかったのは、マーガレットと一緒に朝食の間にいたときだった。二人はすわったまま、ふだんより長く話しこみ、スロックブリッジですごした日々のことをなつかしんでいた。あとでヴァネッサと待ちあわせてボンド・ストリートへ買物に出かける予定なので、約束の時間に遅れないようにするため、そろそろ支度にとりかからなくてはと、二人の意見が一致したところだった。

ところが、二人が席を立つ前に、乱暴にドアがひらき、ヴァネッサがあわてて駆けこんできた。すぐさま、キャサリンに視線を据えた。

「まあ、よかった！」と叫んでキャサリンに駆けよった。「予定より早めに出かけたりしてなくて」

しかし、姉を抱きしめ、思いがけずここにあらわれた理由を尋ねようとして、腰を浮かせたキャサリンは、モアランド公爵エリオットも部屋にいることに気づいた。控えめに言っても、暗く険悪な表情だ。

そして、ヴァネッサのほうは幽霊でも見たみたいに真っ青だ。

キャサリンはあわてて立ちあがった。マーガレットも同じだった。

「ネシー」恐怖がキャサリンの心臓をわしづかみにした。「子供たちに何か？」

ヴァネッサは首を横にふっただけで、返事をしたのはエリオットだった。

「ガーデン・パーティのあとで、きみと話をすべきだった」大股で部屋の奥へ進みながら、エリオットは言った。「もっとも、結果から言えば、あのときでもすでに手遅れだったと思うが。きみの名前が、ロンドンでもっとも評判の悪い放蕩者の一人と密接に結びつけられてしまった。困ったものだ」

まあ、またこの話！　キャサリンは意味がわからないふりはしなかった。

「モントフォード卿のこと？　ゴシップが流れているのね？　すべて根も葉もないでたらめ

よ。きのう、コンスタンティンからその件で注意されたので、メグとわたしは大事をとって、ゆうべのクラークスン家の夜会には出ないことにしたの。そのうち、きっと、前日の風のように消えていき――」

「ああ、ケイト」キャサリンの両手をとり、痛いほどきつく握りしめて、ヴァネッサが言った。「あの男に何をされたの？　どうして打ち明けてくれなかったの？」

「な、何を……？」キャサリンは困惑し、警戒心が大きくなるなかで、姉からエリオットへ視線を移した。「どういう意味？　わたしとダンスをなさって、ガーデン・パーティの場で一緒におすわりになっただけで、それ以外のことは何も。いったいどんな噂が流れているの？」

マーガレットが両手を胸に押しあてているのが、キャサリンにも見えた。

エリオットが傍の者にも聞こえるようなためいきをついた。「ぼくたちも、ゆうべの夜会には行っていない。かわりに、個人的な晩餐の席に出ていた。ところが、モントフォードの叔母といとこがその夜会に一時間ほど顔を出していたそうだ。噂を広めるには充分な時間だ。単なる噂であるよう、ぼくは願っているがね。しかし、根も葉もないゴシップでも、きみの評判に大きな傷がつくことになりかねないんだよ。キャサリン、きみは三年前、初めてロンドンに出てきてほどなく、モントフォード卿に出会ったのかい？　ここにくる道々、ヴァネッサとぼくは額を寄せて話しあい、それはもしかすると、ぼくたちがマーガレットとスティーヴンを連れて田舎に帰り、きみをぼくの母に預けていった週の出来事ではなかろうかと考えた。モントフォード卿に出会ったのは、そのときかい？」キャサリンは顔から血の気がひくのを感じた。脚が言うことを聞いてくれれば、ふたたび椅子に腰をおろしていたことだろう。しかし、膝が硬直してしまったように感じられた。

「ヴォクソールでひらかれたレディ・ビートンのパーティに、セシリーとわたしが招待されたんです。ミス・フィンリーが、いまはグッディング夫人ですけど、レディ・ビートンに事前の相談もなく、弟のモントフォード卿を連れてらしたの。グッディング氏が足首をくじいてしまったために」

「ケイト」キャサリンの両手を握りしめたまま、ヴァネッサが言った。「あの男に何をされたの？」

「ケイト？」メグの声が不自然に甲高く響いた。

「何もされてないわ」キャサリンは答えた。

「何かしようとしなかったかい？」鋭い目でキャサリンを見て、エリオットが訊いた。

キャサリンは否定しようとして口をひらきかけた。しかし、いまさら嘘をついたり、ごまかしたりしても始まらない。波瀾が起きようとしている——しかも、これはたぶん、かなり控えめな表現だ。家族に真実を告げておくほうがいいだろう。

部屋には緊張がはりつめ、ナイフで切り裂くことができそうなほどだった。

「あの方、賭けをなさったの」キャサリンは言った。「どこかの紳士クラブの賭け金帳に記されているそうよ。どこのクラブかは知らないけど。二週間以内にわたしを誘惑できるかどうかという賭け。あの方はグッディング氏に足首をくじくよう持ちかけ、それから、お姉さまを説得してご自分がエスコート役を務めることになさったの」

エリオットのブルーの目が食い入るようにキャサリンを見ていた。メグとネシーは彫像のごとく身じろぎもせず立っていた。

「それで?」エリオットが訊いた。鞭のような声だった。「あいつは賭けに勝ったのか」

キャサリンは首を横にふった。

「いいえ」蚊の鳴くような声で答えた。「いいえ、だめでした。そして、クラブに顔を出して、そうおっしゃったそうなの。勝利の宣言はなかった。それは嘘じゃないわ。あの賭けには勝てなかったの。わたしは何もされていません」

結局、真実を残らず話すことはできなかった。

ヴァネッサは片手を口に押しあてていた。マーガレットは泣きながら、ときどきしゃくりあげ、それを止めようとしていた。

「フォレスターを――サー・クラレンス・フォレスターを見つけたら」エリオットの声に急に疲れがにじんだ。「ただちに、ぼくの質問に答えさせてやる。さっきクラブをいくつかまわってみたが、フォレスターはどこにもいなかった。やつがモントフォードにどういう恨みを抱いているか知らないが、あんな形で仕返しをするとは許せない。それから、モントフォード自身からも答えをひきだす必要がある。あいつは賭けに勝てなかったのかもしれない、キャサリン――勝てなかったというきみの言葉を信じよう――だが、何もされていないというきみの主張には、疑いを持たざるをえない。モンティはあの卑劣な賭けを受けて立ち、何がなんでも勝とうとした。そうだろう？」

マーガレットが叫んだ。

「サー・クラレンス・フォレスターとそのお母さまって、公園でわたしたちを呼び止めた二人ね」震える声で言った。「わたしたち全員がとても不快な思いをさせられたわ。何かひどいことをしたみたいな気がして。ひどいことをしたのは向こうのほうなのに——悪質で、意図的で、とりかえしがつかないほどひどいこと。そんな目にあわされるなんて、ケイトがいったい何をしたというの？　ああ、この手で二人を懲らしめてやりたい」

「きみのかわりにぼくがやろう、マーガレット」エリオットが険しい声で言った。「とりあえず、二人ともこの家に閉じこもっていたほうがいい。下手をすると——」

またしても乱暴にドアがひらいて、スティーヴンが荒々しい足どりで入ってきた。朝の乗馬のあとで、乱れた巻毛がまるで光輪のように見え、目がぎらつき、顔はシャツと同じように青ざめていた。

「間に合ってよかった」と言って、キャサリンに視線を据えた。「けさはぜったい外に出ちゃだめだよ、ケイト。卑劣な嘘つき男が野放しになってるから。たったいま鼻にパンチを食らわせてきたところだ。もっと懲らしめてやりたかったけど、泣き虫のくそ野郎は——い、いや、泣き虫の卑怯者は逃げてしまった。でも、鼻が紫色になって、シャツは血だらけだったよ。あんな話はみんな嘘だって、ぼくにはわかってるからね、ケイト——モンティはぼくかなら、ドアが乱暴にひらくことはなかった。理由は単純、スティーヴンが閉めておかなかったからだ。しかし、ドアのところに姿を見せたコンスタンティンは、目の前にドアがあったなら、ひらかずにそのまま突き抜けてきただろうという形相だった。

「コンスタンティン」キャサリンは震える手の片方をあげた。「〝だから言っただろう〟とわたしに言うためにいらしたのなら、わたし、大声でわめいて、あなたの顔を思いきりぶちますからね」

そして、情けなくてたまらなくなり、ワッと泣きだした。やがて、メグとネシーがキャサリンに腕をまわし、そっと慰めの言葉をかけた。じつのところ、何を言っても慰めにはならないのだが。

「フォレスターもずる賢い男だよ」コンスタンティンは言った。「少し前に、あいつの家に押しかけたら、召使いではなく母親を玄関先に立たせていた。母親の顔にパンチを食らわせないかぎり、屋敷に入るのは無理だった。じつはそうしたくてうずうずしてたんだがね。母親の言葉を信じていいのなら、フォレスターはけさ、獰猛《どうもう》な追いはぎの一団に襲われ、勇敢に抵抗したものの敗北を喫したそうだ」

「その一団というのは、ぼくのことだよ、コン」スティーヴンが言った。

「そりゃうれしいね。朝から耳にしたなかで、初めてのいい知らせだ。ゆうべのくそいまいましい夜会には出られなかった。あ、下品な言い方で申しわけない、マーガレット。すまない、ヴァネッサ、キャサリン。だが、キャサリンが無事に家にいるとわかったから、いまから モンティを訪ねることにする」

「それはぼくにまかせてくれればいい」エリオットがこわばった口調で言ったので、キャサリンが顔をあげると、二人は——兄弟のように育ったいとこどうしで、見た目は兄弟というより、まるで双子だ——にらみあっていて、いまにも喧嘩になりそうだった。

「もう、やめて！」キャサリンは叫んだ。「悪意に満ちた噂を広めているのはモントフォード卿じゃないのよ。それに、何年か前のばかげた賭けにモントフォード卿が勝ったと、あの人たちが言っているのなら、とんでもない嘘だわ。賭けには負けたのよ。ご自分から放棄なさったから。モントフォード卿がそうおっしゃって……二人で笑いあったわ。今回のスキャンダルを、あちらもわたしと同じぐらい迷惑に思ってらっしゃることでしょう。ほんとにくだらない。みなさんがわたしの名誉を守ろうとして、相手の鼻を血まみれにしたり、格闘したり、男の名誉という大義名分を掲げてその他の愚かな行為に走ったりするなんて、とんでもない話だわ。ぜったいやめて。わかった、スティーヴン？」

キャサリンの両脇に姉たちが立った。無言の衛兵だ。

「わかったよ、ケイト」スティーヴンが答えた。「でも、そういうことじゃ——」

「わかってくださいました、エリオット？」

「はっきりと」エリオットが答えた。「だが——」

「それから、コンスタンティン。わかってくれた？」

コンスタンティンは両肩と両手をすくめた。

「それから、あなたとエリオットのばかげた反目を、わたしやメグの前であらわにするのはやめてちょうだい」キャサリンは続けた。いったん言いだすと、もう止まらなかった。「対立の原因は知らないし、知りたいとも思わない。どうでもいいことだわ。男の人って、ほんとに愚かね。どうしても喧嘩したいのなら、よそでやってちょうだい。ご希望なら、拳銃を撃ちあってもけっこうよ。でも、ここではやめて。さあ、お帰りになって。みなさん全員。わたしは一人になりたいの。いえ、それより、自分の部屋へ行くことにするわ——一人で」

キャサリンは顎をつんとあげて、みんなのそばを通りすぎた。

彼女の苦境に対して、あるいは、この苦境をもたらした二人の男に対して、みんながどんな手を打つことにしたのか、キャサリンは知らなかったし、気にもならなかった。

わたしは破滅。

疑いの余地なきことだ。

それに、きのう、コンスタンティンとハイドパークへ出かけたとき、心のなかで認めたように、少なくとも一部は彼女自身の責任だった。

自分では、三年前よりはるかに成長し、世間知らずな小娘ではなくなったと思っていた。しかし、今回も前と同じく簡単に、遊び慣れた放蕩者の魅力の餌食になってしまった。それを否定しても無駄なことだ。

そして、いま、破滅してしまった。

罪よりも罰のほうがはるかに重くなるだろうということに、思い至らなかったのだ。

12

レディ・フォレスターとクラレンスが滞在している屋敷にジャスパーが着いたときには、二人はすでに屋敷を離れていた。おそらく、馬車の車輪がまわるかぎりの、あるいは、馬に出せるかぎりのスピードで、ケント州への街道をひた走っていることだろう。あとを追うこともちらっと考えたが、あいにく、もっと差し迫った用があってロンドンを離れるわけにいかなかった。

だが喜ばしいことに、最近雇い入れられてすぐまた解雇されてしまった召使いの一人から、話を聞くことができた。その男はまだ屋敷を出ておらず、もとの雇い主になんの忠誠心も持っていない様子だった。

「サー・クラレンスは鼻を紫色に腫れあがらせ、両方の目に黒あざを作って帰宅なさいましてね。ご本人の話ですと――」召使いはそこで言葉を切り、彼に質問をよこした相手が険悪な形相の紳士だったにもかかわらず、疑惑と軽蔑の表情を浮かべた。「――ご本人の話ですと、狂暴な追いはぎの一団に襲われたとのことでした。少なくとも、レディ・クラレンスがそう言っておいでてした。サー・クラレンスはほとんど口をお利きにならなかったもので」

だが、その話も、ジャスパーをわずかに満足させたにすぎなかった。モアランドか、マートンか、コン・ハクスタブルのうちの誰かが、やるべきことをやってくれた――ただし、ジャスパーがやったなら、紫色の鼻も、目の黒あざも、さらに完璧な一撃の序曲にすぎなかったことだろう。

この三人はいまもきっと、口から火と硫黄を吐いていて、ジャスパーにも同じ鉄槌を下すつもりでいるだろう。

午前中の訪問にふさわしい服に着替えるため、ジャスパーがいったん家に帰ると、シャーロットが書斎で涙に暮れていた。ミス・ダニエルズが慰めようとしてもだめなようだった。机の上に、封を切った手紙があった。

「どうしたんだ？」ドアのところから、ジャスパーは訊いた。

今度は何なんだ？

「ジャスパー！」シャーロットがハッと顔をあげた。目と頬が赤くなっていることからすると、ずいぶん前から泣いていたのは明らかだった。「プルネラ叔母さまがあたしをケントへ連れていくっておっしゃるの。セス大叔父さまがね、そうしなきゃいけないっておっしゃったそうなのよ。お兄さまはあたしの後見人にふさわしくないって。ねえ、ほんとのことじゃないでしょ？　お兄さま、ミス・ハクスタブルを、だ――堕落なんかさせてないわよね？」

うっ、まずい！

「シャーロット」ミス・ダニエルズが困惑しきった表情で声をかけた。

「そんなのはでたらめだよ」ジャスパーは断固として答えた。まったくの嘘をついているわけではないことに感謝するしかなかった。「だが、ゆうべ、クラレンスがそんな噂を広め、今日はみんながそれを信じている。セス大叔父さまからじかに話があったのかい？」

ジャスパーは手紙にちらっと目を向けた。

「あ、違うの。プルネラ叔母さまから」

「だったら、たぶん、セス大叔父も同意してくれるはずだと、叔母が勝手に思ってるんだろう。だが、もう一度、大叔父に会いにいったほうがよさそうだ。向こうにしてみれば迷惑な話だろうし、ぼくも気が進まないが、そうするしかない。涙を拭いて、顔を洗っておいで、シャーロット。涙はなんの解決にもならないし、おまえがガーゴイルに変身してしまったら大変だ」

「何もかもめちゃめちゃだわ」シャーロットの頬に新たな涙が流れ落ちた。「どの人にも、突然、あたしのパーティに出られない理由ができることになりそう。たとえ、きてもらえても、あたしはお客さまを迎えることができない。プルネラ叔母さまにケントへひきずっていかれるでしょうから。あたし、きっと死んでしまう。死んだほうがましだわ、ジャスパー」

「あのね、シャーロット、おまえは死んだりしない。たとえ、そういうことになっても、死ぬなんて言っちゃだめだ。ぼくの命のあるかぎり、向こうの自由にはさせない。だが、とにかく出かけてくる。この件を全世界がゆうべのうちに知っていたのに、なぜけさになるまでぼくだけが知らなかったのかは、永遠の謎だろう。自宅で夜をすごすようなことは二度とするなという教訓かな。さて、出かけるとしよう」

「ミス・ハクスタブルはどんなに辛い思いをしてらっしゃるかしら。あたしったら自分のことしか考えてなかったわね。あの方、どうなるの？」

ぼくだって、そのことで心を痛めてるんだぞ！

「出かけてくる」ジャスパーはきっぱり言うと、結局着替えもせずに、部屋を――そして屋敷を――大股で出ていった。いちばんの目的は、しばらく先延ばしにするしかない。

セス・レイバーンの屋敷に通してもらうことができた。玄関ドアが閉ざされていても、ジャスパーは驚かなかっただろうが、ちゃんとあけてもらえた。だが、老紳士はすさまじい怒りようだった。

「みんなそろって地獄に落ちるがいい、モントフォード」ジャスパーの姿を目にしたとたん、レイバーン氏は言った。「これはいったいどういうことだ？　なぜわしがこんな騒ぎに巻きこまれねばならんのだ？　小娘が無事に大人になるまで見守ってやるのがいかに大変なことか、前もってわかっておれば、わしはあの遺言書を法廷に持っていき、後見人になることをきっぱり拒絶していただろう」

「迷惑に思っておられることを非難する気は、これっぽっちもありません」ジャスパーはそう言いながら、ゆったりした足どりで部屋のなかへ歩を進めた。「クラリーのやつが街じゅうに悪質な嘘を広め、それをレディ・フォレスターが煽り立て、川の流れを堰《せ》き止めることもできそうなほど大量のクズを残していったのです。しかしながら……」

「火のないところに」レイバーン氏が言った。「煙は立たぬと言うではないか、モントフォード。かつて賭けをしたのは事実なんだな？　マートンの若き姉を対象として？　賭け金帳に記載された賭けのなかで、もっとも卑猥で唾棄すべきものだったのかね？　そして、おまえは賭けに勝つために全力をあげたと思っていいのかね？」

レイバーン氏はジャスパーをにらみすえて、返事を待った。

「仰せのとおりです」ジャスパーは言った。「しかし、あの女性はきっぱりとぼくを拒絶しました。ぼくにたっぷり苦言を呈して追い払った。この件に関して、彼女は潔白そのものです」

「ついでに」老紳士は言った。「尻に一発ほど蹴りを入れてもらえばよかったな、モントフォード。もしくは、もっとひどい痛みを感じる場所に。シャーロットをおまえの庇護のもとに置くべき理由がひとつでもあるなら、挙げてみるがいい」

「あの二人がとんでもない嘘つきだからです。シャーロットをあの二人のもとへ送りこむなど、問題外です」

「クラレンスはバカだし、プルネラにはつくづくうんざりだ。二人とも嘘つきであることも、わしは疑っておらん。まあ、ほとんどの者が嘘つきだがな。ただ、あの二人は世間から尊敬されておる。おまえは違う」

「ぼくの手で、今日のうちにこの騒ぎを解決してみせます。ここを出たら、マートンを訪ね、つぎにマートンの姉に会うつもりです。方法はひとつしかない。神かけて、かならずそうしてみせます」

「向こうが受け入れてくれればな。応じるようなら、その女はバカだ」

「ぼくにも断言はできません」ジャスパーは暗い声で言った。「向こうにも多くの選択肢があるでしょう」

老紳士は椅子の横からステッキをとり、まるで武器のようにジャスパーに突きつけた。

「もし、おまえがこの恐るべきスキャンダルを収拾できるなら、モントフォード、いいか、〝もし〟だぞ。もし、それができるなら、わしからプルネラのほうへ、姪の生死に関わる問題が起きたのでないかぎり、わしの平和を乱すことは二度と許さんと言っておく。だが、できないなら、プルネラが姪をひきとって、来年立派に社交界デビューをさせ、立派な夫を見つけることになる。ただし、夫になるのはクラレンスではないことを、わしが保証しよう。また、妹の生死に関わる問題が起きたのでないかぎり、おまえからの連絡も受ける気はない。わかってくれたかね？　このあと一日か二日もたたんうちに、無頓着な顔でここにふらっと入ってくるようなことは、どうか遠慮してもらいたい。まさか、わしへの訪問を習慣にするつもりではなかろうな。もしそうなら、玄関は閉ざされ、錠がかけられ、執事は耳が聞こえなくなるだろう」

「こちらから連絡をさしあげるようなことは、もうありませんので」ジャスパーはきっぱりと言った。「もうじき、ぼくはシーダーハーストに帰ります。シャーロットを連れて。そして、来年になったら、シャーロットをデビューさせるために然るべき支度を整えることにします。レディ・フォレスターとはいっさい無関係に進め、こちらにご迷惑をかけることのないようにするつもりです」

「よしよし」老紳士は言った。「そう願いたい。心から願っておるぞ、モントフォード。シャーロットに対して、わしはとくに大叔父らしい感情を抱いておるわけではないが、どこの少女であろうとも、あのバカ者二人に預けようという気にはなれん――それが最後の手段でないかぎりはな。では、さらばだ」

ジャスパーはお辞儀をして暇を告げた。

〝ミス・ハクスタブルはどんなに辛い思いをしてらっしゃるかしら……あの方、どうなるの？〟

シャーロットの言葉が彼の頭にこだましていた。

本当にどうなるのだ？

もうじき、はっきりするだろう。

しかし、シャーロットの声にかわって、べつの声がジャスパーの頭のなかに響き、歩きながらいくら払いのけようとしても、どうしても消えてくれなかった。同じ言葉が何度も響いた――キャサリン・ハクスタブルの声で。

〝わたしが求めているのは、このうえなく特別な人なんです。わたしのハートのなかのハート、魂のなかの魂……それ以下の相手で妥協しようという気には、まだなれないの〟

自分はいまから、理想よりずいぶん下の相手で妥協するよう、彼女を説得しにいくわけだ。

セス・レイバーンの言葉を借りるなら――〝みんなそろって地獄に落ちるがいい〟。

スティーヴンが正午少しすぎに屋敷に戻ったとき、キャサリンは自分の部屋にいた。ひきだしの整理をしていた。あとでメイドが彼女の荷物を詰めてくれることになっている。そして、マーガレットの荷物も。明日、二人でウォレン館に戻ることにした――平和でおだやかな暮らしに。早く帰りたくてうずうずしていた。

そもそも、こちらにきたのが間違いだった。ロンドンにくるのはもうやめよう。とにかく、当分のあいだ。そう思ったら、気分が軽くなった。

マーガレットがベッドの端に腰かけて、キャサリンを見守っていた。会話はあまりはずまないが、一緒にいるだけで心が癒された。

マーガレットも家に帰りたいと言った。家がなつかしい、帰りたくてたまらない、心からくつろげるのは家にいるときだけだ、家に帰ったらよそへは二度と行きたくない、と言った。じっさいには、ウォレン館はスティーヴンの所有物で、もうじき成人になり、十年もしないうちに妻をめとり、子供を持つに決まっているが、二人のあいだでそういう話は出なかった。先のことは考えないほうがいい場合もある。

二人ともまだ、八月のハウス・パーティに出られなくなったことを詫びる手紙をミス・レイバーンに宛てて書いていなかった。でも、明日、出発する前に書いておかなくては。

スティーヴンはいままで、エリオットとヴァネッサのところへ出かけていたのだった。きっと、醜聞をどう処理するかを相談するためだろう。スティーヴンたちがどんな決定を下そうと、キャサリンには興味がなかった。はっきり言って、打つ手は何もない。

キャサリンの部屋のドアをノックし、どうぞと言われて戸口に姿を見せたときのスティーヴンは、ひどく青い顔をしていた。

キャサリンは床に膝を突いたまま、弟に笑顔を見せた。化粧台の引出しから出した品が周囲にいくつも山を作っている。

「モンティ——いや、モントフォード卿のほうがぼくたちの前にあらわれた」スティーヴンは言った。「エリオットの屋敷を訪ねてきたんだ」

キャサリンは膝をあげた。

「まさか今回のことをおもしろがってはいらっしゃらないでしょうね」

そうでないことを心から願った。彼に対してなんの幻想も抱いてはいないが、良心のかけらもない悪党だとは思えなかった。三年前のことがその証拠だ。

両脇でこぶしを固めて、スティーヴンは言った。

「顔を殴りつけてやりたいのを我慢するのが精一杯だった。でも、あそこはヴァネッサの家だし、ぼくらの姪と甥の家でもあるから、そんな不作法なことはしちゃいけないと思ったんだ」

「それに」マーガレットが言った。「悪いのはサー・クラレンス・フォレスターなのよ。あなたがサー・クラレンスの鼻を殴りつけたことを、申しわけなく思おうとするんだけど、どうしてもできないの。いまも疼いていればいいのにね」

スティーヴンが部屋に入ってきて言った。

「ふだんの二倍の大きさに膨れあがってたよ。それから、目のまわりが両方とも黒くなってた」

「よかった」マーガレットはきびしい口調で言った。「わたし、自分は平和主義者だってずっと思ってたのに」

「ケイト」スティーヴンがキャサリンのほうを向き、大きく息を吸った。「今日の午後、訪ねてきたいそうだ」

「サー・クラ――?」キャサリンの目が大きくなった。「モントフォード卿が?」

「ぼくとしては、顔を殴りつけてやるほうがずっといいけどね。エリオットのほうは、モントフォードの顔に手袋を投げつけて、細身の剣《レイピア》で刺し貫いてやるほうがはるかにいいそうだ。本人の目の前でそう言ったんだ。ただ、困ったことに、ケイト、そんなことをしたらケイトがいまの十倍も困った立場に追いこまれてしまう。フォレスターの広めた嘘が、みんなから真実だと思われてしまう。ぼくがモントフォードの喉をつかんだとき、エリオットにそう指摘されてね、落ち着いて考えたら、同意せざるをえなかった。モンティが自分の身を守ろうとしなかったのも、よく考えると変だよね」

キャサリンはのろのろと立ちあがり、スカートの汚れを払った。

「どうして訪ねてらっしゃるの? 謝罪のため? 三年ほど遅すぎたわね。だいたい、謝罪しなきゃいけないのはサー・クラレンスのほうなのよ。でも、あの男がわたしの一キロ以内に近づくのを、あなたが許したりしたら、スティーヴン、そのときは――」

そのときどうするか、自分でもよくわからないけど、きっと、ひどく暴力的で淑女らしくない行動に出てしまいそう。わたしも平和主義者だというのに。

「結婚の申込みにくるんだよ、ケイト」スティーヴンは言った。

「なんですって？」

「そんな、だめよ、スティーヴン」

キャサリンとマーガレットが同時に口をひらいた。

「モントフォード卿がここにきて――あなたの屋敷に入って、結婚の申込みをするのを、あなたったら許したの？　スティーヴン」キャサリンの声はヒステリーの発作を起こす一歩手前だった。「エリオットもモントフォード卿がここにくるのを許したの？」

スティーヴンの若々しい顔と声が悲しげに曇った。

「あのね、ケイト、すべてを丸く収めるためには、そうするしかないんだ。モンティが名誉ある正しいおこないをするのを見れば、ゴシップ好きな連中も満足するはずだ。そして、ケイトがモンティと結婚すれば、連中はもう何も言えなくなる」

キャサリンは鋭く息を吸った。

「そして、わたしに自由を捨てろというの？　ゴシップ好きの人たちを満足させるためだけに、ほ……放蕩者と結婚しろというの？　そこまで身を落として、生涯続く惨めな生活を手にすれば、体面が保てるというの？　体面を汚すようなことなんて、わたしは何ひとつしていない。なのに、あなたったら、そんなゆがんだ理屈を認めようというの？」

「ねえ、スティーヴン」マーガレットが言った。「モントフォード卿がそのような用で訪ねてくるのを許すなんて、あんまりだわ。三年前にケイトにあんなことをした——いえ、しようとした人なのよ。わたしたち全員がこの街を留守にしてて、この子を守ってやれなかったときに。ひどいわ。エリオットだってあんまりだわ。信じられない」

「問題は、モンティが今年になってふたたびケイトを追いかけたってことなんだ」スティーヴンは言った。「それについては、不都合な点はべつに何もなかったと思う。あると思えば、ぼくから注意したはずだもの。メグだってそうだろ？　ネシーも注意しただろうし、エリオットなんか、当然注意したに決まっている。ケイトがダンスを申しこまれて応じたときも、一緒に散歩をしたときも、ベンチに並んですわったときも、不都合なことは何も起きなかった。ぼくなんか、きっとケイトが求婚されるんだと思って、喜んでたぐらいなんだ。だってモンティはぼくの友達だし、ケイトみたいに優しい女性に恋をしたのなら、過去の悪評なんて関係ないと思ってた。おたがいに好意を持ってて、みんながそれに気づいてた。メグも気がついてたよね？　ところが、ゆうべまで清純無垢でロマンティックな印象すらあったものが、三年前に起きたことのせいで、というか、起きかけたことのせいで、突然、違う目で見られるようになってしまった」

「まさか、信じてないでしょうね、スティーヴン」マーガレットもすでに立ちあがっていた。

「ケイトが何か不都合なことをしたなんて……。わたしも今年、アリンガム侯爵とときどきご一緒しているわ。以前からの顔見知りで、おたがいに好意を持っているから。でもそのことがゴシップになったりしてる？　侯爵と結婚するか、それとも、身の破滅と排斥の危険を冒すかの選択を迫られたりしてる？」

「アリンガムの評判は非の打ちどころがないだろ、メグ」スティーヴンはためいきをついた。

「それに、メグを誘惑して破滅に追いやるような賭けは、したこともないんだし」

「モントフォード卿にお目にかかる気はありません」キャサリンはきっぱりと言った。「返事はノーよ。スティーヴン、あちらにそうお伝えして、わざわざ出かけてくる手間を省いてさしあげて。たぶん、向こうも大いに安堵なさるでしょう。明日、馬車がロンドンを離れるときには、わたしも安堵するでしょうし」

スティーヴンが片手を自分の髪に走らせたため、巻毛がさらにひどく乱れた。

「ケイトが拒絶するのはわかってたし、それを非難しようとは思わない。ぼくだって、ケイトの立場だったらそうするよ。ケイトはきっと拒絶するってエリオットに言ったら、エリオットも、もちろんそうだろうって言った。でもね、大事なのは、ケイトがとりあえずモンティに会って、向こうの話に耳を傾けるってことなんだ。モンティから結婚を申しこまれたけど、ことわったということを、人々が知れば、たぶんケイトの立場も少しはよくなると思うんだ。ぜったいそうとは言いきれないけど、でも――」

「立場をよくすることなんて、わたしは興味がないわ」キャサリンは言った。「そもそも、立場なんてものにはまったく興味がないの、スティーヴン。それから、人にどう思われようとわたしは平気。家に帰りたい。自分の人生をとりもどしたい。こんな騒ぎがあったことは、きれいさっぱり忘れたい」

「だけど、起きたのは事実なんだよ」スティーヴンは言った。「それに、ケイトが忘れるとは思えない。忘れられる人なんていないよ」

「ケイト」マーガレットがふたたび腰をおろした。これまでにないほど青ざめていた。「スティーヴンとエリオットの言うとおりよ。今回のことに関しては、あなたは何も悪くない。わたしたちにはわかっている。でも、三年前、スティーヴンの爵位継承によってわたしたちが入りこんだこの新たな世界では、真実は軽んじられているみたい。大事なのは体面だけ。それを失えば、すべてを失ったも同然。モントフォード卿に会って、結婚の申込みに耳を傾け、それからおことわりするのがいいんじゃないかしら。エリオットは大きな影響力を持っているわ。なにしろ、公爵ですもの。それから、スティーヴンは伯爵よ。二人で力を合わせて、つぎのような話を広めてくれるでしょう。〝キャサリンはうしろ指をさされるようなことは何ひとつしていない。でも、勇気のある子だから、簡単な逃げ道を選ぶことを拒否し、不埒なふるまいに屈しなかったことをわざわざ世間に告げることにした。体面を失って田舎へ逃げ帰るのではなく、義憤に駆られて田舎にひきこもることにした〟ってね。たぶん、この街には二度と戻りたくないでしょうね――わたしももうまっぴらよ――でも、いつか戻りたくなったときのために、とりあえずドアだけはあけておきましょう」

キャサリンは非難の目で姉を見つめた。

「それに」マーガレットはつけくわえた。「ケイト、あなたがモントフォード卿に会うのを拒めば、エリオットとスティーヴンが彼をちゃんと追及できなかった、あなたの名誉を守ることもできなかった、と思われることになりかねないのよ」

「じゃ、わたしを冷酷な悪党と結婚させて、名誉を守ろうというの？」キャサリンは言った。

それは不当な言いがかりだ。そんな男ではないのだから。冷酷な悪党と呼ぶべきはサー・クラレンス・フォレスターのほうだ。

しかし、弟も姉も言いたいことをすべて言いおえたようで、もう何も言わなかった。キャサリンを見ただけだった。二人とも心痛のあまり、いまも青い顔をしていた。

これは自分だけの問題ではないのだと、キャサリンは不意に悟った。家族全員に関わることなのだ。たとえ、ウォレン館にこっそり戻ることができたとしても、あるいは、はるばるスロックブリッジまで戻って、三年前のバレンタイン・デーのしばらくあとで置き去りにした人生をふたたび始めることができたとしても（そんなことができるかどうか、大いに疑問だが）、たとえそれが実現したとしても、メグとスティーヴンとネシーはあとに残り、この嘆かわしい醜聞の後遺症のなかで生きていかなくてはならない。

それに、キャサリンにまったく非がないとも言えない。

でも、姉や弟にはなんの非もない。

午後からモントフォード卿に会うことで、どうやって家族を助けられるのか、キャサリンにはまだよくわからなかった。顔を合わせるのがいやでいやでたまらなかった。もう一度会いたいなどという気持ちはまったくなかった。

しかし、会うべきだと、スティーヴンは思っている。エリオットも。

そして、メグも。

「わかったわ」キャサリンは喧嘩腰でメグからスティーヴンに視線を移した。「今日の午後、モントフォード卿をお迎えして、あちらのおっしゃることに耳を傾けます。こちらの返事はひとことだけ――〝いいえ！〟でも、お目にはかかります」

「うん、それがいいと思うよ」スティーヴンが言った。「顔を殴ってやりたくて、この手がいまもうずうずしてるけどね」

「ケイト」膝の上で両手をねじりあわせて、メグが言った。「ああ、ケイト、わたしの責任だわ。三年前に、あなたのそばについていればよかったのに。そうすれば、あんなことにはならなかったでしょうに。今年のこんな騒ぎだって、起きずにすんだでしょうに」

キャサリンは姉とのあいだの距離を詰め、姉の肩に手を置いて強く抱きしめた。

「メグはこれまでずっと、いいお姉さまだったわ。最高のお姉さまよ。自分を責めるのは、お願いだからやめて。わたしがモントフォード卿と結婚すればやめてくれるのなら、結婚したっていいわよ」

まあ、そんなことになるはずはないけど。

でも、メグが責任をかぶろうとするなんて……。弟妹の誰かに何か災難が降りかかるたびに、メグはそうしてきた。

13

マートンはまだ成人に達していないので、まずマートンの後見人に話をするのが筋ではないかという思いが、ジャスパーの頭に浮かんだ。だが、午前中の遅い時間にモアランド邸を訪ねたところ、ちょうどマートンもそこにきていた。

かえって好都合だった。まことに気まずい話しあいとなったが、少なくとも、こうしてすませてしまえば、もう繰り返さなくてすむ。

パンチが飛んでくることも、決闘の申込みもなかった。もっとも、モアランド公爵も、マートンも、〝殺してやりたい〟という顔だったし、マートンなどは、ジャスパーが公爵邸の書斎に姿を見せたとたん首をつかみ、こぶしをふりあげたほどだった。ジャスパーはクラレンスと同じぐらい鼻が腫れあがることを覚悟していた――そして、防御する権利はないものと思っていた。

それに続く話しあいは短時間で終わり、敵意に満ちていてすこぶる不愉快ながらも、ほどほどに礼儀正しく進められた。その結果、ジャスパーが午後の訪問をすることになったのだった。

このような事態を予見することが、二十四時間前に果たしてできただろうか。ゆうべはキャサリン・ハクスタブルの立場を考えて夜会を欠席したけれど(じつは彼女も欠席だった)、顔を出していたなら、あの卑怯なイタチ野郎が生意気に口をひらくこともなかったのではないだろうか。

いやいや、クラレンスの扇動によって大きな轟《とどろ》きとなる前からすでに、ゴシップがささやかれていたのだ。

クソッ、いまいましい! ジャスパーはこの軽い表現を皮切りに、これまで耳にし、口にしたことのある悪態を片っ端から並べ立てた。知るかぎりの言葉が出つくしたあとは、最初に戻ってふたたびやりなおした。

マートン邸の外に到着しても、気分はまったく晴れなかった。

今日のために特別に雇われたたくましい従僕の手で玄関ドアから放りだされ、それですべて終わりになるのではないかと、半ば期待する気持ちもあった。執行猶予、自由、そして今後十年か二十年にわたって彼を苦しめるに違いない罪悪感。

天罰だ!

いつから良心などというものが芽生えたのだろう? ヴォクソールであの忘れがたい場面に遭遇したとき? 良心とはじつに腹立たしいものだ。少しも好きになれない。

玄関から放りだされることはなく、「今後十億年ほど会うつもりはないとミス・キャサリン・ハクスタブルがおっしゃっていますので、どうぞおひきとりください」と丁重に言われることすらなかった。

屋敷に通され、書斎へ案内された。ありふれた午後の訪問のような雰囲気だった。何年ぶりかの再会の場となったあの書斎。あのときは、彼女がコンに挨拶しようとして不意に入ってきたのだった。

あれが運命の夜だった。家で飲みなおそうというマートンの誘いをこっちがことわっていれば……彼女が二階にこもり、コンに会うのを一日か二日延ばしてくれていれば……しかし、運命はすでに残酷なゲームを始めていたのだった。さらにもうひとつ、つけくわえてもいいかもしれない——二十五歳の誕生日に、自分の屋敷に友達連中を連れて帰っていなければ、いまこうしてここにいることはなかっただろう。

そして、自分の父親が母親と出会っていなかったら……祖父が祖母と出会っていなかったら……。

しかし、運命のいたずらについて考えながらアダムとイヴの時代まで遡るだけの時間はなかったし、考えをまとめて、これから口にしなくてはならない言葉を前もって稽古するだけの時間もなかった。部屋に彼女がいるのを知ってドキンとした。

一人きりで。

キャサリン・ハクスタブルは縦長の窓の前に立っていた。机と書棚のひとつにはさまれて。あの夜、ジャスパーが罠にかかったネズミのような気分で立っていた、まさにその場所に。こちらに背を向けて景色をながめるふりをするようなことはなかった。ドアのほうを向いていた。彼に視線を据えていた。

今日の彼女は白いモスリンのドレスを着ていた。不運な選択と言うべきかもしれない。青白い顔色をカバーする役に立っていなかった。髪は乱暴にブラシをかけてひっつめにし、うなじでねじってシニョンに結ってあった。

求婚者を迎える令嬢には見えなかった。

身体の前で両手をゆるく組んでいた。にこりともしなかった。

もちろん、笑顔など見せるわけがない。

挨拶もなかった。

なんとも気まずい雰囲気だった。

ジャスパーは部屋のなかへ歩を進めた。

「クラレンス・フォレスターに関して、ひとつ言っておかねばならないことがあります。ある程度の知性を持った男です。昔からそうでした。ぼくが投げつけた侮辱に対してどんな復讐をするのがいちばん効果的かを、つねに正確に心得ているやつでした。はっきり言って、冷酷なまでに悪意に満ちた男です」

「モントフォード卿、時間を節約してさしあげましょう。わたしの返事は〝いいえ〟です。決定的に、撤回の余地なく」

「本当に？」ジャスパーはさらに二歩近づいた。

「あなたは立派な態度をおとりになりました。午前中にわたしの弟と義兄を訪問し、今度はわたしを訪ねてきてくださった。このあとに、おそらく、結婚の申込みが続くのでしょうね。でも、おっしゃらなくてもいいのです。反省する機会も与えてくれないのですね」

「おやおや。反省の必要など、今年は何もありませんでした。あなたとダンスをしました――一度だけ。舞踏会で。舞踏会の目的は紳士と淑女がダンスをすることにあります。それから、弟のものであるこの屋敷の客間で、わたしの姉と弟と一緒に、あなたと妹さんをお迎えしました。あなたと散歩もしました――一度だけ。ハイドパークで。両方の身内が一緒でした。ガーデン・パーティのときは、ガラスの温室で腰をおろしてあなたと話をしました。ガーデン・パーティの主な目的は、お庭で招待客どうしが会話をすることですわね」

キャサリン・ハクスタブルは二人が会ったときのことを、片手の指を折りながら挙げていった。

「なるほど。だが、三年前のヴォクソールのこともある」

「あのときだって何も起きませんでした」顎をつんとそびやかして、キャサリン・ハクスタブルは言った。「何もなかったのに反省なさる必要はありませんわ、モントフォード卿。あの惨めな出会いに関しては、わたしにも罪がなくはなかったことを、おたがいに知っていますし」

「決意を胸に秘めた経験豊かな誘惑者の熟練の技に、あなたが屈服してしまう可能性があったから？　あなたは生まれたばかりの赤ん坊のように無垢だった、ミス・ハクスタブル。どうか、ぼくに……」

「わたしは二十歳でした。正しいことと悪いことの区別はつく年齢でした。悪いことをしているという自覚はありました。あなたが悪名高き放蕩者であることも知っていました。正しいことを無視しようと決めました。悪いことをして刺激と自己満足を味わいたかったからです。賭けの話には……ぞっとしました。わたしが賭けの対象にされたとなれば、なおさらです。でも、ほかの人たちも歩いている広い並木道であなたから腕を差しだされたとき、ただちに拒絶すればよかったのです。そのときも、そのあとも、わたしは拒絶しなかった。だから、あなたと同じく、わたしにも罪があります。反省なさる必要はありません。もうお帰りになってけっこうです。上流社会のマナーに従って行動したという満足を胸に抱いて」

「たとえ、あの夜、あなたがぼくの腕をとるのを拒否して、賭けに勝とうというぼくの望みを打ち砕いていたとしても、賭けそのものの存在は消えなかったでしょう、ミス・ハクスタブル。いまも賭け金帳に記載されているはずです。クラレンスはそれを見つけだし、世間に吹聴したことでしょう。もちろん、ぼくたちがあの夜結ばれ、今年になって交際を再開したという含みを持たせて」

「世間の人が何を信じようと、わたしの力ではどうにもできません」ついに頬を赤くして、キャサリン・ハクスタブルは言った。「気にしてもおりません。明日、ウォレン館に戻るつもりです――あそこがわたしのいるべき場所です。あそこなら幸せに暮らせます」

ジャスパーがここで向きを変えて立ち去ろうと思えばできたはずだ。こうして出向いてきた。事態の収拾に努めた。それどころか、彼女の評判を考えて、結婚という足枷までつける覚悟をした。だが、ことわられた——驚くにはあたらないが。彼女はけっして彼になびこうとしない。それはそれであっぱれなことだ。少しばかり説得も試みたが、彼女の決意は揺るがなかった。

これで立ち去ることができる。

自由になれる。

たぶん、彼女のほうも最悪の事態を迎えずにすむだろう。結婚を申しこまれたがことわったという話を、マートンとモアランドが広めることだろう。貴族社会の人々はたぶん、彼との結婚話をことわるような無謀なことをするからには、キャサリン・ハクスタブルの身は純潔に違いないと思うだろう。一年か二年先には、あるいは、十年もすれば、騒ぎは忘れられ、彼女も社交界に戻ることができるだろう。

これで自由になれる。

だが、自分が結婚しなかったら、シャーロットに災いが及ぶ。レディ・フォレスターにひきとられる運命となる。セス・レイバーンにはっきり言い渡された――おまえが結婚しない場合は、わしはクラレンスの側に立つしかない。二対一となって、おまえの意見は通らなくなる、と。

それに、キャサリン・ハクスタブルと結婚しなかったら、彼女の一生はめちゃめちゃになる。それを信じたくないばかりに、逆を信じるとしたら、自分をだましていることになる。

貴族社会にはいささか風変わりな道徳観念があって、手のつけられない放蕩者の一人に純潔を奪われた令嬢がいた場合、それが表沙汰になったときに相手と結婚すれば、その令嬢はふたたび温かく貴族社会に迎え入れられる。だが、令嬢がその放蕩者の求婚を拒絶することで自分の純潔を主張し、社交界の常識を嘲笑するだけの気概を持っていた場合は、けっして許してもらえない。

「醜聞がウォレン館まで追ってくることはないと断言できますか」ジャスパーは彼女に尋ねた。

「そうなったとしても、それはわたしが対処すべき問題です、モントフォード卿。あなたではなくて」

「そして、姉上の問題でもないのですか。弟さんの問題でもない？　醜聞がそちらへ影響を及ぼさないと断言できますか」

キャサリン・ハクスタブルは大きな目をギラッと光らせ、ふたたび青くなった。自分が彼女の弱点を突いたことを、ジャスパーは知った。

「ばかげたことをおっしゃるのね」やがて、彼女が言った。身じろぎひとつしていないが、声がかぼそくなり、うわずっていた。「ほんとにばかげてるわ！　どうしてわたしの自由を貴族社会に奪われなきゃいけないの？　あなたの自由までも。どうしてわたしのしたことで、いえ、しなかったことで、家族が影響を受けなくてはいけないの？」

「上流社会にようこそ、ミス・ハクスタブル」片方の眉をあげて、ジャスパーはおだやかに言った。「ぼくがしばらく前にあなたに言ったことを、いまようやくあなた自身も理解するに至ったようですね。特権階級には富と贅沢と楽しみがあるかもしれないが、自由はほとんどない——そう申しあげたはずです」

「メグにも迷惑がかかるの？」ジャスパーを正面から見据えて、キャサリン・ハクスタブルは訊いた。ついに動きを見せた。両腕を脇におろした。そして、スカートの横の部分を手でいじった。「それから、ネシーにも？ ネシーの子供たちにも？ それから、スティーヴンにも？ 嘘よ、そんなはずないわ。ばかばかしい。ひどすぎる」

ジャスパーは背中でゆるく手を組んだ。

「ミス・レイバーンにも迷惑がかかるの？」キャサリン・ハクスタブルの目が大きくなった。ジャスパーは唇をすぼめただけで、返事はしなかった。答えは彼女にもすでにわかっているはず。

「あなたの叔母さまはミス・レイバーンをご自分のお屋敷にひきとろうとしている。来年の社交界デビューの準備をするために。あなたのことを後見人にふさわしくないと思っている。でも、あくまでもあなたが後見人なんでしょ？ いくら今回のような醜聞が起きたからといって、叔母さまにミス・レイバーンをひきとる権利があるの？」

「シャーロットの父親は後見人を三人指名した」ジャスパーは彼女に説明した。「クラレンスの父親——それをクラレンスが受け継いだ——ぼく、そして、シャーロットの大叔父にあたるセス・レイバーン氏。いかなる問題についても、シャーロットの運命はこの三人のうち二人の同意によって決定するのです」

「で、そのレイバーン氏という方はどこにいらっしゃるの？」

「ここロンドンに。隠遁《いんとん》生活を送っている。この一週間、大騒ぎに巻きこまれてしまったことを迷惑がっている。クラレンスのことも、その母親のことも好きではなくて、シャーロットがぼくのもとで暮らすのをつねに黙認してくれていた。だが、今日はひどくご立腹だった。けさ、大叔父を訪ねたときに、最後通告を突きつけられた」

その意味をキャサリンが理解するのに、長くはかからなかった。

「あなたがわたしと結婚することで醜聞を揉み消し、ゴシップ好きな人々を黙らせれば、ミス・レイバーンはあなたのもとにとどまってもいい。それが最後通告なのね？」

「まあ、そんなところかな」

「そんなところ？」

「まだあるんだ」ジャスパーは正直に言った。「二、三日前に大叔父から言われた――来年のシャーロットの社交界デビューをレディ・フォレスターに頼むのがいやなら、ぼくが結婚して、妻に後見役と付添いをさせるしかないと。ところが、今日は、ぼくの花嫁候補は一人しかいないとほのめかされた」

「わたしね」

ジャスパーはふたたび唇をすぼめた。

「あの男がこんなことをした理由はそれなのね？　サー・クラレンス・フォレスターのこと

よ。そうなれば、レイバーン氏もあなたの妹さんの世話をレディ・フォレスターに託すしかなくなる、と計算して」

「シャーロットは莫大な財産を所有している。というか、結婚を機に所有することになる。そして、クラリーはひどく窮乏していて、しかもまだ結婚していない」

「妹さんとの結婚を狙っているわけね」キャサリン・ハクスタブルの声は平板だった。やがて、不意に笑いだした。ただし、楽しそうな響きはまったくなかった。「わたし、結婚を申しこまれて、真剣に考えることになったときは、自分の気持ちだけを、そして、相手の男性のことだけを考えればいいんだって、いつも思っていました。わたしはこの人を好きになれる？　尊敬できる？　愛していける？　この人はわたしのことを好きになり、尊敬し、愛情を持ってくれる？　生涯二人で幸せに暮らしていけるという期待を持ってもいいの？　それから――ああ、特別な火花が散ることはあるかしら……なんの火花？　ロマンス、魔法、そして……そして……愛の火花？」

「だが、いまのあなたは、どの問いに対しても肯定の返事ができないのですね？」ジャスパーは彼女に尋ねた。「すべてだめなのですね？」

キャサリン・ハクスタブルはゆっくりとうなずいた。

まったくもう、腹立たしい！　こんな話しあいはもうたくさんだ。だが、彼女もそう思っているだろう。

「わたしが求められているのは、ほかの人々にどう思われるかを考えるということなのね。

そこには、会ったこともない人や、どうでもいい相手も含まれている。姉たちと弟の、そして、甥と姪の体面を考えるよう求められている。想像もできない運命からあなたの妹さんを救いだすよう求められている。何かをなすために結婚するのではなく、さまざまなことを阻止するために結婚するよう求められている。結婚というのは、自分たち二人のことと、おたがいへの気持ちだけを考えてするものでしょ。ところが、社交界全体のことを考えなくてはならない。わたしたちが幸福になろうが、不幸になろうが、社交界は気にもかけない。そうでしょう？　不幸になるに決まっていても、社交界が気にかけるはずはない」

〝不幸になるに決まっている〟？　〝なるかもしれない〟ではなくて？

「結婚すれば不幸になると確信しているのですか、ミス・ハクスタブル」

突然、彼女がつかつかと部屋を横切って彼に近づいてきた。三十センチも離れていないところで足を止め、彼の目を真正面からにらみつけた。ジャスパーがふと見ると、両脇でこぶしを固めていた。

「あなたは仮面をつけている。そうやって世界から身を隠している。目をあけて。ちゃんとわたしを見て。そして、二人で幸せになろうと言って。生涯をかけて」

彼女の突然の怒りに、ジャスパーは呆然とした。そして、いまの言葉に動揺した。あなたは仮面をつけている、目を大きくあけて世界と向きあうことを恐れているのね、という非難に。

言われたとおり、彼女をじっと見つめかえした。

「あなたがほしい」ジャスパーはぶっきらぼうに言った。キャサリン・ハクスタブルの求めているのが正直さなら、こちらも正直に答えよう。「そして、あなたもぼくをほしがっている。それは否定できませんよ、ミス・ハクスタブル。否定しても、ぼくは信じない」

彼女はふたたび笑った。笑い声とはとうてい呼べない殺伐たる響きだった。

「あなたはわたしとベッドに入りたがっている」キャサリン・ハクスタブルが言い、青ざめていた頰を不意に赤く染めた。「そして、わたしもあなたとベッドに入りたいと思っている。ええ、そうね、否定はしません。そう思っただけで、一刻も早く結婚したくなるわ、モントフォード卿。生涯にわたって幸せに暮らせることでしょう。結婚すれば、今後は醜聞を招くことなく、好きなだけ二人でベッドへ行ける。うれしいわ。わたしの不安はすべて吹き払われました」

ジャスパーはこの屋敷に足を踏み入れて以来、それどころか、けさ〈ホワイツ〉に顔を出したとき以来、楽しさなどこれっぽっちも感じていなかった。しかし、いまようやく口もとがほころんだ。ゆっくりと。愉快でたまらなくなった。

二人でベッドへ行くなどという露骨な言葉を口にしたことを思いだして、この人は今後どれだけ困惑に身悶えすることになるだろう。

「無理強いされた結婚生活のなかで、ひとつの慰めになるでしょうね」ジャスパーは言った。「愛をかわすことが。夜、雨の午前中、眠くなった午後、昼間でも夜でも、森のなかで、ボートのなかで。それから――」

「やめて！」キャサリン・ハクスタブルが叫んだ。「いますぐやめて。それから、目をちゃんとあけて。結婚というのは性行為だけではないのよ、モントフォード卿」

またしても彼女の頬にバラの花が咲いた。真っ赤なバラ。咲くというより、燃えあがった。

ジャスパーはふたたび微笑しただけで、何も言わなかった。目をあけもしなかった。

「わかってらっしゃらないのね。友情、仲間づきあい、おたがいへの敬意、連帯感、愛情、そして――そして――愛の行為について、あなたは何もわかっていない。男と女がこうしたものを共有し、円満な結婚生活を送るためにはこのすべてが必要だということが、あなたには想像できないのでしょうね。あなたにとって結婚とは、せ――」キャサリン・ハクスタブルはその言葉を二度目に口にする勇気を失った。

「――性行為」かわりにジャスパーが言った。「では、結婚とは、友情と敬意と愛情だけなのですか。あくびが出そうに退屈な話だ。子供はどうやって作るんです？」

彼女の頬にバラの炎がよみがえり、ぎこちなく息を呑んだ。

「ほんとにわかってらっしゃらないのね」と言った。

たぶんそうだろうと、ジャスパーも思った。わかっているのは、自分は彼女がとても好きだということだけ。彼女に感じているのは肉欲だけではない。ある種の愛情すら抱いている――そう、間違いなく。これまでに出会ったどんな女性より、彼女が好きだ。たぶん、シャーロットを愛しく思う気持ちにも劣らないだろう。しかし、一緒にベッドに入りたいという思いこそ、強制された結婚生活に見いだせる最上の慰めではないだろうか。

いや、どうも違うらしい。〝ほんとにわかってらっしゃらないのね〟

「だったら」ジャスパーは惨めな声で言った。「ぼくにそれをわからせることを、一生の使命にすればいい、キャサリン」

彼女の目が丸くなった。

「わたしの名前を自由に呼んでいいとは、まだ申しあげておりません」

ジャスパーは目に笑いを浮かべるだけにしておいた。

「それなのに、あなたはぼくたちの結婚がすでに決まったことのような言い方をしている。では、この先ずっと、レディ・モントフォードとお呼びしましょうか」

ふたたび彼女が息を呑むのを見守った。

「あなたと結婚すると言った覚えはありません」

「そういえば」ジャスパーは両方の眉をあげた。「まだ申込みもしていないんだった、ミス・ハクスタブル。じゃ、いいでしょうか。申しこんでも」

彼女の目に何かが浮かんだ。目が大きくなり、深みが生まれ、ブルーの色が濃くなって、ジャスパーは一瞬、そのなかへ落ちていきそうな感覚に包まれた。やがて、その目に涙があふれて、キャサリン・ハクスタブルはまぶたを伏せ、二人のあいだの絨毯に視線を落とした。

「あなたと結婚なんてしたくない。あなたもわたしと結婚する気はないはず。どうして両方が望んでいないことをしなくてはならないの？　いえ、返事はなさらないで。理由はすべて二人で検討ずみね。このまま続けても、堂々めぐりを繰り返すだけだわ」

ジャスパーは彼女がゆっくりと息を吸いこむのを耳にした。

「ええ、わかりました。申しこんでくださってけっこうよ」

ジャスパーは両手で彼女の右手をとった。力のない冷えきった手だった。その手を自分の手で温めた。

「それほど悪いことではないかもしれない」彼女だけでなく自分自身をも納得させようとして、ジャスパーは言った。「周囲に押し流されないようにしていけば。ぼくたちは社交界の期待と、家族の幸せを願う気持ちから、無理やり結婚させられるのかもしれないが、ミス・ハクスタブル、いくら社交界の連中でも、あとあとまで不幸な生活を続けるようぼくたちに強制することはできないはずだ。不幸になるかどうかは、ぼくたちしだいだ。そうならないよう努力しよう。かわりに二人で幸せになろう」

まったくもう、どこからこんな言葉が出てきたんだ？　女を幸せにする方法について、ぼくが何を知っているというんだ？　ついでに言うなら、自分自身が幸せになる方法についても。幸せとはなんだろう？

「ミス・ハクスタブル」彼女のほうへ少し顔を寄せて、ジャスパーは言った。「ぼくと結婚していただけませんか」

独身男性すべての悪夢のなかに棲みついているに違いない、恐ろしい言葉。

ついに口にしてしまった。

いっそのこと、とことんバカになって、片方の膝を突けばよかった。だが、もう遅い。その目はいまも大きく見ひらかれ、わずか数センチの距離からジャスパーと目を合わせた。その目はいまも大きく見ひらかれ、たまった涙できらめいていた。

「どうやら、選択肢はほとんどないようね、モントフォード卿」

ほう、恋する女にぴったりのお言葉。

「イエスという意味ですか」彼女の唇に視線を据えたまま、ジャスパーは尋ねた。無理に笑みを浮かべた。ゆがんだ笑みや嘲笑になっていなければいいのだが。

「ええ。イエスです」

「ありがとう」ジャスパーは唇にキスをしようとして、顔をさらに近づけた。ところが、彼女が顔を背けたため、彼の唇は彼女の耳から一センチほどのところで止まってしまった。

ぼくはやはりバカなのかも。

ま、いいか。

「では、そろそろ――」

最後まで言うに至らなかった。ノックが響き、二人が返事をする暇もないうちにドアがあいた。

「ケイト」マートンが言った。表情を殺していて、まことに貴族らしい雰囲気で、二十歳という年齢より大人びて見えた。「大丈夫？　五分ほどしたら戻るって言ってたじゃないか」

マートンはジャスパーのほうを見もしなかった。弟のすぐうしろに立っている長女のミス・ハクスタブルも同様だった。それから、二人の背後にいるモアランド公爵夫人も。うるわしき家族の光景。

「思ったより長くかかってしまったの」キャサリン・ハクスタブルは言った。「でも、ようやく話が終わったから、みんなで入ってきて、お祝いを言ってちょうだい。たったいま、モントフォード卿の結婚の申込みをお受けしたの。今日からわたしの婚約者よ」

当然ながら、全員が唖然とした。申込みをされる前よりも早く〝ノー〟と答え、モントフォード卿の到着から数分もしないうちにキャサリンが姉弟のもとに戻ってくるものと、みんなが思いこんでいた。

やがて、姉二人が部屋に駆けこんでキャサリンを抱きしめた。祝福のためか、慰めのためかは判然としなかったが。マートンがジャスパーに近づき、唇を不機嫌に結んだまま、片手を差しだした。

「お祝いを言わせてもらいます、モントフォード」北極のように冷たい声で、マートンは言った。

もう〝モンティ〟と呼んではくれないのか。

ジャスパーは未来の義弟の手のなかに自分の手を置いた。

なんと！　婚約者になってしまった。そして、もうじき既婚者になる。恐慌に似たなじみのないかたまりが、胃のなかにあった。しかし、逃走したくとも、もう手遅れだ。けさへホワイツ〉で誰かが言ったように、〝死んだも同然〟だ。

クラレンス・フォレスターがケント州の安全な屋敷をふたたび離れる勇気を奮いおこすことがあれば、そのときには、背後を警戒したほうがいい。

ついでに、前の部分も。

スロックブリッジで暮らしていたころに、トム・ハバードか、結婚を申しこんできたその他おおぜいの男の一人と結婚していれば、満ち足りた人生を送ることができたでしょうに――キャサリンは思った。

ウォレン館に越したあとは、隣人のフィリップ・グレインジャーといつでも結婚できたはず。そうすれば、満ち足りた人生を送ることができただろう。

それなのに、ロマンティックな愛というつかみどころのないものを求めるあまり、結婚をためらい、そのあげく、ロマンスの意味も愛の意味も知らないモントフォード卿と結婚することになってしまった。キャサリンは彼になんの幻想も抱いていなかった。人を真剣に愛することのできない男だ。

人生とまじめに向きあおうとしない男に、どうしてこちらから愛を捧げることができるだろう？　不可能に挑戦する喜びを味わいたいがために、キャサリンが自分に恋をするように仕向けられるかどうかを、賭けの対象にするような男だ。円満な結婚生活を長続きさせるのに必要なのは、肉体的欲求と、ともにベッドへ行くことだけだと思っているような男だ。

でも、そんなことを考えていても意味がない。彼と婚約したのだから。一カ月後には式を挙げる。ハノーヴァー広場の聖ジョージ教会で。社交シーズンはすでに終わっているが、その後もロンドンに残ってくれるよう貴族社会の人々を説得し、できるだけ多くの人に列席してもらう予定になっていた。もしキャサリンが賭け好きな人間であれば、膨大な人数となるほうに賭けるだろう。貴族仲間の一人が広めた悪意のゴシップの犠牲となって貴族社会全体から結婚を強いられた二人の姿を見届けたいという思いには、誰も抵抗できないはずだ。

なんという茶番だろう！　悲劇的要素が含まれていなかったなら、キャサリンは涙が頬を伝い落ちるまで笑いころげたことだろう。

ほかのみんなが書斎におりていったあとも一人で二階の客間に残っていたエリオットは、特別許可証を手に入れてひっそりと式を挙げるのではなく、社交界の人々の前で盛大な結婚披露をするのがいちばんだと考えていた。全員が二階に戻ってきて婚約の報告をしたあとで、エリオットはそう述べた。スティーヴンが同意した。メグとネシーも。

モントフォード卿も。

キャサリンはひとことも意見を述べなかった。いつどこで式を挙げようが興味はなかった。

それから三十分ほどたったころ、キャサリンは客間の椅子にすわり、家族が偽りの熱意をこめて話しかけてくるのを聞きながら、火の入っていない暖炉をじっと見ていた。キャサリンを元気づけ、会話にひきこむことを、家族はすでにあきらめて、いまは自分たちだけで話をしていた。モントフォード卿はとっくに帰ったあとだった。

やがて、執事が盆に客の名刺をのせてあらわれた。

午後も遅いというのに、こんな時間にいったい誰が訪ねてきたの？　自分の部屋にひっこんで、客と顔を合わせるのは避けることにしよう、とキャサリンは決めた。今日一日ですっかり疲れてしまった。これ以上はもう耐えられない。

「ミス・レイバーンがミス・ダニエルズと一緒にいらしたわ」部屋の反対側からキャサリンのほうを見て、マーガレットが言った。

キャサリンはためいきをついた。まだまだ逃げられそうもない。

「じゃ、こちらにお通しして」その場にすわったままで言った。

ミス・レイバーンが婚約のことを知ったの？　こんなに早く？　それとも、ゴシップと醜聞を耳にしただけ？

一分後、少女が幸せそうな明るい笑みを満面に浮かべ、はずむような足どりで部屋に入ってきたのを見て、キャサリンは答えを知った。シャーロットは全員に笑いかけたが、いちばん笑顔を向けたい相手はキャサリンだった。キャサリンが立ちあがると、両手を差しだして部屋の向こうからやってきた。

「ああ。幸せではちきれそうよ。こんな幸せな気持ちは生まれて初めて。あたしのお姉さまになってくださるのね、ミス・ハクスタブル。キャサリンってお呼びしていいかしら。それから、あたしのことはシャーロットって呼んでください」

キャサリンは少女の手をとって微笑した。顔の筋肉が自分のものではないような気がした。

「ケイトのほうがいいわ。家族からそう呼ばれてるの」

「そして、あたしもあなたの家族になるのね」笑いながら、少女は言った。「あなたの妹になるのね、ケイト。そして、結婚するまで、ケイトとお兄さまと一緒に暮らすことができる。来年のデビューのときは、あなたに後見役をお願いできるのね。プルネラ叔母さまのことは二度と心配しなくていいんだわ」

「ええ、そのとおりよ」キャサリンは少女の手を握りしめた。

「とっても幸せ」シャーロットはそう言って、そこで唇を噛んだ。「あら、あたしったら自分のことばっかり。でも、ジャスパーとあなたのことを思うと、もっと幸せよ。二人が愛しあってることは最初からわかってたわ。顔にはっきり出てたもの。きっと、いつまでも二人で幸せに暮らせるわ」

キャサリンは微笑しただけだった。

シャーロットは手を離し、ふりむいて、部屋にいるほかのみんなを見た。

「みんなが家族になるのね。すてきだと思いません？　ジャスパーが帰ってきて報告してくれたとたん、うれしくて思わず飛んできたんです。ミス・ダニエルズには、こんな時間に人さまのお宅を訪問するなんて礼儀にかなったこととは思えないって言われましたけど。許してくださいますよね？　だって、あたしはもう家族みたいなものですもの。来月、本当に家族になれるのね」

「許さなきゃいけないことなんて何もないですよ、ミス・レイバーン」スティーヴンが言った。「どうかおすわりください、ミス・ダニエルズ」

「いまこの瞬間から、あなたをわが家の一員としてお迎えするわ」立ちあがって少女を抱きしめながら、ヴァネッサが言った。「わたしもシャーロットと呼ばせてもらっていいかしら」

マーガレットが言った。「ほんとにすてきなことね」

「クラレンスがとんでもない卑怯者で、かえってうれしいぐらいだわ」マーガレットとヴァネッサのあいだにすわってから、シャーロットは言った。「だって、今回の騒ぎがなかったら、社交シーズンが終わる前にジャスパーが結婚を決めるようなことはなかったでしょうし、そしたら、みんなであと一年待つことになったわけでしょ。そのころには、あたしはプルネラ叔母さまのところにひきとられていたでしょうね。でも、とにかく、クラレンスは卑怯者。あたしのいとこだという事実を、みなさんにお詫びします。いとこでなかったらどんなにうれしいかしら。でも、いいの。もうじき、新しい家族になれるんですもの」

かつては、わたしたちもみんな、こんなに若くて無邪気だったの?

キャサリンは腰をおろしたまま、微笑を続けた。

とりあえず、誰かが幸せになってくれた。

少なくとも、誰かが。

ジャスパーのところにも、午後遅く来客があった――シャーロットがマートン邸へ行ってくると言って、元気な子猫みたいに飛びだしていってから、わずか十五分後のことだった。ジャスパーはシャーロットを止めなかった。今日は全員にとって奇妙な一日だった。シャーロットが幸せではちきれそうになっているのなら、それが縁からこぼれ落ちるのをどうして止めなくてはならない？　もちろん、マートン邸でも喜んで迎えてくれることだろう。

ジャスパーは書斎で机の前にすわっていた。もっとも、デスクの上には、ペンとインクと大判の吸取り紙以外に何ものっていなかったが。デスクに片肘を突き、親指と人差し指で鼻梁を揉んでいた。

何も考えまいとしていた。考えたところでなんの意味もない。言うまでもなく、無駄な努力だ。

〝それほど悪いことではないかもしれない。周囲に押し流されないようにしていけば。ぼくたちは社交界の期待と、家族の幸せを願う気持ちから、無理やり結婚させられるのかもしれないが、ミス・ハクスタブル、いくら社交界の連中でも、あとあとまで不幸な生活を続けるようぼくたちに強制することはできないはずだ。不幸になるかどうかは、ぼくたちしだいだ。そうならないよう努力しよう。かわりに二人で幸せになろう〟

まいったな！　お涙頂戴の演説原稿を書くときには、自分で自分を雇えばいい。国民すべてが感涙にむせぶことだろう。

しかし、問題は、好むと好まざるとにかかわらず、この言葉どおりに行動しなくてはならないことだった。青年時代は終わった。放蕩もやりつくした。これからは退屈な男のなかでもっとも退屈な男になるのだ——妻帯者に。

こうした憂鬱な思いに邪魔が入ったのは、執事のホートンがドアをそっとノックしたときだった。ホートンは静かにドアをひらくと、客の来訪を告げようとし、その客から脇へ押しやられた。

コン・ハクスタブルがつかつかと入ってきた。見るからに機嫌が悪そうで、ギリシャ神話のいかめしい雷神みたいな顔をしている。ジャスパーは立ちあがると、机の横をまわった。

「入ってくれ、コン。執事から案内があるのを待つ必要はない」

コンはジャスパーの顔との距離がわずか三センチになるまで足を止めなかった。そしてジャスパーのネッククロスをつかんで、ひきずりあげた。顔が一センチほど近づき、鼻と鼻がくっつきそうになった。

ああ。またか。

ジャスパーはかかとが床から離れないよう踏んばったが、呼吸はさほど乱れていなかった。コンの手をふり払おうともしなかった。ふり払う権利はあったのだが。コンはキャサリンの兄ではないし、義兄でもないのだから。あるいは、後見人でもない。

コンが言った。「結婚の申込みはしたんだろうな」

「した」ジャスパーは言った。

「で、彼女は応じたのか」

「ああ」

コンはジャスパーを机に押しつけた。端が突きでているため、背中に食いこんで痛かった。それでも、ジャスパーは抵抗しなかった。たとえ、またいとこという遠い関係であろうと、男には親戚の女性を守る権利がある。

「ただのひとことでもぼくの耳に入ったら……」獰猛な表情でコンは言った。「きみがキャサリンを虐待したとか、不幸にしたとか、放蕩を続けて悲しませたという噂がひとことでも耳に入ったら、そのときは……」

ジャスパーは左右の眉をあげた。コン・ハクスタブルとモアランド公爵の外見の相違は目の色だと、いま初めて気がついた。兄弟、いやいや、双子と言っても通るほどだが、コンの目はギリシャ人の血がまじった浅黒い肌の色とマッチしている。いまこの瞬間、黒と間違えそうな濃い茶色を帯びていた。モアランドのほうは、息を呑むほどきれいなブルーだ。

「そのときは、神に誓って、モントフォード」獰猛な表情のまま、コンは言った。「きみの息の根を止めてやる」

「ぼくにとって、あるいは、きみにとって幸いなことに、コン」ジャスパーは言った。「きみは絞首人とのランデブーを楽しみに待つような男ではないから、脅しを実行に移すことはけっしてないだろう。ところで、例の賭けの件だが、前から知ってたのかい？」

コンは不意にジャスパーを放し、一歩下がった。鼻孔を膨らませた。

「知っていた」と、そっけなく答えた。「きみが賭けに勝っていれば、すでに死人になっていただろう」

「なのに、いまごろようやく義憤を示すことにしたのかい？ 三年もたってから？」

「世の中には、口にしないのがいちばんいい事柄もあるものだ。ときには、ゴシップなど広めないのがいちばんのこともある。とくに、無垢な人間が呑みこまれそうなときには――今回のように」

「フォレスターのおかげさ」ジャスパーは言った。「すわってくれ、コン。勝手に酒を注いでくれてもいいし、絨毯の上を歩きまわってくれてもいい。こんな近距離でにらみあっていたら、目が疲れて仕方がない」

「マートンの腕力はすごいものだ」うしろに下がって、コンは言った。「もう少しでフォレスターの鼻を折るところだった。そのときの衝撃で、今日、フォレスターは両目に黒あざを作っている」

「会ったのか」二人のためにブランディを注ごうと思ってデカンターのほうへ行く途中で、ジャスパーは言った。

「あとに残された召使いの一人が、主人に忠誠を捧げる必要も、口を閉じておく必要も感じなかったみたいでね。給金をもらってなかったんじゃないかな」

「フォレスターのような連中に雇ってもらうときは気をつけろ、という教訓になったことだろう」グラスを二個とも片手で持って、ジャスパーはふりむいた。「キャサリン・ハクスタブルは一カ月後にぼくの花嫁になる――教会で結婚予告をしたらすぐに。状況を考えて、特別許可証より結婚予告のほうが適切だろうという意見になったんだ。結婚式をやるのはもちろん、聖ジョージ教会だ。花婿の付添いを頼めないかな、コン」

14

キャサリンの予想が的中した。婚礼の日は七月で、社交シーズンはすでに終了し、例年なら、田舎の領地やブライトンや保養地へ向けて貴族の大移動が始まっているはずなのに、式に出るためにかなりの人数がロンドンに残っていた。

モントフォード男爵がついに結婚する。それを見たいという誘惑には誰一人逆らえなかった。結婚に至るまでの事情がひどく外聞の悪いものだったことを考えれば、なおさらだ。それに、誰もがこれまでずっと、キャサリン・ハクスタブルのことを、とても礼儀正しくて上品な女性だと思っていた。あんな評判の悪い放蕩者の花嫁になるなんて考えられない、気の毒に。もっとも、三年前に下品な賭けがなされたにもかかわらず、今年に入ってから、彼がしつこくつきまとうのを許していたのだから、もちろん、自業自得と言っていいだろう。男のほうがまともな行動に出る気になってくれて、彼女も本当に幸運だった。モントフォード男爵の性格からすれば、見捨てられて当然だったのに。

式のあとの披露宴はモアランド公爵夫妻が主催して、公爵邸でひらかれることになっていた。新郎新婦はその後すぐに田舎へ向けて出発し、ミス・レイバーンの十八歳の誕生日を祝うためにシーダーハースト・パークに招待された人々が到着するまで、短いハネムーンを楽しむことになっている。それら招待客は貴族階級の羨望の的だった。なんとも不釣り合いな夫婦の新婚生活をまのあたりにする喜びを味わえるのだから。

しかし、まずは、キャサリンの婚礼の日がやってきた。

キャサリンは今日のために誂えた淡いブルーのモスリンのドレス姿だった。高いウェストラインから銀糸の刺繡に飾られた裾へ向かって、柔らかなギャザーが流れている。短いパフスリーブと控えめな襟ぐりにも、同じ刺繡がしてある。

真新しい麦わらのボンネットはブルーの矢車草でびっしりと縁どられ、幅広のブルーの絹のリボンが顎の下で結んであった。

首には、ホワイトゴールドのチェーンにダイヤを通したペンダント。婚約したときに今日の花婿から贈られたもので、キャサリンには大粒の涙のように見える。

長い白手袋、銀色の靴。

その姿が最高に美しいことは、自分でちゃんとわかっていた。そうでなくてはならなかった。今日という日を迎えても、キャサリン自身にはなんの感慨もなく、式のあとにモントフォード卿との永遠の結婚生活が待っているという思いがあるだけだった。そう、今日の式は体面を保つためのもの、社交界に帰属し、そのルールと伝統を受け入れるためのものだ。好むと好まざるとにかかわらず、キャサリンは社交界の一員なのだ。スティーヴンがマートン伯爵になるという知らせを持って、当時はまだリンゲイト子爵という身分だったエリオットがスロックブリッジの村にやってきたときから、そうなったのだ。できるかぎり社交界に溶けこむことが家族への義務でもある。

それに、結局のところ、本当に大切なのは家族だけだ。キャサリンは家族を愛している。結婚を決めたのも、主として家族のことを考えたからだった。もっとも、それを知れば家族は胸を痛めるだろうが。この一カ月のあいだに、全員が時間を見つけてキャサリンと一対一で話をし、本当はモントフォード卿と結婚したくないというなら婚約を解消し、婚礼の支度を中止するようにと、しきりに促した。キャサリンが婚約破棄を決めたなら、あとはずっと支えていくからと、一人一人が言ってくれた。

いま、キャサリンの化粧室にマーガレットとヴァネッサがいた。二人とも入口で足を止めて感嘆の叫びをあげ、すばらしくきれいだと言ってくれた。

「色もぴったりだったわね」メグがキャサリンに近づき、手をとった――痛いぐらいにきつく握りしめた。「あなたにいちばん似合う色よ。目の色と調和して、髪の色をひきたててくれる。ああ、ケイト、ほんとにこれでいいの……?」

メグは、もしキャサリンが望むなら、どこかの田舎へ一緒にひっこそうとまで言ってくれた――ロンドンからも、ウォレン館からも、そして、スロックブリッジからも遠く離れて。残りの人生を小さなコテージで二人一緒にひっそり幸せに暮らし、上流社会の連中は冥界へ行ってしまえばいい(これはメグ自身の言葉)と言った。

かわいそうなメグ! キャサリン自身をべつにすれば、この姉がほかの誰よりも辛い思いをしているはずだ。父親の死後、マーガレットは自分の人生の何年間かを――はっきり言うと、二十代の大半と若さのすべてを――弟と妹の世話に捧げてきた。クリスピン・デューのことをあきらめさえした。クリスピンはマーガレットがかつて愛した男で、たぶん、いまもまだ愛しているだろう。姉の目標はつねにただひとつ、弟と妹の全員が恵まれた人生を手に入れるのを見届けることだった。しかし、それよりさらに大切なのが、全員が幸せになるのを見届けることだった。

キャサリンは微笑して、メグの手を握りかえした。

「もちろんよ。いいに決まってるでしょ。バカね」これまで数えきれないほど言ってきたように、いまもそう言った。「一カ月前は、たしかに、あの卑劣な噂で立ち直れないほど傷ついたし、無理やり結婚させられることになったのがすごく腹立たしかったわ。それに、もちろん、モントフォード卿との結婚に大満足なわけではないのよ。だって、多くの点で――あらゆる点でとは言わないけど――彼がすべての元凶だったんですもの。でも、何もかももう過去のこと。こういう成りゆきになって、ホッとしてるの。わたしももう二十三、そろそろ結婚しなきゃと思ってたの。しかも、自分で選んだ男性と結婚できる。大好きだわ、ああいう人」

誇張しすぎだった。〝大好き〟という言葉が空々しく響いた。だが、それにもかかわらず、メグは安堵の表情を浮かべた。

「だったら、わたしも安心だわ」と言った。涙で目がきらめいていた。「モントフォード卿のほうもあなたに好意を持ってることはたしかよ、ケイト。ええ、そう思うわ。こんな厄介なことが起きる前から、わたし、そう思ってたの。わたしがあなたのために望んでいたような愛情あふれる結婚に変わっていくなら、あなたに対するモントフォード卿の仕打ちも、すべて許すことにするわ」

ヴァネッサがメグと交替して、キャサリンを強く抱きしめた。

「いいこと、わたしも結婚したときには、エリオットのことをまったく愛していなかったし、もちろん、エリオットもわたしのことなんて愛していなかったわ。自分のほうから求婚するような女をどうして愛せるの？　エリオットも気の毒に。それどころか、わたしには我慢がならなかったみたい」

ヴァネッサは陽気な笑い声をあげ、一歩下がった。

スティーヴンの後見人役を初めてひきうけたとき、エリオットは結婚相手を探している最中だった。当時の彼はロマンティックとは無縁の男だったため、都合がいいというだけの理由から、メグに狙いをつけた。しかし、メグは戦争に行ってしまったクリスピン・デューの帰りを待ちつづけていた。ネシーにはわかっていた――メグは家族に対する強い義務感を持っていて、自分がエリオットと結婚することが一家のためにいちばんいいと思えば、ただそれだけの理由から彼に〝イエス〟と答えるであろうということが。そこで、ネシーは偉大なる自己犠牲の精神を発揮して、エリオットがメグに求婚する機会をつかむ前に、自分のほうから彼にプロポーズしたのだった。

「でも、わたしたち、いまでは」ネシーは言った。どちらかと言えば平凡な顔立ちが、急に生き生きと美しく輝いた。「心から愛しあってて、しかも、とっても深い愛情で結ばれてるのよ。愛そうという意志があれば、ケイト、愛はあとからあとからあふれでてくるわ。ほんとよ」

「でも、わたしはすでにモントフォード卿を愛してるのよ」キャサリンは反論した。「彼も愛してくれてるし」

またしてもひどい誇張。

「そうね」ヴァネッサの微笑は、〝それぐらいお見通しよ。でも、とにかく大いに期待しているわ〟と言っていた。「もちろん、そうでしょうとも。ああ、幸せになってほしいって、つくづく思う。お姉さまにも、妹のあなたにも、幸せになってもらいたい。それから、スティーヴンにも。もっとも、スティーヴンは若すぎて、そんな心配はまだ早いでしょうけど」

ヴァネッサは涙をこらえ、ふたたび笑い声をあげた。

するとそのとき、スティーヴン本人がドアのところに姿を見せた。すばらしくハンサム、黒と白の装いでとても大人っぽく見える。

「ケイト」スティーヴンは部屋に入ってくると、両手を差しだしてキャサリンの手をとり、強く握りしめた。「ぼく、三人のことが同じように大好きだけど、もしそうでなかったら、ケイトだけを〝ぼくの大好きな姉さん〟って呼んでただろうな。ぼくが姉さんたち三人の兄だったらよかったのに。そしたら、三人にいつも与えてもらってた気遣いと保護の一部だけでも、ぼくのほうから返してあげられたのに。ケイトがこんなに早くお嫁に行ってしまうなんていやだなあ。まあ、いろいろあったのはたしかだけど、モンティはいいやつだよ。ぼくはそう信じてる。悪意なんてどこにもないもの。もしあれば、ぼくは友達になれなかったと思う。ケイトのこともきっと大切にしてくれるよ」

「もちろんでしょ」スティーヴンの真剣な口調がおかしくて、キャサリンは笑いだした。「そして、あなたのお友達はもうじき、あなたの義兄になるのよ」

「様子を見にきたんだが」ドアのところからエリオットが言った。「今日じゅうに聖ジョージ教会へ行くことになっているのを、きみたち全員に思いだしてもらうために。ひょっとして忘れてるんじゃないかと心配になってね」

キャサリンは、スロックブリッジ村でひらかれたバレンタインのパーティの席で初めてエリオットに会ったときのことを思いだした。スティーヴンへの知らせを携えてエリオットが一家のコテージを訪ねてくる前夜のことだった。キャサリンは――パーティに出ていたほかの女性も全員――浅黒い肌と整った顔立ちの彼を目にして、見たこともないほどハンサムな男だと思った。あとでわかったのだが、それはギリシャ人の母親から受け継いだものだった――ブルーの目だけはべつ。いま、エリオットはネシーの夫であり、イザベルとサムの父親だ。キャサリンは彼のことを、とても身近な人という目でしか見られなくなっている。

ああ、ネシーは幸運な選択をしたのね。

「ぼくは感傷的なスピーチをするつもりはないし、賢明なアドバイスを贈るつもりもない、キャサリン。そう聞けば、きみもホッとするだろう。そんなことをしていたら、よけい遅くなってしまう。だが、ひとことだけ言わせてほしい——すばらしく魅力的だよ」

「ありがとう、エリオット」キャサリンが彼のほうへ二、三歩近づくと、エリオットは腕を広げた。キャサリンがそこに飛びこんで、二人で固く抱きあった。

花嫁はみんな、身近な親しい人たちすべてに最後の別れの挨拶をしたいと思うものなの？　それが自然なことなの？

キャサリンはエリオットから離れると、みんなに笑顔を向けた。喉に大きなかたまりがつかえているような気がしたが、目はわずかに潤んでいるだけだった。

「今日がわたしの人生最良の日となるなら——かならず最良の日にするつもりだけど——そろそろこの一日をスタートさせましょう。みんなで教会へ出かけましょう」

一分後、キャサリンは弟と二人だけになり、化粧室はとても静かで空虚な雰囲気になった。キャサリンの所持品はすべて荷造りされて、さきほど運びだされた。弟の手を包みこみ、強く握った。自分はもはやこの家の人間ではないような気がした。事実そうだった。ここはもう二度とキャサリンの部屋ではなく、家でもない。

スティーヴンが彼女の手を軽く叩いた。

「ケイトはぼくの大好きな姉さんだった」ちょっと照れくさそうな顔で、スティーヴンは言った。「いまも大好きだ。年がいちばん近くて、いつも一緒に遊んでて、秘密を打ち明けられる親友だった。幸せになってほしい」

「世界でいちばん幸せな女になってみせるわ」キャサリンは弟を安心させた。しかし、笑みを浮かべた瞬間に上唇を噛み、スティーヴンが姉の手を唇へ持っていったときは、涙をこらえるためにまばたきをした。

「ああ、スティーヴン、かならず幸せになるわ。見ててね」

ジャスパーの身内が彼のうしろの信者席にすわっていた——レイチェルは夫のグッディングと一緒に。シャーロット。叔父（ジャスパーの父親の弟）。そして、叔父の子である三人のいとこ。叔父にも、いとこにも、ジャスパーはほとんど会ったことがない。彼の父親が亡くなり、母親が再婚したあと、シーダーハーストにくるのを叔父たちがやめてしまったからだ。彼らを招待しようというのはキャサリンの思いつきで、それをシャーロットが熱っぽく後押しした。シャーロット自身の親戚ではないのに。

さらには、誕生パーティのときにもスタンリー叔父といとこたちをシーダーハーストに招待しようと、女性二人が強硬に主張し、向こうも招待を受け入れてくれた。

ぼくの身内。血のつながった人たち。無条件の愛でぼくを包み、支えてくれる人たち。最前列の信者席にコン・ハクスタブルと並んですわったとき、ジャスパーの唇がわずかにゆがんだ。だが、冷笑を浮かべるべき理由は何もない。これは自分に向けた冷笑だったのかもしれない。母親の二番目の夫が亡くなったあと、身内の絆を強めるための努力をしてもよかったはずだ。あるいは、母親が亡くなったあとで。

そんな努力はいっさいしなかった。

すでに手遅れだった。

ふと考えた――ずっと前にやめていたことなのに――父親があの日、あの生垣を馬で飛び越えようとせずに、まともな神経の持ち主なら誰もがやるようにゲートまで行っていたなら、人生はどれほど違うものになっていただろう。もちろん、考えても無駄なだけだ。父親は現実に生垣を飛び越そうとした。そして、命を落とした。

慣れないこわばりを喉に感じて、ハッと気をとりなおした。こらこら、気をつけないと、自分の結婚式の日に、失われた子供時代を思って泣きだすことになるぞ。今度はそれがゴシップの種にされてしまう。

彼の勘違いでなければ、花嫁の到着が遅れていた。花嫁があらわれなかったら、大変なことになる。

大惨事だ。

一カ月前までは、何事であれけっして心配しないという主義でやってきたジャスパーだが、不安のあまり急に胃がこわばるのを感じ、朝食を抜けばよかったと後悔した。いや、ちょっと待て。朝食はとらなかった。そうだろう？　そこで、朝食をとればよかったと後悔した。

しかし、朝食をとればよかったとか、従僕がけさネッククロスの結び目でぼくを絞め殺そうとしなければよかったのに、などと思っていると、コンがうしろへ目を向けて、ジャスパーの肘を小突いたので、二人で立ちあがった。教会の入口付近にざわめきが広がり、信者席の全員が（くそ、人数が多すぎる！） 花嫁の登場を見ようとしてふりむいた。

牧師が正面で位置についた。

花嫁があらわれた。彼は涙ぐまずにすんだ。これですべてうまくいく。

ジャスパーはゆっくり息を吸いこんだが、キャサリンの姿を目にしたとたん、吐くのを忘れてしまった。神々しいまでに美しい。もちろん、いま初めてその美貌を知って驚いたわけではない。三年以上前に初めて彼女を見たときも、そう思った。以来、彼女を目にするたびにそう思っていた。

しかし、今日の彼女はぼくの花嫁だ。ほどなく、ぼくの妻になる。男爵夫人になる。

そして、今日の彼女は……そう、美しい。

ああ、こういう場合に言いたいことを表現するのに、英語という言語はなぜこれほど未熟なのだろう。

流行の黒と白をやめて、濃紺の上着に淡いグレイのズボン、そして、白麻のシャツにしてよかったと思った。黒だと、なんだか葬式のようだ。これで二人の色彩が調和する。

本当に？

調和したカップルになれるだろうか。

ぼくは彼女を幸せにすると約束した。そうだろう？ それとも、惨めにしないよう努めるという意味で言っただけだろうか。

このふたつはずいぶん違う。

いやいや、そんなことはどうでもいい。ここに集まった膨大な数の連中は、ほとんどが悪趣味な好奇心からやってきたにすぎないが、ぼくのことを気の毒に思いながら帰るようなことには、ぼくがぜったいにさせない。あるいは、彼女のことも。ぼくにその力があるのなら。マートンの腕に手をかけてキャサリンが近づいてきたとき、ジャスパーは彼女に視線を据えた。意識して目を大きくひらき、その姿に見とれた。そして、ゆっくりと笑みを浮かべた。キャサリンもまた、ボンネットの縁から垂れて顔を覆っている薄いベールを透かして、彼を見ていた。頬がピンクに染まっていた――というか、そのように見えた。

そして、前から七列か八列目までの人々すべてに顔が見える場所で、キャサリンが彼に笑みを返した。外から太陽の光を持ってきたかに見えた。いや、外は曇り空だったのでは？

二人は笑顔で見つめあった――永遠の幸せを手にするための儀式を数分後に控えた新郎新婦。それは二人が演じる華麗な芝居だった。

だが、この芝居に心臓の高鳴りは必要ない。そうだろう？　高鳴りなど誰にも見えはしないのだから。

なのに、彼の心臓が胸のなかで陽気な鼓動を打っていた。

ああ、彼女がぼくの花嫁になる。

結婚生活が始まる。永遠に。アーメン。

二人で牧師のほうを向いた。

「お集まりのみなさん」牧師が口をひらいた。

髪を洗ったばかりに違いない。あの石鹸の香りがした。彼にとってはどんな香水よりも蠱《こ》惑《わく》的な香り。

肌を触れてもいないのに、彼女の体温が感じられた。

ジャスパーは突然、不快な良心の呵責に襲われた。今日という日を、彼女の人生でいちばん幸福な日にしなくては。そうとも、かならず。これから先も、彼女の人生を幸福で埋めつくさなくては。

牧師が何かを言い、マートンはキャサリンの手を差しだした。姉を渡さなくてはならない。マートンの本心を言うならば、姉の手を強くつかんだまま、どこか遠いところへ連れ去りたかった。キャサリンが安全に暮らせるところへ——この男から離れて。そして、幸せに暮らせるところへ——この男のことを忘れて。

ジャスパーがキャサリンの手をとった。

これからは彼がキャサリンの人生を守っていく。

二人の命が続くかぎり。

予想していたよりはるかにおごそかな瞬間だった。

ああ、もう好きにしてくれ！

「そして、神が結びあわせてくださったものを、人は離してはなりません」

ああ、式が終わったのね。すでに。こんなに早く。後戻りはできない。

わたしたちは結婚した。

不思議なことに、結婚の儀式の言葉に心を集中させ、結婚を現実のこととして受け止めようと努めていたにもかかわらず、キャサリンの心の一部はヴォクソールでのあの一夜を思いだしていた。

あのとき、いけないと思いつつも、彼の魅力に惹かれたことを思いだした。そして、二人の目が合い、彼がレディ・ビートンと話をするあいだもそのまま見つめあっていたことを。

そのあと、散策の途中で彼に腕を差しだされたときに感じたわくわくする興奮と、それまでの男たちとはまったく違う口調で話しかけられたときに感じた衝撃を思いだした。愚かで世間知らずな少女が、彼に、彼の危険な匂いに、彼の強烈な男っぽさに惹かれて、たちまちぼうっとしてしまい、喜んで彼についていった。あれが破滅への道となった。恋は危険だけど、どんな代償を払ってでも追いかけなくては、と決心したせいだ。

ついに、その代償が何だったかを知った。いま、その代償を払わされている。

ずっと以前のあの同じ夜に、恋心がいっきに消えてしまったにもかかわらず。

ただ、彼に惹かれる気持ちがわずかに残っていて、そのまま今年になり、その思いに翻弄されたばかりに、このような運命をたどる結果となった。

でも、今日も……。

いまでも……。

彼に顔を向けると、前方の聖体拝領台のほうへキャサリンとともに進もうとして、彼が笑顔でこちらを見ていた。
ああ、これまでに出会ったどんな男性よりも、この人のほうが魅力的。それに、もちろん、
ハンサム。婚礼の衣装に身を包んだ姿が立派すぎて……まぶしいぐらい。そして、この人が
わたしの夫。
　本当だったら、世界でいちばん幸せな女のはずなのに。
　背後の信者席にすわった人々のことを思いだした——みんながこちらを見ている。わたし
の家族。わたしの愛する家族。わたしを愛してくれる家族。
　それからほどなく、聖餐式が終わり、結婚証書に署名をしてから、二人は教会の扉へ続く
通路を歩きはじめた。キャサリンが彼の腕に手を通し、オルガンが祝福の賛美歌を奏で、誰
もが笑顔でうなずいていた——あるいは、ただ見つめていた。そして、キャサリンは微笑を
続けた。彼も同じだった。
　外側の扉まで行き、そこを通って外に出た瞬間、教会の鐘が楽しげに響きわたり、幌をお
ろして広場で二人を待っているバルーシュ型の馬車のまわりに、興味津々の野次馬が集まっ
ていることに気づいた。誰かが気乗りのしない声で万歳を叫ぶと、ほかの者も唱和した。
　キャサリンは思わず何かがこみあげてくるのを感じた。はっきり言って、喜びではない。
だが、何かが。達成感のようなものだろうか。ようやく終わった、すべてを解消して逃げだ
したいという誘惑にはもう駆られずにすむ、という安堵だったのかもしれない。
　モントフォード卿はキャサリンを連れて急いで馬車まで行くと、彼女に手を貸して乗せて

から、自分も乗りこみ、御者に出発の合図を送った。式の参列者が教会の扉から出てきはじめたところだった。

馬と馬車を通すために、人々がふたつに分かれた。

この日は朝から曇っていた。いまにも雨になりそうな気配だった。ところが、みんなが教会にいたあいだに、雲が流れ去り、青く澄んだ空から太陽が笑いかけていた。大気は重苦しいほど暑くはなく、ちょうどいい暖かさだった。

すばらしい夏の日。

結婚式を挙げるのにぴったりの日。

彼はキャサリンと並んで座席の隅にすわり、彼女を見つめていた。まぶたを軽く伏せ、唇にかすかな笑みをたたえて。

「終わったね、キャサリン」優しく声をかけた。

キャサリンは彼に視線を返した――新婚の夫に。

「ええ、ジャスパー」

一カ月前、そう呼んでほしいと彼に言われたが、キャサリンがじっさいに口にしたのはこれが初めてだった。

かすかな笑みが大きくなった。

「レディ・モントフォード」彼が言った。

「はい」

不幸になるかどうかは、ぼくたちしだいだ――一カ月前、彼はそう言った。たしか、そのあとで、同じ意味のことをもっと強く表現したのでは？　思いだせなかった。幸せになる道を二人で選ぶことができるの？

そんなことができるの？　ネシーの言葉が正しいの？

でも、もしできるとしても、両方がそのための努力をしなきゃいけない。そうでしょ？　幸せになろうとわたしが決めても、この人のほうがそれまでと同じ人生を続けていこうと決めたら、いったいどうなるの？

「両方の身内を安心させたほうがいいと思うんだが。どうかな？　式に出るためだけに街に残っていたほかのみんなは言うに及ばず」

そして、キャサリンが問いかけるように彼を見て、馬車がガタンと動きはじめるのを感じた瞬間、彼が座席の隅から腰をずらして彼女に身を寄せ、唇を重ねてきた。

キャサリンはビクッと顔をひいたが、彼が言ったことの意味に気づいて……まばゆい笑みを向けた。

「ええ、もちろんね」と言うと、彼の肩に手をかけ、ふたたび彼のほうへ唇を寄せた。

彼が唇を軽くひらき、温かく湿った口で、膝の力が抜けてしまいそうな官能的なキスをしたとき、拍手と、笑い声と、何人かの口笛と、盛んな歓声が、教会の鐘の音とまざりあって聞こえてきた。

婚礼の響きのすべて。

幸せの響きのすべて。

とても多くの人でにぎわうとても盛大な披露宴だった。こんなに笑顔をふりまいたのは生まれて初めてのことのように、ジャスパーには思われた。正直なところ、疲れてぐったりだった。キャサリンも笑みを絶やすことがなかった。

幸せいっぱいの新郎新婦。

しかし、ようやく、解放されるときがきた。ジャスパーは今日のうちにレディングまで行きたいと思っていた。二人で招待客に別れを告げ、親族と抱きあってキスをし、涙を拭いた。シャーロットなど、わずか二週間後にはシーダーハーストで再会できるというのに、二人にすがって泣きじゃくった。それまでのあいだ、ミス・ハクスタブルのいるウォレン館に泊めてもらうことになっている。シャーロットは目下、キャサリンに会いにシーダーハーストへ一緒に行こうと、ミス・ハクスタブルを誘っているところだった。

別れの挨拶が終わった。みんな、存分に笑みをかわし、存分に涙を流した。二人はついにロンドンをあとにした。ジャスパーは旅行用の馬車に心地よく腰を落ち着け、横にすわった妻を見た。妻は自分の側の窓から無言で外をながめていた。まだボンネットと手袋を着けたままだ。ただし、けさのものとは違っている。出発前に、旅行用の服に着替えてきたのだ。

膝の上で両手が静かに重ねられていた。くつろいだ様子だった。

いささかくつろぎすぎではないだろうか。

彼女が今夜を楽しみにしているのかどうか、ジャスパーは疑問に思った。

婚礼の夜。

過去に不快な経験をしたとしても、償うことはできる。

手を伸ばして、彼女の手の片方をとった。手袋の指を一本ずつつまんで脱がせ、向かいの座席にのせてある彼の帽子のそばへ放り投げた。彼女のてのひらを下向きにして、自分の手にのせた。ほっそりした手で、肌が白く、温かだった。彼の手より小さく、指は彼ほど長くなかった。

彼女は手をひっこめようとはせず、その手を見おろした。

ジャスパーは彼女の指のあいだに自分の指を入れ、指をからめあった手を自分の膝にのせた。

キャサリンは抵抗しなかった。だが、協力もしなかった。

そうか、今夜を楽しみに待とうという気はないようだ。彼女にとって、結婚とは性行為ではない。そうだろう？　求婚した日に、彼女にそう言われた。女というのはまったく変わっている。おまけに、キャサリンは大部分の女よりさらに変わっているようだ。愛を、そして、ハートのなかのハート、魂のなかの魂と呼べる相手を夢に見ている。

まるで異邦人のようだ。

同時に、なんとまあ、ぼくの妻でもある。

そして、ぼくをほしいという気持ちを正直に認めた。

ジャスパーは彼女のことで後悔してばかりだった自分が、いやでたまらなかった。もともと罪悪感や良心には無縁の人間だった。自分は自分、好きなようにやる、それが気に入らないやつはくたばるがいい——そう思ってきた。

ところが、三年前の恥ずべき騒ぎのときに、目には見えなくともたしかに存在する線を踏み越えて、単なる向こう見ずだった男が堕落の領域へ入りこんでしまった。とりかえしのつかない被害が出る前に、その線をまたいでもとの場所へ戻ったのだが、それでも……じつは、とりかえしのつかない被害が出ていたのだ。夫と妻としてこの馬車に一緒に乗りながら、言葉をかわそうともしていないのが、まさにその証拠だ。

後悔の念は自分の墓まで持っていくしかないと決心した。その後悔とは、自分自身に対するものでも、今日、無理やり結婚という足枷をはめられたという事実に対するものでもない。それなら耐えていけるし、覚悟もできている。その点ではやはり紳士だ。それに、いずれは結婚して跡継ぎを作らねばならないことも、つねに承知していた。

だが、問題とすべきは、今日、キャサリンのほうも足枷をはめられてしまったことだ。このことに自分は今後も罪悪感を持ちつづけるだろう。本当の意味での足枷なのだから。彼女に選択の自由があったなら、百万年たったところで、ぼくを選ぶことはなかっただろう。キャサリン・ハクスタブルのような——いや、モントフォード男爵夫人キャサリン・フィンリーのような——理想主義のロマンティックな貴婦人には、性的欲望だけではだめなのだ。

彼女に憎しみを覚えそうになった。

そのせいで、罪悪感がさらに増した。

それでも、彼は婚礼の夜を待ち望んでいた。レディングに着いて、宿の部屋に入り、夫婦の契りを結ぶときが待ちきれない思いだった。最近になって気づいたことだが、見るからに豊満なタイプの女性より、ほっそりと美しい曲線を描く女性のほうが、はるかに自分の好みに合っているようだ。

こんなことを考えたせいで、さらに罪悪感に駆られた。自分の性的な喜びについて考えるのはやめて、どうすれば彼女を幸福にできるかを考えるべきなのに。

〝幸福〟という言葉とその派生語すべてを、歴史上の誰かが英語から削除してくれればよかったのだが——幸福な、より幸福な、もっとも幸福な、幸福。そもそも、これらの言葉は厳密に言うとどういう意味なんだ？　〝喜び〟という言葉だけではだめなのか。そのほうがはるかに……ええと、〝喜ばしい〟のに。

「ねえ」ジャスパーが言った。「きみが思ってるほど悪いことではないかもしれないよ」

前にもそう言わなかったっけ？　たしか、結婚の申込みをしたときに。

「何が？」キャサリンは首をまわし、両方の眉をあげて彼を見た。「わたしの結婚が？」

「本当は、〝ぼくたち〟と言うべきだ。そうだろ？　ぼくたちの結婚。そう悪くないかもしれない」

「でも、悪いかもしれないわ」

ジャスパーは唇をすぼめて考えこんだ。

「そうだね、悪いかも」と、うなずいた。「二人で決めなくては。幸せになるのか、それとも、ならないのか。どっちかに決めなくては」

「あら、あなたにとって人生はすべて黒か白なの？」

「灰色の濃淡ではなしに？」ジャスパーはふたたび考えこんだ。「うん、そう信じている。黒は色が何もない状態。白はすべての色の集合体。人生もこのどちらかだと思う。考えてみると、色はないよりもあったほうがいいね。しかし、黒は色彩に深みと質感を加えてくれる。パレットを完成させるには、灰色の濃淡もいくつか必要なのかもしれない。さらには、漆黒も。おお、深遠なる哲学的疑問が出てきた。人生に黒は必要だろうか。たとえ幸福な人生であっても？　ときに不幸を経験しなくては、人は幸福になれないのだろうか。これについて、きみはどう思う？」

「まあ」キャサリンはためいきをついた。「どのような話題でも、複雑な迷路に変えてしまえる人なのね」

「すると、きみは、黒か白より灰色のほうが好きだという単純な返事を、ぼくに期待していたのかい？　灰色の人生なんてぞっとするね。深刻な苦悩がないかわりに、喜びもなく、静けさと暗い憂鬱が果てしなく続くだけだ。よし、ぼくのパレットから灰色を追放しなくては。自分は退屈《グレイ》な人間だなんて、ぜったい言わないでくれ、キャサリン。信じないからね」

　キャサリンはゆっくりと微笑した。しぶしぶ浮かべた微笑のように、ジャスパーには思われた。

「うん」ジャスパーは言った。「笑顔のほうがすてきだよ」

「わたしたち、まともな会話のできるときがくるのかしら」

ジャスパーは眉をあげた。

「それはきみが決めることだ。ぼくは人生の深遠なる謎のひとつについて、人生には光だけでなく闇も必要なのかということについて、議論しようとした。なのに、きみは会話を複雑な迷路に変えたと言ってぼくを非難する。天候の話題のほうがよければ、喜んでそうしよう。この方面の話題には無限の可能性があるからね。話の途中でぼくがいびきをかいたときは、小突いて起こしてくれたまえ」

キャサリンは笑いだした。

「うん、もっとすてきだ」軽くまぶたを伏せて彼女を見つめながら、ジャスパーは言った。もし、ぼくに与えられた永遠の罰が、砂浜の砂をすべてとりのぞくことなら、たぶん、これからの人生のなかで彼女を笑わせるたびに、砂がひと粒ずつとりのぞかれるのだろう。百万年はかかりそうだが。

もしかしたら、十億年かも。

もしかしたら、不可能かも。

しかし、そう考えたことで、気分が明るくなった。不可能なことは何もない。

15

二人はレディングで最高の宿屋〈クラウン・イン〉で一泊することにして、最高の部屋をとった。専用の食事室と居間を兼ねた部屋も、そのとなりにある天蓋つきの大きなベッドが置かれた広々とした寝室も、非の打ちどころがなかった。

一緒に夕食をとって、食欲のないキャサリンも無理して少し食べ、天候を話題にして二人で長々としゃべった。主として彼がしゃべったのだが。キャサリン自身はあまり話をしなかったが、思わず笑いだしたことが何度もあった。すると、彼のほうはまぶたを軽く伏せたいつもの物憂げな目で、唇をすぼめて彼女を見つめるのだった。

ばかげた話もできるし、大いに笑わせてくれる男でもあった。だが、それはキャサリンも前からわかっていた。それが彼の魅力の一部なのだ。とはいえ、彼女が結婚したいと望んでいたのは、そういうタイプの男ではなかった。もっとまじめで、ロマンティックで、もっと……愛にあふれた男性を夢に見ていた。

先のことが不安だった。考えまいとした。もうじき、そのときがやってくる。

キャサリンはいま、寝室で一人きりだった。彼からさきほど、「いまから独創的な口実を見つけて、しばらく階下へ行ってくる。そうすれば、きみは一人でゆっくりベッドに入る支度ができるから」と言われたのだった。やがて、ジャスパーはその言葉どおりにした。

「旅のあいだに、馬の尻に綿ぼこりがついてるのを見たような気がするんだ。廏まで行って調べてみて、本当についていたら、その綿ぼこりをとってやらないかぎり、今夜は眠れそうもない」

そう言って部屋を出ていった。バカな人ね、とキャサリンにもう一度笑われたあとで。しかし、いまはもう、キャサリンは笑っていなかった。服を脱いで、身体を洗い、絹とレースのナイトウェアに着替えていた。式の前に買いそろえた新婚用の衣装のひとつだった。ぜひとも新しい衣装をそろえるべきだとスティーヴンが主張し、メグやネシーと一緒に買物に出かけるのを拒否するなら、このぼくがひっぱっていく、という脅しまでかけたのだった。このナイトウェアを着ると、半裸になったような気がする。とんでもない錯覚だ。肌があらわになるといっても、今日身に着けた二着のドレスとそれほど変わらない。ナイトウェアっていうだけで、そんな気がするのよね。

寝室にでんと置かれた大きなベッドがひどく気になった。毛布と布団が今夜のためにきちんと折り返されている。そして、宿の静けさも気になった。遠くで誰かを呼ぶ声や、グラスや銀器の立てるチリンという音も、室内の静寂を強調するだけだ。大きな窓の向こうの闇も気になった。二人の部屋は宿の奥まったところにあるため、前庭の光や喧騒から遠く離れている。

窓辺の肘掛け椅子にすわった。ベッドに入らなくてはと思った。それとも、カバンから本でも出そうかしら。でも、読書には集中できそうもないし、あの人が戻ってきたときに、なんだかバカみたいに見えてしまう。読書なんかしてなかったことは、すぐに見抜かれてしまう。

ああ、こんなのいや。ほんとにいや。

婚礼の夜って、魔法のようなものだと思ってたのに。二人ですごすもの……ロマンティックなもの。

厄介なのは、キャサリンが彼に強く惹かれていることだった。彼が戻ってきたときに何が起きるのかという期待で、あの部分が熱く疼いている。しかし、心の一部では、自分の欲望を軽蔑していた。だって、純粋な肉の欲望だから。ハートと無関係の部分で男性に惹かれるなんて、女性にあるまじきこと。あんな人、わたしは愛していない。目的もなく気楽に人生を送ってきた男なんて、愛せるはずがない。向こうももちろん、わたしを愛してはいない。堅実で忍耐強い献身的な愛情を捧げる相手を、あの人が愛せるとは思えない。

でも、わたしたちは結婚した。たとえ肉体的に惹かれるだけでも、何もないよりはましね。結婚を無理強いされるわたしを慰めるために、一カ月前に、あの人もそう言ったんじゃなかった？

キャサリンは椅子の背に頭をもたせかけて、今日のことを思いかえした——朝、身支度をすませて、家族のみんなを抱きしめ、スティーヴンと一緒に教会に着き、中央の通路を二人で歩き、モントフォード卿が待っているのを目にした。彼の目がこちらをじっと見つめて、やがてゆっくりと微笑が広がった。誓いの言葉をかわし、光り輝く真新しい結婚指輪がはめられ……。

「ねえ」

柔らかな低い声がして、キャサリンが目をひらくと、すぐ上に夫の顔があった。夫は左右の肘掛けに手を置いて、彼女のほうに身をかがめている。二人の顔のあいだには数センチの距離しかなかった。

わたし、眠ってたの？

ふと見ると、ジャスパーはすでにブーツを脱ぎ、コートとチョッキを脱ぎ、ネッククロスもはずしていた。シャツとズボンはまだそのままだった。

キャサリンは思わず片手をあげて、彼の額の右側にいつも垂れている黒っぽい髪をもとに戻した。手を離したとたん、またしても髪が落ちてきたので、ジャスパーは笑みを浮かべ、彼女にキスした。

唇にとても軽く、ほんの一瞬。

キャサリンの全身から力が抜けた。

「ぼくの勘違いだった。綿ぼこりではなかった。これで安心して寝られる」

彼が部屋に戻ってきたときの物音を、キャサリンは耳にしていなかった。

「ほんのしばらく目を閉じただけなのよ。長い一日だったから」

「まさか、疲れてると言って逃げる気じゃないだろうね、キャサリン。二人の初めての夜なのに」

「いえ、とんでもない」

「では、その返事は欲望から？　それとも、義務感から？」

キャサリンは返事をしようとして口をひらいたが、ふたたび閉じた。

彼の目が食い入るようにこちらを見ていた。いまものしかかるように立ち、返事を待っている。

「義務感よ。夫に従順でない妻ではありませんから――ジャスパー」

「へえ、本当？」ジャスパーは身体を起こすと、てのひらを上にして手を差しだした。

キャサリンはそこに自分の手をのせて、椅子から立った。

義務感だけではない。本当はそうでなきゃいけないのに。

夫に軽く手をひっぱられて、キャサリンは彼の胸に両手をあて、もたれかかった。そのとたん、彼女の肩から膝にかけて、たくましくて男っぽい夫の感触が伝わってきた。男のしるしである膨らみが胃のあたりに押しつけられるのを感じた。

彼の両手がキャサリンの背中をいっきにすべりおりた。片手がウェストで止まった。反対の手がヒップを包みこみ、さらに強く抱きよせた。

キャサリンは頭をのけぞらせた。

「きっと欲望に変わるよ、キャサリン」彼が言った。声も表情も真剣になり、ふだんの物憂げな雰囲気はすっかり消えていた。「あのベッドにきみを横たえてぼくがのしかかる前に、きみのなかでは、義務感よりも欲望のほうが大きくなっているだろう」

気を悪くさせたようね。もしかしたら、傷つけてしまったかもしれない。彼のプライドを。この人は女を誘惑する手腕と、豊富な女性経験にプライドを持っている。たぶん、それだけが男らしさを証明するものだと思っているのね。愚かな人。

「だったら、行動が言葉と一致するよう努めてちょうだい、ジャスパー。がっかりさせられるのはごめんだわ——もう二度と」

彼の真剣な表情がたちまち消え去った。ふたたび、からかうような表情が目のなかに浮かび、笑い声があがった。

「生意気な子だね」と言った。「無礼で生意気な子だ、キャサリン」

そして、ふたたび唇を重ねてきた。今度は軽いキスではなく、唇をひらいて濃厚に迫ってきた。求めに応じてキャサリンが唇をひらくと、彼の舌が口の奥深くに入りこみ、キャサリンは一瞬、空気を求めてあえいだ。

やがて、片手がキャサリンの頭のうしろに移って、軽く仰向かせ、舌でゆっくりと彼女の口をむさぼった。舌が出たり入ったりし、丸めた舌の先端でごく軽く上顎をなでられるうちに、キャサリンはうめき声をあげ、片手で彼の肩をつかみ、反対の手を彼の髪に差し入れた。

彼が硬く大きくなっているのが、胃のあたりに感じられた。

彼の両手がキャサリンの全身をなでていた。てのひらは力強く、指は優しく繊細で、なでるにつれてあらゆる神経を目ざめさせていく――肩をなで、腕から肘へ、そして手へと移っていき、胸を包みこみ、親指と人差し指のあいだのくぼみで乳房を持ちあげ、親指で乳首をころがし、つぎにナイトウェアの生地の上から乳首を軽く押さえる。やがて乳首は硬くなり、疼きはじめる。手が下へ移ってウェストとヒップをなで、みぞおちをなで、脚のあいだに入りこみ、腿の外側をなでおろし、うしろへまわってヒップを包みこんで愛撫する。彼女の身体を軽く抱きあげて、硬くなったものを腿のあいだにこすりつける。

手のあとに彼の唇が続いた――顎までおりて、喉を這い、胸の谷間へおりていく。

そして、キャサリン自身の手も――と言うか、身体も――じっとしてはいなかった。筋肉に覆われたすばらしくたくましい彼の全身を探り、てのひらを押しつけ、指先でじらし、愛撫し、彼の胸を乳房でこすり、腹部をすり寄せた。

わずか数分で、二人の身体は熱くなり、じっとり汗ばんできた。呼吸が荒くなり、息遣いが聞こえるほどだった。

彼がナイトウェアの膝の上あたりをつかんでいることに、キャサリンは不意に気づいた。彼がそれを上へすべらせていった。キャサリンが両腕をあげると、そのまま脱がせて、横の床へ落とした。

全裸にされた。化粧台ではいまもロウソクが燃えていた。気にならなかった。ふたたび彼にすり寄って、その首に両腕をまわし、唇にキスをした。

だが、しばらくすると、彼は唇を離し、熱く濡れたその唇をふたたび乳房のほうへ這わせた。片方の乳首にキスの雨を降らせると同時に、反対の乳首のまわりに指の先で円を描き、やがて、その乳首を舌で愛撫しながら息を吸いこんだので、キャサリンは冷たい空気が肌をなでるのを感じた。思わずあえぐと、彼は乳首を口に含んで吸い、反対の乳首を親指で弄びはじめた。

キャサリンの身体は欲望に生々しく疼きだし、あとはもう、倒れまいとして彼にすがりつき、苦悶のなかで顔をのけぞらせ、両手で彼の髪をつかむことしかできなかった。足に力が入らなかった。身体の奥の、いまだ男が触れたことのない場所が男を求めて脈打っていた。その感覚が強烈すぎて、痛みと区別できないほどだった。

息も絶え絶えになりながら、ゆっくりと息を吐いた。まるですすり泣きのように聞こえた。彼が頭をあげて、キャサリンの唇に優しくキスをした。片手が下におり、疼いている場所を包みこんだ。記憶が怒濤のごとくよみがえった。かつて、この人はいまと同じことをした。

そして……途中でやめた。

今夜はやめないで。お願い。やめないで。

「お願い」唇を重ねたまま、キャサリンはつぶやいた。「お願い」

あのときも、まぶたを軽く伏せた魅惑的な目で、この人がわたしを見おろしていた。

「ぼくがほしいと言ってごらん」キャサリンの鼻に軽く鼻をすりよせながら、ジャスパーがささやいた。「言ってごらん、キャサリン」

キャサリンはほんの一瞬、以前に彼がやったように、身をひいて、魔法を解き、この場に終止符を打とうかと思った。なぜなら、〝ベッドへ連れていく前にきみの欲望をかきたてよう〃と彼が約束し、その約束はすでに果たされているのだから——楽々と。ヴォクソールのときも、もし彼のほうで終止符を打とうと決心していなかったなら、同じように楽々と彼が賭けに勝っていただろう。

この人にとっては、すべてが遊びなの？　またしても女を征服しようというの？

あら、そんなことが気になるの？

わたしはこの人の妻よ。今夜は結婚初夜。たとえ、本当に単なる義務にすぎなくとも、この身を捧げなくてはならない。でも、この人がほしい。ええ、そう、ほしい。ほかのことはどうでもいい。朝になってから、あらためて考えよう。

何分の一秒かがすぎた。さまざまな思いが浮かんだが、言葉にして整理する暇もなかった。

「あなたがほしい」ささやき声を返した。

お願い、やめないで。前のときみたいなことはしないで。お願い、やめないで。

彼がキャサリンを二歩下がらせると、そこはもうベッドの脇だった。キャサリンはベッドに腰をおろし、つぎに横になり、彼を見あげた。彼は身をかがめて濃厚なキスをしながら、ズボンのベルトからシャツをひっぱりだした。一瞬キスを中断して、頭からシャツを脱ぎ、そのあと、ふたたびキスを続けながら、ウエストのボタンをはずしてズボンと下穿きを脱いだ。

ベッドに入って、彼女に覆いかぶさった。キャサリンの頭の左右に手を突き、膝で彼女の脚をまたいだ。

じっと見おろされて、キャサリンは突然、彼がロウソクを吹き消すのを忘れていることに気づいた。いや、たぶん、忘れたのではない。わざとつけたままにしているのだ。それでもかまわない。

両手をあげて、彼の顔をはさんだ。親指を彼の唇にあてて、真ん中から端のほうへ軽くすべらせた。

「あなたがほしい」ふたたびささやいた。

彼がキスをした。身体の重みをキャサリンに預けたまま、彼女の脚のあいだに自分の脚を入れて、彼女の脚を大きく広げさせた。やがて、キャサリンは純粋な本能に導かれて膝を立て、脚を浮かせて彼の脚にからめ、硬くて熱いものが自分のもっとも敏感な部分に押しあてられるのを感じた。それから……。

ああ、それから……。

彼がゆっくり入ってきて、これ以上は進めないと思われるところまできた。キャサリンは痛みを恐れて彼の背中にすがりついた。痛みに襲われた。鋭い強烈な痛み。だが、ほとんど感じる暇もなく、痛みはすっと消え去った。そして、彼がさらに入ってきて、やがてキャサリンは広げられ、満たされ、頭のてっぺんから足の裏まで欲望の疼きに貫かれた。

「これで結婚が完成した、わが妻よ」キャサリンの唇のそばで彼がささやいた。

その言葉の意味を、キャサリンははっきりとは理解していなかった。

ジャスパーは彼女の横の枕へ頭を移して、ゆっくりと身体を離し、そして――キャサリンが抵抗する前に――ふたたび入ってきた。

キャサリンは自分でも驚いていた――すでに二十三歳、野生のものも家畜も含めて動物がうようよしている田舎で育ち、思いだせるかぎり以前から生殖に関する基本的事実を知っているつもりだった。なのに、本当は何もわかっていなくて……。

ああ、何ひとつわかっていなかった。

とても長いあいだ続いているように思われた。心地よく脈打つリズム、力強い律動、耳をすませば聞こえる熱く濡れた音、疼き、欲求、喜び、痛み……でも、言葉にならない。言葉にならなかった。

やがて、ジャスパーの顔がふたたびキャサリンの上にきて、彼女にかかっていた重みが少し減った。彼が肘で自分の身体を支えてキャサリンを見おろしていた。

そして、リズムが変化した。遅くなり、深くなった。彼の顔が汗で光っていた。キャサリンは下唇を噛み、かすかに顔をしかめた。

喜びが純然たる痛みに変わっていく。

やがて、リズムがどんどん速くなり、ついに……耐えられなくなった。

キャサリンは目をきつく閉じて、枕に頭を押しつけた。彼にからめていた脚をはずして、足の裏をマットレスにつけ、腰を浮かせ、痛みのなかへ突き進んだ。

そして……。

ああ、そして……。

痛みが砕け散って百万もの破片になり、本来の姿をあらわした。安らぎ。美しさ。純粋な美しい安らぎ。

彼の重みがふたたび身体にかかり、激しい勢いで彼が入ってきたことに、キャサリンは気がついた。しばらくすると、彼が奥深くまで入りこんで動きを止め、キャサリンはやがて、身体の芯に熱い液体がほとばしる心地よさを感じた。

それは安らぎに満ちていた。美に満ちていた。

そのまま数分たって、ジャスパーが彼女から身体を離し、そばに横たわり、布団をひっぱりあげた。

キャサリンは突然、汗に濡れ、冷たくなり、不快感と喪失感に襲われた。

戸惑いを感じた。

いつもの自分に戻りつつあった。完全にではないが。いまはまだ。

横向きになり、彼に背を向けた。自分をとりもどす必要があった。そして……。

彼も横向きになっていた。こちらに背を向けて。

どうしてこんなに早く安らぎが消えてしまったの？　あとに残ったのは波立つ心。そして、ふたつのべつべつの孤独。

安らぎのなかにいたときは、何も考えていなかったから？　慎みを忘れていたから？

愛がないのに、どうしてこんなふうに感じるの？

愛はなくてはならないものなの？

愛は存在するの？　生涯をかけて夢見てきた愛は？

存在するとしても、わたしが見つけるにはもう遅すぎる。

かわりに、これで我慢するしかないの？

これだけ？

愛を伴わない喜び？

さまざまな考えに心を乱されていたにもかかわらず、ひどい疲れから、キャサリンはいつしか眠りに落ちていた。


ジャスパーは眠れなかった。横になったまま、居間へ続くドアを見つめていた。ドアは細めにひらいていた。

ロウソクがまだ燃えていた。わざわざ起きて消しにいく気にもなれなかった。

彼女が嘘をついたことはわかっていた——欲望よりも義務感だなどと、まったくもう！

なぜそんな質問をしたのか、自分でもわからない。彼女が正直な気持ちを言ってくれるかどうか、たしかめたかったのだろう。

すると、彼女はヴォクソールのときに見せたのと同じ挑戦的な態度になり、こちらを挑発してきた。〝わたしの欲望に火をつけてみなさいよ〟と言わんばかりの挑発。

少しも楽しい気分ではないのに、思わず軽い笑みが浮かんだ。

それこそ彼の得意とするところ、人より抜きんでている点だった――つまり、女性の欲望に火をつけることが。抜きんでていて当然だ。経験豊富なのだから。

そこで、彼女の官能を刺激して、欲望に身悶えさせた。技巧のすべてを駆使したわけではない。ほぼすべてというところまでもいっていない。結果的には、それで正解だった。やりすぎれば、彼女がショックを受け、欲望が消えてしまっただろうから。だが、彼の使った技巧だけでも充分だった。彼女を興奮させる仕事を冷静に進めたと言ってもいいだろう。ただし、じつは少しも冷静ではなかったが。自分まで興奮してしまった。いや、公平に言うなら、彼女に興奮させられたのだ。

愛撫を続けていくと、彼女はついにジャスパーをほしがっていることを認め、せがんできた。

〝お願い……〟

そこで、ゆっくりと、丹念に、彼女を自分のものにして――完璧な喜びを与えた。そのことに彼自身も驚いた。処女を抱いたことはこれまで一度もなかった。初めてのときに処女を究極の喜びまで導くのは不可能だと、以前から聞いていた。

今夜、それができた。

そして、自分の勘の正しさを証明した。彼女を征服した。ヴォクソールのときも、その気になれば、いまと同じことができたはずだ。彼の人柄にも、彼との結婚にも、さまざまな疑念と危惧を抱いている彼女だが、ことセックスとなると、まるで彼の手のなかで形作られていく粘土のようだ。

　彼にとっては、男の勲章だ。

　仲間に話すことができれば、みんな、彼の肩を叩き、背中を叩き、歓喜と賞賛を浴びせてくるだろう。

　モンティ、究極の女たらし。

　ジャスパーは見るともなく、じっとドアを見つめた。

　しかし、モントフォード男爵夫人キャサリン・フィンリーには、彼女自身の心と、彼女自身の道徳観念と、そして、彼女自身の夢があった。たとえ、愛の行為によって、ジャスパーが三つすべてを一時的に忘れさせることができたとしても。

　身体を離したとたん、キャサリンが自分の殻にひきこもるのを、ジャスパーは感じた。やがて、彼女は横向きになり、彼に背を向けてしまった。ジャスパーのほうは、彼女の頭の下に腕をすべりこませて、バカな話をして少し笑わせ、それから彼女をからかって、婚礼の夜がこれまでの人生でいちばん楽しい夜になったことを認めさせてやろうと思っていたのに。

　彼女が寝入ったことをたしかめると――それまでの時間がずいぶん長かったが――布団をめくり、起こさないようにそっとベッドをおりた。裸で窓辺に立った。

　これがシーダーハーストだったら、屋敷を抜けだし、暗さなどものともせずに、馬を走らせただろう。だが、ここはシーダーハーストではないし、花嫁を放りだして夜の闇のなかを馬で走ったりしたら、ずいぶん妙だと思われるだろう。ここには何度も泊まっているので、キャサリンが新婚の妻であることは宿の主人にもわかっている。そんな行動に出て彼女を人々の嘲笑にさらすつもりは、ジャスパーにはなかった。彼自身もちろん、物笑いの種になりかねない。

クソッ！　いまいましい！　クラレンスだけは、ぜったい許すわけにいかない。たとえ、クラレンスと自分が千年のあいだ地獄の業火に焼かれ、そこから逃げだす道は相手を許すことだけだとしても。

そのとき、ジャスパーはハッと動きを止めた。

彼が起きあがったときに、彼女がまだ熟睡していなかったか、さもなければ、ベッドを出るときにうっかり音を立ててしまったのだろう。彼女が声をあげたわけでも、動いたわけでもなかったが、静けさにどこか不自然なものがあり、ジャスパーは突然、彼女が起きていることを知った。そちらを見ると、案の定、目があいていた。

「ロウソクがついたままよ。外から部屋を見あげる人がいれば、あなたの姿がはっきり見えてしまうわ」

十通り以上の返事のしようがあっただろう。だが、ジャスパーは何も答えず、手を伸ばしてカーテンを閉めただけだった。何か羽織ろうともしなかった。そして、彼女は視線をそらそうともしなかった。

「きみはたぶん、肉欲以外のものが存在すべきだと信じているんだろうな」

非難がましい不機嫌な口調になってしまった。

「でも、あなたは信じていない」キャサリンはすかさず彼に非難の矛先を向けた。「それがおたがいの根本的な違いだわ、あ、あの――ジャスパー。その違いを受け入れて生きていかなくてはならないのね」

ジャスパーという名前が妻の口から自然に出てこないことが、彼をひどく苛立たせていた。午前中に式を挙げ、今夜は夫婦の契りをかわしたというのに、いまでも名前を呼ぼうとするたびに口ごもっている。

「あるいは、そこまでしなくてもいいかもしれない」ジャスパーは言った。

彼女がじっと見た。

「ほかに方法があるの？」と訊いた。

「きみに愛情を抱き、きみの愛情を求める必要を感じないことには、ベッドをともにできないのなら、そしてきみのほうは、純粋な肉欲に溺れたあとの余韻を楽しむことができないのなら、じきに、夫婦がべつべつのベッドで寝ることになるだろう、キャサリン。たぶん、べつべつの家でね。なぜなら、ぼくには健康な欲望が備わっているから。もっとも、きみの語彙のなかでは、おそらく〝不健康〟となるのだろうが。ぼくはセックスを楽しんでいる」

「ええ。それは疑問の余地なしね」

ジャスパーは、先刻部屋に戻ってきたとき彼女がうたた寝をしていた椅子に、腰をおろした。女性のことで不機嫌になるのは、彼にしては珍しいことだった。非難と不満をぶつけるのも。こんな形で結婚生活を始めることになろうとは。

ふたたび説得を試みた。

「ぼくはきみのことが好きだ。一緒にいると楽しいし、きみのウィットに感心している。きみの美貌にうっとりし、きみの身体を求めている。優しさと忠誠を捧げようという覚悟までしている。だが、きみが愛と呼ぶものを捧げることはできない。なぜなら、男と女の関係においてその言葉が何を意味するのか、ぼくにはよくわからないからだ。それに、もちろん、きみに愛してもらえるとも、好きになってもらえるとも思えない。こんな男と強引に結婚させられたんだものね。はっきり言って、この結婚を続けていくのは無理かもしれない」

ろくな試みではない。前より悪いぐらいだ。彼の声から駄々っ子がぐずるような響きが消えていた点だけは、多少ましだったが。

「あなたを見ていて、たったいま気づいたことがあるの。今夜まで考えもしなかったから、ひどく驚いてるんだけど。あなた、本当は自分のことを愛してないんでしょ？　自分のことをとくに好きだとも思っていない」

なんだと！　ジャスパーは椅子の肘掛けを指で軽く叩きながら、呆然と彼女を見つめた。

「今度はまた、何をバカなことを言いだすんだ？」たちまち、苛立ちが戻ってきた。

「それに、あなたの口から〝無理〟という言葉を聞こうとは思いもしなかった。円満な結婚生活を築いていくのは無理なの？　愛を抱くのは、わたしたちのどちらにとっても無理なことなの？　ねえ、ジャスパー、賭けに勝つことが、あなたにとっては究極のプライドの問題だと思ってたけど」

「ぼくが負けた唯一の賭けのことを思いださせてくれるとは、親切なことだね」

「あなたが負けたわけじゃないわ。勇敢で立派な結果を選んだだけ。もちろん、あなたはそれを屈辱と解釈するのでしょうね。でも、わたしがいま言ったのは、その賭けのことじゃないのよ」

ジャスパーは低く笑った。

「ぼくがレディ・パーミターの舞踏会で提案した賭けのことかい？　あんなものは賭けじゃない。そうだろ？　賭けの参加者は一人だけ。賭けに応じる者はいない。勝っても賞金なし。負けても罰金なし。期限なし」

「醜聞に巻きこまれる前は、あなた、そんなことで思いとどまったりしなかったでしょ。わたしを誘惑してあなたに恋をさせようと、固く決心していた。だから、ワルツのあともしつこくわたしを追いかけた。賭けに応じる者はいるわ――わたしよ。そして、賞金はあるわ――わたしという賞金。そして、罰金もある――わたしを失うこと。そして、期限は――ハウス・パーティが終わるとき」

ジャスパーは彼女を見つめた。今度ばかりは言葉を失っていた。しかし、徐々に機嫌がよくなるのを感じた。なるほど、キャサリンは単純に悲劇のヒロインになりたがるタイプではない。

「わたしがあなたの挑戦を受けて立つわ。無理だというほうに賭けます。わたしを誘惑してあなたに恋をさせることはできない、ぜったい無理。やってみるだけ時間の無駄よ。でも、あなたはどんなことでもできる人だったわね。手の届かないものとなれば、とくに。ほら、わたしには手が届かないわよ。ぜったいに。だったら、わたしに恋をさせてごらんなさい」

心をそそられる。しかし、問題がひとつあった。

「ぼくから差しだせるものが何もない。とにかく、きみにとって価値のあるものは何も。ロマンティックな男じゃないし、キャサリン、そのふりをしたところで、大恥をかくだけだ」

「だったら、そうなれるよう努力すればいいでしょ」

二人は長いあいだ、じっと見つめあった。ロウソクの炎がちらちらしはじめた。燃え尽きようとしている。

ジャスパーは微笑が目に浮かび、口もとがほころびるのを感じた。彼女を誘惑して恋をさせるのは無理だって？　やってみるだけ時間の無駄だと？

「でも、条件がひとつあるの。本当に賭けをするのなら、条件をきびしくしなくては」

ジャスパーは眉をあげた。

「愛の行為はなし」キャサリンは言った。

「永遠に？」

「賭けが終了するときまで。あとはまた考えましょう」

一カ月も禁欲しろと？　花嫁を一回しか味わっていないのに？　きびしすぎる。

しかし、彼の顔に微笑が広がった。無謀な話だ。そうだろう？

勝てる見込みのない賭け。

やってやろうじゃないか！

立ちあがり、彼女の前まで行って右手を差しだした。

「受けて立とう」と言った。

そして、彼女がジャスパーの手に自分の手をのせ、二人は握手をした。

「居間のカウチが見た目と同じく快適ならいいのだが」ジャスパーは言った。

「枕を持っていくといいわ」キャサリンが助言をした。

彼は枕をとると、向きを変え、寝室を出ていった。

背後のドアを閉めたちょうどそのとき、ロウソクが最後にもう一度またたき、そして消えた。


腰をおろすのなら、カウチはとても快適だ。しかし、ベッドがわりにするには狭すぎるし、長さも足りない。ジャスパーはカウチの背に身体を押しつけ、脚を片方の肘掛けにのせ、頭を反対側の肘掛けにのせた。

こんな格好では眠れるはずもなかった。たとえ、頭のなかの車輪が猛スピードで回転していなかったとしても——歓迎したくない思いが頭のなかを駆けめぐっていた。

彼女の愛をかちえたときには（もちろん、できるに決まっている）、お返しに何か差しださなくてはならない。困ったことに、差しだせるものはひとつしかない。癪にさわるが、彼女に恋をするしかない。ここで自分にきっぱりと言い聞かせなくては——不可能なことだ。

でなければ、挑戦を受けて立つ気にはならなかっただろう。

不可能。

よし！

やってやろう。恋に落ちてやろう。

それにしても、このカウチが快適だなんて、よくもまあ、そんなふうに思えたものだ。

〝……ハートのなかのハート。魂のなかの魂……〟

ジャスパーは顔をしかめた。

クソッ！　この枕にはレンガでも入ってるのか？

彼女に恋をしよう。

彼が自分で決めたひそかな賭け金。

不可能？

もちろん。

だが、やれないことはない？

もちろん！

そのあとで、いいことを思いついた。カウチからおりると、床に横たわり、枕に頭をのせ、腕にコートをかけて、寝るぞと自分に言い聞かせた。

ようやく楽に眠れそうだ。

脚が冷えていた。

16

「それから、もうひとつ」会話の最中のような調子で、キャサリンが言った。じっさいには、朝からずっと、ほとんど沈黙のなかで馬車の旅を続けていたのだが。

ジャスパーは彼女と並んで座席の隅にすわり、ゆったりとくつろいでいた。ブーツのままの片足を向かいの座席にのせ、胸の前で手を組み、目を閉じていた。怠惰な格好だが、眠ってはいない。それどころか、キャサリンは彼にじっと見られているような気がしてならなかった。目を閉じたままどうしてそんなことができるのか、よくわからないけど――でも、まあ、不可能を軽蔑する人だものね。

彼はまた、賭けに勝つために彼女の愛を求めようとする態度は、朝から一度もとっていなかった。けさ目をさましたとき、キャサリンは露骨な誘惑の手練手管に満ちた一日を覚悟して気をひきしめた。ところが彼ときたら、午前中はわざとらしく天候の話ばかりして、ついには、「きみから微笑をひきだすことができないのなら、しばらく眠ることにしよう。ゆうべはほとんど寝てないんだ」と言って、腕を組み、目を閉じてしまった。

もちろん、うっとりするほど魅力的だった。くつろいだ様子でまどろむ男性。もっとも、じっさいには眠っていないのだが。馬車のなかの半分以上を彼が占領していた。キャサリンは脚と膝をぴったり合わせて、馬車が揺れたときに彼の膝にぶつからないよう、脚に力を入れていなくてはならなかった。しかも、馬車はしょっちゅう揺れる。

彼を無視しつづけていた。もっとも、向こうが眠ったふりをしているあいだは、無視したところでなんの意味もなかったが。目をさまして、無視されていることに気づいてくれればいいのにと思った。もちろん、天候に関して彼がくだらない意見を述べたあたりで、キャサリンは笑うのをやめてしまった。いまこうして声をかけたのは、彼を起こすためだった。もちろん、それでは無視することにならないのだが。

ジャスパーが目をひらいた。

「それから、もうひとつ」キャサリンはふたたび言った。

「もうひとつ? きみがさっき言った〝もうひとつ〟に、さらにもうひとつ加えるのかな? じっさいには、もうふたつってこと?」

キャサリンは非難の目で彼を見た。

「シャーロットがわたしたちの結婚を大喜びしてるでしょ。その理由は、来年の社交界デビューのときに後見役をしてくれる女性ができて、叔母さまのところへ送られる心配をせずにすむようになったことだけじゃないと思うの。シャーロットはあなたのことが大好きで、あなたの幸せを願っている。わたしと一緒ならあなたは幸せになれる、と思っている。わたしたちが愛しあってるって、シャーロットは思ってるのよ」

彼の目がかすかな笑みを含んでキャサリンを見た。顔の筋肉をいっさい動かさずにこんなことができる彼に、キャサリンはどぎまぎしてしまった。不意に思った――この目がわたしの堕落のもとになりかねない。わたしが堕落するとすればね。そんなことはありえないけど。

「それがひとつだね」ジャスパーが言った。「もうひとつあるのかな?」

「ええ、あるわ。わたしは仲のいい家庭で育ったの。姉弟みんなが深く愛しあっている。一人の幸せをみんなで喜び、一人の不幸をみんなで悲しむ。姉たちと弟にとっては、わたしが幸せな結婚生活を送り、あなたと愛しあっていることを見届けるのが、とても大事なことなの。でも、いまのところ、みんながとても危ぶんでいるの。愛しあっていないんじゃないか、これからもずっと愛しあえないんじゃないかって心配なのね」

「それでふたつか」ジャスパーは言った。物憂げな声で、本当にたったいま深い眠りからさめたかのようだった。「興味深いことだ。おかげでますます、賭けに勝たねばという気になるし、きみにとっては、抵抗をやめてぼくの好きにさせなきゃいけない理由になる」

「ちゃんと聞いていなかったのね。わたしたちが愛しあうことが、両方の家族にとって大事なことだと言ったのよ。わたしがあなたを熱愛し、あなたがこれまでどおりの暮らしを続けていくのではなくて」

「すると、結局は、二重の賭けをしようと言うのかい、キャサリン?」彼が訊いた。目の端に微笑が浮かび、口もとがほころんでいた。「ぼくがきみを愛するように仕向けたい? 勝つためにハンデをあげてもいいよ」

「わたしが言いたいのは」彼がちゃんと身体を起こしてくれればいいのにと思いつつ、キャサリンは言った。そうすれば、もっと……もっと……ええと、なんて言えばいいのかしら……。「ハウス・パーティがひらかれる週は、円満なふりをしましょうってことなの。愛に満ちた結婚だったことを、いえ、結婚であることを、シャーロットとメグとスティーヴンに納得してもらいたいの。だって、みんながわたしたちを愛してくれてるのと同じぐらい、こちらもみんなを愛してるんですもの。愛などという感情は持てないとあなたは言うけど、シャーロットを愛してらっしゃることは、見ただけでわかるわ。それに、わたしは言葉にできないぐらいメグに恩があるし、世界じゅうの誰よりもメグを愛してるの。スティーヴンのことも深く愛してるわ。いい弟よ。この数年は家族から離れて、裕福な特権階級の若者に与えられる喜びだけを追い求めていたかもしれないけど」

「家を離れたときのぼくがそうだったように？」

「話をそらさないで。もちろん、思いあたるふしがあるのなら、反省なさいね。それはともかく、みんながシーダーハーストに滞在するあいだ楽しくすごしてもらえるよう、わたしたちも精一杯努めなくては。二人で幸せに暮らす姿を見てもらえば、それができるわ」

「じゃ、ミス・ハクスタブルとマートンが帰ったあとは？　シャーロットのために芝居を続けるのかい？　あの子が結婚するまで？　あるいは、結婚しない場合は、ぼくたちの人生が続くかぎり？」

もちろん、そこがキャサリンの計画の弱点だった。ハウス・パーティがひらかれる二週間だけ愛しあっているふりをするのは、それほどむずかしいことではない。でも、そのあとは？

「そのときがきたら考えましょう」キャサリンは言った。

「そのときすでに問題が解決していれば、頭を悩ませる必要はなくなるわけだ。きみはそちらから提示した賭けに勝てるよう、せっせとがんばってくれたまえ、キャサリン。ぼくもがんばるから」

ジャスパーはふたたび眠そうな顔になっていた。

「わたし、賭けをする気なんてないわ」キャサリンは反論した。

「だったら、ぼくが賭けに勝っても無意味じゃないか。こっちがきみを愛する気もないのなら、どうしてきみに一方的に恋をさせようと思うだろう？　愛してもくれない男を、きみはどうして愛したいと思うだろう？」

「あなたを愛したいなんて思ってないけど」

彼から物憂げな視線を向けられて、キャサリンは突然、ロウソクの光に包まれたゆうべと同じく裸にされたような気がした。ゆうべのことなんて、今日はぜったい考えたくないのに。なぜなら、けさ、あることを悟ったからだ。いや、より正確に言うなら、ゆうべ、彼が居間のほうへ移ったあとのことだった。まる一カ月のあいだ結婚生活の肉体的な部分から彼を閉めだせば、自分自身も閉めだされてしまうことを悟った。それを歓迎する気になれない自分に気がついて、いささか戸惑っていた。歓迎すべきことなのに。結婚に肉欲が入りこんではならない――純粋な愛情だけにすべきだ。わたしが賭けの半分に応じて、それに勝てば、愛が手に入るかもしれない。そして、彼のほうも、賭けのあと半分に勝てば。

なんてバカなことを！　キャサリンはひどく不機嫌になった。

「ぼくが思うに、キャサリン、きみはいま、とんでもない嘘をついた。だが、自分ではまだ気づいていないのだろうね。もちろん、きみはぼくを愛したいと思っている。きみの夫だもの。そして、もちろん、ぼくに愛されたいと思っている。ぼくの妻だもの」

まあ――キャサリンは不意に思った――この人ったら、もう行動に移っている。そうでしょ？　賭けにはかならず勝つ人。そして、早くもわたしに影響を及ぼしている。心臓のあたりが不意にキュンと痛くなった。それに気づいたとたん、キャサリンはよけい不機嫌になった。

「さあ、眠りに戻ってちょうだい。もしくは、眠るふりに」

しかし、夫はかわりにキャサリンの左手をとった。

「もうじき着くよ」と言った。

「家に？」キャサリンは彼の肩越しに窓の外をのぞいたが、道路を縁どる生垣の向こうに見えるのは野原だけだった。

「シーダーハーストだ」かすかに語調を強めて、ジャスパーは言った。

指先でキャサリンの小指の付け根をなで、それから先端のほうへ軽くすべらせた。喉をなでられたように感じるのはなぜ？

「いまも嫌っているの？　あなたの家じゃないの？　だったら、あなたの家はどこなの？」

　彼は指先をキャサリンの薬指へ移し、結婚指輪を包みこんで、ゆっくりまわした。二人の手を見つめながら、すでに唇をすぼめ、まぶたを伏せていた。

「きみがつねに複数の質問をするつもりなら、キャサリン、結婚生活が長くなるに従ってぼくの心が混乱していくことを覚悟しておいてもらいたい。きみの夫はやがて、村いちばんの間抜けになってしまうぞ」

　ここで笑えばよかったのだろうが、キャサリンは笑わなかった。夫の返事がほしかった。昔から自分が所有してきた家を嫌う男というのは、キャサリンの理解を超えていた。それが自分の夫なのだ。彼のことはほとんど知らない。なのに、きのう、その妻となり、ゆうべは新婚の床で親密なひとときを持った。キャサリンにとって、家はつねに自分という存在の中心だった。父親が生きていたころの牧師館も、そのあとで越したコテージも、三年前から住むことになったウォレン館も。

「いや、シーダーハーストを嫌ってはいない。あそこに何かラベルを貼らなくてはならないのなら、そう、あれはたしかに家だ。〝家〟という言葉は〝愛〟とちょっと似てるんじゃないかな？　定義が不可能で、それゆえ、根本的に無意味なのでは？」

「そういう言葉を定義するのが不可能なのは、あくまでもそれが言葉であって、意味がぎっしり詰まった概念を象徴しているにすぎないからよ。あまりに深くて言葉にできない感情を象徴しているから。でも、わたしたちは言葉を使わなきゃいけない。だって、意思の疎通を図るには、それが主な方法のひとつでしょ。そのため、広大で、奥深く、測り知れない価値を持つものに、〝家〟とか〝愛〟といったとても薄っぺらな言葉をあてはめなくてはならない。ちょうど、白という色のなかに、すべての色と、すべての色のすべての濃淡が含まれているように——あなたがきのう、そうおっしゃったでしょ」

ジャスパーが彼女の結婚指輪を上のほうへずらし、それからもとの位置へ押しもどし、そのあとで薬指そのものを指先でなでて、今度は中指へ移った。唇に笑みが浮かんでいた。もっとも、いまもまぶたを軽く伏せたままだったが。

そして、そのあいだ、キャサリンは胸を愛撫されたように感じていた。

「ぼくはきみにかつてこう言ったのを覚えている——〝あなたは激しい情熱を備えた人だ〟と。きみもいつか、その情熱を観念ではなくほかの人物に向けるようになるだろう。〝このぼくに〟と言いたいね。なぜなら、自分の妻がよその男に情熱を向けるのを黙認するわけにはいかないから。そうだろう？」

ジャスパーは顔をあげてキャサリンの目を見つめた。物憂げでちょっとゆがんだ笑みを浮かべていた。キャサリンは呼吸が苦しくなってきた。

キャサリンの中指を指先でなでながら、ジャスパーがふたたび二人の手に視線を落とすと、キャサリンの下腹部にざわめきが走った。それをきっぱりと無視した。この人、わざとやってるんだわ。わたしの官能を刺激するために。しかも、じつにさりげなくやっている。わたしに恋をさせるために。何もわかっていない人ね。

「だが、きみの三番目の質問に答えると、ぼくの家はよそにはない。家と呼べる場所は、よそにはない。シーダーハーストがぼくの家なんだ。良きにつけ、悪しきにつけ」

「結婚みたいなものね」

彼はうなずき、ふたたび顔をあげてキャサリンの目を見つめた。

「しばらく前に、シーダーハーストで一年近く暮らしたとき、自分の家にするために、おずおずと最初の一歩を踏みだした」

「それはなんだったの？」

「着いてから教えてあげよう」キャサリンの人差し指を付け根に向かってなでながら、彼は言った。キャサリンの内腿が疼いていた。

親指まで行ったら、いったいどうなるの？

どうにもなりはしなかった。

「おお」馬車の窓の外に家々が見えてきたことにキャサリンが気づくと同時に、彼が言った。

馬車は村のなかを走っていた。少し前方に教会の高い尖塔が見えてきた。

ジャスパーは馬車の床に足をおろして、ようやく座席で身体を起こし、窓の外をのぞいた。通りに立って馬車が通りすぎるのをながめている数人の人々に、手をあげて挨拶した。すると、みんなもお返しに手をふっていることに、キャサリンは気がついた。笑顔の者もいる。みんなうれしそうだ。

ここで多くの時間をすごすわけでもない領主に対して、なかなか興味深い反応だ。ここが自分の家であることも、ひどく嫌っているわけではないことも、なかなか認めようとしない男なのに。

キャサリンが興味津々の目で彼を見ているうちに、馬車は村を抜け、シーダーハーストへの馬車道と思われる道路に入った。広い道で、両側を並木に縁どられている。だが、左右の木々の向こうに芝地が広がり、左側のはるか遠くで水がきらめいているのが見えた。

やがて、前方に屋敷が見えてきた。灰色の石造りの堂々たる四角い堅固な建物。正面は窓だけでできているかに見える。一階の窓がいちばん大きくて、二階はそれよりやや小さく、屋根の下の最上階にはさらに小さな窓が並んでいる。屋根には石造りの欄干がめぐらされ、石像が欄干を飾っている。屋敷正面の中央に巨大な柱廊玄関があり、玄関扉まで大理石の階段が続いている。

大理石の階段の下には広いテラスがふたつ。段差をつけて造ってあり、それらの下のほうに、広々とした正方形の沈床庭園がある。周囲を低い塀で囲み、花盛りを迎えた黄色や赤のニオイアラセイトウが塀からこぼれ落ちそうになっている。馬車が庭園の左側を通りすぎたとき、キャサリンは完璧な造園設計がなされていることに気づいた。石畳の散歩道、四角く刈りこんだ低い生垣、花壇、ハーブ園、彫像。そして、中央に石造りの日時計。

キャサリンはひとこともしゃべらなかった。彼が黙りこんでいたからだ。キャサリンの横で窓の外をながめていて、態度が一変していた。キャサリンは彼の緊張を感じとった。

でも、ここが家なのよ。彼だけじゃなく、わたしの家でもあるのよ。わたしはシーダーハースト・パークのモントフォード男爵夫人。きのう式を挙げ、ゆうべ愛をかわし、いまこうして屋敷に到着したのに、その現実がまだピンときていない。

しかし、新たな自分の家を初めて目にして、胸が締めつけられた。三年以上前にウォレン館に到着したときにはなかった感覚だ。自分の人生が、未来の希望のすべてがここにあるという感覚。それに、美しい屋敷だ。沈床庭園があまりに愛らしいので、キャサリンの胸に熱いものがこみあげてきた。

もちろん、キャサリンが目にしているのは、屋敷の最高の姿だ。太陽が輝いている。空には雲ひとつない。そして、いまは夏。

「おお」長い沈黙を破って、ジャスパーが言った。彼らしい声に戻っていた。「人の行動のすべてに反撃があることが、これでわかるだろう？　家政婦に連絡しておくほうが賢明だと思い、今日、新たなる男爵夫人を屋敷に連れ帰り、二週間のちには誕生祝いのために多数の客がやってくることを、あらかじめ知らせておいた。そこで、召使いたちはきみの姿を早々と見る方法を考えだし、近づくことを禁じられている窓や、衝立や、ドアの陰から、こっそりのぞかなくてすむようにした」

上段のテラスがはっきり見えてきた。馬車はそこに入ろうとしているところだった。シーダーハーストで働く大人数の召使いが、本物の人間というより服を着た彫像のような姿で、大理石の階段にきちんと整列していた。こざっぱりした黒のお仕着せに身を包んだ男性の召使いが片側に。女性の召使いは反対側に。こちらも黒のお仕着せ姿で、白い帽子をかぶり、白いエプロンが風にそよいでいる。

「すごい歓迎だな」ジャスパーが言った。憤慨しているような、愉快がっているような声だった。「きみが怖気づかなければいいのだが」

キャサリンはかつて自分と姉たちがスティーヴンと一緒にウォレン館に到着したときも、同じことがあったのを思いだした。あのときは、みんな大感激だった。スティーヴンが足を止めて、一人一人に言葉をかけたのだった。

「ええ、大丈夫よ」キャサリンは言った。それでも、胃が不快に締めつけられるのを感じた。

「あなたの妻ですもの。そうでしょ？　シーダーハーストの新たな女主人でしょ？」

間違いなく男爵夫人であることに、召使いたちが気づいたらしく、興奮のざわめきが広がった。

「愛しい人よ」馬車が大理石の階段の下で止まって、男性の一人が（たぶん執事だろう）が進みでて馬車の扉をひらき、ステップをおろしたとき、キャサリンは彼に片手を握られたままだったことに気づいた。「きみの〝それからもうひとつ〟という頼みに、まだ返事をしていなかったね。きみの望みはすべて叶えてあげよう。きのう、きみの生涯の奴隷となった身だもの、そうせずにはいられない。つけくわえておくと、ぼくは自分から望んで奴隷になったのだよ。そして、今日もこれからもずっときみを熱愛していくことを、召使いや、ぼくときみの家族や、ぼくときみの友人たちに示すのが、まさにぼくの望みなんだ」

キャサリンは彼に非難のまなざしを向けたが、ジャスパーのほうは、執事から靴磨き係の少年に至るまで、すべての召使いがひらいた馬車の扉越しに二人に見とれている前で、彼女の手の上に身をかがめ、その手を自分の唇に持っていった。新婚の妻に夢中の愛情あふれる夫を絵に描いたような姿。

キャサリンは笑いだした。

まったくもう、どんなことでも冗談にしてしまう人なんだから。

しかも、信じられないぐらいハンサム。そして――ええ、そうね――こういうときはロマンティックに見えるわ。メイドの列のあいだにためいきが広がったようだけど、たぶん、わたしの錯覚ね。でも、錯覚でなかったとしても、驚くにはあたらない。

邸内を案内するのはあとにしようと、ジャスパーは決めた。たぶん、明日。何もかもすぐに見たいという熱意が、キャサリンには見られなかった。それどころか、まったく熱意がなかった。とにかく、屋敷と庭園に関しては。馬車が屋敷に近づき、ジャスパーが緊張の面持ちで横にすわったときも、キャサリンは何も言わなかった。

ぼくは何を期待してたんだ？　無理やり押しつけられた屋敷に感激する様子？

それに、彼女がどう思おうと、べつにいいではないか。

シーダーハーストはぼくにとって大切なものだろうか。

彼女を客間へ連れていく前に、まず召使いの歓迎を受けた。大理石の階段の片側をのぼり、つぎに反対側をおりた——最初に女性の召使い、つぎに男性の召使いに挨拶をした。キャサリンは一人一人に温かな笑みを向けて、家政婦か執事がみんなを紹介するたびに相手の名前をくりかえし、一人一人と言葉をかわした。

もちろん、彼も同じことをした。古い顔をたくさん目にして、いささか驚いていた。古いと言っても、べつに年老いているわけではなく、シーダーハーストに長年奉公している人々という意味だ。みんな、ここで働くのが好きなのだろうか。給金に満足しているだろうか。だが、たしか、母の二番目の夫が死んだあと、給金をあげることを、ぼくが決めたのではなかったっけ？

全員に声をかけながら、ここで暮らしていたころ、ほとんどの召使いのことが好きだったし、何人かには愛情まで抱いていたことを思いだして、自分でも少々びっくりした。みんな、厨房で何か食べさせてくれ、すり傷を洗って包帯を巻いてくれ、ときには、母親の二番目の夫に泥や湖の水を見つけられる前に、彼の身体と衣類を洗い、靴を磨いてくれた。服のほころびを縫ってくれたこともあった。彼の話に耳を傾けてくれた。ときには大ボラもまじっていたが。庭師や馬番たちはジャスパーの悪ふざけを屋敷のほうへ訴えるかわりに、ときには自分たちで説教をし、ときにはブラシやくわを渡して働かせ、悪ふざけの度がすぎると、ガツンと一発食らわせることさえあった。ときには、彼のために嘘をつき、〝どこにいるのか知りません〟で押し通してくれた。ジャスパーの好きな遊び場所や隠れ場所を家の者に告げるようなことはけっしてなかった。

人生の大きな部分を忘れてしまえるなんて、妙なことだ。よく行っていたあの場所は……。お茶のトレイとケーキの皿が客間に運ばれてきた。キャサリンは二人分のお茶を注いだが、ケーキには手をつけなかった。

「せめて何人かの名前を覚えたいものだわ。いずれは全員の名前を覚えるつもりだけど。すごい人数なのね」

「必要ないよ。そんなこと、召使いたちは期待してないから」

だが――ジャスパーは思った――ぼくはほぼ全員の召使いの名前を知っていた。わざわざ努力したわけでもないのに。新しく雇い入れられた者たちの名前もたぶん覚えられるだろうという自信があった。だが、それは、新顔の数がさほど多くないのと、ほとんどの者が以前もしくは現在の召使いと血縁関係にあって、よく似ているという理由によるものだった。

「でも、わたしはそうしたいの。召使いだって同じ人間なのよ」

キャサリンがときどき堅苦しい意見を述べると、ジャスパーはいつも、苛立つよりも愉快になる。たぶん、彼女が田舎の牧師館で育ったせいだろう。

男性の召使いたちに声をかけながら、屋敷の外にある大理石の階段をおりたあと、キャサリンはテラスに立ち、全員を見あげて笑いかけた。そよ風に帽子のつばが揺れ、陽ざしを受けて金色の髪がきらめいた。そして、ジャスパーに言ったのと同じようなことを全員に向かって語りかけた。

「このつぎ、みなさんに会ったとき、全員のお名前をまだ覚えていなかったとしても、どうか許してくださいね。でも、一カ月たってもまだ覚えていないときには、みなさんの許しを請う資格はないし、期待してもいけないと思っています」

さざ波のような笑いが広がった。ジャスパーの見たところ、大人数の召使い全員がたちまち新しい男爵夫人に惚れこんでしまったようだ。

彼自身も、どちらかと言えば、魅了されていた。

客間に通されても、キャサリンは腰をおろさなかった。長い窓のひとつまで行き、窓辺に立ってお茶をゆっくり飲みながら外をながめた。

ジャスパーも窓辺へ行って、彼女の少しうしろに立った。

「あんな愛らしいお庭は見たことがないわ」

彼女が見おろしていたのは、パルテール（花壇と道を装飾的に配置した庭）だった。

ジャスパーがしばらく目を閉じると、シーダーハーストの敷地に入ったとき以来、肩と首のこわばりの原因だった緊張が少しほぐれた。

「へーえ、そう？」ジャスパーは言った。

一瞬、彼女からはなんの返事もないだろう、おおげさな褒め言葉を並べて礼儀正しく感想を述べただけだろう、と思った。

「完璧に造られてるのね。幾何学的に見てとても精密だわ。正確な正方形なのかしら。ご存じ？　きっとそうね」

「ミリの単位に至るまで」

冗談だと思って、キャサリンはクスッと笑った。

「あそこまで人工的なものって、ほんとは美しいはずがないのに。そうでしょう？　自然を容赦なくねじ伏せているのにね。でも、美しいわ。世界における人類の立場について、多くを語っているのかもしれないわね。自然に秩序と正確さを押しつけることはできても、自然の美や熱意を破壊することはできない」

「熱意？」

「ニオイアラセイトウが塀から咲きこぼれてるのを見てちょうだい。庭園の縁へ追いやられているのに、元気にあふれてるでしょ。メッセージを出してるんだわ。自分たちをおとなしくさせることはできても、絶滅させるのは無理だよ、それから、人間は自分たちをこんな隅に押しこめて、パルテールを侵略せずにじっとしてるよう見張ってるけど、だからって、自分たちが人間より弱い存在だとはぜったい言えないよ、って」

ジャスパーが低く笑ったので、キャサリンは彼のほうを見た。

「バカにしてるのね。笑えばいいでしょ。わたしは平気よ」

「庭園の残りの部分は、高名な造園家のランスロット・ブラウンとその一派の手法にもとづいて設計されている。木々が点在してなだらかな起伏を描く芝地や湖があり、湖の向こう岸には、木立のなかをくねくねと延びる散策路があって、家の裏手の緑豊かな丘陵地帯へ続いている。すべてが細心の注意を払って設計され、人工的な自然美を、あるいは、自然な人工美を見せてくれている。どちらの表現がふさわしいのか、ぼくにはよくわからないが。その目的はもちろん、荒らされていない野生の自然の一部のように見せることにある。現実には、まるっきり違うけれど。数年前まで、芝地が玄関のそばまできていたんだよ」

「わずか数年前に？」キャサリンはふりむいて、ふたたび外を見た。

「テラスは新しく造ったものだ。パルテールも。去年は一昨年よりよくなった。そして、今年は去年よりよくなっている」

キャサリンがふたたび彼を見ていた。彼女の注意がすべて自分に向いているのを、ジャスパーは感じた。

「あなたがさっき馬車のなかでおっしゃってた、おずおずと踏みだした最初の一歩っていうのがそれなの？シーダーハーストを自分の家にするための一歩？」

「とても小さな一歩だけどね」片方の眉をあげて、ジャスパーは言った。「大きなエネルギーが必要だったから、二歩目が踏みだせるかどうか疑問だな」

「あなたがここまでにしたのね」

「スコップを持ちあげたわけではない。いや、持つには持ったんだが、肉体労働に対するぼくの貢献はごくわずかなものだった、キャサリン。爪が割れたら大変だからね」

「設計もあなた自身が？」

「とんでもない。芸術的センスはまったく持ちあわせていないんだ。ついでに、数学の天分も」

でも、この人が、正確な正方形にするよう指示を出したのね。しかも、ミリの単位まで。

「きてくれ。見せたいものがある――お茶を飲みおえたら」

キャサリンは最後のひと口を飲みほすと、部屋を横切り、カップと受け皿をトレイにのせた。召使いが窓敷居のところまでとりにいかなくてすむようにとの心遣いだろう、とジャスパーは思った。これも牧師館で育った影響？　召使いは一人もいなかったか、いたとしても、ごく少人数だっただろう。

ジャスパーは彼女を連れて客間を出ると、屋敷の東翼へ向かった。そこに二人の部屋がある。東向きの広い正方形の寝室がふたつ、それぞれの端に化粧室。そして、寝室のあいだに専用の居間。

本当なら、最初にキャサリンの寝室へ案内すべきだった。キャサリンはまだ一度も自分の部屋を見ていないのだから。もしくは、少なくとも居間へ案内すべきだった。彼女が望むなら、これからは朝の何時間かをそこで静かに心地よくすごすことができる。ところが、いきなり彼の寝室へ連れていった。

ジャスパーは母の死後、この部屋を完全に改装し、家具も新たにした。その前の何年間かはまったく使われていなかった。できることなら、この部屋に火をかけて焼きつくしてしまいたかったが、改装したおかげで、母親の二番目の夫の存在を消し去ることができた。いまは、すべてが濃紺とグレイと銀色で統一されている。

「ここはぼくの部屋だ。きみがここを使うわけではない。それを知って、たぶん安堵したことだろう。それに、ふたつの寝室のあいだには広々とした居間があるし、きみの寝室のドアにはたぶん、オオカミを入らせないための錠がついていると思う」

「わたしと賭けをなさったでしょ。あなたの道義心を信用することにするわ。たとえ鍵があっても、錠をかけるのはやめておきます」

「おやおや」彼が言った。「いずれ後悔するかもしれないよ」

禁欲という条件を守っていくのは、とてつもなく困難なことになりそうだ。ゆうべ、彼女がそれを賭けの条件に加え、魔が差したというか、彼も思わず同意してしまったのだが。同意した理由はただひとつ、不可能に思われる要素がまたひとつ、賭けに加わったからだ。

「きみをここに連れてきたのは、これを見せたかったからなんだ」ジャスパーは、炉棚の上のほうにかかっている、金箔仕上げの古風な額に入った大きな油絵を指さした。

「あら、何かしら」キャサリンは絵のほうに近づいた。

「二、三年前、何日も雨が降りつづいて退屈で仕方がなかったときに屋根裏の物置をのぞいてみたら、これが見つかったんだ。壁のほうに向けて置いてあった。一世紀以上も前のこの屋敷の姿だよ。当世風と人工的自然美という名のもとに、パルテールがこわされてしまう前の姿だった。ぼくはたちまち恋に落ちた」

キャサリンがさっとふりむいた。目に楽しげな輝きが浮かんでいた。

「ほんとに？」

ジャスパーは肩をすくめた。

「きみがさきほど、とても雄弁に説明してくれたように、多くの言葉は、言葉ではあらわせないものを象徴しているにすぎない。常套句(クリシェ)にも同じ働きがある。独創的な言葉を見つけるのも面倒な怠け者にとってはね。ぼくはこの絵を見たとたん、シーダーハーストで暮らすことになったら、客間から、もしくは、屋敷の前の階段から、ぜひともこの景色をながめたいと思った。そこで、必要な命令を出した。権力と富の両方があるというのは、ときとして、とても便利なものだ」

キャサリンはふたたび絵を見ていた。

「でも、この絵には、パルテールを見おろす場所に、テラスがひとつしかないわ。しかも、お庭は沈床式ではない。まわりには塀がないし、花も植えられていない」

「ぼくにもプライドがあるからね、何から何まで模倣するのはいやだった。ぼく自身の案を加えなくては気がすまなかった」

「もしくは、あなた自身の一部を」彼に言うというより、独り言のようにキャサリンはつぶやいた。「テラスを二層にして、下の庭園を沈床式にしたのは、すばらしいやり方だわ」

「ほんと?」ジャスパーはやたらとうれしくなった。「優しいんだね、キャサリン」

キャサリンはふたたび彼と向きあった。

「あなたの声の調子から、そんな気がしたの。あなたはいつもの仮面の陰にひっこんでしまい、たいしたことじゃないって、わたしに思わせようとした。でも、この庭園はおずおずと踏みだした小さな一歩なんかじゃないわ。そうでしょ?　あなたの個性を主張するための大胆な一歩だったのよ」

ジャスパーは彼女にニッと笑顔を見せた。はっきり言って、おもしろがるような心境ではなかったが。むしろ、裸にされたような気分だった。それに、少々きまりが悪かった。ここに連れてくるべきではなかったのかもしれない。

「あのお庭に入れば、人に邪魔されずにすむし、静かだし、きっとすてきな雰囲気でしょうね」

「できれば、これから何年かのあいだに、あそこでその両方を見つけてほしい、キャサリン。もっとも、人に邪魔されたくないという気持ちから、ぼくのことまで排除するのは、思いとどまってもらいたい」ジャスパーは眉をあげた。

キャサリンはしばらくのあいだ、何も言わずに彼を見つめた。

「ゆうべ、あなたとあんな賭けをしたばかりに、わたしは深い墓穴を掘ってしまったみたい。これから一カ月間、あなたが真剣に話をしているのか、それとも、賭けに勝つことだけが目的でそう言っているのか、判断に迷うことでしょうね」

このとき、ジャスパーは危うくキャサリンに恋をしそうになった。彼女の目が悲しげだった。

ゆっくり微笑を浮かべて、ふたたび、わざとまぶたを伏せた。これをやればキャサリンが苛立って、悲しがるどころではなくなるのを知っていたからだ。

「それこそが」彼女の右手をとって、ジャスパーは言った。「ゲームの醍醐味じゃないか、キャサリン。なんなら、ゲームの楽しみと言ってもいい。それから、第三の可能性があるけどね。賭けに勝つことを意図しつつ、真剣に話をするかもしれないよ」

「まあ……」キャサリンは唇をゆがめた。

ジャスパーは彼女の手を自分の唇へ持っていき、てのひらにキスをした。それから、彼女の指を一本ずつ曲げて、いまキスした場所にかぶせた。

「大切にとっておいてくれ。きみを熱愛する誰かさんからのささやかな贈物だ」

キャサリンが優しく笑った。

「悪い人ね。まったくもう」

「おいで」ジャスパーは言った。「きみの部屋を見せてあげよう」

キャサリンはパルテールが気に入ったようだ。いや、大好きになっている。それに、あの庭の本質をつかんでいる。美と安らぎ。自分の造った庭にジャスパーがこういう具体的な言葉をあてはめたことは一度もなかったが、まさにぴったりの表現だ。

生まれたときから自分が所有していたが、本当に自分のものになったことはなかった屋敷に彼が与えようとしていたのが、まさにそれだった。

17

「家政婦の、ええと、シドン夫人から」翌朝、朝食の席で、キャサリンは言った。召使いたちの名前を忘れないようにするため、最初からできるだけ名前を呼ぼうと決めていた。「わたしの部屋に伝言があったわ。午前中に屋敷のなかを喜んで案内してくれるそうよ。あなたが荘園管理人のノールズ氏、だったかしら？　そちらとの打ちあわせで忙しくなりそうなら」

「ノールズなんか縛り首になればいい。いやいや、やつが重罪を犯したわけではないから、縛り首にされるべきは、わが家に戻って迎える最初の朝を、ノールズと元帳を相手にすごそうと考えたぼくのほうだな。それよりも、きみと一緒にすごすことにしよう。ぼくが屋敷を案内するよ」

というわけで、二人は午前中の大半を使って部屋から部屋へ歩きまわり、キャサリンはシーダーハースト・パークがいかに広大な館であるか、屋敷についての彼の知識がいかに深いものかを知るに至った。

ジャスパーがまず連れていってくれた一階の立派な部屋々々と、金箔仕上げの華麗さに、キャサリンは圧倒された。彫刻がなされた装飾帯、精緻な絵が描かれた折りあげ天井、どっしりしたベルベットのカーテン、ベッドにかかった錦織の天蓋、身をかがめればこちらの顔が映るぐらいぴかぴかに磨かれた木の床、優美で華麗な家具の数々に見入った。ひとつひとつの部屋の広さに仰天した。とくに舞踏室が広かった。

「使われたことはあるの？」両びらきドアから入りながら、キャサリンは訊いた。「ここを埋めつくすほど多くの人が集まったことはあるの？」

向かい側にはフレンチドアがずらっと並んでいた。その外に小さなバルコニー。ドアの左右の壁面はすべて鏡張りになっている。部屋の中央に立てば、ドアと光と広いスペースが両側へ広がっているような印象を受けることだろう。

「ロンドンのレベルから見れば、そういうことはなかった」ジャスパーは言った。「あの〝ぎゅう詰め〟というすてきな言葉で呼べるほどの集まりは一度もなかった。しかし、周囲何キロかに住む紳士階級の人々全員を感心させるために、よくクリスマスの舞踏会をひらいたものだった。また、話に聞いているだけだが、かつては、庭園と舞踏室で夏の園遊会と舞踏会をひらき、すべての人を――紳士階級だけでなく、すべての人を――シーダーハーストに招待するという伝統があったそうだ」

「話に聞いただけなのね。じゃ、園遊会の記憶はないのね？」

「うん、残念ながら、まったくない。うちは大きな権力を持つ一家だから、そんな俗悪な伝統を続けるわけにいかなかったんだ。俗悪よりさらに悪い、罪深いことだ、邪悪だ、悪魔の所業だ、という意見が出てね」

誰がそんな意見を？　尋ねるのはやめておいた。しかし、ジャスパーが言っているのは義理の父親のことだろうと、キャサリンは推測した。

「そして、あなたもやはり、大きな権力を持つ人なの？」

「伝統を復活させる気はないかと言いたいのかい？　とてつもない骨折り仕事だぞ。やれるかどうか自信がない」

「あなたがやる必要はないのよ。いまは妻がいるんですもの」

「思いださせてくれてありがとう。その事実のおかげで、ゆうべはよく眠れなかった。きみはたぶん、生まれたての赤ん坊みたいにぐっすり眠ったんだろうね」

「長旅のあとだったから、ぐっすり眠れたわ。おかげさまで」キャサリンは嘘をついた。じっさいには、結婚して二日目の夜なのに、花婿はふたつ離れた部屋で一人で眠っている――もしくは眠っていない――という事実が、痛いほど意識されてならなかった。その前の夜は……。

「思ったとおりだ」ジャスパーは言った。「冷酷な人だ」

そして、キャサリンのほうを悲しげに見て、そのあとでニッと笑った。

「ねえ」キャサリンは言った。「シャーロットのお誕生日にそれを復活させてはどうかしら。シャーロットが想像したこともないような、大規模で、記憶に残るパーティをひらいてあげるの」

「園遊会？」両方の眉をあげて、ジャスパーは言った。「舞踏会？　今年の誕生日に？　あと一カ月もないのに？」

「いいでしょ？」キャサリンは言った。突然、どう考えても不可能としか思えない計画に興奮を覚えた。「シャーロットの成長とわたしたちの結婚を一緒にお祝いする場に、近隣との地方の人たちすべてにきてもらえたら、きっとすばらしいわ」

ジャスパーは彼女を見て、片方の眉を吊りあげた。

「恐ろしい疑惑が浮かんだ。ぼくは熱しやすい女を妻にしてしまったのだろうか。頼むから、違うと言ってくれ」

キャサリンは笑った。

「すばらしい案だと思うわ。あなたが賛成してくだされば の話だけど」

ジャスパーは両方の眉をあげた。

「もしぼくが賛成したら？　ぼくはここの主人にすぎない。そうだろう？　昔からそうだった。女主人はきみだ、キャサリン。好きにするがいい」

ええ、させてもらいますとも。しかし、ジャスパーが彼の特徴である物憂げな皮肉っぽい口調で言ったにもかかわらず、キャサリンは言葉そのものに何かひっかかるものを感じ、彼をさらにしげしげと見た――〝好きにしていいよ〟ではなく、〝好きにするがいい〟だった。

「ここの主人にすぎないなんて、そんなことないわ。あなたこそがここの主人なのよ。あなたの希望に従うのが筋だわ」

「午後のあいだじゅう、二人三脚やスプーンレースをやり、フルーツタルト二ダースの味見をしたり、同じく二ダースの刺繍が入った衣類やハンカチを丹念に審査したりしてから、優勝者を決め、遊び戯れる子供たちの歓声で耳をじんじんさせろと言うのかい?」ジャスパーはわざとらしく身震いしてみせた。「そして、夜のあいだずっと、活発なカントリー・ダンスを踊りつづけろと? キャサリン、ぼくがダンスに夢中なのは、きみもよーく知ってるだろ?」

だが、キャサリンは、彼が喜んでいるような、園遊会の復活を望んでいるような、奇妙な印象を受けた。彼の父親、祖父、そして、たぶんその何世代も前の人々も守ってきたであろう伝統に終止符を打ったのは、義理の父親だった。いま、それを復活させることができるのだ。

「ワルツを一曲入れてもいいわね。あなたが申しこんでくだされば、お受けしてもいいわよ」

ジャスパーは片方の眉をあげた。

「おお。だったら、あらゆることに黙って従うとしよう。ぜひとも園遊会と舞踏会をひらかなくては。舞踏会ではきみとワルツを踊ろう。きみが壁の花にならないように――レディにとって悲惨な運命だからね。まあ、話に聞いているだけだが。そのほかどんなことでも、ぼくの助力が必要なときは言ってくれ」

「ええ、そうするわ」キャサリンは笑顔で答えた。「あなたの……いえ、わたしたちの隣人に二人で近々挨拶まわりをする予定はあるのかしら」

「二人で？」ジャスパーは眉をひそめた。

「もちろんよ。わたしを紹介してくださらなきゃ。きっと、みなさんが待ってらっしゃるわ。でも、たぶん、自分たちのほうから挨拶に出向くのが礼儀だと思っておいでてしょうね。スティーヴンがウォレン館に移ったときもそうだったから。先まわりして、こちらから訪問しましょうよ。あなたがどんなにわたしを愛しているか、わたしたちがどんなに愛しあっているかを、みなさんに見せるチャンスだわ。ここでの暮らしを順調にスタートする助けにもなるでしょうし」

キャサリンはけさ、活力にあふれ、希望にあふれて目をさました。具体的にどういう希望なのかは、彼女自身にもわからなかったが。この結婚は、ひょっとすると、婚礼前の一カ月間に想像していたほど悲惨なものにはならないかもしれない。式を挙げるまで婚約者に会う機会はほとんどなかったし、二人だけになったことは一度もなかった。

「それもそうだね」不意に、ジャスパーの目に愉快そうな表情が浮かんだ。「では、訪問するとしよう。だが、ほかにまだまだ見るものがあるのに、ぼくらはどうして舞踏室の入口に立ったままでいるのだろう？　ギャラリーがあるのはこの広間の反対側だが、一族の代々の肖像画がびっしり飾られている。まあ、きみにはなんの興味もないだろうけどね。家族用の居室をまだ見せていなかったから、そちらへ案内しよう」

「あら、わたし、ギャラリーを見てみたいわ」

「ほんとに？」ジャスパーは驚いた様子だった。

そこは天井の高い奥行きのある部屋で、舞踏室に付属していて、一階の奥のほうにあった。ただし、舞踏室に比べると幅が狭い。屋敷の端から端まで延びていて、両側に採光のための窓がある。壁龕《へきがん》には、ひとつおきに大理石の胸像が置かれ、残りの部分にはクッションつきのベンチが置いてある。床はぴかぴかに磨きこまれている。壁に肖像画がかかっていた。雨の日に屋内で運動するのにもってこいの場所と言えるだろう。

キャサリンは肖像画をひとつひとつ見てまわり、誰が描かれているのか、彼とどういう関係にあるのかをジャスパーが説明してくれた。十五世紀まで遡る肖像画もあった。キャサリンはこれまでまったく知らなかった。フィンリー家がどんなに古い家柄か、キャサ

「ここにある肖像画についても、一族の歴史についても、とってもくわしいのね。驚いたわ——そして、感心したわ」

「へーえ、そう？　だけど、みんな、ぼくのご先祖さまだからね。それに、子供のころ、ここでずいぶん時間をすごしたものなんだ」

このわずかな言葉でどれだけ多くを語ってしまったか、この人は気づいているのだろうか、とキャサリンは考えこんだ。

二人はつぎつぎと絵を見ていき、ついに最後の二点のところにやってきた。

「ぼくの母だよ」一枚目の絵のところで、ジャスパーが言った。「それから、ぼくの父」

彼の母親は茶色の髪をしていて、二十年以上も昔のスタイルのドレスをまとった、ふくよ

かな愛らしい女性で、おだやかな笑みを浮かべてすわっていた。そばに刺繡の枠。足もとには、毛皮を丸めたような小さな犬。ジャスパーやシャーロットと――さらにはレイチェルとも――似たところはまったくない。

それに対して、父親のほうは、嘲るように吊りあげた右の眉に至るまで、ジャスパーにそっくりだった。ほっそりしていて、浅黒く、ハンサムだ。肖像画のなかの姿は現在のジャスパーと同じぐらいの年齢だ。

「亡くなるわずか二、三カ月前に描かれたものなんだ。ぼくが生まれる二、三カ月前」

「どうして亡くなられたの？」

「首の骨を折ったそうだ。雨降りのぬかるんだ日に生垣を馬で飛び越えようとして。酒に酔っていた――珍しいことではなかったらしい」

「胸が痛むわ」

「なぜ？　きみが父に酒を飲ませたのかい？　二十メートルも離れていないところに、ひらいたゲートがあったのに、きみが生垣を飛び越えさせたのかい？」

「あなたのために胸が痛むの」キャサリンは説明した。

「なぜ？」ジャスパーがふたたび訊いた。「ぼくは父を失って悲しんだわけじゃないんだよ。顔を見たこともないんだから。ただ、気味が悪いほど父に似ているそうだ。小さいころからいつもそう言われてきた。外見も、その他あらゆる点も」

キャサリンは肖像画から目を離して彼を見た。衝撃とともに不意に気づいた――わたしが結婚した、この嘲笑的で、軽率で、自堕落な男性のなかには、苦悩の世界が閉じこめられている。ここを見たいと言いはったのは、あまりいい考えじゃなかったのかも。いえ、そうとも言いきれない。この人は珍しく苦々しい口調で話をした。防御の壁を突き破ろうとする価値があるのでは？

「ああ、その目だ」片手でキャサリンの顎を包みこんで、彼が言った。「遠い昔、まずその目に惹きつけられたんだ。当時のぼくは、いかに立派なレディであろうと賞賛する勇気がなかった。相手の母親の網にとらえられて祭壇へ連れていかれては大変だからね。だが、キャサリン、きみが半ダースもの母親に囲まれていようとも、ぼくはきみの目に抵抗できなかっただろう。その目にどれだけ深みがあるか、どれだけ神秘的か、わかっているかい？　見る者をひきずりこんで……ああ。どこへひきずりこむのだろう？　きみの魂のなかへ？　そこで安らかに休息できるように？」

ジャスパーに親指の腹で唇の合わせ目をなでられると、震えがキャサリンの身体を這いおりて、胸に、子宮に、そして、内腿に広がった。

彼の声には誠意がこもっていて、柔らかで温かかった。彼の目もそうだった。

じつに危険な男。

といっても、彼を愛するのが禁物というわけではない。生涯ともに暮らす運命であれば、これまでより深い好意を持つように努めなくては。でも、この人の言いなりになるのはいや。わたしが愛する気持ちになったとき、愛を捧げることにしよう。この人の手練手管にひっかかって愚かにものぼせあがってしまうのではなく。

「あら」彼の親指が触れたままの唇をほころばせて、キャサリンは言った。「わたしを、いえ、わたしの目を見ただけで、たちまち、熱い恋に落ちたとおっしゃるの？　ヴォクソールの夜よりも前のことなのね、たぶん」

「ああ、キャサリン」声にも、目にも、悲しみをあらわに浮かべて、ジャスパーは言った。「あのころのぼくは浅はかで、きみと恋に落ちることも、ヴォクソールの悲劇を避けることもできなかったんだ。それにしても、きみのその目はなんだろう？　知りあう価値のある相手に訴えかけているのだろうか。その愛を求める価値のある相手に？　自分のほうからも愛する価値のある相手に？」

キャサリンはこの場にふさわしい辛辣な返事を考えるよりも、泣きたくなった。

「もっとましな方法を考えなくてはだめよ。お涙頂戴作戦は効果なし」

「おや、だめですか、残酷な人よ」

ジャスパーは手をひっこめて、キャサリンにニッと笑いかけた。

「それから、あなたはお父さまとは違うのよ、ジャスパー。あなたはあなたよ」

一瞬、笑みを浮かべているにもかかわらず、彼の目が奇妙な翳りを帯びた。彼はつぎに、キャサリンの手をとると、手首の内側にキスしようとして、自分の唇へ持っていった。

「きみの言うとおり、ぼくはぼくだ。その事実に深く感謝している。とくに、いまこの瞬間はね」

彼女の手を持ちあげて、自分の肩に置いた。半歩前に出ると、キャサリンの腰に腕をまわし、身体を軽く寄せあった。

キスする気ね。賭けの条件だと、キスまでは許されてたんだったかしら？　でも、いまこの瞬間キスされたら、おかしくなってしまいそう。生々しい感覚に包まれていた。

「愛のことを考えるよりも、まずは仲のいい友達になることに専念したほうがいいんじゃないかしら」

「友達？」ジャスパーはクスッと笑った。「この一カ月が終わったら、キャサリン、ぼくはきみを毎晩ベッドに連れこむつもりでいるんだよ。ひと晩じゅう――そして、ときには昼間も。友達をベッドに連れこむなんて、じつにけしからんことだと思うが。コンはぼくの友達だ。それから、チャーリー・フィールドも、ハル・ブラックストーンも、その他数人の連中も。全員が男だ。もしぼくがきみとベッドに入り、それ以前は友達とベッドに入っていたことがきみにばれたら、きっと、とんでもないやつだと思われてしまう」

キャサリンは笑いをこらえることができなくなった。

「じゃ、あなたの敵と愛しあうほうが簡単なの？」

「敵なんかくそくらえだ。あ、汚い言葉で失礼。できれば、愛する人と愛しあうほうがいいな。きみのことだよ。なぜなら、きみはぼくの妻で、セックスは結婚生活のすばらしい利点のひとつだからね。妻にうんざりしていなければ、という条件つきだが」

「そして、妻が夫にうんざりしていなければ、という条件も」

言った。「そうだろ？」

「どちらの条件も、ぼくたちのこの結婚にとってはなんの問題にもならない」ジャスパーは
彼女の返事を待った。こう訊けば、彼女がウィットに富んだ言葉を返すのは無理なはず。

「そうね」

ジャスパーはゆっくりと笑みを浮かべ、まぶたを軽く伏せた。視線が彼女の唇に向いた。

「賭けの条件をひとつだけ忘れ去るよう、きみを説得しても、たぶん無理だろうね」

「条件って、わたしの愛を得るための期間を一カ月と決めたこと？　そうね、忘れてあげてもいいわよ。もっと時間が必要だとお思いなら、五週間にしましょう」

ジャスパーは頭をのけぞらせて笑いだし、キャサリンをびっくりさせた。

「生意気な子だね、キャサリン。きみが大好きだよ。知ってる？」

「〝大好き〟という言葉の定義を考えなくては」

彼はふたたび身をかがめてキャサリンにキスをした。鼻のてっぺんに。

「では、このままの条件で賭けを続けるとしよう。一カ月がすぎてから、失われた時間の埋めあわせをすればいい。しかし、こんなところに立ったままでは、爽やかな一日が無駄になってしまう。パルテールの庭へ行って、腰をおろそう。まだ香りを楽しんだことがないだろう？　ハーブが豊かに茂っているんだ」

そして、キャサリンの手をとると、指をからみあわせてから、一緒にギャラリーを出て、玄関前の階段をおり、上段のテラスに出た。

恋人どうしのように。
あるいは、新婚夫婦のように。
おたがいを熱愛すること以外、何も考えられないかのように。

二人は庭で一時間ほどすごした。まず、石畳の散歩道をゆっくり歩きながら、彫像を鑑賞したり、花やきれいに刈りこまれた生垣に見とれたり、日時計で時刻を見たりした。それから、ニオイアラセイトウの群れのなかに半ば隠れているベンチのひとつにすわった。セージや、ミントや、ラベンダーや、無数の花がまざりあった香りを吸いこみ、キャサリンは目を閉じて、心から満足そうなためいきをついた。

ジャスパーのほうは、屋根裏で見つけたあの絵のどこに惹かれて、パルテールの一世紀前の姿を（彼自身の思いつきも加えて）復元しようとその場で決心したのか、どうしてもわからずにいた。じっくり考えたなら、陰湿な理由に思いあたったかもしれない——玄関ドアの向こうに、そして、客間の窓のすぐ下に見える庭の人工的な造りを、おそらく母の二番目の夫は嫌っていたことだろう。だからこそ、ジャスパーは復元せずにいられなかったのだ。沈床式にして、将来誰かがこの庭をこわそうとしても、容易なことでは手がつけられないようにしたのも、たぶん、忌まわしい記憶を永遠に封じこめるための挑戦だったのだろう。

しかし、陰湿な動機からすばらしい結果が生まれた。美しく、そして、安らぎに満ちた庭になった。もっとも、安らぎに関しては、キャサリンがこの言葉を使うまで、ジャスパーはそんなふうに思ったこともなかったが。

不思議なものだ。屋敷からも、屋敷に近づいてくる馬車からも、よく見える場所にあるというのに。

「安らぎを感じるには、孤独が必要なのかな？」ジャスパーは彼女に訊いた。

キャサリンが目をあけた。

「そんなことはないと思うわ。その人が周囲の環境に溶けこみ、一緒にいる相手に気を許していれば」

「しゃべりすぎる相手はだめ？」

キャサリンは微笑した。

彼女が何も言わないので、彼のほうから尋ねた。「これもやはり、〝思いあたるふしがあれば反省しろ〟ってやつ？」

「ううん。あなたがしゃべっているときでも、わたしは申し分のない安らぎに包まれてるわ。ここにいると落ち着くわね」

「ほんとに？　この庭にいると？　それとも、シーダーハーストにいると？」

「両方よ」キャサリンは言った。

「そして、いまそばにいる相手と一緒なら？」

「あなたって」キャサリンは微笑を浮かべたままで言った。「人に褒めてもらいたがってる小さな男の子みたいね」

なんだと！

「だが、現実においては、ぼくは大きな悪い男の子で、こっそりキスしようかどうしようか、迷っているところなんだ――キスしてもかまわないのなら。どう？」

「屋敷じゅうから見える場所で？　召使いたちの誰がこっそりのぞいているかわからないのよ。よく言うでしょ――召使いというのは雇い主のことをほかの誰よりもよく知っているし、大事なことを召使いに隠しておくのは無理だって。わたしたちの結婚に関して本当のことが召使いに知られてしまうまでに、どれぐらいかかるかしら。一カ月もかかると思う？」

キスについてのジャスパーの質問に、彼女はまだ答えていなかった。

ジャスパーはとても満ち足りた気分だった。考えうるかぎり最悪の状況のもとで二日前に結婚し、初めての夜に、一カ月の禁欲生活を約束させられた身だというのに。

自分の家にいるというのは、驚くほど幸せなことだった。

キャサリンと一緒に。

女性との友情について、ギャラリーではあんなことを言ったものの、キャサリンと友達感覚でつきあうのは気楽だという、不思議な思いに包まれていた。

気楽？

友達感覚？

急に狼狽に襲われ、安らぎが消えてしまった。

おいおい、くだらないことばかり考えてないで……ぼくは結婚してるんだぞ。

そして、それを自覚しただけでは充分でないかのように、もうひとつ、はっきりわかったことがあった。浮気はぜったい許されないという思いが、いきなり頭に浮かび、自分でも呆然としたほどだった。母の二番目の夫であったあの陰険な男をジャスパーが蛇蝎《だかつ》のごとく嫌っていた理由のひとつは、聖人君子のような顔をしながら、屋敷から三十キロも離れていないところに愛人を囲い、結婚したときから死ぬまで、週に二回ずつその女に会いにいっていたことだった。

ああ、そういえば、ほんの少し前、キャサリンが自分では意識しないまま、偉大なる真実を口にしていた。召使いはたしかに、主人に関して知るべきことをすべて知っている——というか、この場合は、主人の義理の父親であり、自分から後見人を買って出た男に関して。

そうとも、浮気が許されるとはぜったい思えない。

気楽さと友達感覚もなかなかいいものだ。だが、結婚生活にはそれ以上のものがなくてはならない。ぜったいになくてはならない。ぼくは禁欲生活にも、週に一度ぐらいの割で結婚の権利を礼儀正しく行使する生活にも、まるっきり向いていない。

「これが」パルテールのほうを手で示して、キャサリンが言った。「前におっしゃってた、シーダーハーストを自分のものにするための、おずおずした第一歩なのね。二歩目は何かしら、ジャスパー。三歩目は？」

「二歩目と三歩目もなくてはだめかい？」ジャスパーはためいきをついた。「一生分の力を使い果たしてしまったんじゃないかなあ」

「じゃ、屋敷も庭園もすべて完璧と言える？　この状態のまま一生を送っても、悔いはないの？」

「そうだな……東翼の部屋へ移って――寝室の改装に全力をあげたが――以後ずっと、窓の下に芝地が広がっている光景がどうも気に食わなかった。芝地と遠くの木立以外、何も見るものがないからね。だが、あそこにまでパルテールを造るわけにはいかないし」

「そうね」キャサリンも同意した。「でも、わたしも同じことを思ったのよ。けさ、わたしの部屋から窓の外を見たときに。お花があるほうがいいわね。寝室まで香りが漂ってくるから。もちろん、ながめて楽しめるし。バラ園なんかどうかしら。でも、バラの花であたり一帯を埋めつくすより、小規模なほうがいいわ。本格的なバラ園を造るんじゃなくて、バラを這わせた東屋にしましょうよ」

「そして、その向こうにリンゴ園。ここの庭には果樹園がひとつもないんだ。兵士のごとくまっすぐ何列にも植えられた木を見るのが、ぼくはけっこう好きでね」

「そして、春には花が咲くわ」明るい顔を彼に向けて、キャサリンは言った。「ああ、そんな魅力的な光景はどこにもないわ」

「そして、夏の終わりになれば、実がどっさりなる。好きなだけ収穫できる」

キャサリンが勢いよく立ちあがって、彼に片手を差しだした。「見にいきましょうよ。下におりて、バラもリンゴも植えられるかどうか見てみるの。きっと大丈夫だと思うけど」

ジャスパーはキャサリンと、差しのべられた手を見あげ、魂のなかで何かが揺らぐのを感じた。もしかしたら、罪悪感が薄らいだだけだったかもしれない。たぶん、結婚生活は彼女に合っているのだろう。自由な選択ができたなら百万年たっても選びそうにない男が、その相手だとしても。そして、ハートのなかのハート、魂のなかの魂になれる男との結婚ではなかったとしても。一カ月がすぎたら、子作りにとりかからなくてはならない。彼女はきっとすばらしい母親になるだろう。子育てを楽しむことだろう。生まれ故郷の村でも、たしか、幼い子たちを教えていたのではなかったか。

そして、一カ月もたたないうちに、彼女が〝仮面〟と呼んだものを使わなくても、ぼくはその目をちゃんと見られるようになり、愛していると言えるようになるだろう。その言葉が何を意味するのか、完全にはわからなくとも、とにかく口にしよう。そして、その言葉にできるかぎり心をこめよう。

ジャスパーは立ちあがると、彼女の手をとって、指をからみあわせた。

「はいはい、わかりましたよ」と、ためいきをついてみせた。「しかし、ぼくがスコップを持ってリンゴの木を植えるための穴を掘る姿など、想像してはいないだろうね、キャサリン」

ああ、彼女の笑う姿を見ると、こっちまでうれしくなる。

「するもんですか。わたしが想像してるのは、バラの東屋を造るために、斧とノコギリを使って格子垣とアーチをこしらえ、組み立てているあなたの姿よ」

「やれやれ。それ、きみの東屋だよね？」

「そうそう、忘れないで。一カ月が終わるときには、完全な自立に向けてあなたがさらに一歩を踏みだすことを。シーダーハーストの園遊会と舞踏会を復活させ、主人役を務めるのよ」

「二人三脚もやらなきゃいけないのかい？」横目でキャサリンを見て、彼は言った。

「もちろん」

「ぼくと組んでくれる？」

「組まなきゃだめ？」

「だめ」ジャスパーは断言した。

「はいはい、わかりました。じゃ」

「刺繍された天使や花の審査もやるのかい？」

「それはわたしがやるわ。あなたはフルーツタルトの試食をお願い」

「ふむ……。それから、夜はきみとワルツを踊るのかな？」

「ええ」

二人はテラスをゆっくり歩いて、屋敷の東側へ向かった。仲むつまじく暮らしている夫婦のように。

そう思ったとたん、ジャスパーは軽い狼狽に襲われた。

18

午餐をすませると、ジャスパーが荘園管理人を捜しにいっているあいだに、キャサリンは召使いの部屋が並ぶ階へおりていった。そして、家政婦、料理番、執事と話をした。園遊会の計画を進める前に、とにかく、この三人に話を通しておく必要があった。作業の多くを三人が担当するのだから。しかも、屋敷いっぱいの客を迎える準備もすでに始まっている。キャサリンが最初に提案したときには、三人とも仰天した。わずか一カ月後に大規模な園遊会と舞踏会を？

しかし、キャサリンが、計画の大部分は自分が立てるし、準備作業は近隣の人々に頼みこんで分担してもらえばいいと言うと、たちまち、大歓迎の表情になった。興奮の色すら浮かんだ。そして、キャサリンが三人の作業負担を減らそうと努めていることに、ふざけ半分で文句を言った。

「でも、料理はぜったいあたしが担当しますからね。いいですね」反論は許さないという声で、料理番が宣言した。「準備も、それから調理も、手伝いを頼むのはちっともかまいませんけど、奥方さま、指揮はこのあたしがとります」

「あなたをはずそうなんて、ほんの一瞬でも考えたことはなくてよ」キャサリンは笑顔で言った。「それどころか、ぜひお願いするつもりでいたのよ、オリヴァー夫人。だって、あなたがここの厨房を見捨てたら、たちまち大混乱に陥るでしょうから」

「それから、邸内と舞踏室の飾りつけはわたしが担当させていただきます」家政婦のシドン夫人が言った。「必要な品々の注文も。手伝いを熱心に申しでて、さまざまな案を出し、さらには、それを実行に移す者が、いくらでも見つかることと思いますが、奥方さま、お屋敷内のことはこのわたしが責任を持たねばなりません」

「そう言ってもらえてうれしいわ」キャサリンは家政婦を安心させた。「でも、手伝いの人が必要なら、わたしがすべて手配しますからね」

「ベントンにはわたくしから話をしておきます、奥方さま」執事が言った。そして、ベントンというのが誰のことなのか、キャサリンが覚えていないときのためにつけくわえた。「庭師頭です、奥方さま。厨房のそばの花壇と温室から、舞踏会に飾る花のすべてを集めたいと言うでしょうから」

「ぜひお願いしたいわ」キャサリンは言った。「あなたから頼んでくだされば、本当に助かります」

「そして、わたくしは料理を並べるテーブルの担当をさせていただきます」執事は言った。キャサリンに反対されると思っているような口調だった。「それから、料理をとりわける従僕たちの監督も」

「まあ、なんて親切なの、カウチさん」

「きっと、昔に戻ったようでしょうね」オリヴァー夫人がためいきをついた。「ああ、昔から、シーダーハーストの園遊会といえば、一年でいちばんすてきな日だったんですよ。毎年、誰もが心から楽しんだものでした。その逆のことを言う人がいたって、あたしは耳も貸しません。悪魔の所業なんかじゃないですよ。まったく、ひどいことを言うんだから！」

「最後の園遊会がひらかれたのは、モントフォード卿がお亡くなりになる一年足らず前のことでした」シドン夫人が言った。「現在の男爵さまがお生まれになる一年足らず前です。ああ、ほんとに、光陰矢のごとしですわね。もっとも、そのあいだに、長い陰鬱な歳月がありましたけど。それは否定できません」

「かつての日々は」執事が言った。「いまとなっては、べつの時代のことのようです」

「そして、いま、その日々が復活するのよ」キャサリンは言った。「ああ、ぜひ昔どおりの園遊会にしたいものだわ。でも、新しいものも少し加えましょうね。申し分のないものにして、一生のあいだ毎年くりかえしたいと、みなさんが思ってくださるようなものにしたいの」

「奥方さまが話をなさる必要のある相手はですね」シドン夫人がてきぱきと言った。「ええと……」

こうして、近隣に住む人々の名前を、シドン夫人が年配者を中心にして挙げていったが、その数はかなりにのぼった。オリヴァー夫人とカウチ氏が若い人々の名前をいくつか加えた。

園遊会の記憶はたぶんないだろうが、新たな園遊会の計画を立てるとなれば、みんな、大喜びで参加するに違いない。

ジャスパーが荘園管理人との打ちあわせに忙しかったため、この日は近隣への挨拶まわりができなかったが、午後になってから、ジャスパーが客間にいたキャサリンを連れだし、屋敷の東側の芝地にいるノールズ氏とベントン氏のところへ連れていった。みんなで一時間ほどそこにいて、何が必要かを相談し、芝地を行きつ戻りつしながら、リンゴ園をどの程度の広さにするか、バラの東屋をどこに建てるのがいいかを検討した。

ロンドンにいたときのジャスパーはいつも物憂げな態度だったし、キャサリンと二人だけになっても、それはほとんど変わらなかったのに、いまの彼からそれが消えていることに気づいて、キャサリンは興味深く思った。二人の男性と話しこむ姿は真剣そのもので、仕事熱心で、活力と知性にあふれていた。また、土地、排水、植物、日照、日陰など、優秀な庭師にこそ必要と思われる事柄を、残らず知っている様子だった。

屋敷のことも、庭園のことも、よく知っていた。ギャラリーに肖像画が飾られている祖先のことをすべて知っていた。これまでずっと、シーダーハーストを憎悪してきたかもしれないが、屋敷を、もしくは、屋敷に対する自分の義務を放棄することはなかったのだ。

ちょっと意外だった。同時に、ホッとさせられた。この人を好きになれるかもしれない。

午後の残りの時間は、園遊会と舞踏会を成功させるために必要な事柄をリストにするのに費やした。これだけ大規模な催しとなると、ふつう、準備にまる一年はかかるだろう。ところが、今回は一カ月しかない。

そう思っただけで、くじけそうになったが、その反面、気分が高揚していた。もしかしたら、ジャスパーが一度ならずわたしに断言したように、この新しい生活もそう悪くないかもしれない。


つぎの三日間は近隣への挨拶まわりですぎていった。村の住人もいれば、周囲の田園地帯に住む人々もいた。ジャスパーは全員を子供のころから知っていた。もっとも、男爵家のほうから訪問したり、屋敷に招待したり、晩餐に招いたりする価値があると思われる相手は、ごくわずかしかいなかったが。ジャスパーはかつて、屋敷をこっそり抜けだすことに成功するたびに、そうした家の子供たちと遊んでいた。いまや、その子たちも大人になり、自分の家庭を持って落ち着いている。

大人になってからのジャスパーは、どの相手とも友好的につきあってきた。だが、ここで暮らした期間はそう長くない。ヴォクソールの賭けで失態を演じて故郷にひっこむことにした、あの一年間だけはべつだが。近隣の人々と仲良くやっていくのに苦労したことは一度もない。

だが、これらの人々が彼の領民で、彼と同じ背景と伝統と記憶を持ち、生まれたときからずっと彼のことを知っていて、好意を寄せてくれていることを意識したのは、今日が初めてだった。

誰もがジャスパーの妻に会いたがっていた。二人を結婚に追いやった醜聞の噂がここにも届いているに違いないと、ジャスパーは気がついた。しかし、彼に非難の目を向け、キャサリンを胡散臭そうに見るかわりに、誰もが二人を温かく受け入れ、この近隣以外の世界はくたばってしまえばいいと言いたげな態度を示してくれた。

キャサリンに会ったとたん、みんなが彼女に魅了されてしまったことは、ジャスパーの目にも明らかだった。もちろん、美人だし、魅力があるし、服装も趣味がよくてエレガント。ロンドンの流行を見せびらかそうなどという雰囲気はまったくない。もともと田舎の村の出身だ。ここにいる人々は、知りあいではないかもしれないが、親近感を持つことのできる相手だ。そして、人々のほうもキャサリンのなかにそれを感じとって、敬意を抱き、なおさら好意を持つようになった。

しかも、キャサリンはすべての相手に気遣いを示し、自分が主役になるのを避けて相手に花を持たせることを心得ていた。相手の話や、愚痴や、自慢話や、冗談や、過去の思い出話に耳を傾け、つねに適切な相槌を打っていた。

そして、もちろん——ジャスパーも予想しておくべきだったが——キャサリンがシーダーハーストの夏の園遊会と舞踏会を復活させる案を述べただけで、誰もが歓声をあげ、どんな手伝いでもすると申しでた。年配の人々は園遊会が一年のうちでもっとも華やかな行事だったことを記憶していて、いつになったら男爵さまが復活させてくださるのか、ずっと気になっていたと言った。

「ぼくの思いつきではないんだ」何軒もの家を訪ねながら、ジャスパーは何度も説明した。「なにしろ、最後の園遊会はぼくが生まれる前のことだったからね。だが、妻が復活させようと決心してくれて、ぼくも大賛成だ」

こう語るたびに、キャサリンからジャスパーにまばゆい笑顔が向けられ、近隣の人々からは好意あふれる承認のうなずきが送られた。

若い連中は、何年ものあいだ、幸せそうな郷愁をこめて語られるのを耳にしてきた行事が復活するというので、もう待ちきれない思いだった。

三日間の挨拶まわりを終えるまでに、二人は会う必要のある相手に残らず会い、ジャスパーが十年間に口にしたより多くのお茶を飲み、ケーキを食べた。そして、園遊会の計画が実現に向けて順調に進みはじめた。エリス夫人が子供たちのためのゲームを計画する委員会の責任者になることを承知し、ボナー夫人は刺繍コンテストの世話役をひきうけ、ペニー夫人はケーキの味比べコンテストの審査員にうってつけだと異口同音に推薦され、コーネル氏は妻と娘四人と義理の妹から説得されて（これではまったく勝ち目がない。気の毒に）、男性のためのゲームと遊びを計画する委員会を作ることになった。

「それから、ビールの飲める屋台を用意するのも悪くないね、コーネル」大真面目な顔でジャスパーが言った。

ウィットに富んだこの言葉に、女性全員が大笑いしたが、そのあとで、たしかに悪くない案だとコーネルに言った。

そして、ミス・ダニエルズの婚約者であるベロウ牧師が、園遊会の最初に述べる祝福の言葉をじきじきに用意してくれることになった。

「と申しますのも、つぎのような噂を聞いたからです、男爵さま、奥方さま」すべての教区民から慕われるもととなっている温厚かつ生真面目な態度で、牧師は言った。「かつての園遊会はときとして、悪魔の所業と評されていたそうです。だが、夏の喜びを村全体で祝い、近隣の人々が親交を深める機会ですから、そのようなことはけっしてありません。しかし、そうした清らかな楽しみを主も祝福しておられることを、みなさんにお伝えしたほうがいいと思うのです」

「まあ、ありがとうございます、ベロウ牧師さま」キャサリンは言った。「そのようなことをお願いできればと思っていたのです。そうよね、ジャスパー」

「まったくです」ジャスパーはそう言って、両方の眉をあげた。

これですべてが整った。二人が近隣の人々と強い絆で結ばれたので、ジャスパーは、シーダーハーストの社交生活は今後何年にもわたって活発に続くだろうと確信した。みんなで夏の園遊会を復活させ、それがたぶん、毎年恒例の行事となるだろう。もうじき屋敷にあふれんばかりの客を迎え、二週にわたって浮かれ騒ぐことになる。そして、屋敷の東側にはリンゴ園が造られ、二人の居間の下にはバラの東屋が建てられる。結婚してまだ一週間もたっていないのに。

もしジャスパーがわずか六週間前に未来をのぞき、このような光景を目にしていたなら、泣きだしたことだろう。もしくは、キツネにつままれたように感じたことだろう。

いまの彼ははしゃぎまわりたい気分だった。

もちろん、二人三脚に出なくてはならない。彼の脚にくくりつけられるのがキャサリンの脚ならば、さぞかし楽しいことだろう。

そして、フルーツタルトの審査がある――しかし、田舎の女性というのは料理の名人ばかりだ。

そして、カントリー・ダンスが待っている。ふむ。

そして、若い子を中心とした大人数の客を迎えて、もてなさなくてはならない。屋敷じゅうが大騒ぎになり、クスクス笑いがあふれることだろう。

そして、賭けに勝つ。

そして、恋に落ちる。しかし、ジャスパーは早くもキャサリンのことが好きでたまらなくなっていた。そして、早くも抱きたくなっていた。今後三週間ほど、こんなことは考えないほうがいい。

ジャスパーは禁欲を続けるのがけっして得意ではない。十八の年に――正確に言うなら、シーダーハーストを飛びだした翌日に――童貞を失って以来、禁欲には無縁だった。

だが、考えてみれば、ヴォクソールの騒ぎのあとでシーダーハーストに戻ってきたときは、一年近く禁欲生活が続いたのだった。

ジャスパーは午前中いっぱい、荘園管理人と一緒にすごした。男爵家の専用農場へ出かけていったときの彼は、寸法の合わない古ぼけた上着と、膝のところが少したるんだ地味な色のズボンと、はきふるされたトップブーツという格好だったが、妙に魅力的に見えた。

キャサリンのほうは、午前中の前半はシドン夫人とあれこれ相談してすごし、残りの時間は、長らく連絡をしていなかったマーガレットとヴァネッサに手紙を書くのにあてた。この何日か忙しかったので、久しぶりにのんびりできてうれしかったが、もちろん、ハウス・パーティと園遊会のために準備すべきことがどっさりある。召使いと近隣の人々の委員会に何もかも押しつけるつもりはなかった。しかし、今日だけは、自分のための時間をとることにした。

ジャスパーが農場から戻ってこなかったので、一人で遅めの午餐をすませてから、服を着替えて外に出た。最初はパルテール庭園へ行って腰をおろすつもりでいた。しかし、遠くからながめたのをべつにすれば、庭のほかの部分をまだ見ていなかった。湖もそんなに遠くなさそうだ。

館の前を通りすぎ、木々が点在してなだらかな起伏を描く芝地をおりていくと、やがて湖畔に出た。夏の爽やかな天候がいまも続いていた。空にはほとんど雲がなく、風のそよぎもない。日傘を持ってくることにしてよかったと思いながら、その日傘をひらいた。

ボート小屋からそう遠くないところに、湖に突きでている木製の小さな桟橋があったので、そこまで行って腰をおろし、膝を立て、片腕を脚にまわし、反対の手に日傘を持って、陽ざしをさえぎる角度に傾けた。三方を水に囲まれていて、水面はガラスのようになめらか、空の青よりやや濃い色合いだ。対岸には、草に覆われた土手があり、その上に木々の茂る斜面が続いていて、はるか右のほうに、藁葺き屋根がついた石造りの小さなコテージが見える。たぶん、飾りものだろう。本物の住まいにしては小さすぎる。その横に滝があって、急傾斜の岩場をリボンのように流れ落ちている。キャサリンのすわっているところまで水音が聞こえてきた。のどかな田舎の音だ。カモの一家が泳いでいった。子ガモが一列になり、背後にV字形の跡を残しながら、必死に母ガモのあとを追っていく。

キャサリンの背後には、なだらかな起伏を描く芝地、廏、テラス、屋敷があり、屋敷のうしろには、巨大な蹄鉄のような弧を描いて、木々に覆われた低い丘が続いている。

シーダーハーストには何か特別なものがあった。キャサリンの魂に語りかけてくるものが。いつまでもここでのんびりすわっていられそうな気がした。本も読まず、絵も描かず、役に立つことは何もせず、しゃべらず、考えることもせずに。ただじっとしているだけ。まわりの景色の一部になる。孤独というのは、昔から、キャサリンが機会を見つけては積極的に求めてきたものだった。だが、心ゆくまで孤独に浸ったことは一度もなかった。ここで暮らせば、忙しい日々を送って結婚の悲観的な面から心をそらすことができ、同時に、安らぎも得られるかもしれない。

そして、ついには、自分が望んだ以上の孤独を手にすることになるだろう。二、三週間後のことはあまり考えたくなかった。ハウス・パーティが終わって、泊り客がみんな帰ってしまったらどうなるの？　あの人はシーダーハーストに残るだろうか。それとも、退屈のあまり、しばらくしたらここを出て、ときたま申しわけ程度に戻ってくるだけになるの？　でも、あの人をここにひきとめておくために、わたしに何ができるというの？　それに、そばにいてほしいと、わたしはほんとに思っているの？

でも、そんなことを考えるのはやめにしよう。今日だけは。ここにいるときだけは。日傘をおろして、温かな太陽に顔を向け、目を閉じた。

「完璧な舞台装置と完璧なポーズだね」すぐ近くで声がしたので、背後の土手に彼が立っていることにキャサリンは気がついた。「レモン色のモスリンのドレスと、淡いブルーのサッシュベルトと、婚礼のときのボンネットも完璧だ」

彼の声は柔らかで、おもしろがるような響きを帯びていた。

キャサリンはふりむいた。土手に打ちこまれた杭にジャスパーが物憂げにもたれ、腕組みをしていた。身体にぴったり合ったダークグリーンの上着と、淡い黄褐色のズボンに着替えていた。ズボンは筋肉の発達した腿に第二の皮膚のごとく貼りついている。そして、ヘシアン・ブーツを足首のところで交差させていた。ネッククロスは真っ白で、パリッとしていて、さりげなく、こぎれいに結んである。シャツの襟先が高く跳ねあがっているが、きざな感じではない。モントフォード卿にはきざなところはまったくない。

「あら、どうしましょう。ここまで走ってきてあたりの景色を見てから、家に駆けもどり、景色に合わせて着替えてきたことが、そんなにはっきりわかってしまうの？　アダムズ家のガーデン・パーティのときも、わたし、同じことをしたのよ。かわりに、古いボロを着ればよかったかしら。そして、ゴミの山の横にすわればよかった？」

シルクハットのつばの下から、彼の目が物憂げにキャサリンを見つめた。

「問題は、それで何か違いが出るのかどうか、ぼくにはよくわからないってことだ。ボロを着てゴミの山の横にすわったキャサリンも、ブルーとレモン色のドレスを着て、青い湖のそばにすわり、青空と陽ざしを仰ぐキャサリンに負けないぐらい、まばゆく輝いているに違いない」

キャサリンは膝を抱えこんで、彼に笑顔を見せた。

「お世辞を言ってくれる人には、わたし、いつだって恋をしてしまうのよ」

「へーえ、そう？　だけど、心の底から相手を崇め、誠意をこめて話をする者には、恋をしないのかい？　なんて冷酷な人なんだ」

キャサリンは、彼のことをこんなに好きにならなければよかったのにと思った。お世辞と欺瞞《ぎまん》を楽々と操れるような男を好きになるのは禁物だ。でも、よく考えてみると、彼はいつもそれをユーモアまじりに口にしている。もしかしたら、わたしのことを本気でだますつもりではないのかもしれない。遊び半分で楽しんでいるだけなのかも。

「ぼくが土手に寝そべっても、桟橋にすわったきみのロマンティックな姿には及びもつかないだろうが、とりあえず、がんばってやってみよう」

ジャスパーはそう言って土手に腰をおろすと、横向きになり、帽子を脱ぎ捨て、地面に肘を突いて、手で頭を支えた。くつろいだ怠惰なその様子は信じられないほどすてきだった。キャサリンは身体をまわして彼と向かいあった。こうすれば、首をうしろに向けたままにしておかなくてもいい。ふたたび日傘をさした――色は淡いブルー。サッシュベルトとも、ボンネットについたリボンとも、矢車草ともおそろいだ。

「あまりロマンティックに見えないわね」キャサリンは同意した。「でも、けっこう微笑ましい姿だわ」

「微笑ましい？」ジャスパーは右の眉をあげた。「言葉の選び方が間違っていたと言ってくれ、キャサリン。言ってくれなきゃ、いますぐ湖に飛びこんで、溺れ死んでしまうまで水底にむっつりすわりこむことにする」

キャサリンは笑いだした。

結婚後の日々のなかで笑うことがあろうとは、思ってもいなかった。でも、この一週間、ずいぶん笑っていたことに、キャサリンは気がついた。でも、それもそうね。いつもわたしを笑わせていた人だもの。

「じゃ、〝ハンサム〟な姿、ね。はい、今日の分のお世辞はこれでおしまい」

二人はすわったまま見つめあった。キャサリンの背後のどこかで、さっき見ていたカモの一家がおしゃべりをしていた。いっせいにグワッグワッと叫んでいるとしか思えないが。草むらでは、姿の見えない虫たちが鳴いている。厩のほうからときおり、蹄鉄をハンマーで叩く音が遠く聞こえてくる。ほんの数分前には、こうした音が湖畔のこの場所の安らぎにアクセントを添えていたが、いまでは、音のせいで二人のあいだの沈黙がかえって強く意識される。

ジャスパーが横に生えている草の葉をちぎり、細めた目でキャサリンを見つめながら、その葉を噛んだ。

とたんに、キャサリンは彼がほしくなった。強烈に、我慢できないほどに。

「ぼくと結婚していなかったら」ジャスパーが尋ねた。「きみはいまごろ何をしていただろう？　あのフォレスターの悪党がバカな噂を広めて、きみを結婚に追いやることになっていなければ」

「ウォレン館にいて、こちらにお邪魔する準備をしていたでしょうね。メグやスティーヴンと一緒に」

「そして、そのあとはどうしただろう？」

「ウォレン館に帰る。そこで静かに暮らす。誰かから出ていくように言われるまで。ネシーとエリオットと子供たちを訪問するように、あるいは、ロンドンへ行くように、と言われるまで」

「ええ」

「いちばん上のお姉さんが寂しがってるだろうね」

「お姉さんはどうして結婚しなかったんだろう？　きみより五つか六つ上だろ。そして、きみに負けないぐらい美しい。噂によると、アリンガムが結婚を申しこんだけど、ことわられたとか。愛する人があらわれるのを待ってるのかな。かつてのきみと同じように」

「愛する人はいたのよ。スロックブリッジの近くのランドル・パークに住んでいたクリスピン・デューという人。ネシーがその弟と結婚したんだけど、その人、肺病で、一年後に亡くなったわ。結婚したときに、そう長い命じゃないことはネシーにもわかってた。その人のことを心から愛してたのよ。そして、向こうもネシーを愛してた」

「三人のロマンティックな姉妹か。そして、希望を叶えたのは一人だけ。だが、それだって、死を前にした男と結婚したわけだ。そこからきみも教訓を得るべきだと思うよ、キャサリン」

「ネシーとエリオットは熱烈に愛しあってるわ」

「しかし、デュー家の長男はメグを愛していなかったのかい？」

「愛してたわ。姉がとても若いうちに、二人は結婚していたかもしれない。そしたらたぶん、生涯幸せに暮らしたでしょうね。でも、うちの父が亡くなってしまった。メグはわたしたちが一人前になって自分の力で生きていけるようになるまで世話をするって、父が亡くなる前に約束したの。ずっと先にならないと結婚できないってクリスピンに言ったの。ところが、クリスピンは待とうとしなかった。軍隊に入って、戦争に行って、スペインの女性と結婚して、メグのハートを破ってしまったの。笑いたければ笑っていいのよ。女はほんとに愚かですもの」

「正直な意見を言うなら、女は恐ろしい。悪魔が憑いているかのようだ」

「あら、でもまあ、前向きなご意見ね。悪魔が去れば、あなたにも希望が生まれるわ」

ジャスパーはクスッと笑って、ふたたび草の葉を噛んだ。

「無私の愛。至高の美徳。いや、果たしてそうかな？　ミス・ハクスタブルは、愛よりもきみとすぐ上のお姉さんと弟さんを選んだことで、誠実な男性に幸福とは無縁の人生を送らせることになったのではないだろうか。二人が結婚していれば、たぶん、幸せになれただろうに」

キャサリンはたちまち憤慨した。やっぱり男性の側に立つ人なのね。クリスピンのほうに、じっと待つだけの忍耐心と強さがあればよかったのよ。いまごろはもう、待つ時期も終わっていたはず。スティーヴンがもうじき二十一歳になるんだもの。

「一人の、あるいは、複数の個人への献身の道を無私の心から選んだ者というのは、それ以外の道や、その献身を同じように必要としているほかの人間を、往々にして無視しがちではないだろうか」

「女性が修道院に入って尼僧になり、残された家族に寂しい思いをさせるとか？」

彼の目に微笑が浮かんだ。

「それも一例だろうね。もっとも、正直に白状すると、ぼくにはそんな例は思いつけそうもないが」

「あるいは、母親が子供を溺愛するあまり、夫を放りっぱなしにするとか？」

ジャスパーは唇をすぼめ、草の葉を脇へ投げた。

「その場合は、夫にも責任があると思う。妻を喜ばせることに心を砕こうとしなかったのだろう」

この人ときたら、まったくもう。とても真剣な話題に性的な含みを持たせるんですもの。「だったら、夫を熱愛するあまり」ムッとして、キャサリンは言った。「子供を放りっぱなしにするとか」

「そんな母親はどこにもいないよ。そうだろう?」ジャスパーが静かな声で言った。

「そうね」

ジャスパーは身体を起こすと、脚を交差させて膝に手首をのせ、まぶしそうに湖面をながめた。

そこでキャサリンはハッと気づいた。いるのかもしれない。そういう母親が。この人のお母さま? そんな目にあったの?

「ミス・ダニエルズは」ジャスパーが言った。話題を完全に変えてしまったようだ。「シャーロットが四歳のときから家庭教師をしてくれていた。最近では、コンパニオンの役目のほうが大きくなっている。どちらにとっても、じつに幸運なことだった。とても気の合う二人だからね。そして、いま、シャーロットが巣立ちのときを迎えたら、ミス・ダニエルズはこの村の牧師と結婚することになっている」

「レイチェルのことも話してくださる?」

「この世界は広くて危険な場所だった。そこで、シーダーハースト・パークのミス・レイチエル・フィンリーは屋敷にとどまっていた。やがて、喪に服すためにとどまった——つぎは、母が精神的にすっかりまいってしまって、つねに話し相手を必要としたため、屋敷にとどまった。そのつぎは、母が亡くなり、ふたたび喪に服すために。社交シーズンを迎えてようやく正式にデビューしたときは、すでに二十四歳になっていた。不憫だよね。そう思わないかい？　グッディングにめぐりあえて運がよかったよ。徹底的に退屈な男だが、まじめだし、財産もある。退屈な男というのは、得てしてそういうものだ。おたがいに愛情を抱きあってるようだし」

キャサリンはふたたび日傘をおろして、両方の脚を抱えこんだ。

では、この人はどんなふうに生きてきたの？　お母さまにほったらかしにされてたの？　お母さまは再婚相手にそこまで夢中だったの？

ジャスパーがふたたび彼女をじっと見ていた。まぶたを軽く伏せ、怠惰な笑みを目に浮かべて。しかし、肩と腕がこわばっていて、それに気づいたキャサリンは、この人は自分のことをあまり知られたくないときに、この表情を仮面のように顔に貼りつけるのね、とこれまでになく強く思った。

「きみ、まだぼくに恋をしてないの？」ジャスパーが訊いた。「これからの三週間を省くわけにいかないかな？　ぼくのほうはきみを熱愛してるって、すでに何回も言っただろ」

それはまじめな質問ではなかった。あるいは、まじめな告白でもなかった。これまでの流れに沿って会話を続けていくのがいやなだけなのだ。キャサリンはそれを察した。

「あなたに恋はしてないし、これから先、微細な破片のそのまた破片ぐらいの恋心を抱くこともありえないわ、ジャスパー」キャサリンは言った。しかし、彼に軽く笑いかけていた。

ジャスパーは自分の胸に片手をあてた。

「微細な破片のそのまた破片……」と言った。「どういう形をしてるのか、いま想像してみてるんだが。肉眼で観察できるものであればね。ひと粒の砂のようなもの？　〝ひと粒の砂に世界を見る〟のかな？」

この人、ウィリアム・ブレイクを引用している。夢なんてぜんぜん持たない人に、どうしてあんな燦然たる神秘的な詩が理解できるの？

「ひと粒の砂であれ、微細な破片のそのまた破片であれ、恋の始まりとしては充分だ。そうした種子が存在することをきみが認めているのを知り、ぼくはうれしく思っている」

「あなたって、ほんとに人の話に耳を傾けない人なのね。わたしは〝存在しない〟と言ったのよ」

ジャスパーは両方の眉をあげた。

「微細な破片のそのまた破片は存在しないのかい？　がっかりだな。だが、きっと存在しているとぼくは信じる。もし存在しないのなら、きみがそんな言葉を口にするはずはないし、口にしたところで、愚かな意見だと思われるだけだ。そして、もし存在するなら、ぼくは希望を捨てずにいられる。一度でも存在したものはけっして消えないんだよ。あるいは、失われることもない。もし失われるとすれば、それは誰かが怠け者で、捜そうとしないからにすぎない。きみがぼくのことをどう思っていようと、キャサリン、ぼくはけっして怠け者ではない。自分にとって大切なことをするために、エネルギーを温存しているだけなんだ。微細な破片のそのまた破片を見つけだして、それをもとに、ひと粒の砂から壮麗な砂の城を築くとしよう。城には高い塔があり、小塔があり、胸壁をめぐらした屋根の上にお仕着せ姿のラッパ吹きが立って、勝利の賛美歌を吹き鳴らすんだ。この場合、〝賛美歌〟という言葉を使ってもいいのかな？　だが、言わんとすることはわかってくれるね？　きみはぼくを愛するようになり、ぼくの熱愛に屈服するのだ、わが太陽の女神よ」

キャサリンは笑いが止まらなくなった。

しかし、心のなかのとんでもなく愚かな部分では、小塔のひとつの上に立って、ラッパ吹きが勝利の曲を吹き鳴らすのに耳を傾け、騎士が城の壁をよじのぼってくるのを見たいと思っていた。騎士はマントをひるがえし、抜いた剣を手にして、勝利と愛のなかでキャサリンに微笑みかけることだろう。

夢見がちな人間には、じつに困った点がいくつもある。ついバカな空想にふけってしまう。

「庭のほうをまだ案内していなかったね」ジャスパーが言った。「パルテールと東側の何もない芝地へ行っただけで。湖の岸辺を散歩すると、まるで絵のようだよ。ゆっくり歩いて一時間ぐらい。きびきび歩けば、かなり短縮できる。屋敷の裏手の丘に続く散策路はもっと険しくて、全部歩き通そうと思うと数時間かかる。だが、こまかいところまで神経を配って造ってあり、自然愛好家はさまざまな自然を楽しむことができるし、景色をながめるのが好きな者は美しい風景を堪能することができる」

「両方とも歩いてみたいわ」

「じゃ、まず長いほうからだ。明日は？」

「午前中、村で委員会の会合が三つあって、そちらに顔を出す約束になってるの。それから、午後にもひとつ。その翌日は、レイコックさんの姉妹が若い姪御さんを連れてお茶にいらっしゃる予定だし。その姪御さん、たしか、シャーロットのお友達よ」

「じゃ、そのまた翌日にきみと散歩に行く約束をしてもいいかな？　腰を低くして頼もうか。必要なら膝を突いて？」

キャサリンは彼に笑顔を見せた。「そのほうがいいわね。結婚の申込みにいらしたときは、膝を突かなかったでしょ。じゃ、三日後に。楽しみにしてるわ」

「あのとき、求婚するために膝を突いていたら、きみに頭を蹴飛ばされたことだろう」

「たぶん」キャサリンは同意した。

ジャスパーは立ちあがると、帽子をふたたび頭にのせて、キャサリンに手を差しだした。

「お茶を飲みに戻ろうか。この三日間、何杯も飲みつづけたから、いまではお茶がないとやっていけなくなってしまった。アルコールのようなものだろうか。お茶中毒になったのかな。コンや、チャーリーや、ハルに教えてやるのが待ちきれない」

「お茶ね。すてき」キャサリンはそう言って、彼に手を預けた。

本心からの言葉だった。彼が桟橋にやってきてから、今日という日がなんとなく明るくなった。

未来のどこかでハートの張り裂ける日が待っているのだろうかと、ふと思った。

でも、未来のことは、それが現在になったときに考えよう。

19

そのあとの二日間は大忙しで、ジャスパーが妻と顔を合わせることはほとんどなかった。農場と荘園関係の仕事に追われ、おまけに、園遊会の準備のため、男性の委員会にも顔を出した。なぜこんなことにひきずりこまれたのか、よくわからなかったが、とにかく現実にそうなっていた。キャサリンと一緒にコーネル家へ挨拶に出向いたとき、男性用の娯楽として、コーネルが湖上のボート競走を候補にあげたので、ジャスパーが湖畔の泥レスリングを提案したのだが、たぶん、そのせいだろう。どうやら、男性の大部分が彼の提案をもっと望んでいるようだ。

キャサリンのほうは、一カ所にじっとしていることがまったくないため、ジャスパーにはなかなか見つけだせなかった。食事の時間と、客間で夜のひとときをすごすときだけはべつだが。あとは、家政婦や料理番、そして、庭師頭と一緒にいることが多かった。村のなかや周囲でひらかれる委員会の会合には、男性のみの委員会をのぞいて、残らず出席した。それから、レイコック家の姉妹を、その姪でシャーロットの親友でもあるジェイン・ハッチンズともども、お茶に招いて歓待した。キャサリンはこの少女をハウス・パーティにも誘うことジャスパーに説明したように、その夜、晩餐の席でジャスパーに説明したように、ったのはわずかな、招待客の男女の数に差が出たからだった。ジャスパーのいとこたち（彼の父親の弟にあたるスタンリー叔父の子供たち）が招待に応じたためだ。男の子が二人に女の子が一人。

この二日間、曇り空が続いて、ときおり小雨がぱらついていた。しかし、三日目になると、朝は依然として曇っていたが、予定していた散策へ出発したときには、雲はほとんど流れ去り、ふたたび晴天になりそうな期待が持てた。

「逆コースで歩いてみよう」屋敷を出たところで、ジャスパーがキャサリンの腕をとり、東のほうを向かせた。「といっても、ふつうのコースと逆コースがあるわけではないが、みんな、たいてい、湖からスタートする。困ったことに、足を止めて景色を楽しむ場所が多すぎるため、湖を一周しただけで終わってしまい、散策の最高の部分を逃してしまうことになりがちだ」

「最高の部分って、木立を抜けて丘を歩くこと？　ええ、想像できるわ。最高でしょうね」

今日のキャサリンは、白地に淡いブルーの小枝模様を散らしたモスリンのドレスを着て、ブルーのリボンがついた麦わらのボンネットをかぶっていた。繊細で愛らしい感じだった。最新流行のハイウエストのデザインは彼女の体形にぴったりで、ほっそりした品の良さをひきたてていて、モスリンの優美なひだが全身を柔らかく包みこみ、ときには、すらっと長い脚の輪郭を見せている。

彼女の頬はピンクに染まり、目はきらきら輝いていた。屋敷の召使いや近隣の人々はきっと、彼女が新婚ほやほやの花嫁で、結婚のベッドの喜びを知ったせいだと思っているに違いない。だが、じっさいにはたぶん、園遊会の準備で忙しく、それが楽しくてたまらないからだろう。

彼女を見おろして、ジャスパーは唇をすぼめた。

二人はもうじきリンゴ園になる予定の東側の広い芝地を横切り、つぎは彼が先に立って、木々のあいだを抜ける小道に入った。小道はすぐさま北へ向きを変え、ゆるやかな上り坂になった。これをたどれば丘陵地帯に入っていく。

「けさは珍しく無口ね」キャサリンが言った。

「こう言おうかと思ってたんだ――今日は晴天に変わるだろうというぼくの予想が的中しただろ、ってね。〝だから言ったじゃないか〟とつけくわえようかとも思った。だが、残念ながら、朝食の席できみがモアランド公爵夫人の手紙を読んでいたため、邪魔しちゃいけないと思って、心のなかで予想をつぶやくだけにしておいた。いまになって、予想があたったと自慢したところで、きみはたぶん、予想してもいないことを自分の手柄にすると言って、ぼくを非難することだろう。人を信用する気がないからね、キャサリンは」

キャサリンは横を向いて彼に笑いかけた。

「二人の平和のために、あなたを信用することにするわ」

ジャスパーは物憂げに笑みを返した。

「ここってすてきね。戸外の大聖堂みたい」

たしかに、このあたりまでくると、背の高い木々が間隔をあけて並んでいて、傾斜があるにもかかわらず、広い道がまっすぐ延びている。

「丘を散策するときは、昔からここが大好きな場所のひとつだった。散策路が造られたときは、湖側から始まって、ここで終わったんじゃないかな。そして、設計者がここにたどり着いたときには、新たな案も、エネルギーも、興味もなくなっていたんじゃないだろうか。飾りものの建築物も、ベンチもないし、屋敷や田園地帯の景色をながめることもできない。ここにあるのは森と丘の斜面だけ」

「そして、神聖さ」キャサリンが言った。

「神聖さ？」

「ぴったりの言葉かどうかよくわからないけど……。飾りけのない自然があるだけ。もっとも、小道は人が造ったものね。ここにあるのは、木々とその香りだけ。そして、小鳥たち。そして、小鳥のさえずり」

「そして、ぼくたち」ジャスパーは言った。

「ええ、わたしたち」

二人はしばらく無言で歩きつづけた。息遣いの音を小鳥のさえずりに加えながら、さらに急な坂をのぼって屋敷の裏手の丘陵地帯に入っていき、ついに、シャクナゲの小道にたどり着いた。ここが散策路の最高地点で、景色が楽しめるよう神経を配って設計されていて、ベンチが置かれ、飾りものの建築物が点在している。そして、花々の濃厚な香りに満ちていた。

「まあ。きれい！」

「大聖堂より気に入った？」

「あら、それが自然のすばらしいところなのよ。そう思わない？　どちらが上ということはけっしてない。ただ、違いがあるだけ。パルテール庭園、散策路のなかの大聖堂に似た部分、ここ——そのなかに身を置けば、どれも最高に見えるわ」

小道の片側に、古い石造りの隠者の小屋があった。ドアの横の壁に十字架まで刻まれている。もちろん、古いものではない。飾りものだ。ズダ袋で作った服を着て、ボサボサの髪と髭を生やし、朝から晩までロザリオの祈りを唱え、カビの生えたパンと濁った水で生きていた隠者など、どこにもいはしなかったのだ。二人は小屋に入って石のベンチにすわった。革製の長いクッションが敷いてあって、なかなか快適だ。

東と南の芝地の下のほうに目を向けると、遠くに村が見えた。教会の尖塔が風景の中心になっている。ひなびた平和な光景だ。

ジャスパーは彼女の手を握った。

「無理やり結婚させられたりしなかったら、あなたはいまごろ何をしていたの？」二、三日前に彼にされた質問を、今度は逆にキャサリンのほうからしてみた。「いまごろ、どこにいたの？」

「ここだよ」ジャスパーは答えた。「シャーロットの誕生日にはここに帰ると約束していたから」

「で、そのあとは？　ここにそのまま居残った？」

「かもしれない」ジャスパーは肩をすくめた。「違うかもしれない。夏をすごすのなら、ブライトンがいいね。たいてい、摂政殿下が滞在するから、おもしろい連中がみんなそっちに集まるんだ。仲間にたくさん会えるし、楽しいことがたくさんある。ぼくもそっちへ行ってたかもしれない」

「じゃ、あなたには仲間が必要なの？」キャサリンは訊いた。彼のほうを向いていた。

ジャスパーは眉をあげた。「誰だって仲間が必要だ。それに、楽しい遊びも」

「すると、あなたは孤独な人なの？」

その質問に、ジャスパーは動揺した。思いもよらない質問だった。そして、答えようがなかった。だが、とにかく返事をした。

「孤独？　ぼくが孤独だって？　友達や知りあいが何十人もいるんだよ。招待状や遊びの誘いが山のように届いて、それを選ぶだけでも、毎日ひと仕事なんだ」

「一人になるのが怖いの？」

「とんでもない」

基本的に、一人ぼっちで大きくなった——母親と、その夫と、姉と妹と、屋敷にあふれんばかりの召使いと、数えきれないほどの隣人がいた。全員とはいかないまでも、その大多数が彼に優しくしてくれた。それでも、一人ぼっちで大きくなった。

「おおぜいのなかで暮らす人は、とても孤独になることがあるわ」

「そうかなあ、本当に？」ジャスパーは彼女の手に指をからめた。「じゃ、辺鄙な村で育った者は孤独を感じないの？」

「一人でいることと、孤独には、違いがあるのよ。一人でいても孤独じゃない場合もある。それから、おおぜいのなかにいて、その仲間に入っても、孤独な場合もある」

「それって、きみが子供のころに牧師館で教わったこと？」

「ううん。わたしが自分で学んだことよ」

「で、きみは孤独な女性なのかい、キャサリン？」

「たまにね」キャサリンはためいきをついた。「でも、一人になるのは好きよ。自分一人でいるのが好きなの」

「ところが、ぼくは違う」ジャスパーは言った。「それがきみの出した結論かい？　きみ、以前、ぼくに言ったよね――〝あなたは自分のことが好きじゃない人だ〟って。だから、きっと孤独なんだと思ったのかい？　人生のあらゆる瞬間をともにすごさなくてはならない唯一の相手と一緒にいても、楽しむことができないから？」

「あなたを不愉快にさせたみたいね」

きみが？　こっちは、人に些細なことを言われたぐらいで不愉快になる人間ではないんだが。人が自分のことをなんと言おうと、ぼくは気にかけたりしない。

「とんでもない」ジャスパーは二人の手を持ちあげて、彼女の手の甲にキスをした。「孤独なんて、ぼくはちっとも怖くない。ただ、仲間がいたほうが楽しいだけさ。いま目の前にいる仲間も含めて」

「わたし、ここで幸せになれそうよ」

「ほんと？」

「ここが大好き。召使いたちが大好き。それから、あなたの近隣の人々が――いえ、わたしたちの近隣の人々が好き。ええ、ここなら幸せに暮らせるわ」

「園遊会と、舞踏会と、ハウス・パーティと、その他の社交行事を計画して？」

「ええ。そして、日々の暮らしを送るだけで幸せ。ここにいるだけで幸せよ。ここがわが家ですもの」

「そして、きみの子供たちを育てるのかい？　いや、二人の子供だね」

「ええ」キャサリンは彼の目を見つめた。頬がかすかに染まっていた。

「お望みなら、子供たちを作る仕事に急いでとりかかってもいいのだが――と言うか、ともかく、一人目をね、キャサリン。だが、考えてみたら、急ぎすぎるのはよくないかもしれない」ジャスパーはベンチを見おろした。革製のクッションが敷いてあっても、さほど快適ではなさそうだ。

キャサリンは笑いだした。もっとも、彼の目をじっと見たままだったが。

「子供はすごくほしいわ」

「ぼくにも子供が必要だ。少なくとも、息子が一人。これでおたがいの意見が一致したね。一人目の子供を作るために力を合わせなくては。なるべく急いで」

キャサリンはふたたび笑った。

「〝なるべく急いで〟をあなたがどう定義するかによるわね」

「〝なるべく急いで〟というのは、いまから三週間後。そうなんだろ？」ジャスパーはためいきをついて尋ねた。

「ええ。あなたが子供を作ろうと思うのは、単純に子供がほしいからじゃないのね、ジャスパー？」

そんなふうに考えたことは一度もなかった。いまここで考えてみた。自分の血を分けた子供。そして、キャサリンの血を分けた子供。愛され、可愛がられて育つ子供。傷つくことがあり、打ちひしがれることもある子供。もし、息子が生まれる一カ月前に、自分が生垣を飛び越えようとして落馬して首の骨を折ってしまったら、キャサリンはほかの男と再婚して息子を育てていくのだろうか。

〝子供を持ったら、苦労の連続かもしれない〟ジャスパーは思わず口に出しそうになった。〝危険すぎる〟しかし、そんな言葉を口にすれば、自分自身をよけいさらけだすことになる。

つなぎあった手をふたたび持ちあげ、彼女の腕を自分の脇にはさんだ。

「母親にそっくりの娘たち？　そして、息子たちは……やっぱり母親にそっくりかな？　子供を抱いて、愛して、一緒に遊んで、育てていく？　心を惹かれるね、正直に白状すると。そして、いまではそれが可能なんだ。結婚したんだもの。そう、きみとぼくの子供を作ろう。単に必要だからではなく、子供がほしいから」

ときどき、キャサリンに言っていることが本心からなのか、それとも、彼女を感心させたりからかったりしたくて言っているだけなのか、自分でもわからなくなってしまう。ただ、キャサリンをだますつもりで言ったことは一度もない。彼女との賭けは、これまでに経験したいかなる賭けとも違っている。賭けたものが大きすぎる。それに、キャサリンは気づいていないが、これは二重の賭けだ。両方が勝つか、両方が負けるか、ふたつにひとつだ。

しかし、ああ、まずい。いまの言葉をキャサリンが信じてしまった。唇を軽くひらき、目を潤ませ、あわててまばたきして涙をこらえている。たぶん、信じた彼女が正しいのだろう。ぼくはたぶん、本心から言ったのだろう。不意に、モアランド公爵のところのような小さな赤ん坊を抱いている姿が、心に浮かんできた——自分の血を分けた赤ん坊。

バカだな。落としてしまうに決まっている。

いや、ぜったい愛するようになる。ほかに選択肢はない。自分が生きているかぎり、わが子が愛を知らずに育つようなことはぜったいにさせない。屋根にめぐらされた欄干に沿って並ぶ石像のすべてに、ニッと笑った赤い口と、吊りあげた黒い眉をいたずら描きしてきたばかりの子供でも、あるいは、教会から帰ったあとで着替えをするのを忘れて滝すべりに出かけ（きびしく禁じられている遊びなのに）、上着とズボンにかぎ裂きをこしらえて帰ってきた子供でも。とにかく、そんな子供でも深く愛していくだろう。たぶん、子供を連れてふたたび滝へ行くだろう。そうすれば二人で一緒に滝すべりができるから。また、息子を——あるいは娘を——ふたたび屋根の上まで連れていき、すべての石像に紫色の口髭を描かせるだろう。

キャサリンが自由なほうの手をあげて、彼の顎を包んでいた。親指の腹で彼の目の下から何かを払いのけた。何か濡れたものを。

なんてことだ！

ジャスパーはあわてて立ちあがり、隠者の小屋を出た。キャサリンを待たずに小道に戻ると、シャクナゲの木から花をふたつとった。

「さて、どうしようかな」と言って、背後に近づいてきた彼女のほうを向いた。「ひとつはここだ。きみのボンネットを飾るリボンのなかに。それから、もうひとつは……ここ」

ジャスパーは花の茎をドレスの胸に押しこんだ。胸の谷間に指でしっかりと押しつけた。その部分は温かく、かすかに湿っていて、ジャスパーは欲望に貫かれるのを感じた。あまりに強烈な感覚だったため、たちまち勃起して彼女に魂胆を見透かされ、警戒される結果にならなかったのが不思議なほどだった。

「きみをこれ以上美しくする必要はないけどね。だが、花のほうは美しくしてやる必要があるかもしれない。きみのそばにいれば、花も美しくなれるだろう」

「まあ、お上手ねえ」キャサリンは目をきらめかせた。「けっこう努力なさったのね」

「じゃ、ご褒美をくれる？　たとえば、キスとか」

しかし、彼の予想どおり、キャサリンは笑っただけだった。

うう……さっき彼女が拭きとったのは、涙じゃないよな？　あれほどきまりの悪い思いをしたことは、これまでの人生でほとんどなかった。

キャサリンに腕を差しだし、二人で小道を歩いていくと、道はやがて湖のほうへ向かって徐々に下っていった。

シャクナゲの小道が終わるあたりで、樹齢の古いブナの巨木のそばを通ったので、二人は足を止めて幹にてのひらをあて、その太さと古さに感嘆した。ジャスパーは木の向こうへ目を向けて、丘の上を見あげ、鬱蒼と茂った木立に目を凝らした。だが、ここからは何も見えない。今日のところはキャサリンと小道を歩くだけにしておこう。時間はたっぷりあるから、あらためて出直してくればいい――いや、そんな機会はもうないのだろうか。

「湖のこちら側に砂浜がある。砂浜と呼ばれてはいるけど、もちろん、砂はないし、潮の満ち干もない。しかし、土手の傾斜をゆるくして、湖までなだらかに続くようにしてあるから、腰をおろしてピクニックを楽しむことができるし、足をつけてパチャパチャやっても、頭から水に突っこんでしまう心配はない。あるいは、泳ぐこともできる。ピクニックランチを持ってこなかったのが残念だ」

「かわりに、足をパチャパチャさせましょうよ」斜面をおりながら、キャサリンは言った。木々がまばらになり、太陽の光が二人に降りそそいだ。「けっこう暑くなってきたし、歩きつづけたせいで足がちょっと痛いの」

「きみ、泳げる？」ジャスパーは彼女に尋ねた。

「ええ。子供のころ、ランドドル・パークで習ったから。よくそこへ行って、デュー家の子たちと遊んでたの。泳ぎ方なんて忘れてしまったと思ってたけど、大丈夫だったわ。ウォレン館にいたときも泳いだのよ」

「だったら、今日も泳ごう。長い散歩のあとで涼むのに、これ以上いい方法があるだろうか」

「今日?」キャサリンはあわてて彼を見あげた。「このドレスで泳ぐのは無理よ、ジャスパー。いちばん上等なドレスのひとつなのに。それに、あなただってそんな服を着てたら泳げないでしょ」

二人は小道が枝分かれするところまできていた。一方の道を行けば、湖の向こう側へまわって、小さなコテージと滝のところに出て、屋敷のほうへ戻っていく。もう一方の道を行けば、砂浜があり、そのまた先にボート小屋と桟橋がある。ジャスパーは砂浜のあるほうへ曲がった。

「きみがきわめて大胆な女でないかぎり、キャサリン、ドレスの下にシュミーズを着ていると思うが。それから、コルセットも着けているだろう?」

「もちろんよ」キャサリンは言った。つぎにふたたび彼を見て、目を丸くした。「シュミーズで泳ぐなんてとんでもない!」

「だったら、脱ぐかい? ぼく以外の人間に見られる心配はない。そして、ぼくは衣服を着けていないきみの姿を前に見ている。まあ、あのときはロウソクの光だったけどね。しかし、賭けてもいいが、太陽の光のもとで見ても、それに劣らずきれいだと思うよ」

「ジャスパー！」キャサリンはこわばった笑い声をあげた。「シュミーズなしで泳ぐなんてとんでもない」

「じゃ、着たままで」ジャスパーは言った。「慎みが必要なら」

二人はゆるやかに傾斜した草の茂る岸辺に立ち、湖面のほうをながめた。陽ざしを受けて、湖が誘いかけるようにきらめいている。木陰がなくなったため、空気が熱く感じられる。

「さあ」ジャスパーが彼女の腕を放し、自分のほうに背を向けさせた。「ドレスとコルセットを脱ぐ手伝いをしてあげよう。必要に迫られれば、ぼくはメイドの仕事だってどうにかこなせるんだぞ」

「まあ」キャサリンは腹立たしげに言った。「そうでしょうとも。でも、ジャスパー、いまは泳げないわ。タオルを持ってきてないから。着替えもないし。それに……あっ！」

ジャスパーは彼女のサッシュベルトをほどき、ドレスの背中をひらくと、軽く持ちあげて肩からはずし、地面にすべり落ちるにまかせた。つぎに、コルセットを締めあげている背中の紐をほどきはじめた。

「泳いだあとは、太陽を浴びてるうちにすぐ乾くさ」と言って、肩甲骨のあいだに唇をつけながらコルセットをゆるめ、草の上に落とし、それから膝を突いてストッキングを脱がせた。

シュミーズは胸から膝の上十センチぐらいまでを覆っていた。キャサリンが靴とストッキングを脱いで彼のほうを向くと、背が高くて、すらりと優美で、彼がこれまでに目にしたどんな女よりも魅惑的な姿だった。

彼女に心を奪われてしまった。早く湖に飛びこまないと、爆竹みたいに破裂しそうだ。

「ねえ」キャサリンが言った。「あまりお行儀のいいこととは言えないわね」

肌もあらわなシュミーズ一枚だけで、ほかには何も着けていない、つんとすました牧師の娘――なんともはや、色っぽい組みあわせだ。

ジャスパーは上着とチョッキとネッククロスを大急ぎで脱ぎ捨てた。「夫にシュミーズ姿を見せるのが？　たしかに、衝撃的だ」

シャツを頭から脱いで、草の上に腰をおろし、ブーツを脱ぎ、そのあとでふたたび立ちあがってズボンと靴下を脱いだ。

彼女を完璧に呆然とさせたほうがいいだろうか。しかし、迷ったのはほんの一瞬で、下穿きも脱いだ。興奮の証を外に出さずにすませることなどできただろうか。

キャサリンは下唇を嚙んだ。

「水が冷たそう」と言った。なんとも弱々しい抵抗だった。

「だったら、ぼくたちで温めよう。沸騰させて土手の上まで蒸気を立ちのぼらせよう。きみはどうだか知らないが、キャサリン、ぼくはすごく火照ってるんだ。一緒にくるかい？」彼女のほうへ手を差しだした。

「さあ、どうしよう……」キャサリンは湖のほうを用心深く見た。「こんなことするなんて、やっぱり――キャッ！」

ジャスパーは彼女を両手で抱えあげ、大股で歩きだした。レディの話をさえぎるのは不作法だが、紳士の忍耐心にも限界がある。

恐ろしいほどの衝撃だった。水の話ではない――まだ水に入っていないのだから。真っ昼間の戸外に男と二人きり、こちらはシュミーズ一枚で、向こうは何も着けていない。何ひとつ。

もちろん、この人はわたしの夫。

それでも、衝撃的なことに変わりはなかった。

そして、刺激的だった。

そして、痛快だった。

そして、彼女もやはり身体が火照っていた。太陽がどんなに熱いか、これまで気づいていなかった。

彼が水に入っていった。しぶきが数滴、キャサリンの身体に飛んだ。冷たかった。笑って彼にしがみつき、金切り声をあげた。この人、まさか、無茶なことは――。

しかし、無茶をやる男だ。

そして、実行した。

キャサリンを水に落とした。

キャサリンは石のように水底まで沈んで、必死に浮かびあがった。濡れた目をこすり、空気を求めてあえぎながら、彼のほうへ目を向けると、彼はまだ同じ場所に立っていた。腿まで水に浸かり、手を腰にあて、キャサリンを見て笑っていた。

そして、すばらしくハンサムで楽しげなので、キャサリンは思わず泣きたくなった。かわりに彼に水をかけ、向こうが咳きこんで、首をふって目に入った水を払っているあいだに、水中にもぐり、思いきりスピードを出して深いほうへ泳いでいった。

ふたつの手が彼女の足首をつかみ、脚をなでながらヒップまで行った。水中にひきずりこんだ。キャサリンは彼の手が離れたとたん、水のなかで宙返りをして、彼の足もとに近づき、片方の足首をつかんでひっぱった。

いい思いつきではなかった。そこから始まった格闘はとうてい互角とは言えず、水に沈められた回数はキャサリンのほうがはるかに多かった。まもなく、本当に息が苦しくなってきた。もちろん、頭が水の上に出るたびに笑いが止まらなくなるので、よけい苦しくなるばかりだった。

「あなたの言ったとおりだわ」十分ほどたって格闘が自然に終わりを迎え、二人並んで仰向けに浮かんでいたときに、キャサリンは言った。「わたしたちのおかげで水が温まったわね」

ジャスパーは彼女に顔を向けて微笑し、彼女の手のほうへ自分の手を伸ばした。

その瞬間、それが起きた。

いきなり。

キャサリンは恋に落ちた。

もしくは、しばらく前から恋に落ちていたことに、いま気がついた。

いや、たぶん、ヴォクソールのあの夜からずっと彼に恋していたのだろう。キャサリンはあのとき、恋とは安全なものではないのかもしれない、世界でいちばん危険なものかもしれない、と思ったのだった。

恋に理屈は必要ない。価値がなくてもかまわない。無理に手に入れるものではない。追い求めるものでもない。

恋はあくまでも恋。

キャサリンが目を閉じ、彼と軽く手をつないだまま並んで浮かんでいると、世界が揺らいで形を変え、ふたたび、彼女のまわりでもとに戻った。

彼も感情のない人ではなさそうね。ぜったい違う。子供を持つことを想像して、さっき、涙ぐんだほどだもの。そして、いまは数分ものあいだ、わたしとふざけあい、二人だけの時間を心から楽しんでいた。まぶたを伏せたいつもの仮面と、皮肉っぽい嘲りの陰に身を隠すのではなく、笑い声をあげ、とても楽しそうだった。

きっと、わたしのことを少し好きになってきたのね。

災厄もいずれ栄光に変わるという希望が持てそうね。

ジャスパーが彼女の手を放して、身体を反転させ、クロールでゆったりと泳ぎはじめた。キャサリンも横について泳ぎながら、筋肉の発達した腕と肩、背中の筋肉、ひきしまった尻、長くたくましい脚に見とれた。

信じられないほど美しい男。もちろん、比較の対象にできる男は、ほかに一人も知らないけれど。

やがて、彼がふたたびそばまで泳いでくると、キャサリンの背中に片方の腕をかけて抱きよせ、自分が上になり、反対の手を彼女のヒップの下へすべらせた。キャサリンが彼に両腕をまわして、二人一緒に身体を回転させたので、今度は彼女が水面に、彼が下になった。つぎには、彼が二人の位置を逆にした。こうして上になったり下になったりを繰り返すうちに、二人ともまた息が苦しくなり、見つめあって微笑した。

岸まで一緒に泳いで、雫を垂らしながら岸辺にあがった。キャサリンが髪の水を絞るあいだに、ジャスパーが上着を草の上に広げ、手を握りあって二人で横たわった。水から出た瞬間のヒヤッとした感覚が、肌にあたる太陽のまばゆい温もりに変わっていくなかで、キャサリンはふたたび彼の美しい裸体に目を奪われた。

この人がわたしの夫。

そして、わたしはこの人を愛している。

そして、この人もきっとわたしを愛している。でも、それは愚かな期待。ううん、そんなことはない。きっと愛してくれている。

そちらを向くと、彼が物憂げな微笑をキャサリンに向けていた。

「ぼくは数えきれないぐらいここで泳いできた。だけど、今日までいつも一人だった」

「お姉さんと妹さんは泳がなかったの？」

「まさか。きびしく禁じられていたから」

「あなたも？」

ジャスパーは低く笑った。「そう、ぼくも。子供が生まれたら、ここで泳ぎを教えてやろう、キャサリン――それから、一人で泳ぐことはきびしく禁じる」

「そんな必要はないわ。子供たちが泳ぎたいと言ったら、親がかならずついてくればいいのよ」

「もし親がこられないときは、兄か姉が一緒にくればいい」

「そうね」キャサリンは微笑して、腕で目を覆った。太陽がまぶしかった。

「幸せ？」ジャスパーが訊いた。

「うーん……幸せよ。あなたは？」

「幸せさ」

こんなに幸せなのは生まれて初めてのように、キャサリンには思われた。ほんの一週間前には、惨めさ以外のものは何ひとつ期待しないまま、結婚に踏み切った。でも、いまは……。

陽ざしがさえぎられたので、腕をどけると、上から彼がのぞいていた。

「愛してる？」と訊いた。「ぼくを愛してる、キャサリン？」

〝もちろんよ〟どうしてこの言葉が口から出なかったのか、キャサリンには永遠にわからないだろう。しかし――。

〝ぼくを愛してる、キャサリン？〟

〝愛してるよ、キャサリン〟ではなくて。

「あなたが賭けに勝った。そう言いたいの？」

ジャスパーがわかってるよと言いたげに、ゆっくりと彼女に笑いかけた。イエスという返事を確信している。彼女の気持ちを確信している。

「勝ったのかい？」愉快そうな表情に満ちた目で、彼が訊いた。「きみの返事がどうであれ、恨んだりしないから。さあ、告白の時間だ。ぼくが勝ったのかい？」

キャサリンはしばらくのあいだ目を閉じた。

だまされた。今日、この人はわたしをたぶらかそうと画策してたのね。ヴォクソールのあの夜と同じように。子供を作ろうという言葉、わずかな涙、泳ぎ、太陽の下でこうして並んで横たわったこと――すべてが入念な作戦の一部だった。

そして、わたしのほうは、いまもあの夜と同じく世間知らず。

愛なんて関係なかったんだわ。優しい感情も、自然な衝動も、陽ざしあふれる午後の喜びも、二人で一緒にすごすことも、関係なかったのね。

すべてがくだらない賭けのためだった。

キャサリンは横向きになって彼から離れると、ゆっくり立ちあがり、彼の手を借りずにどうにか服を着た。

ジャスパーはまだ裸で草の上に横たわっていた。

「キャサリン？」と声をかけた。「何かまずいことを言ったかな？　賭けのことはしばらく忘れよう。賭けの話なんか出して、ぼくが軽率だった」

キャサリンはボンネットのリボンを手に巻きつけた。かぶるのはやめることにした。髪がまだ濡れている。何も言わず、ふりむきもせずに、屋敷へ向かって一人で歩きはじめた。彼のほうは、すぐには追ってこられない。服を着なくてはならないから。

たぶん、いずれにしろ、追ってはこないだろう。

先走ってしまった自分を、キャサリンに尋ねるのを少々急ぎすぎた自分を、叱り飛ばしていることだろう。

彼がもうしばらく待ったなら、彼の望む言葉をわたしのほうから口にしたかもしれない。彼のほうを向き、愛していると告げたかもしれない。

そうなっていたら、どれほどひどい屈辱だったことか。

わずか数分前に幸せだったのと同じぐらい、いまは惨めな気分だった。

あの人はけっして変わらない。

二人で幸せになることは、ぜったいできない。

太陽の温かさも、明るさも、すべて消えてしまったような気がした。暑くてぎらぎらしているだけだった。そして、屋敷に戻る道は果てしなく続くように思われた。

20

このバカ！

誘惑のゲームにおいて、ジャスパーの技巧と時機のとらえ方は最高だった。

愛のゲームにおいては、まさに劣等生だった。

〝ぼくを愛してる？〞などと訊いてしまった。

〝愛してるよ〞と言うかわりに。

劣等生よりなお悪い。大バカ者でも、こんな失敗はしないだろう。

彼女への愛を告白するとき、その言葉にどういう意味がこもっているのか、彼にはまだわからないとしても、そんなことを気にする必要はなかったのだ。とにかく告白すればよかったのだ。これまでの生涯でほかの誰にも感じたことのない優しい思いを、ジャスパーは彼女に対して抱くようになっていた。気分がおだやかになり、幸せすら感じていた。〝幸せ〞が何を意味するのか、よくわからないとしても。すべてが順調に進んでいる、この結婚もそう悪くなかったかもしれない――そう思いはじめていた。いや、もっと前向きの気持ちになっていた。結婚してよかった、結婚がこれまで知らなかった満足をもたらしてくれる、彼女にも満足をもたらすだろう――そう感じていた。

あの賭けはなかったことにしよう、と言うつもりだった。それなのに……。

〝愛してる？　ぼくを愛してる、キャサリン？〟

そのあと、さらに悪いことに……。

〝何かまずいことを言ったかな？〟などと言ってしまった。

自分でも呆れはてていた。こんな言葉をコンに、あるいは、チャーリーやマザラムやアイザックに聞かれたら……考えるだけでも耐えられない。

そして、その結果、シャーロットが屋敷に戻ってきて、招待客がすべて到着するまでのあいだ、彼とキャサリンは礼儀正しく愛想のいい他人どうしのように暮らすこととなった。湖での失敗をどう償えばいいのか、ジャスパーには方法が思いつけなかった。いきなり、〝愛している〟などと口走るわけにもいかない。そうだろう？　どういう意味かとキャサリンに訊かれて、何も答えられず、魚のように口をパクパクさせることになりかねない。どういう意味だと言えばいい？

しかも、彼女のほうは、二人の仲を修復しようとする様子もなかった。ハウス・パーティと園遊会の計画と準備に没頭しているため、二人が顔を合わせる機会はほとんどなかった。たまに顔を合わせたときの彼女は、まさに牧師の娘だった――つんとすました女になっていて、誰かに〝シュミーズ〟の意味を訊かれたところで、知らないと答えるだろう。それどころか、服の下にシュミーズを着けた姿で湖畔ではしゃぎまわり、つぎにはシュミーズ一枚になって水中でふざけ、歓声をあげる姿など、とうてい想像できない。

ジャスパーは荘園管理人を相手に、忙しくすごしていた。ジャスパーが姿をあらわすたびに、管理人は軽い日射病にかかった者を見るような視線をよこすようになった。

腹立たしいことに、この結婚は厄介ごとのかたまりになりつつあった。といっても、キャサリンが何かひどいことをしたわけではない。もしそうなら、こっちはとりあえず、傷つけられた喜びを味わうことができる。だが、悪いのはぼくだ。ぼくがバカだったんだ。

そして、執事のカウチが無表情な渋い顔をよこすようになった。家政婦のシドン夫人も。さらには、リンゴを一個くすねようと思って彼が厨房へおりていったときには、料理番のオリヴァー夫人までが。なんとまあ、従僕のコッキングも。

シーダーハーストの反乱だ！

〝無表情〟と〝渋い〟を並べるなんて言葉の使い方が間違っている、と考える者がどこかにいるなら、その人物は、ここで働く上級の召使いたちがジャスパーに視線を向けるときの態度を、まだ見ていないことになる。

荘園管理人のノールズは単に無表情なだけだった。

しかし、みんなの到着する日がついにやってきて、ジャスパーは、ロンドンからこちらにくる馬車のなかでキャサリンが言っていた〝それからもうひとつ〟の約束を思いだした。彼女の家族と自分の家族に、二人が愛に満ちた幸せな結婚生活を送っているところを見せることに、ジャスパーも同意したのだった。

よし、それならば！

早めの午餐をすませてから、ジャスパーは特別念入りに身支度をした。糊の利いたネッククロスを、コッキングが完璧な左右対称の形に結んでくれた。そして、階下の玄関ホールにおりると、キャサリンも最高の装いをしているのが目に入った。ハイウェストから柔らかなひだが流れる淡いグリーンの木綿のドレスを着ていて、クリーム色の絹のリボンがウェストに結んである。ドレスの裾と短いパフスリーブは、もう少し幅の狭い同じ素材のリボンに縁どられている。髪は柔らかく艶やかにカールさせて結いあげてあり、ゆるやかに波打つ後れ毛が幾筋か、うなじに魅惑的に垂らしてある。

そして、笑みを浮かべていた。

彼も同じだった。

だが、これが大事なことなのだ。二人とも、その週は笑みを絶やさなかった。なぜまた召使いたちが無礼にも渋い表情をよこすのか、ジャスパーにはわからなかった。

「ねえ」キャサリンが言った。「夕方までずっとここに立ってても、誰もきそうにないわね。ところが、用があってここを離れたとたん、五、六台の馬車が、いいえ、もっと多くの馬車がガラガラとやってくるんだわ」

「だったら、パルテール庭園のほうへ行ってのんびり歩きまわり、客など待っていないふりをすべきだな。そうすれば、せめて一台ぐらいは、だまされて顔を見せることだろう」

「名案ね」キャサリンはそう言って彼の腕をとった。「わたしたちは誰《エニワン》も待っていない。そうよね？」

「そんな名前は聞いたこともないな。会う予定にもなっていないし。それにしても、なんて間の抜けた名前だろう――エニワンだなんて。そんな名前をつけられたら、どこの誰ともわからぬ人物《エニワン》になってしまう」

ジャスパーはこの一週間で初めて、彼女の笑い声を耳にした。

二人は玄関ドアを出ると、大理石の階段を一緒におりて、上段のテラスまで行った。

「わたしの聞いた話では」キャサリンが言った。「そのエニワンという方はとても退屈な紳士で、同じように退屈な奥さまがいらっしゃるそうよ。通りですれちがっても、ほとんど気づいてもらえないタイプね。よく考えたら、とても不当なことだわ。あらゆる人に価値があり、その存在に気づいてもらうべきなのに」

「だったら、名前を変えたほうがいいかもしれない。〝サムワン〟に」

「それがいいわ。そうすれば、誰もがその人に、そして、奥さまに気づくでしょう。だって、ひとかどの人物《サムワン》になれるんですもの」

あまりのばかばかしさに二人とも噴きだし、他愛もなく笑いころげた。ふたたび笑えるようになって、ジャスパーはホッとした――それも、キャサリンと二人で。

「あ、見てごらん」ジャスパーはパルテールの向こうを指さした。「ぼくたちが知的な議論に夢中になっているあいだに、馬車が一台やってきた。いや、二台だ」

「ほんと」キャサリンが彼の腕にかけた手に力をこめた。「最初の馬車はスティーヴンの一行だわ。やっと到着よ、ジャスパー。あら、見て。スティーヴンが馬に乗って、馬車の横についている。メグとシャーロットが馬車に乗ってるのね」

ジャスパーは彼女の手をはずして、手を握り、指をからめた。それから、彼女の腕をふたたび自分の脇にはさんだ。キャサリンが興奮で顔を輝かせているのを見て、なじみのない揺らめきを心に感じた。優しさ？　せつなさ？　両方？　どちらでもない？

だが、じつを言うと、まったくなじみがないわけではなかった。あの日、砂浜で似たようなものを感じた。

マートンが真っ先にテラスに着いた。一緒にいるのはフィニアス・セイン。まだ十七にもなっていないだろう。ニキビがそれを証明している。そのすぐうしろにマートン伯爵家の馬車が続いた。二台目の馬車の横には、馬に乗ったサー・マイクル・オグデン。馬車に乗っているのは、彼の婚約者のミス・アリス・デュボイスと、妹と、両親のデュボイス夫妻。セインはこの一家についてきたに違いない。

マートンがすぐさま馬をおりた。ジャスパーに笑みを向けてから、キャサリンを抱きあげ、二回ほど回転させた。キャサリンは弟の首に手を巻きつけて笑い声をあげた。

ジャスパーは御者が馬車からおりるまで待てなかった。自分で馬車の扉をひらき、ステップをおろした。ミス・ハクスタブルに手を差しだして、にこやかに笑いかけた。

「シーダーハーストにようこそ、ミス・ハクスタブル」

「まあ」ステップをおりながら、マーガレットが言った。「マーガレットと呼んでくださったほうがうれしいわ、モントフォード卿。いえ、それより、メグのほうがいいわね」

「では、メグ、ぼくのことはジャスパーと呼んでください」

マーガレットがキャサリンのほうを向き、二人が言葉もなく固く抱きあっているあいだに、ジャスパーは馬車のところに戻った。ところが、すでにセインがシャーロットに手を差しだし、シャーロットは彼に笑顔を見せて頰を赤らめていた。

おやまあ――ジャスパーは思った――早くもニキビ面の若造がしゃしゃりでている。そこで、ミス・ダニエルズが馬車をおりるのに手を貸した。

しかし、シャーロットはテラスに足をおろすなり、ジャスパーのほうを向き、歓声をあげて彼の腕に飛びこんできた。

「お兄さま！」と叫んだ。「ウォレン館でとっても楽しくすごしたのよ。それから、ここにくるまでの馬車の旅もちっとも退屈じゃなかったわ。そうよね、ミス・ダニエルズ。メグとおしゃべりできたし、ときには窓をあけてマートン卿ともお話ししたのよ。それから、馬を替えて――あら、あれはどこだったかしら。思いだせない。とにかく、三時間か四時間前のことだったわ。デュボイス家のみなさんと、サー・マイクルと、セイン氏もご一緒で、みんなでとっても楽しく旅をしてきたのよ。わあ、ケイト！　会いたくてたまらなかった。なんておきれいなの。でも、いつだっておきれいよね」

ジャスパーは向きを変えて、到着したばかりの人々を出迎え、シーダーハーストにようこそと挨拶をした。しばらくすると、キャサリンもそばにきて、彼の腕に手をすべりこませた。

客たちはそれぞれの部屋へ案内され、キャサリンとジャスパーはあとの人々の到着を待った。お茶の時間の前に、すべての客が到着した。

つぎの馬車でやってきたのはホーンズビー伯爵夫人で、令嬢のレディ・マリアン・ウィリスも一緒だった。それからほどなく、シドニー・ショーとドナルド・グラッドストーンが馬を並べて到着し、つぎは、馬上のサー・ネイサン・フレッチャーとバーナード・スミス＝ヴェインに左右を守られて、サー・フレッチャーの妹のルイーザ・フレッチャーとアラミンタ・クレメントの乗った馬車がやってきた。全員が一緒に旅をしてきたのだ。

ミス・ハッチンズがベロウ牧師の一頭立ての二輪馬車に乗せてもらって村からやってくると、すぐさま、シャーロットに迎えられた。友達を出迎えて自分の部屋へ連れていくために、シャーロットは階段を駆けおりてきたのだった。

二人は歓声をあげ、それから姿を消した。

そして、最後に到着したのはスタンリー叔父。いとこのアーノルド、ウィンフォード、ベアトリスも一緒だった。

十七歳、十六歳、十四歳。なんだか、チビっ子軍団が押し寄せてきたような感じだな――ジャスパーは思った。グラッドストーンと、もちろん、デュボイス夫妻とジャスパーの叔父をべつにすれば、どの紳士もみな彼より年下だ。ミス・デュボイスとミス・クレメントはすでに社交界にデビューしているので、少なくとも十八歳にはなっているはずだが、あとの令嬢は、マーガレットをべつにして、シャーロットよりさらに年下だった。ジャスパーは自分が化石になったような気がした。

ジャスパーが叔父と一緒に屋敷に入っていくと、キャサリンがその娘ベアトリスの腕をとり、左右に息子のアーノルドとウィンフォードが並んだ。

「自分が育った家をふたたび訪れるのはうれしいことだ、ジャスパー」叔父が言った。「そして、おまえがようやく善良な女性と落ち着いてくれたのを目にするのも。ロンドンでいろいろくだらない噂が流れていたが、わたしはおまえの妻が善良な女性だと信じている。父親も喜んでくれることだろう」

ジャスパーは眉をあげただけで、意見は述べなかった。父親が生きていれば、今日のスタンリー叔父に似ていただろうかと考えていた。ややおなかが出ているが、髪は豊かだし、いまもなかなかの好男子だ。身内だけに、やはりよく似たところがある。いとこたちについても同じことが言える。ジャスパーはこれまでずっと、疎遠になったこの一家を恨んできた。叔父の一家は母親の再婚相手に我慢がならなかったため、彼とレイチェルを見捨ててしまったのだ。しかし、恨みを抱きつづけたのは愚かなことだった。そろそろ修復しなくては。

そして、不意にあることに思い至った。自分が女の子に生まれていたら、爵位と領地はスタンリー叔父が相続していたはず。もしかしたら、叔父のほうも、多少は恨んでいたのかもしれない。

「おいでいただけてうれしいです、スタンリー叔父さん。これからは、もっと親しくおつきあいさせてほしいと思っています。それから、いとこたちとも」

「お部屋にご案内いたしましょう」屋敷に入った叔父の一家に、キャサリンが言った。「きっと、さっぱりなさりたいことでしょう。わたしたちは客間のほうで、みなさんがお茶におりていらっしゃるのをお待ちします。支度がおすみになったら、いらしてください。今日はお急ぎになる必要はありませんのよ。お越しいただいて本当に喜んでおります。それから、フィンリーさま、ジャスパーにそっくりでいらっしゃいますのね。アーノルドとウィンフォードも。とくに、ウィンフォードのほうが」

「よかったら、スタンリー叔父と呼んでもらいたい」

「スタンリー叔父さま」キャサリンはジャスパーの横へ行き、彼の腕に手を通した。「身内って、とっても大切ですものね」

そのあとは二人だけになった。もっとも、すぐにみんながお茶にやってくるだろう。そして、これからの二週間は大忙しになるだろう。その気になれば、おたがいを避けてすごすこともできる。だが、両方の家族にいい印象を与えようと、二人のあいだですでに約束ずみだ。

「ねえ、キャサリン」

「なに、ジャスパー」

「幸せ？」

「幸せよ」

しかし、この問いと答えから、湖でそのあとに出た質問が思いだされた。キャサリンも同じことを考えているのが見てとれた。

ジャスパーは彼女の手を軽く叩いた。
「客間へ行ったほうがよさそうだ」
「そうね」

幸せを感じるのはとても簡単なことだわ——そのあと一週間ほどのあいだに、キャサリンはつくづく思った。わたしはこの屋敷の女主人、そして、屋敷には客があふれている。季節は夏で、毎日、朝から晩まで、散策や乗馬やピクニックや小旅行、そして、邸内の見学や、音楽の夕べや、ジェスチャーゲームや、その他無数の遊びを楽しむことができる。

誕生パーティと園遊会と舞踏会を計画していて、近隣の人々もみな興奮にざわめき、さまざまな提案や助力を申しでてくれれば、幸せを感じるのは簡単なことだ。そして、招待客全員が浮かれていて、その日がくるのをいまや遅しと待っている。ただ、パーティが予定されているのは、客たちの滞在が終わる日の前日なので、その翌日に帰宅することは、みんな、あまり歓迎していないようだが。

身内がそばにいてくれれば、幸せを感じるのは簡単なことだ。それはキャサリン自身の家族のことだけではない。もちろん、家族に会えて大喜びではあるが。シャーロットの感激ぶりが微笑ましいし、ジャスパーの叔父のスタンリーのそばにすわったり、一緒に散歩をしたり、雑談したりするのも楽しかった。叔父はシーダーハーストで送った子供時代の話をいろいろとしてくれて、その多くに、彼の兄、つまりジャスパーの父親のことも含まれていた。

でも、ああ、いちばんうれしいのは、メグをシーダーハーストに迎えたこと！　そして、自分がこの家をみごとにとりしきり、ハウス・パーティの女主人として気を配り、園遊会の準備を順調に進めている姿を、メグに見てもらえたこと！　そして、メグとあれこれ話をし、メグの部屋に腰をおろし、なつかしい思い出話に浸ったこと。

「幸せ、ケイト？」ある日、二人でメグの部屋にいたときに、姉が訊いた。「いえ、あなたがこの二週間を楽しくすごしているのは、わたしにもわかるのよ。それから、あなたとジャスパーが好意を寄せあっていることもわかるの。でも、この先もこうしてやっていける？　ケイト……ああ、どんなふうに尋ねればいいのかわからない。幸せになれそう？」

ベッドに腰かけていたキャサリンは、膝を胸に抱きよせた。

「メグ、わたし、あの人を愛してるの」

口に出して言ったのは初めてだった。湖で泳いだあの日以来、考えることすら避けようとしてきた。

「ええ」メグは微笑した。「わかってるわ、ケイト。向こうもあなたを愛してくれてるの？　きっとそうよね。でも、男の人の心はわからない。そうでしょ？」

「いつか愛してくれるわ」キャサリンは言った。

そして、それを信じる気になった。彼と二人で冗談を言ったり、笑ったり、バカ話をしたりするとき、彼がキャサリンを見ていてたまに唇をすぼめるとき、キャサリンの手をとって指をからめ、自分の脇に彼女の腕をはさみこむとき、客を感心させるのがその主な目的だとしても――ああ、それでも、ごくたまにだが、いつかこの人がわたしを愛してくれると思えることがある。

それに、〝愛〟は言葉にすぎない。この言葉を口にするよう彼に迫ることは、ぜったいにしないつもりだった。もし彼が口にしてくれなかったら、はねつけられ、愛を拒まれたように感じるだろう。そんなの、耐えられない。でも、ちゃんとわかるはず。彼が愛してくれたときには、わたしにもわかるはず。

〝とき〟？

〝もし〟じゃなくて？

ときたま、とても楽観的になって、〝愛してくれたとき〟というふうに考えることがある。〝もし愛してくれたら〟と考えるほうが多いけれど。

「ところで、お姉さまはどうなの？」ケイトは訊いた。

「わたしが何か？」姉は笑顔で訊いた。「ウォレン館に戻ってホッとしたわ、ケイト。あなたがいなくて寂しかったけど――シャーロットとミス・ダニエルズがいてくれてもね」

「アリンガム侯爵さまは？」キャサリンはおそるおそる訊いてみた。「わたしがロンドンを離れたあとで、またお目にかかる機会はあった？」

「あなたの結婚式にいらしてたでしょ、もちろん。翌日、馬車で公園へ連れてっていただいたわ。でも、そのつぎの日に、わたしたちも田舎へ向けて出発したから」

「それで、侯爵さま、何かおっしゃらなかったの？」キャサリンは訊いた。

「愛の告白とか？　いいえ。前に一度、こちらからおことわりしたのよ。覚えてるでしょ」

「でも、三年以上も前のことよ」

「いいお友達なの」メグは微笑した。「わたしは侯爵さまに好意を持っているし、向こうも持ってくださってるわ、ケイト。それだけのこと」

キャサリンはそれ以上しつこく尋ねるのはやめにした。しかし、姉の気持ちがひどく気になった。昔から仲のいい姉妹ではあるが、年齢に大きな差があり、自分はメグが心を打ち明けられる相手ではないのだと、ずっと思っていた。もしかしたら、そんな相手は一人もいないのかもしれない。とても若かったころは、メグとネシーが仲良くしていたが、ネシーは何年も前に結婚した。最初はヘドリー・デューと。つぎはエリオットと。

「ネシーが子供たちを連れて、二、三週間、ランドル・パークを訪問するそうね」キャサリンは言った。「サー・ハンフリーとレディ・デューに子供たちを見てもらいたくて」

「そうなのよ」メグは言った。「お二人はいまも、ネシーのことが可愛くてならないの。エリオットと結婚したときには、心から喜んでくださったわ。いつまでも自分たちの義理の娘だとおっしゃって、子供が生まれたら、孫として可愛がるって」

二人は微笑をかわした。

「わたしもネシーと一緒に行く予定なのよ」メグが言った。「スロックブリッジのコテージを訪ねて、スラッシュ夫人の厄介になろうと思うの。しばらくあちらに滞在して、昔の友達みんなに会えたら、きっと楽しいわ」

「村の人たちにくれぐれもよろしくね。お姉さまの花婿候補になりそうな男性が、ここには一人もいなくてごめんなさい、メグ。シャーロットが招待したのは若い人ばかりでしょ。グラッドストーンさまならほかのみんなより年上だから、お姉さまのお相手によさそうだと思ったのに、サー・ネイサン・フレッチャーがお姉さまを独占してしまったし。スティーヴンとほとんど年が変わらないのにね」

メグは笑った。

「魅力的で一途な男の子ね。注意を向けてもらって光栄だわ。わたしもあの子が好きよ。ここにきている人全員のことが好きだけど。みんな、楽しそうね、ケイト。あなたとジャスパーのおかげよ。毎日、朝から晩まで、みんなを歓待するために二人で心を砕いてくれてるんですもの」

スティーヴンをシーダーハーストに迎えたのもまた、すてきなことだった。どこへ行ってもそうなのだが、スティーヴンはここでも大変な人気者だった。紳士たちはスティーヴンにリーダー役を期待するし、令嬢たちは憧れを隠そうともせずに彼を見つめる。キャサリンがその事実をスティーヴンに指摘すれば、いつものように、〝ぼくは伯爵だし、人はそういう高貴な称号にひきよせられるからね〟と答えることだろう。でも、それだけではない。何かがある……ああ、どう表現すればいいの？　カリスマ性？　弟には、人を惹きつけてやまない何かがある。

スティーヴンの心には、生きる喜びが詰まっている。

彼のお気に入りはシャーロットだった。もしくは、シャーロットのお気に入りが彼だった。招待客はみな、誰とでも分け隔てなくまざりあっていたが、腰をおろすときも、散歩のときも、乗馬のときも、スティーヴンがシャーロットのとなりにいることが多かった。

幸せな気持ちでこの二週間をすごすのは簡単なことだった。すべての客が去り、すべての遊びが終わりを告げ、判で押したような日常に戻ったあとはどうなるのかという不安が多少あったとしても、キャサリンはその不安をきっぱりと脇へ押しのけていた。じきにその日がやってくる。そこであらためて考えればいい。

それまでは、ジャスパーがいつか愛してくれることを夢見てすごすことにしよう。たとえ、彼が口に出してくれなくとも。

シーダーハーストがこれほど多くの客であふれかえる光景は、ジャスパーの記憶にはなかったが、召使いたちの話では、彼の父親の時代と祖父の時代には、年中人々が出入りしていて、ときには盛大なハウス・パーティがひらかれ、客室が残らず使われたこともあったという。

ジャスパーは子供のころ、実の父親の話をすることを禁じられた。奇妙なことに、その命令にだけは従った。たぶん、父親のことをそれ以上知りたくなかったからだろう。また、召使い全員、ジャスパーの父親の名前を出すことを禁じられていたせいもあるだろう。いまになって父親の名前が出たことに、ジャスパーは驚いていた。

それはハウス・パーティが始まってから一週間以上たった、ある朝のことだった。ジャスパーはキャサリンを捜して厨房まで行った。妻はいなかったが、しばらく居残って、オーブンからとりだされたばかりのスグリのケーキを二切れ食べた。目前に迫った園遊会のことを誰かが話題にし、前回の園遊会はジャスパーの父親が主催したのだと、ほかの誰かが言った。「父は園遊会に顔を出したのかい?」ジャスパーは訊いた。「とんでもない放蕩者だったんだろう?」

これを聞いて、オリヴァー夫人がたまたまそのとき手にしていた台所用品——切れ味のよさそうな肉切りナイフ——を持ちあげ、一メートルも離れていないところからジャスパーの心臓にまっすぐに向けた。

「レイバーンさまがご存命のころ、そのくだらない意見をいやというほど聞かされましたよ。レイバーンさまの魂よ、どうぞ安らかに。でもね、レイバーンさまが聖書と説教好きで、お酒とダンスは好きじゃなかったというだけで、そういうのをたまにちょっとだけ楽しむ人間がみんな悪魔の化身だなんてことは言えないと思いますよ。男爵さま、あなただって悪魔じゃなかったです。とんでもない腕白で、坊ちゃんの身を案じる者はみんな白髪になってしまいましたけどね。それに、お父さまだって悪魔ではなかった。お酒が好きで、無茶をするのが好きで、そして、ええ、結婚される前は女好きでしたけど、お父さまが生きておいでのころは、少なくとも、お屋敷には笑いがあふれてました。亡くなられたあとは、笑いなんてもうほとんどなかった。ときどきおなかの底から大笑いすることを主はお喜びにならないなんて言う者がいたとしても、そんなこと、あたしはぜったい信じません。もし、いまの奥方さまが——神よ、奥方さまにどうぞ祝福を——笑いを、そして、ちょっぴり無茶なことも復活させようと思っておいでなら、とてもいいことだと思いますよ」

オリヴァー夫人の視線が、ジャスパーに向かってふりまわしていたナイフの物騒な刃に落ちた。あわてて下に置くだけの気遣いを見せた。顔を真っ赤にし、息を切らした。「お許しを、閣下。

「このあたりの者もみな、そう申しております」カウチがつけくわえた。「求められもせぬのに、勝手に意見など申しあげて」

「ぼくの子供のころは、遠慮なく意見を言ってたじゃないか」ジャスパーは言った。「きみの意見を聞かされるのにうんざりしながら大きくなったことを覚えてるぞ、カウチ」

「いやいや」当惑気味の表情を浮かべて、執事は言った。「従僕が玄関広間で居眠りをしている隙に、かつらを椅子の背にくくりつけたり、上等の服を着たまま滝すべりをし、途中で木の枝や石に服をひっかけて上着とズボンに穴をあけたりすれば、わたくしの意見を聞かされるのは当然のことでございましょう、閣下」

「だったら、いまもまた意見を聞かせてくれ」ジャスパーはニッと笑って言うと、台所のテーブルと同じ長さがあるベンチのひとつにすわり、勝手にリンゴをとり、サクッと大きな音を立ててかじった。「父のことを話してくれ」

召使いたちは父親のことをあれこれ話してくれたが、その前にまず、ちらっと視線をかわしあった。死んだ男の決めた規則を破るのを、いまだに恐れているようだ。母親の二番目の夫が屋敷に長く暗い影を落としているのだと、ジャスパーはつくづく思った。

厨房でゆっくりするわけにはいかなかった。シャーロットはすでに、二輪馬車や馬に乗った若い仲間を案内して村へ出かけていた。教会を見学してから――若い連中のことをジャスパーが少しでも理解しているなら、見学はきわめて短時間で終わるだろう――、宿屋の食堂でお茶を飲む予定だという。ジャスパーのほうは、レディ・ホーンズビーとデュボイス夫妻をギャラリーへ案内して、彼の一族とシーダーハーストに関して少しばかり歴史を説明する約束になっていた。叔父も一緒に行くという。

ジャスパーはキャサリンにもつきあってもらいたいと思っていた。だから彼女を捜していたのだ。ところが、どこにも姿がなかった。たぶん、委員会のひとつに顔を出すため、村へ行っているのだろう。

若い連中は午前中の外出でもまったく疲れていないことが、そのあとの午餐の席で明らかになった。キャサリンもすでに戻ってきていた。午後からみんなで湖畔の散歩に出かけることになった。水辺まで行ったことは何度かあり、近くの土手をぶらついたり、ピクニックをしたり、一度などはボートを漕いだりしたけれど、対岸まで散歩したことや、丘の散策路を歩いたことはまだ一度もなかった。

「湖の向こう岸まで行くと、とってもすてきなのよ」シャーロットが説明した。「きれいな景色がどこからでも楽しめるし、すわって休憩できる場所がいくつもあるの――小さなコテージもそうなのよ。本物じゃなくて、ただの飾りものだけど。丘の散策路を歩き通すのは、

「わたしもそのほうがいいと思うわ」ミス・フレッチャーが言った。「家に帰るまでに、靴がすり切れてしまいそう。わたしの足ももちろんすり切れるわね」

「では、ぼくにエスコートさせてください、ミス・フレッチャー」セインが言った。声がややうわずっていた。ひどく若い紳士にありがちなことだ。「そして、ぼくの腕にもたれてください」

「まあ、ご親切にどうも、セインさま」ミス・フレッチャーが赤くなって答え、そのそばでデュボイス家の妹娘がクスクス笑っていた。

若い女の子はどうしてこうクスクス笑ってばかりいるのだ？　そして、ほかの女の子が一緒だと、どうしてほとんど休みなしにクスクス笑いつづけるのだ？　声の届く範囲に若い紳士がいると、笑いがさらにひどくなるのはどういうわけだ？　しかし、ジャスパーはそのすべてに、寛大な気持ちで楽しく耳を傾けた。

「ミス・ハクスタブル」若きフレッチャーが言った。「ぼくにエスコートさせていただけないでしょうか」

若者は気の毒に、この一週間、マーガレットにすっかりのぼせあがっていた。少なくとも六歳は年下で、容貌の点でも、とうてい彼女にふさわしいとは言えないのに。

マーガレットは彼に優しく笑顔を向けた。「喜んで」と言った。

親切な人だ。

「わたしたちも湖の向こう岸まで歩くことにしない、ジャスパー？」キャサリンが言った。

「そちらの道はまだ歩いてないでしょ」

すべての顔が、まずキャサリンのほうを、つぎに彼のほうを向いたように見えた。ジャスパーの返事が全員にとってもっとも重大であるかのように。婚礼からまだわずかしか時間がたっていないので、二人の結婚をめぐる事情は、もちろん誰一人忘れていなかった。この一週間以上、みんなの目が二人に向けられていた。彼とキャサリンはことあるごとに笑みをかわしていた。

「ぜひそうしよう、愛する人よ」ジャスパーは言った。「きみがぼくの腕に手をかけてくれるなら、なおさら」

「もちろんよ」キャサリンは言った。

21

散歩に出かけた一行は芝地を抜けて桟橋まで行くと、左手に湖を見ながら、草に覆われた土手をまわり、葦の茂みと騒がしいカモの一家のそばを通って対岸の木立に入り、丘の散策路の入口までやってきた。ときどき木々が人々を包みこんで、ホッとする日陰を提供してくれた。そうかと思えば、木立がとぎれて湖と屋敷の光景が広がることもあった。小道をたどった先には、傾斜がもっとも急な土手のてっぺんに小さなコテージがあり、その横に滝が流れ落ちていた。

レディ・ホーンズビーとデュボイス夫人は屋敷に残り、パルテール庭園で腰をおろしていた。デュボイス氏は、昔の知りあいを何人か訪問するというフィンリー氏と一緒に、歩いて村まで出かけていた。それ以外は全員、散歩に参加した。ミス・ダニエルズとベロウ牧師までが。

滝まで行くだけで一時間近くかかった。足を止めてゆっくり景色をながめ、歓声をあげたくなる場所が途中にいくつもあり、腰をおろしてひと休みできるよう、あちこちにベンチが置いてあるからだ。そして、生き生きした話し声と笑い声が絶えずあがって、さらなる遅れの原因となっていた。

ミス・フレッチャーとミス・ホーテンス・デュボイスが滝の流れのほうへおそるおそる両手を伸ばして、自分たちの大胆さに金切り声をあげ、水の冷たさに驚いているあいだに、ジャスパーがキャサリンに言った。「今回のハウス・パーティがシャーロットのためのもので、シャーロットもほかの子も大いに楽しんでいることは、ぼくにもよくわかっている。だが、こっちは年寄りだからね、退屈で涙が出そうだ。きみはどう？」

「いいえ、ちっとも。どのお客さまのことも大好きだし、景色はいいし、お天気は申し分ないし。たぶん、ランズエンドとここを往復する二輪馬車レースのほうが、あなたの好みに合ってるんでしょうね」

「きみが一緒に乗ってくれるなら」ジャスパーは言った。「どう？」

「遠慮しておくわ。首と両脚を骨折する気はないので」

「臆病者」

「それに」キャサリンは言った。「たぶん、途中で雨になって、とってもすてきなボンネットを台無しにしてしまうわ」

「じゃ、ランズエンド往復の馬車レースは却下」ジャスパーはためいきをついた。「かわりに、いまから二人だけで丘のほうへ少し歩いてみないか。きみに見せたいものがある」

「二週間前に全部見せてくれたんじゃなかった？」キャサリンが訊いたとき、シャーロットが悲鳴をあげ、セインがわめき、〝袖が濡れてる〟と誰かが教えてやり、みんながどっと笑いころげるのが聞こえてきた。

「いや、全部じゃないんだ」ジャスパーは彼女に手を差しだした。「一緒にきてくれ。ぼくたちがいなくなっても、誰も気にしないさ。仲間内で冗談を言いあうのに忙しいからね。それに、ミス・ダニエルズがここにいて、子供たちが騒がしくなりすぎないよう目を光らせてくれるだろうし」

「お客さまを放りだしていくなんて、とっても無責任な気がするわ」キャサリンは言った。しかし、それは弱々しい抗議だった。彼が手をひっぱってもキャサリンは抵抗しなかったので、ジャスパーは彼女を連れてきびきびした足どりで滝から離れ、分かれ道のほうへ向かった。分かれ道の一方は砂浜へ続き、もう一方は丘の上へ続いている。ジャスパーは丘のほうを選んだ。

さきほどまでのカタツムリよりものろい散歩のせいで、ジャスパーはひどく苛立っていた。数時間前から、頭のなかをさまざまな考えが駆けめぐっていたため、いまは安らぎと静けさがほしくてたまらなかった。

上り坂にもかかわらず、二人は早足で歩きつづけ、やがて、シャクナゲの茂みの片側にブナの古木が生えているところまでやってきた。ジャスパーはそこで足を止めると、キャサリンの手を握ったまま、しばらく木の幹にもたれた。

「息切れしてない？」と訊いた。

キャサリンの息遣いは苦しげだった。しかし、彼女は向きを変えて、眼下に広がる景色をながめた。なかなかの壮観だった。屋敷の裏手に小さな放牧地と菜園があり、向こう側には、パルテール、芝地、馬車道、遠くの村、四方八方へ広がったパッチワークのような畑が見える。もう少し高くのぼれば、たぶん、海が見えることだろう。かつて一度、木にのぼろうとしたが、足首と手首をくじいてしまった。さらに悪いことには、新品のブーツにひどいひっかき傷をつけてしまい、数人の召使いが力を合わせて修理しても、このやんちゃ坊主を庇《かば》いきることはできなかった。

ジャスパーとキャサリンは、家族と客の前では仲のいい夫婦を演じていた。しかし、自分たちだけになると、ジャスパーが湖で失態を演じて以来どうしても消えることのないよそよそしさが戻ってきた。キャサリンはぼくのことを、賭けに勝てるはずがないと思っているに違いない。賭けの期限まであと二、三日しかないのに、このところ、勝つための努力を怠っていた。

「おいで」二人の呼吸が整ったところで、ジャスパーはそう言うと、ふたたびキャサリンの手をとって小道から離れ、鬱蒼たる木々のあいだを抜けてどんどん上へのぼっていった。やがて丘の頂上が近くなり、そこで突然、意外なことに、ひらけた草地に出た。ジャスパーの知るかぎり、ここを発見した者はほかに誰もいないはずだ。牧草地か谷間のミニチュア版といった感じで、青々とした草と野の花に覆われ、周囲を木々がびっしりと囲んでいる。ここに来るといつも、別世界へ入っていくような気がしたものだった。完全に一人きりになって、時間も悩みもすべて忘れ去った。

「子供のころ、極秘にしていた隠れ場所なんだ」手前で足を止めて、ジャスパーは言った。「夏も、冬も、思いだせないぐらい何度もここにきた」

すでに消えてしまったのではないかと、これまでは少し心配だった。最後にここにきてから、もう何年もたっている。

「早春はいつも、スノードロップで白い絨毯のようになるんだよ。ここだけ雪が降りつもったように見える。そして、そのあとはブルーベル。まるで空が森のなかに落ちてきたように見える。春のあいだに、きみに見せてあげたかった」

「見られるわ」キャサリンはそっと言った。「来年も、そのつぎの年も。わたしはここで暮らすんですもの、ジャスパー」

その声の調子から、ジャスパーは彼女に理解してもらえたことを知り、拍子抜けしたような、うれしいような気持ちになった。

ツグミが一羽、たぶん、二人の声の響きに怯えたのだろうが、翼をはためかせて高い枝から飛び立った。キャサリンは頭をそらせて、ツグミが空高く舞いあがるのを見守った。

「わたしも昔から、こういう自分だけの場所を持っていたわ。でも、こんなにひっそりした、こんなにすばらしい場所はひとつもなかった」

ジャスパーは草地の向こう端に目をやり、それがいまも同じ場所に残っていることを知って驚き、安堵した——丘の斜面から突きだした平らな巨石。子供のころは、ちょうど彼の膝の高さだった。

「ああ。石がいまもある。ぼくの夢――」

ジャスパーはあわてて黙りこんだ。

「あなたの夢――？」

「なんでもない」ジャスパーは肩をすくめた。

「ひょっとして、夢見る石？」

驚いたな。ちゃんとわかってくれている。ぼくの夢見る石。

「子供のころの愚かな空想さ」ジャスパーは石をもっとよく見ようと思って、大股で彼女から離れた。苔や小枝やその他のゴミに覆われていたので、身をかがめてそれらを払いのけた。「ここにくれば、ぼくは自分の船の船長になれたし、自分の城の領主にもなれた。空飛ぶ絨毯に乗ることもあった。ドラゴンや、敵方の騎士や、残忍な悪党どもをやっつけた。ぼく自身が憧れる無敵の英雄になることができた」

「子供時代の空想のなかでは、わたしたちみんながそうなのよね。必要なことなんだわ。そういう遊びから勇気をもらって成長し、大人になってからも精一杯がんばって生きていこうとするのよ」

それも牧師の父親から教わったこと？

ジャスパーはブーツの足の片方を石にのせた。

「そして、ときにはここに寝そべって、空を見ていたものだった」

「雲に乗って飛んでたのね。それなのに、太陽の近くまで飛ぶのが夢だってわたしが言ったとき、あなた、バカにしたでしょ」

「あのときのぼくはまだ子供で」ジャスパーは足を地面に戻した。「何もわかっていなかった。人はこういう場所で生きていくのが本当なんだ、キャサリン。だけどぼくたちは、この草地や、それに似たところではなく、下のほうに見えるあの世界で生きている。あそこでは、夢なんてなんの意味もないんだよ」

「人生を送るには、どっちの場所も必要だわ。隠れ場所、つまり自分だけの秘密の場所と夢も、現実の世界での暮らしも、両方とも必要よ。現実の世界では、おたがいに影響を与えあって生きていく。いい影響も、悪い影響も」

彼女をからかうために、何か急いで話題を考えなくては。まじめな会話はどうも苦手だ。それに、いまは動揺がひどくて、そんな会話はできそうもない。だったら、なぜ彼女をここに連れてきたんだ？　一人でこっそり抜けだせばよかったのに。

ほかの人間をここに連れてきたことは一度もなかった――これまでは。

キャサリンは石の上にのぼって、その高い位置から草地を見まわし、腰をおろした。ボンネットを脱いで脇に置いてから、膝を抱えて、顔を空に向けた。二週間前のときは、湖と陽ざしに調和するレモン色とブルーの装いだった。今日は森にぴったりの淡いグリーンの木綿。ここにくることをあらかじめ知っていたかのように。あのときは太陽の女神、いまは森の精。

そのとき、キャサリンが不意に狼狽の表情を見せた。

「ごめんなさい。あなたのものを横どりしてしまったかしら」

「ぼくのものって、〝きみ〟のことだろ?」キャサリンに笑顔を向けて、ジャスパーは言った。彼も石の上にのぼって、腰をおろし、交差させた脚に手首をのせて二、三分じっとしていたが、やがて帽子と上着を脱ぎ、上着を背後に広げて、そこに横たわった。キャサリンがとなりで横になろうとしたときのために、充分な場所を残して。

うまくいかなかった。〝ぼくのものだ〟という挑発的な言葉に、キャサリンが反応しなかったので、彼女をからかう言葉も、嘲笑する言葉も、ほかに何ひとつ思いつけなかった。

キャサリンは彼を見おろし、目をじっと見てから、横になり、彼に寄り添うようにして上着に頭をのせた。ジャスパーは気分がほぐれるのを感じた。ここにいれば安全だ。ここにはいつもその幻想があった。もちろん、あくまでも幻想だった。最後はいつも屋敷に戻らなくてはならず、戻れば説明を求められた。どこへ行っていたのか。どうしていつも長時間姿を消して母親を心配させるのか。どうして勉強をしないのか。どうして聖書の文句を暗記しないのか。どうして服が汚れているのか。どうして……。

やれやれ。

ジャスパーの身体はくつろいでいたが、心にはさまざまな思いが渦巻いていた。消すことができなかった。キャサリンを笑わせるための言葉も、威勢のいい反論をひきだすための言葉も、まったく思いつけなかった。

どうにも落ち着かなかった。やはり一人でくるべきだった。

「レイチェルはとても愛されてた」ジャスパーはだしぬけに口走り、気づいたときには、恥ずかしくてたまらなくなった。声に出してしまった。

「グッディング氏に？」しばらくして、キャサリンが訊いた。「現在形にすべきじゃない？ わたしたちの披露宴のときだって、わたしの印象では――」

「ぼくの父にだよ」キャサリンの言葉をさえぎって、ジャスパーは言った。「父が亡くなったとき、レイチェルは一歳をすぎていて、父はレイチェルを愛していた。いや、溺愛していた。レイチェルを抱いて、屋敷のなかを歩きまわり、乳母をおろおろさせたそうだ」

キャサリンは静かに耳を傾けた。

「そして、ぼくの誕生を心待ちにしていたそうだ。亡くなった日は、仲間と狩りに出かけていた。途中で雨が降りだしたので、あとはみんなと酒を飲んでいて、するとそこへ、母の陣痛が始まったという知らせが届いた。父は馬を駆って大急ぎで屋敷に戻ろうとし、あの生垣を飛び越えた。あと数秒走れば、ゲートを通ることができたというのに。たぶん、ゲートがひらいていることも気づかなかったんだろう。そして、命を落とすこととなった。しかも、陣痛は本物ではなかった。ぼくが生まれたのは、そのあと一カ月もたってからだった」

キャサリンの手が彼の手のなかにあった。ぼくが握った？ それとも、彼女のほうから？ いずれにしても、ジャスパーはその手を強く握りしめていた。

救いがたい愚か者になった気がした。首をまわして、からかうようにキャサリンに笑いかけ、それと同時に手をゆるめた。

「そのとき亡くなって、かえってよかったんだ。二番目の子供にいたく失望させられただろうから。きみも賛成するしかないだろ、キャサリン」

「あなたの口ぶりからすると、つい最近知ったばかりのような感じだけど、どうして？」

「現にそうだから。けさ、きみを捜して厨房まで行ったときに、召使いたちとしばらく話しこんでね、そしたら、みんながいろいろ聞かせてくれたんだ。これまで一度も聞いたことがなかった。父の名前を出すことは禁じられてたから」

「どうして？」キャサリンは眉をひそめた。

「父は放蕩者で、道楽者で、悪魔の落とし子だった。母の再婚によって、高潔さというものが屋敷に持ちこまれ、父の影響は徹底的に排除されることになった。家族と召使い一人一人のために。考えてみたら、ぼくは父を失望させずにすんだかもしれない。まさに真の跡継ぎだと言って喜んでもらえたかもしれない。そう思わないかい？」

キャサリンは彼の軽薄な意見を無視した。

「じゃ、実のお父さまのことは何も聞かされずに育ったの？」底知れぬ深さをたたえたキャサリンの目がさらに大きくなった。

「その逆さ。子供のころは毎日、父のことを何かしら聞かされたものだった。父の遺伝のせいで、ぼくは悪ガキになり、救いがたく、矯正の見込みがなく、多数の欠点を持つことになった。父と瓜二つだ——それも、腐った瓜。どうせろくな人生は歩めない。父の血が流れているから。死んだらどこへ行くのか、誰だって知っている——地獄だ。そこで父に再会することになる——そう言われたものだった」

「お母さまは何もおっしゃらなかったの？」

「母は優しい人だった。生まれつきおとなしい性格だったんだと思う。すぐ人の言いなりになる人だったし。何をどうすればいいかを教えてくれる人間が、つねに身近に必要だった。召使いたちの話だと、母はぼくの父を熱愛していたそうだ。だが、父が亡くなり、ぼくが生まれたあと、気力をなくして鬱状態に陥った。レイバーンが母の人生にあらわれ、結婚したことで、ようやく鬱の症状が軽くなった。レイバーンを愛してたんだろうね。同時に、恐れてもいた。というか、少なくとも、機嫌を損じるのを恐れていた。レイバーンが死んだあとでさえ、やつの非難の種になりそうなことは、口にも行動にもいっさい出さなかった」

「あなたのことを愛してなかったのかしら」キャサリンはそっと尋ねた。

「いや、愛してくれてたよ。それは間違いない。数えきれないぐらい何回も、ぼくのことで涙を流し、いい子でいるように、二番目の父親の言うことをちゃんと聞いて、その愛を受けるにふさわしい子になるようにと、ぼくに懇願していた」

「じゃ、レイチェルは？」

「青春時代を奪い去られた。外の世界は邪悪な場所で、女の子のいるべき場所は母親のそばだと言われて」

「シャーロットは？」

「うーん、あの子には悪い血は流れていなかった。それに、まだ幼かったころに、ミス・ダニエルズがきてくれたからね。女の子であることも、シャーロットにとっては幸いだった。

あの父親はシャーロットにさほど関心を示さなかった」

ジャスパーは自分のことがだんだん愚かに思えてきた。なぜこんな大昔の話をしてるんだ？　少年時代の話なんて、一度もしたことがなかったのに。思いだすこともめったになかった。同情を求めているわけではない。とんでもない！　ただ、けさ厨房で聞かされた話に大きな衝撃を受け、いろいろ考えはじめただけなんだ。

父はレイチェルを愛していた。まだ生まれぬわが子を愛していた。愛にあふれた人だった。亡くなったのも愛ゆえだった。

さまざまな思いが頭のなかで渦巻いていて、めまいがしそうだった。

「父は母をとても愛していたと思う。結婚後は女遊びをやめたしね」

つなぎあった手をキャサリンが持ちあげていたことに、ジャスパーは気がついた。手の甲に彼女の唇が触れ、温かな息がかかるのを感じた。

「母の陣痛が始まったという知らせが届くわずか数分前に、父はぼくのために乾杯した。息子でも娘でも――元気に生まれてくれさえすれば、どっちでもかまわない。そう言ったそうだ。きっと息子を望んでたと思うけどね。跡継ぎを」

キャサリンは彼の手に自分の頰を寄せた。

「召使いたちは父を崇拝していた。ただし、けっして父の欠点に気づいていなかったわけではない。いちばんの欠点は無謀なところだと、召使いたちが言っていた」

「みんな、あなたのことも崇拝してるわ。ただし、あなたに関しても、欠点に気づいていないわけじゃないのよ」

「父が生きていれば、幸福な一家になれたかもしれないな」

くだらない話をだらだらと続けるのをやめたいと思った。いつになったら口を閉じ、そのまま閉じておけるのだろう？

「だけど、父の死と母の再婚がなかったら、シャーロットは生まれていなかった。そうだろう？　ぼくにとっては、ほんとに大切な妹なんだ」

ああ、もうっ。誰か、お願いだから、ぼくに〝黙れ〟と言ってくれ。

「おかしなことだね。シャーロットはあの男の娘なのに。どうしてこんなに大切なんだろう？」

「シャーロットがシャーロット自身だからよ。あなたがあなた自身であるのと同じように」

「キャサリン、頼むからぼくを止めてくれ。きみの育った家だって、人には言えない秘密がいろいろあったはずだ。それを聞かせてほしいな」

「正直に言うけど、ひとつもないわ。わたしはとっても恵まれた人生を送ってきたの。もちろん、子供のころに母を亡くし、十二のときには父を亡くすという、口にするのも辛い悲しみを経験したけど。あのころは悲しみに沈んでいた――ううん、そんな言葉じゃ表現しきれない。でも、わたしには姉と弟がいて、愛されてることや必要とされてることは誰一人疑っていなかった。メグはわたしたちのためにクリスピン・デューとの将来をあきらめたけど、犠牲を払ったなんて、みんなにはまったく感じさせなかったし、恨んでる様子もなかった。

わたしなんか、二、三年前にネシーから聞くまで、ぜんぜん知らなかったのよ。家族の愛にしっかり守られて暮らしてきたから、守ってもらえなかった子供の姿というのが、わたしには想像できないの。自分は可愛がってもらえない、可愛げもないと思いこんでる子供ぐらい、かわいそうな子はいないと思うわ。考えただけで耐えられない」

キャサリンの声はうわずり、消え入りそうだった。

いや、どんなことであれ、環境のせいにはできない。そうだろう？　こんな自分になってしまったことも。そんなものは泣き言だ。これが自分に与えられた環境だったのだし、人生のどの段階においても——子供のころも、少年のころも、大人になってからも、どう考え、話し、行動するかは、つねに自分で決めてきた。

いまもそうだ。

ジャスパーは彼女に握られた手をひっこめると、片肘をついて身を起こし、彼女に物憂げに笑いかけた。そろそろ、いつもの自分をとりもどさなくては。

「ぼくの哀れな話がきみの優しいハートを動かしたかな、キャサリン」と訊きながら、彼女の顔に目を走らせ、唇を見つめた。「そして、その結果、ぼくへの愛でハートがいっぱいになっている？　正直に白状する準備はできた？　賭けの勝利にぼくが一歩近づいたことを。それとも、二歩？　それとも、ぼくの勝ちがはっきり決まったかな？」

言ったとたん、ジャスパーは自分の過ちを悟った。ふざけ半分の言葉だとは、キャサリンは思ってくれないだろう。湖での出来事を痛いほどに思いださせる言葉だ。卑怯なことを言ってしまった。

いつまでたっても学習できない男なのか?

しかし、いったん口にしたことは撤回できず、彼女の返事を待つしかなかった。右の眉を吊りあげ、まぶたを伏せ、唇の両端をあげて軽い笑みを浮かべて。

うっとりするほどいい男。

恋に悩む孤独な女性たちの祈りに応えて、神がこの世に遣わした男。

いや、そうではないのかも。

キャサリンが片手をあげた。彼の頬をそっとなでようとするかのように。だが、かわりに、強烈な平手打ちが飛んできた。

22

キャサリンは身体を回転させて彼から離れると、立ちあがり、石から飛びおりて、草地の途中まで荒々しく歩いたが、草と野の花に膝まで埋もれたまま足を止めた。

人を殴ったことなんて、生まれてから一度もなかった。なのに、彼の頬をひっぱたいてしまった。いまも手が疼いていた。心臓が激しい動悸を打ちながら喉と耳までせりあがってきて、息ができず、何も聞こえなくなった。

さっとふりむいて彼を見た。

「いまみたいなことは二度としないで」息を切らし、声を震わせて、キャサリンは叫んだ。「二度と。わかった?」

ジャスパーは上体を起こして、片方の腕を支えにし、赤くなった頬を反対の手の指二本でおそるおそるなでていた。

「よくわかった。キャサリン――」

「あなたはわたしをだましたのよ。誘いこんでおきながら、目の前でいきなりドアを閉めてしまった。わたしをあなたの人生に立ち入らせたくないのなら、最初から閉めだしてちょうれてだい。あなたのほうは、ウィットと、皮肉と、伏せたまぶたと、吊りあげた眉の陰に隠れればいいんだわ。出てって。わたしはここに残って静かに暮らすから。でも、わたしを受け入れる気があるなら、ちゃんと受け入れて。いきなり、くだらない賭けに勝つのが目的だったなんてふりをするのは、やめてほしいの」

キャサリンは息を切らしていた。

ジャスパーは唇をすぼめてしばらく彼女を見つめた。立ちあがると、草地を横切ってキャサリンの前に立った。上着と帽子を着けてくれればいいのに、とキャサリンは思った。シャツとチョッキだけでは、あまりに……男っぽくて、どぎまぎしてしまう。

「ぼくの家族のことを思いつくままに話しただけさ」ジャスパーは肩をすくめた。「興奮するほどのことじゃない。きみが楽しんでくれるかと思ってね。いや、感動してくれるかもしれないと思った。同情してくれるかもしれないと思った。同情は愛に通じるんじゃなかったっけ？　きみのことだから――」

バシッ！

う、またひっぱたかれた。同じ手で、同じ頬を。

ジャスパーは目を閉じた。

「いやあ、痛かった」ジャスパーは言った。「おまけに、ぼくは不利な立場に置かれている、キャサリン。紳士という立場上、反撃は許されない。そうだろ？」

「何もわかってないのね――何も！――愛のことが」キャサリンは叫んだ。「あなたはずっと愛されてきたのよ、そして、いまも愛されてる。あなたのほうも、自分では気づかずに愛している。ところが、何年も何年も前にハートの周囲に築きあげた防壁をその愛に破られそうになると、心を閉ざして逃げてしまう。さらに傷ついて、生きていることすら耐えられなくなってしまうのが怖いから。そんな日々はもう終わったのよ。あなたがそれに気づきさえすればいいのよ」

ジャスパーは彼女に軽く笑いかけた。

「怒ったときのきみは、また一段ときれいだね」

「怒ってないわ」キャサリンは叫んだ。「憤慨してるの！　愛はゲームじゃないのよ」

軽い微笑と伏せたまぶた。いまはもう完全に伏せていた。いたずらっぽさやユーモアを示す光は消えてしまった。

「じゃ、なんだい？　ゲームでないとしたら」ジャスパーはおだやかに尋ねた。

「感情とも言えないわね。ただし、愛のなかに含まれてはいるけど。もちろん、幸福と光でもない。せ……性的なものでもない。あなたならきっと、そう言うに違いないけど。愛というのは、人と人との結びつきよ。誕生による結びつきもあるし、わたしには説明すらできない何かほかのものによる結びつきもある。最初は相手に惹かれるだけの場合が多いわね。でも、さらに深いものになっていくの。愛とは、相手の人を大切にしようという気持ち。どんなことがあってもね。そして、お返しに、自分も大切にしてもらうの。相手を幸せにし、自分も幸せになろうと努力する。愛とは相手を独占することではないけど、自分が犠牲になることでもない。それから、愛がかならず幸せをもたらすとはかぎらない。大きな苦痛をもたらすこともある。とくに、愛する人が苦しんでいるのに、自分には救う力がないと痛感するときはね。それが人生というものなの。愛とは、心の広さ、信頼、傷つきやすさよ。つねに無条件の愛に恵まれていたという点で、わたしの歩んできた人生が楽なものだったことは、自分でも認めるわ。愛をほとんど与えられずに育つのがどういうものか、わたしにはほとんど理解できないということも、自分でよくわかってる。でも、あなた、育った環境のせいで、自分の人生をめちゃめちゃにされてもいいの？　二度目のお父さまにその力を与えるつもり？　すでにお墓に入った人なのに。それから、あなたは愛されてきたのよ、ジャスパー。二度目のお父さまをのぞくすべての人から。召使いも、そしてたぶん近隣の人たちも、みんな、いつもあなたを愛していたのよ。あなたのお母さまも。シャーロットはあなたを熱愛しているわ。そろそろ話をやめることにするわね。いったい何を言ってるのか、自分でもよくわからなくなってきた」

　唇の片側がひどく吊りあがっているため、ジャスパーの微笑がゆがんで見えた。緊張のあまり、たぶん顔の筋肉が思うように動かないのだろうと、キャサリンは気がついた。二度の平手打ちにも責任の一端がありそうだ。

「きみを誘惑して恋をさせることができれば、キャサリン、ぼくの人生は完璧なものになる。永遠に幸せに暮らしていける。ぼくは――」

「また賭けなの！」キャサリンは吐き捨てるように言った。「あの賭けにはつくづくうんざり。これ以上はおことわりよ。わかった？　もう終わったのよ。おしまい。愛はゲームじゃないし、そんなふりをすることに手を貸そうなんて、わたしはもう思わない。賭けは解消よ。無効。消滅。どうしても続けたいなら、ロンドンに戻って、くだらない賭けをおやりなさい。ろくでもない紳士のお友達がたくさん待ってるでしょうから。悪いことなど何もしていない女性を、あなたが誘惑して……堕落させられるかどうか——そんな賭けをするのをおもしろがるような人たちが。もしかしたら、貴族の社交場となっている庭園で、女性を木にもたれさせて誘惑したりするのかしら。出てって。二度と戻ってこないで。あなたがいなくても寂しくなんかないわ」

まったくもう、どこからそんな言葉が出てくるんだ？　なぜそんな話を蒸しかえさなきゃならないんだ？

「どうやら」ジャスパーは静かに言った。「わが賭けの日々は終わったようだ。きみをひどく傷つけてしまったね」

それは質問ではなかった。

「ええ、そうよ」キャサリンはそう言うなり、ワッと泣きだした。

「キャサリン」彼の手がキャサリンの肩を包んだ。

しかし、キャサリンは彼に身を投げかけることも、思いきり泣くこともしなかった。彼の胸にこぶしを叩きつけ、うつむいたまま、肩を震わせてしゃくりあげるだけだった。ああ、わたしったらバカみたい。なぜ急にこんなヒステリーを？　ずっと以前の出来事なのに。歴史の彼方へ去ったことなのに。

「よくもあんな！」キャサリンは息を切らせ、すすり泣いて叫んだ。「よくもあんなことができたわね！　わたしがあなたに何をしたというの？」

「何もしてない。なんの言いわけもできない、キャサリン。弁明のしようがない。卑怯なことをしてしまった」

「きっと、あのクラブの紳士全員が知ってたのね」

「かなりの人数が。うん」

「そして、いまでは誰もが知っている。サー・クラレンス・フォレスターに責任を押しつけることができて、あなたには好都合だったわね」

「うん、たしかにそうだ。すべてぼくが悪かったんだ」

キャサリンは顔をあげて彼を見つめた。自分の顔が赤く腫れぼったくなっているのはわかっていたが。

「自分に対しても、よくもあんなことができたわね。どうして自分を大事にしようとしなかったの？　人間としての尊厳を、どうして投げ捨てることができたの？」

ジャスパーは唇をすぼめた。目を大きくひらいて、キャサリンを見つめかえしていた。

「よくわからない、キャサリン。自己反省するタイプじゃないから」

「しかも、あなたはわざと投げ捨ててしまった。少年時代のあなたにとって、さまざまな感情はきっと耐えがたいものだったのね。だから、それを切り捨てた。でも、感情のないところには、ジャスパー、思いやりも存在しないのよ――他人に対しても、自分自身に対しても。結局は、自分が受けたのと同じ仕打ちを、人に対してするようになるのよ」

キャサリンが涙に濡れた鼻先を手の甲でこすると、彼が不意に向きを変えて、平らな石のところへひきかえした。上着のほうへ身をかがめ、ポケットからハンカチを出すと、キャサリンのところに戻ってきてハンカチを差しだした。

キャサリンは涙を拭き、洟《はな》をかんでから、片手でハンカチを丸めた。

「ぼくはここを離れない」ふたたび彼を見つめたキャサリンに、ジャスパーは言った。「ここがぼくの家で、きみがぼくの妻だ。ぼくが三年前にやったのは許しがたいことだったが、幸い、きみはこうしてそばにいてくれる。あのことは申しわけなく思う。だけど、ここを離れる気はない」

キャサリンは彼を見た。思わず喜びがこみあげた。ここを離れる気はないのね。「許すことのできないものなんて、何ひとつないわ」

ジャスパーは唇をすぼめて、無言でしばらくキャサリンを見つめた。

「賭けを解消するとなると、すべて解消だよね？　賭けの条件も」

「ええ」そう答えて、キャサリンは大きな安堵を覚えた。彼がどの条件のことを言っているのか、よくわかっていたからだ。彼はどこへも行かない。でも、いまのような結婚生活では、とうてい結婚したとは言えない。婚礼の夜にキャサリンが賭けにつけくわえた、あの条件のせいだ。

これまでずっと、彼と愛をかわせないことが寂しくてならなかった。一夜をともにしただけなのに、妙なことだ。いや、一夜とも言えない。あの夜、彼はほとんど居間で眠ったのだから。

「今夜、わたしのところにきて」そう言ったとたん、頬がカッと熱くなった。

キャサリンはハンカチを地面に落とし、両手をあげて彼の頬をはさんだ。左側の頬に、彼女の指の跡がまだ残っている。

わたしもきっとひどい顔をしてるわね。

ジャスパーは彼女の手をとると、首をまわして、まず片方のてのひらに、つぎに反対のてのひらにキスをした。

「キャサリン、いま〝ええ〟という返事を聞かされ、そのすぐあとに〝今夜、わたしのところにきて〟と言われて、ぼくが夜までおとなしく待つ気になるなんて、きみ、まさか本気で思ってやしないよね？　自尊心を持った精力旺盛なる男性にとって、それは無理だよ。とりわけ、このぼくには」

「でも、どこへ姿を消したのかと、みんなが心配するわ。屋敷に戻ったとたん、わたしたちが部屋にこもってしまったら。それに――」

「キャサリン」彼が優しく言って、唇を重ねてきた。

そして、もちろん、彼が何を言いたいのか、何をする気かを、キャサリンもすぐに悟った。

それと同時に、陽ざしと温もり、目に見えない虫たちの声、一羽の小鳥のさえずり、膝をなでる草と野の花の柔らかさを意識した。そして、彼のコロンの香りと、身体の熱と、ふたたび重ねられた唇の感触を意識した。そして、彼女の頭から爪先までを包みこむ欲望のうねりを。

彼の首に腕を巻きつけ、唇をひらいた。

そして、二人はいつしか地面に横たわっていた。風にそよぐ草に囲まれて、熱く激しい抱擁が始まった。乱れる息遣い、熱に浮かされたように相手をまさぐる手と唇、そして、服が脱ぎ捨てられ、あるいは、脱がされ、邪魔にならない場所へ押しやられ――やがて、キャサリンが仰向けに横たわると、彼の重い身体がのしかかり、彼女に劣らぬ欲望に燃える顔が近づけられた。

「キャサリン」彼がささやいた。

チョッキもネッククロスも消えていた。白いシャツの襟もとがひらいて、その下から筋肉と黒っぽい胸毛がのぞいていた。キャサリンのドレスの身頃は胸の下までおろされ、スカートはヒップのあたりまでめくれあがっていた。脚が広げられ、ストッキングに包まれた足先が彼のヘシアン・ブーツの温かくしなやかな革の上に置かれていた。

彼の髪に指をからませると、太陽の温もりが伝わってきた。

「この地面じゃ、マットレスには不向きだな。愛の行為のときはとくに」

「平気よ」キャサリンは首をあげて彼にキスをし、抱きよせて、自分のなかに誘いこもうとした。ばかげた賭けを解消するずっと前に彼の勝ちが決まっていたことを、向こうも知っているに違いないが、それでもかまわなかった。彼を愛していることを知られてもかまわないと思った。愛は傷つきやすいもの。さっき、彼にそう言ったばかりだ。

ええ、そう、そのとおり。

でも、だからって、逃げてはだめ。

「気高いことをさせてくれ」彼の目に微笑が浮かんでいた。「一生に一度ぐらいは、ぼくに気高いことをさせてくれ」

そう言うと、キャサリンを抱いたまま身体を回転させて、彼が下になった。両手で彼女の脚をつかんで曲げさせたので、彼の身体の左右にキャサリンが膝を突く形になった。キャサリンは彼の肩に手を置くと、顔をあげ、上から見おろした。すると、彼が両手をあげてキャサリンのヘアピンを抜きはじめ、やがて、髪が彼女の顔の両脇に、そして、彼の肩に流れ落ちた。

「さあ」ジャスパーが言って、彼女のヒップをつかみ、軽く持ちあげてから自分の上に持ってきた。キャサリンは彼の長くて硬いものが自分の濡れた深みにすべりこんでくるのを感じた。身を沈め、それと同時に身体の奥の筋肉に力を入れた。目を閉じた。

痛みはまったくなかった。

たしかに——ええ、たしかに！——こんなすてきな感覚は、世界のどこにもない。そして、戸外のどこにもない。目をあけると、二人の頭のまわりでそよぐ草のなかに、ピンクや藤色の野の花が咲いているのが見えた。

ふたたび目を閉じ、身体の奥の筋肉をゆるめると、わずかに身体を浮かせた。ふたたび身を沈めて筋肉をこわばらせ、めくるめく喜びを得るために。もう一度。さらにもう一度。一分がすぎたころ――いや、二分かもしれないし、十分だったかもしれない――彼が下でじっとしていて、自分だけが動いて快感を得ていることに、キャサリンは気がついた。ひらいた彼の手がキャサリンの腿の外側にあてがわれ、温かく力強く支えていた。

キャサリンはもう一度目をあけて彼を見おろした。見つめかえされて、自分が彼を喜びへ誘《いざな》っていることを知った。どちらが中心となって動いているにせよ、愛の行為から両方が喜びを得ている。男であれ、女であれ、愛の行為をおこなう者には力が与えられる。キャサリンが動きながら笑顔で彼を見おろすと、彼の唇の端がわずかにあがった。

だが、愛の行為には苦痛も伴う。いや、正確には苦痛ではなく、苦痛に変わりそうな疼き。そして、その苦痛でふたたび自分を貫くために、彼の上で何度も身体を浮かせる無謀さ。

彼がキャサリンの頭のうしろに手をまわし、彼女の顔を自分のほうにひきよせた。まず、ひらいた唇の上に。それから、肩のほうへ。やがて、両手がキャサリンのヒップに移って、しっかりつかみ、軽く持ちあげると、ついに彼のほうから動きはじめた。激しく速い動きをくりかえし、最後に彼女を抱きよせて、いきなりすべての動きを止めたため、キャサリンは官能の波のなかで砕け散って、思わず声をあげていた。

虫の音《ね》が聞こえた。小鳥はいまごろ、どこか近くの木の枝に止まって、心ゆくまでさえずっているに違いない。草の葉か花の茎がキャサリンの耳をくすぐっていた。土の匂いがした。

彼のコロンの香りとまざりあっていた。

ジャスパーが彼女の脚をまっすぐ伸ばし、楽な姿勢になるよう、彼の身体の左右に置いてくれた。ストッキングに包まれた脚に、ふたたび、彼のブーツの革の感触が伝わってきた。このまま眠りこんでしまいそうだった。

頰にキスをしてくれたあと、彼は言った。

「愛してる」

キャサリンはしばらくのあいだ、その言葉が愛撫のように肌をなでるのを感じた。笑みを浮かべた。

「必要ないのよ」やがて言った。「ただの言葉にすぎないもの」

「五つの音だね。この五つをくっつけたことは、これまで一度もなかった。もう一度できるかどうかやってみようか。愛してる」

「必要ないのよ」キャサリンはふたたび言った。「ただの言葉にすぎないわ、ジャスパー。あなたはわたしから離れないと言ってくれた。ふたたび結婚生活が始まった。たぶん、もうじき子供ができて、本格的な家庭作りを始めることになる。一年の大半はここですごして、ここを故郷にしましょう。わたしたちの結婚が満足を――そして喜びを――もたらしてくれるよう努力しましょう。それだけで充分よ。わざわざ言ってくれなくても――」

「〝愛してる〟って?」ジャスパーが彼女の言葉をさえぎった。

「ええ、そう。必要ないわ」

「じゃ、きみは言ってくれないの？」

「賭けを解消すると言ったのはお芝居だったたって、あなたに言わせるために？　賭けに勝ったと、あなたに宣言させるために？　いいえ、おことわり。わたしの口からあなたがその言葉を聞くことはぜったいないわ、ジャスパー」

キャサリンが彼にまばゆい笑みを見せると、ジャスパーのほうは、ふざけてふくれっ面をしてみせた。

キャサリンは笑いだした。

「キャサリン」彼が急に真剣な顔になった。「ヴォクソールのことはすまなかった。いくら謝っても足りないが、しかし――」

キャサリンは彼の唇に指を二本あてた。

「許してあげる。その話はもうおしまい」

ジャスパーは彼女の指にキスをした。

そのとき、キャサリンはいきなり、狼狽に襲われた。どれぐらいの時間、ここにいたの？　滝のところでみんなと別れたのはどれぐらい前だったの？

「ジャスパー」ころがって彼から離れ、ドレスの身頃をひっぱりあげるのとスカートをおろすのを同時にやろうとしながら、キャサリンは言った。「わたしたちったら、何を考えてたのかしら。みなさん、すでに屋敷に戻って、お茶を待ってるはずだわ。でも、主人役がどこにもいないなんて」

「ぼくらがいなければ、シャーロットが喜んで女主人の役を務めているだろう。お茶もお菓子もちゃんと出てるさ。それに、ぼくらの姿がないのは、新婚夫婦が時間のたつのを忘れているせいだと、みんなが信じているなら、まさにそのとおりだし、誰もが微笑ましく思うことだろう。みんながその話を家に持ち帰って、ゴシップ好きの連中に話して聞かせる場面を想像してごらん」

「この髪！」キャサリンは叫んだ。「ブラシも鏡も持ってないわ。どうすれば、まともな形に結えるというの？　ボンネットで隠すしかないわね」

「そんなことしなくていいよ」ジャスパーは起きあがると、自分の服の乱れを直してから、石のところまで行き、帽子を軽く斜めに傾けてかぶり、上着とキャサリンのボンネットをとった。ボンネットのリボンを片方の手首に巻きつけて、それから同じ手の指に上着をひっかけ、肩にかけた。反対の手をキャサリンに差しだした。「きみの髪はそのままで充分に美しい。家に着いたらすぐ、自分の部屋に駆けこんで、メイドにちゃんと結ってもらえばいい」

キャサリンは肩をすくめ、彼の手をとった。とても幸せで、言いかえす気になれなかった。ただ、自分の部屋でこっそり身繕いを終えるまで、誰にも見られずにすむよう願った。愛をかわしたあとの身体が心地よいけだるさに包まれていた。身体の奥の彼を受け入れた場所がとろけそうだった。

二人は手をつないで帰途についた。木立を出て砂浜を歩いているときに気がついたのだが、二人とも服がしわくちゃで情けない格好だった。誰にも見られずにすむことを、心の底から願ったほうがよさそうだ。正面玄関から入るより、横の入口へまわったほうがいいだろう。

ところが、芝地の斜面をのぼって廏の近くまできたとき、一台の馬車がやってくることに気づいた——旅行用の馬車。近隣に住む人々のものではない。

キャサリンはジャスパーの手をさらに強く握った。横の入口へそっとまわるしかない。

しかし、上段のテラスに人が二人立っていた。ジャスパーの叔父のスタンリーとデュボイス氏。二人ともジャスパーたちに気づいていた。スタンリー叔父が手をあげて挨拶をよこした。そして、馬車がジャスパーたちのそばを通ってテラスに入っていった。馬車に乗っている人々も、こちらの姿を見たに違いない。

身を隠そうにも、もう手遅れだった。

「いやだわ」キャサリンは困惑しながら言った。「いったいどなたかしら。お客さまの予定はあった?」

しかし、馬車の扉がすでにひらき、御者が手を差しのべて、誰かがおりるのを助けようとしていた。

デュボイス氏が礼儀正しいにこやかな表情で馬車を見あげていた。

スタンリー叔父は眉をひそめていた。

そして、レディ・フォレスターがおりてきた。

そのすぐあとに、サー・クラレンス・フォレスター。

「どういうことだ?」ジャスパーが言った。

彼に強く手を握られて、前へひっぱっていかれなければ、キャサリンは恥ずかしさのあまり、向きを変えて逃げだしていただろう。ジャスパーが足を止めたとき、御者が三人目の人物に手を貸した。

キャサリンの知らない老紳士だった。

「そ、そんなバカな！」ジャスパーが叫んだ。「どうなってるんだ？」

23

レディ・フォレスターとクラレンス。

なんと図々しい連中だ！

しかし、ジャスパーが胸の怒りを口にする前に……。

セス・レイバーンまでが！

「礼儀を忘れないで、ジャスパー」キャサリンが小声で彼に言った。「お願い、礼儀を忘れないで」

こいつらがキャサリンをひどい目にあわせたというのに？　しかし、まいったな。セス・レイバーンとは！　ロンドンの自宅から一歩も出ない人なのに。はるばるドーセットシャーまで出かけてきた。こともあろうに、レディ・フォレスターとクラレンスと一緒に。

ジャスパーは気をとりなおした。レディ・フォレスターとクラレンスを困惑させるのに、礼儀正しくふるまうのに勝るやり方があるだろうか。

「これはこれは、みなさん」ジャスパーは快活な口調で言った。「思いがけない喜びです」

もちろん、心にもない言葉であることは、どんな愚鈍な者が見ても明白だっただろう。挨拶しながらも、ジャスパーは顔のこわばりを消すことができなかった。

「おまえは喜びだと言うかもしれんが、モントフォード」レイバーンが言った。にこりともしないし、ひどく苛立っているのを隠そうともしない。「わしはきわめて不愉快だと言いたい。家からひきずりだされ、お粗末な道路を走ってイングランドの半分を横断し、一キロおきぐらいに設置されているかに見える料金徴収所を通り、道中ずっと二人の話し相手をさせられたんだぞ。言っておくがな、喜べるわけがない」

レイバーンはすさまじい渋面になった。

「わたくしたちが出向いてきたのはね、ジャスパー」レディ・フォレスターが言った。「可愛いシャーロットを連れて帰るためよ。そうすれば、来年の社交界デビューのときまで、ちゃんと世話をして、慎重に守ってやれますからね。それに――」

「おまえがあらかじめ稽古してきた独白を、これ以上聞かねばならんのなら、プルネラ」レディ・フォレスターの言葉を途中でさえぎって、彼女の叔父が言った。「わしはいますぐ駅馬車に乗って、ロンドンの健全なるわが家に戻ることにする。おまえたちが全員そろって押しかけてきても、わしの命があるかぎり、わが家の玄関はおまえたちに対して閉ざされたままになるだろう。わしらがここにきたのはな、モントフォード、シャーロットの問題に決着をつけるためだ。ここはシャーロットにふさわしい家ではないと、プルネラとクラレンスが言っておる。この二人ときたら、まるで秋のハエだ。いくら追い払おうとしても、人の口に飛びこんできて、鼻孔まで這いあがろうとする。で、わしがこの目でたしかめにやってきたというわけだ。この目で見て、どうすべきか決めて、それから、自宅に戻ることにする。今後は、おまえたちの誰にも二度と会わずにすむよう願いたい」

「サー」ジャスパーは元気が出てきたのを感じた。「妻を紹介させていただけますか。キャサリン、こちらはシャーロットの大叔父、セス・レイバーン氏だよ」

キャサリンが膝を曲げてお辞儀をすると、レイバーンは険悪な表情を向けた。しわだらけのグリーンのドレス、髪をおろし、片方の耳のうしろに長い草が一本くっついているその姿は、ふだんよりさらに美しかった。また、干し草のなかをころげまわってきたばかりのように見えた。

「それから、ぼくの父の弟にあたるスタンリー・フィンリーにお会いになったことはありますか」ジャスパーは訊いた。「それから、デュボイス氏には？」

「ふさわしい家ではない？」紹介の言葉を無視して、スタンリー叔父が言った。いまにも雷を落としそうな顔だった。「わが兄の息子が新婚の妻とともに築いている家庭なのに、ふさわしい家ではないと言われるのですか。妻はマートン伯爵の姉にあたる女性ですぞ。どういう点がふさわしくないのか、お聞かせ願えませんかな」

スタンリー叔父はレディ・フォレスターとクラレンスに不機嫌な顔を向けた。

「シャーロットはどこにいるの？」レディ・フォレスターがあてつけがましく訊いた。「父親違いの兄と新妻が……遊びまわっているあいだ」その目が横柄な嘲りをこめて、二人をながめまわした。「お客さまはどこなの？　男の方たちも含めて」

〝礼儀を忘れないで〟とジャスパーにささやいてから初めて、キャサリンが口をひらいた。

「客間でお茶の時間だと思いますわ。シャーロットが女主人となって、若いみなさんをもてなし、ミス・ダニエルズがお目付け役をしてくださっています。デュボイス夫人とレディ・ホーンズビーも同席なさっていることでしょう。お嬢さまがたと一緒にご滞在ですのよ。長旅で、みなさま、さぞお疲れのことと思います。お部屋のご用意ができるまで、そちらの客間でお茶でもいかがでしょう？　それから、シーダーハーストにようこそおいでくださいました」

「驚きましたわ、レディ・モントフォード、そのようなお姿で客間へいらして、お客さまの前に出るおつもりだなんて」

「たしかに、魅力的すぎる姿ですな」デュボイスが言った。「いまのご意見に、わたしも心から同意いたします。ところで、妻もわたしも、令嬢の方々の美しさに魅了され、若い紳士たちの礼儀正しさと育ちの良さを喜ばしく思っております。この田舎にみんなを招待して、夏の日々を楽しくすごしてもらおうというのは、じつにすばらしい考えだ。若い人々にとって、人生は孤独で陰鬱な場合もありますから」

「ここがシャーロットにふさわしい家庭でないというのは」クラレンスが言った。いつものことだが、沈黙を守るのがいちばんだと悟るべきときに口をひらく男である。「ジャスパーの結婚が偽りであることを、誰もが知っているからだ。社交界の圧力に屈して結婚しただけさ。しかも、相手の女はろくでもない成りあがり者ときている」

堪忍袋の緒が切れた！

ジャスパーはキャサリンの腕を放すと、ブーツの爪先がクラレンスの爪先に触れそうなところまで進みでた。クラレンスのほうは、すぐうしろに馬車があるため、下がることができない。

「クラリー」気に食わない相手のためにとってある、おだやかな感じのいい声で、ジャスパーは言った。「きみは意地の悪い卑劣な男だ。そのときがきたら、決着をつけさせてもらう。礼儀も大事だから、いまはまだそのときではないと言っておこう。残念ではあるが。しかし、そのときではないとしても、へりくだって妻に謝罪してもらいたい。それがすんだら、屋敷に入り、きみと母上にも、ほかの客と同じようにくつろいでもらうとしよう」

「謝罪したまえ、フォレスター」スタンリー叔父が言った。「わたしに歯を残らずへし折られて、喉に詰めこまれたくなかったらな」

「さっさとすませろ、クラレンス」前よりさらに苛立った声で、レイバーンが言った。「わしはお茶が飲みたいのだ。たとえ、部屋にぎっしり人がいて、その大半がすこぶる若い連中だとしてもな。しかも、みんな、大バカ者に決まっておる」

クラレンスはキャサリンを見て、それから視線を脇へそらせた。

「申しわけありません」と、ボソッと言った。

ジャスパーが顔をさらに一センチ近づけた。

「〝へりくだって〟だ、クラリー」さっきと同じ、おだやかな感じのいい声で、ジャスパーは言った。キャサリンのボンネットのリボンを持って、ゆっくり揺らしていた。

「どうかお許しください」クラレンスが言って、キャサリンにさっと目を向け、ふたたび視線をはずした。「よけいなことを申しました」

「ほんとにすてきですこと」ジャスパーがまたしても文句をつける前に、キャサリンは言った。「あさってのお誕生日を祝うために、シャーロットの身内の方々もきてくださったなんて。さ、みなさま、お入りください。とてもお疲れのご様子ですわね、レイバーンさま。腕を支えさせていただいてよろしいでしょうか」

レイバーンはまだ苛立っている様子だったが、黙ってキャサリンに腕を預け、みんなで階段をのぼりはじめた。ジャスパーがいつものように眉をあげて、レディ・フォレスターに腕を差しだした。

やれやれ、クラリーと母親をこの屋敷に迎え入れることになってしまった。礼儀を忘れないでとキャサリンに頼まれたからだ。そして、レイバーンを一緒に連れてくるだけの知恵が、この二人にあったからだ。

もしかしたら、月はやはりチーズでできているのかもしれない。

クラレンスの鼻に、じつにみっともない歪みができていた。歪みを増やしたくなかったら、クラレンスは口をしっかり閉じておくべきだ。

ジャスパーはクラレンスの口が閉じたままにならないことを、熱烈に願った。

ぼくを怒らせろ、クラリー。さあ、頼むから。

だが、すでにさんざん挑発してやった。これ以上は必要ない。

必要なのは、然るべき時機と場所だ。

客間では大いに話がはずんでいて、窓の下に新たな旅行用馬車が到着したことには誰も気づいていなかったようだ。若い者だけが生みだすことのできるおしゃべりと笑い声で、客間はいまもにぎやかだった。

叔母といとこがドアのところにあらわれたのを見て、シャーロットは一瞬、雷に打たれたような顔になった。それから立ちあがり、急いで部屋を横切った。

「レディ・フォレスターとクラリーがおまえの誕生日のお祝いに参加してくれるそうだ、シャーロット」ジャスパーが言った。

キャサリンはスティーヴンも立ちあがっていることに気づいた。両手を脇でこぶしに固め、サー・クラレンスをにらみつけている。

「プルネラ叔母さま」シャーロットは叔母に笑顔を向け、膝を曲げて挨拶した。「クラレンス」かすかに微笑を翳らせて、いとこに会釈をした。「なんてすてきなんでしょう！」

「シャーロット」レディ・フォレスターは部屋のなかを見まわした。紳士全員の年齢を推し測っている様子だった。一瞬、スティーヴンのところで視線が止まった。「あなたを救出しにきたのよ」

キャサリンはスティーヴンの目をとらえ、首をかすかにふってみせた。しかし、すでに、メグが彼の腕を手で押さえていた。スティーヴンの手から力が抜けた。

「それから、こちらがあなたの大叔父さまよ、シャーロット」キャサリンは言った。

「セス大叔父さま？」シャーロットの目が丸くなり、つぎに、輝くような笑みが浮かんだ。「会いにきてくださったの？　あたしの誕生日をお祝いするために？」

レイバーンは不機嫌な顔をシャーロットに向けた。

「ほう、おまえがシャーロットか。ずっとわしのお荷物だったんだぞ。だが、たぶん、おまえの責任ではないだろう。なかなか美人ではないか」

シャーロットは赤くなった。

「まあ、ありがとうございます、大叔父さま。さぞお疲れのことでしょう。お茶をお注ぎしましょうか」

本当なら、客間にいるほかの全員に大叔父を紹介するのが礼儀だった。しかし、シャーロットのやり方が正しかったようだ。

「ミルクをほんの少しと、砂糖をスプーン二杯。軽く山盛りにして」大叔父が言った。

シャーロットがお茶のトレイのほうへ飛んでいくあいだに、キャサリンが言った。

「みなさまを大叔父さまにご紹介させていただきます。それから、レディ・フォレスターとサー・クラレンスにも。もし初対面の方がおいででしたら」

キャサリンは二人が押しかけてきたことに憤慨する一方で、自分がどう見えるか、上着も着ずに妻のボンネットを片手でぶらさげたままのジャスパーがどう見えるかを、ひどく気にしつつ、紹介を始めた。こんなに気詰まりな思いをしたのは生まれて初めてだった。同時に、思いきり笑いころげたい衝動にも駆られていた。ジャスパーの顔に目を向ける勇気がなかった。

しかし、礼儀作法は守られた。自分とジャスパーがどうやって乗り切ったのか、キャサリン自身にもわからなかった。しかし、自分たちの結婚と、シーダーハーストの領主夫妻としての地位を揺るぎなきものにするための最初の試練のひとつを、たったいま無事に通り抜けたように感じた。

招待されてもいないのに三人の新たな客が突然押しかけてきたことを喜ぶふりは、キャサリンにはできなかった。サー・クラレンス・フォレスターがテラスで口にした言葉に、ひどい屈辱を受けなかったふりはできなかった。また、ジャスパーが彼女から離れてクラレンスに近づいたとき、恥ずべきことではあるが、クラレンスをぶちのめして気絶させ、ただちに追い払ってくれればいいのに、と思わなかったふりもできなかった。

しかし、礼儀作法を優先させなくてはならず、二人ともこの場をどうにか乗り切った。キャサリンはそれを誇りに思った。

午後の時間が夜に変わっていくあいだ、キャサリンは気分を楽にしようと努めた。ようやく自分の部屋へ逃げこんでドレスを着替え、髪や化粧を直したあとは、とくにそう心がけた。レディ・フォレスターとその息子から文句をつけられそうな点は、はっきり言ってどこにもない。女性客のほとんどは、若きレディというよりも、まだ少女だ。男性客のほとんどは成年に達していなくて、男というより少年だ。スティーヴンの大学時代の友人、サー・ネイサン・フレッチャーにしても、まだ二十一歳。スティーヴン自身はそれより下だ。それに、しっかりしたお目付け役がついている。ホーンズビー伯爵夫人、デュボイス夫妻、スタンリー叔父、ミス・ダニエルズ、それにもちろん、ジャスパーとキャサリン自身もいる――誰もがそれぞれ、自分の監督すべき子にも、そのほかの子にも、目を光らせている。そう、レディ・フォレスターが難癖をつけようとしても、何も見つからないだろう。

ところが、なんと、見つけだした。

それは晩餐のあとの客間での出来事で、紳士たちが貴婦人たちとふたたび合流する直前のことだった。ピアノのまわりに集まっていた令嬢のなかの誰かが、園遊会と舞踏会を話題にした。年上の女性たちは暖炉のまわりに集まり、何かほかの話をしていた。

「ショーさまとセインさまが」ホーテンス・デュボイスが言った。「園遊会のとき、綱引きに参加なさるそうよ。ほかの紳士たちにも参加する勇気があるかどうかは知らないけど。見るのが待ちきれないわ」

「あたしも参加したい」ジェイン・ハッチンズが言った。「ぜったい勝つとわかってる側に入れるのなら」

少女らしい笑い声があがった。

「女の子は――レディは――そんなことしちゃいけないのよ」眉をひそめて、レディ・マリアンが言った。「泥だらけになるでしょ。男の人たちが大喜びだわ」

「でも、ちょっと想像してみて、マリアン」アラミンタ・クレメントが言った。「綱引きに負けて泥のなかにひきずりこまれる姿を。いちばん上等のドレスを着たままで」

「でも、綱引きと泥レスリングに参加したい人はみんな」ルイーザ・フレッチャーが言った。「古い服を着ることになってるのよ。それに、もし綱引きで泥だらけになったら——あるいは、レスリングで泥だらけになったときは——湖で泳いで泥を落としてから、きれいな服に着替えればいいのよ」

「できれば、土手にあがって着替えるのはやめてほしいわ。みんなが見てるもの」楽譜を手にして猛烈な勢いで顔をあおぎながら、ベアトリス・フィンリーが言った。

「まっ！」アリス・デュボイスが心臓に手をあてて叫んだ。「綱引きに加わるよう、マイクルを説得しようかしら」

ふたたび、少女らしいクスクス笑いが起きた。

「園遊会？」年上の女性たちの輪のなかから、レディ・フォレスターが鋭い声で言った。キャサリンに目を向けた。「園遊会ですって？　どういうこと？」

キャサリンは微笑した。

「ジャスパーと相談して、昔の伝統を復活させ、シーダーハーストで夏の園遊会と舞踏会をひらくことにしたのです」と説明した。「今年は準備期間があまりありませんでしたが、数キロ四方に住むあらゆる方が手を貸してくださったので、あさってのシャーロットのお誕生祝いに合わせて、そちらも開催できることになりましたの」

レディ・フォレスターの胸が膨らんでいた。

「舞踏会？　舞踏室で？　まだデビューしてもいない少女たちのために？」

「充分な広さのある部屋はあそこだけですから」キャサリンは言った。「こちらに滞在中のお客さまのほかに、近隣の方々も、みなさん、参加してくださいます。しかも、あらゆる年齢の方々が」

「近くに住む人々のなかに、家柄のいい人がそれほどたくさんいるとは思えないけど」レディ・フォレスターが言った。

「すべての方をご招待しました」キャサリンは言った。

「すべて？」レディ・フォレスターの胸がさらに大きく膨らんだ。しかし、紳士たちがダイニングルームからやってきたため、それ以上は何も言えなくなった。

それは全員がお茶を手にしてくつろぎ、アリス・デュボイスがピアノの前にすわり、楽譜をめくるために婚約者がそのうしろに立つ数分前のことだった。ところが、全員が腰を落ち着けるや否や、音楽や会話が始まりもしないうちに、レディ・フォレスターが聞こえよがしな大声でさきほどの話を蒸しかえした。

「セス叔父さま、可愛いシャーロットの誕生日を祝ってあさってここで内輪のパーティをひらくかわりに、園遊会と舞踏会が予定されてるなんて、ご存じでした？」

「知らなかった、プルネラ」レイバーンがしかめっ面になった。「だが、警告してくれて礼を言う。その日は部屋に閉じこもってすごすとしよう。窓を閉めたままで」

「誰もが招待されているそうよ。誰もが。きっと、小作人や、労働者や、商店主や、そのほか似たような人たちが含まれているのでしょうね。それから、夜は、シャーロットが舞踏室でダンスをするそうなの。下等な連中に囲まれて。おまけに、泥レスリングや、泥の上での綱引きまであるんですって。セス叔父さまの甥の娘であり、亡くなったわたくしの兄の娘であるシャーロットにとって、こんなところがふさわしい家庭と言えましてて？」

「クラリー」ジャスパーが愛想よく言った。「綱引きチームに、あと一人か二人は余裕がある。綱の後方にきみの場所を見つけてやってもいいぞ——あるいは、ご希望なら、先頭に」

「セス叔父さま」レディ・フォレスターが言った。「わたくしの兄はシャーロットの大切な母親と結婚したとき、毎年恒例の園遊会を禁止したのですよ。俗悪だと言って。いえ、俗悪どころか、罪深いものでした。兄は道徳を重んじて、レイチェルとジャスパーとシャーロットがそのように邪悪なものに触れることのないよう配慮したのです」

「あのう、レディ・フォレスター」ジャスパーが言った。「ここにお招きした方々に、きちんと説明なさったほうがいいと思うのですが——あなたのご立派な兄上が園遊会の禁止を宣言したときに心にかけておられたのは、レイチェルとぼくの不滅の魂のことであり、シャーロットの魂は含まれていなかったということを。その時点で、つまり、あなたの兄上とぼくの母が結婚したあとすぐにシャーロットが生まれていたなら、醜聞以外の何物でもなかったでしょうから」

デュボイス氏が笑いだし、夫人が鋭い視線で黙らせた。令嬢たちはみな赤くなり、若者たちは興味津々の表情になった。

「このさいだから、はっきり言わせていただきますが、レディ・フォレスター」憤懣やるかたない声で、スタンリー叔父が言った。「レイバーンが信心深い顔でおこなったのは、シーダーハーストにあった喜びをすべて消し去り、わたしの兄の名前に泥を塗ることでした。神の鉄槌が下ると言いはって。そのような神など、地獄を十倍に熱してみせようとも、わたしは崇める気になれませんな」

ピアノの向こう側から、かすかに震える声でアーノルド・フレッチャーが言った。「うちの父から、シーダーハーストの園遊会の華やかさをさんざん聞かされてきたので、ぼくなど、自分がその場にいたような気がするほどです。あさってが待ちきれません」

「キャサリンとジャスパーが一生けんめいに準備しましたのよ」マーガレットが静かに言った。「幼いお子さんから最年長の方に至るまで、近隣のみなさんに心から楽しい一日をすごしていただくために」

全員から同意のつぶやきがあがった。

「迷惑千万だ、プルネラ」レイバーン氏が言った。「食後のお茶を楽しもうとしておるときに、あれこれ話しかけられ、訴えかけられるというのは。時期を見計らい、有能なる観察力を発揮して、わしが決定を下すことにすると、はっきり言っておいたではないか。自宅を離れるのは、今後いっさいおことわりだ」

「ねえ、ミス・デュボイス」キャサリンは言った。「そろそろ何か弾いていただけません？

ピアノがとってもお上手ですもの。それから、ジャスパー、レディ・ホーンズビーとミス・ダニエルズがカード遊びをなさりたいと思うのよ。紳士がどなたかお二人、加わってくださるなら。サー・クラレンス、いかが？　それから、グラッドストーンさまは？　お茶のおかわりをご希望の方は？」

レディ・フォレスターは唇をキッと結び、もう何も言わなくなった。

その夜遅く、キャサリンが自分の寝室の窓辺に立って髪にブラシをかけていると、ジャスパーがノックもせずに居間のドアをひらいた。ロウソクがまだ燃えているのを、ジャスパーはドアの下から洩れる光ですでに察していた。

キャサリンは婚礼の夜と同じナイトウェアを着ていた。

〝今夜、わたしのところにきて〟丘の上でそう言った。

いま、彼がやってきた。

彼はドアの枠に片方の肩をもたせかけ、腕組みをし、はだしの足をくるぶしで交差させた。

今日の午後は前菜にすぎなかった。妻にそれがわかっているだろうか。

キャサリンが彼に笑いかけ、ブラシを使う手を止めた。

「それはふしだら女が男を誘惑するときの常套手段なのかい？」

「その答えは、わたしよりあなたのほうがよくご存じでしょ」

「生意気な子だ！」ジャスパーは唇をすぼめると、ドアの枠から離れて寝室に入ってきた。

「あの二人に非難されて傷ついた？　成りあがり者とまで言われて」

「わたしが傷つくのは、尊敬する相手から非難されたときだけよ」

これはたぶん、キャサリンがこれまでについた嘘のなかで最大のものだろう。ジャスパーなどは激怒したのだから。

「じゃ、哀れなクラリーを尊敬していないわけだ」ジャスパーは彼女の手からブラシをとりあげると、ふたたび窓のほうを向かせ、後頭部からウエストへ流れ落ちる先端まで、髪にブラシをかけた。「ぼくの反撃は充分じゃなかった。そうだろ？」

「わたし、思わず願っていたのよ。あなたがスティーヴンと同じように、あちらの鼻にパンチを見舞ってくれることを。でも、やっぱり我慢してほしかった。それこそ、レディ・フォレスターのような人たちの思う壺ですもの。あなたがそこまでちゃんと読んで、かわりに礼儀正しい主人役を演じてくれて、わたし、ホッとしてるのよ。でも、〝意地の悪い卑劣な男〟だと罵ってくれたでしょ。まさにそのとおりだわ」

キャサリンがクスッと笑い、彼はふたたび髪にブラシをかけた。

「あの侮辱にはかならず返礼をしてやる」ジャスパーは彼女に約束した。

「それを聞いて、わたしの性格の卑しき部分が喜んでるわ。でも、この屋敷で暴力はぜったいやめて、ジャスパー。みっともないわ。やはりシャーロットにふさわしい家ではないと、レイバーン氏が判断することにもなりかねないし」

ジャスパーはブラシを窓敷居に置くと、キャサリンの豊かな髪を片側へ寄せ、うなじに唇をつけた。キャサリンの肌は温かく、石鹸の香りがした。

「ああ……」キャサリンがつぶやき、肩をくねらせた。

「暴力は使わない。少なくとも、凶暴な行為だと人から思われそうなことはしない。ちょっと計画があるんだ」

「まあ、どんな？」キャサリンがふりむいて彼と向かいあった。好奇心のかたまり、血に飢えた女。彼があとずさろうとしないので、キャサリンは彼の肩に両手を置いた。

「そのときがくれば、きみにもわかる。見落とすはずがない」

それでけっこう満足できるだろう。クラレンスが客として屋敷に滞在するあいだ、こちらからこぶしをふりあげるわけにはいかないので。いや、きっと充分に満足できるはず。

「でも、いますぐ教えてくれる気はないのね」

「そう」ジャスパーは妻の鼻の頭にキスをした。「だが、クラリー・フォレスターの話なんか続けなきゃいけないのかい？　ここにきたとき、ぼくにはべつの計画があったように思うんだが」

「あら、そう？　何かしら」

ジャスパーは彼女に笑いかけると、優しく唇を重ねながら、ナイトウェアの脇をつかみ、持ちあげて脱がせた。キャサリンのほうも負けまいとして、彼が着ている絹のガウンのサッシュベルトをほどいた。ガウンがはだけた。下には何も着ていなかった。

「これだよ」ジャスパーはそう言って、彼女のナイトウェアを脇へ放り投げ、自分のガウンを肩からすべり落とした。

「まあ」キャサリンはふたたび彼の肩に手を置いた。

キャサリンのようにほっそりした曲線美と長い脚を持つ女性がいるのに、どういうわけで、肉感的なタイプが最高だなどとかつては信じていたのだろう？　ところどころ金色にきらめき、石鹸の香りが漂う髪をした女性がいるというのに。

彼女を抱きよせて、肩甲骨からヒップに向かって両手をすべらせた。重ねた唇をひらくと、彼女のほうからキスをしてきた。

〝愛してる〟今日の午後、キャサリンにそう言うと、そんな言葉は必要ないという返事が返ってきた。ただの言葉にすぎない、と。

そうだろうか。

その言葉に意味がなかったら、口にしただろうか。だが、どちらでもいいではないか。生涯をかけて彼女を幸せにしようと決めたのだ。それを愛と呼んでもいいはずだ。それ以外にどんな呼び方ができるだろう？

「ジャスパー」キャサリンの喉に唇を這わせると、彼女が言った。「ベッドへ連れてって」

ジャスパーは顔をあげ、笑顔を向けた。

「ああ。また忘れてしまうところだった。そのためにきみの部屋にきたのに」

彼女を抱きあげて、大股でベッドへ向かった。

そこに横たえてから、自分もそれに続いた。

「愛してる」ふたたび彼女の唇をむさぼる前に言った。

「まあ、バカね」

そう。偉大なる恋人、モンティ――バカだと？

「そういう侮辱をすると、お仕置きが待ってるぞ」

「やってみて」キャサリンが彼の頭を抱きよせた。

笑っていた。

24

この一カ月間、みんながもっとも心配していたのは、園遊会の日が雨になりはしないかということだった。もちろん、予定されているゲームの多くは屋内へ移せるし、雨天に備えてかわりの計画も立ててあった。しかし、それでも同じではない。キャサリンが思い描いたような一日はこわれてしまう。

だから、朝早く目をさまして、ベッドから飛びおり、窓辺へ急ぎ、カーテンをあけた瞬間、雲ひとつない空から早朝の太陽が微笑みかけているのを知ったときには、どれほど安堵したことだろう。ほかの部屋にいるほかの人々も、周辺の田園地帯や村に住む人々もみな、同じことをして、同じように安堵し、いよいよその日がやってきたことに大きな興奮と喜びを感じているだろう。

ふりむくと、ジャスパーが頭のうしろで手を組み、目を細めて彼女を見ていた。陽ざしが彼の目に降りそそいでいる。

「まあ、ごめんなさい」キャサリンはカーテンの片方を途中まで閉めて、陽ざしをさえぎった。

「閉めなくていいよ。ろくに眠れなかった一夜のあとは、夜明けに起こされるのが大好きなんだ」

キャサリンは炉棚の時計を見た。まだ六時にもなっていなかった。

「まあ、ごめんなさい」ふたたび言った。

「ろくに眠らせてくれなかったこと？　立派な理由があったからね。それとも、ぼくを朝早く叩き起こしたこと？　それはつまり、起床の時間がくる前に、何かをする時間が少し残っているという意味になる。それとも、陽ざしのなかに立ってることを謝っていたのかい？　それなら、謝るのが当然だ。きみには慎みというものがないのかい？」

キャサリンは天候が気にかかるあまり、起きたときにナイトウェアを頭からかぶるのをすっかり忘れていた。

「まあ……」

「恥ずかしいのなら」キャサリンが寝ていた側の布団をめくって、ジャスパーは言った。「ここに飛びこんで身体を隠したほうがいい」

キャサリンはそのとおりにした。

二人が起きたときは、七時近くになっていた。それまでに、十分ほどまどろむ時間もとれた。

あとは一日じゅう、まどろむどころではなかった。二人が着替えをすませ、あわただしく朝食を終えて外に出ると、すでに召使いたちがテーブルと毛布を運んでいたし、委員会の面々もやってきて、テーブルと屋台と展示台の用意をし、駆けっこのコースや、アーチェリーの的や、ピクニック場など、園遊会で必要とされるさまざまなものの準備を進めていた。キャサリンは屋敷のそばにとどまった。ジャスパーは何人かの男と一緒に、湖の湿地帯のほうに用意された泥の池を点検しにいった。今日そこで泥レスリングと綱引きが予定されていることを思うと、ぞっとする。だが、男たちにとっては、それが園遊会のたまらない魅力になっているらしい。

男って、ほんとに変わった生きものね。

午前の半ばになるころには、若い客もほとんどが外に出てきて、周囲に出現したさまざまなものに歓声をあげ、参加しようと思うゲームを選びはじめた。手伝いを申しでる者もいた。

シャーロットの興奮はほかの誰よりも大きかった。今日が十八歳の誕生日、若い淑女と呼ばれるにふさわしい年齢になったことを、今後は誰も否定できなくなる。なんてすばらしい誕生日かしら。キャサリンのところへ行き、その腕に自分の腕を通した。キャサリンはちょうど、ボナー夫人とその娘の一人が芸術性と色彩のセンスを発揮してテーブルに刺繍の作品を並べるのに、見とれているところだった。

「ケイト」キャサリンの腕を強く抱きよせて、シャーロットは言った。「大好きよ。ほんとに、ほんとに、大好き。何もかもケイトに感謝しなくては——お客さまを招待してくださったことも、園遊会も、今夜の舞踏会も。こんなに盛大な誕生パーティをひらいてもらうのは、生まれて初めて」

「幸せ？」必要もないのに、キャサリンは尋ねた。

「幸せよ」少女はホッと息をついた。「プルネラ叔母さまとクラレンスがきてくれたことだって、うれしいのよ。それに、セス大叔父さままで。もっとも、今日は部屋から出ないって、きのう言ってらしたけど。三人ともあたしの身内なのよね。身内は大切にしなきゃ。そうでしょ？」

「そうよ」キャサリンは少女の手を軽く叩いた。

「プルネラ叔母さまがあたしをここから連れだすのは、もう無理よね。あなたがこちらにきて、ジャスパーにすごくいい影響を与えてくださってるんですもの。ねえ、幸せ？」

「ええ」キャサリンは言った。「おたがいに幸せね」

それは偽りではなかった。とにかく、いまのところは。新婚の甘い時期が終わったらどうなるのか、キャサリンにはわからない。目下、彼女とジャスパーは間違いなく甘い時期にいる。永遠に続くものではない。二人のむつまじさも、そして……そう、甘いひとときも。でも、いまは幸せ。彼もきっとそうに違いない。

シャーロットが笑っていた。

「ジャスパーったら、〝干しスモモ《プルーン》叔母さん〟って呼んでたのよ。ひどくない？」

「ほんとね」キャサリンは言った。

やがて、シャーロットはスティーヴンと腕を組んで、踊るような足どりで立ち去った。若い人々の仲間に加わるために去っていった。

マーガレットはペニー夫人に頼まれて、下段のテラスに置かれた長いテーブルに焼き菓子を並べる手伝いをしていた。

午餐をとっている暇はなかった。ぎりぎりの時刻になっても山のように用事が残っていた。しかし、キャサリンは食事をとりそこねたことに気づいてもいなかった。そろそろ外部の客が到着しはじめるだろう。あわてて二階にあがって着替えをする時間しかなかった。今日の彼女は黄色いモスリンのドレスにブルーのサッシュベルト。髪をきれいに結って、婚礼のときのボンネットをかぶった。

ふたたび外に出ようとすると、ジャスパーが彼女の化粧室のドアに片方の肩をもたせかけて立っていた。ハンサムで、ブルーとクリーム色の装いは一分の隙もない。片方の眉をあげた。

「今日はわが太陽の女神になるのかい？」

キャサリンが微笑すると、彼が腕を差しだし、階段をおりて上段のテラスまでエスコートしてくれた。シャーロットがすでにそこで待っていた。到着するすべての客を三人で出迎えることになっている。

「幸せかい、シャーロット？」ジャスパーが訊いた。

「ええ、とっても」シャーロットは輝く顔を兄に向け、その首に腕を巻きつけた。「これ以上幸せになったら、破裂しちゃうわ」

「そりゃ一大事だ」ジャスパーはそう言うと、シャーロットの背中を軽く叩いた。「とにかく、誕生日を楽しんでくれ。すべておまえのためだからね、シャーロット。キャサリンが考えたことなんだ。破裂したときは、キャサリンに文句を言ってくれ」

父親違いの妹と向かいあったジャスパーを見て、キャサリンは思った。

愛のことなんて何もわからないと思っているなら、あの愚かな人は、いまの自分の顔を見てみればいいんだわ。

そして、タイミングよく、レディ・フォレスターがクラレンスを連れてテラスに出てきた。レイバーン氏もスタンリー叔父やレディ・ホーンズビーと一緒にやってきた。兄妹が抱きあう姿と、二人の表情を、全員が目にすることだろう。

突然、徒歩の人々や、二輪馬車の人々が、そして、馬に乗った者も二、三人、馬車道をやってきた。

外部の客たちの到着だ。いよいよ園遊会の始まりだ。

わたしはシーダーハーストの領主夫人——キャサリンは思った——そして、復活した園遊会と舞踏会を主催する女主人。夫が横にいる。二人のあいだにはシャーロット。

人生の幸せをしみじみ感じた。

湖に三艘のボートが浮かび、乗ろうとする人々が列を作っていた。ボートレースはおこなわない、遊びのためだけに使う、ということになっていた。砂浜が広がるあたりでは、親や祖父母の監視のもとに、子供たちが泳いだり、水遊びをしたりしていた。湖畔を散歩したり、飾りもののコテージを見にいったり、滝の上のほうに立ったりする人々もいた。あとでおこなわれるレスリングと綱引きのために、泥の池が用意されていた。男たちが大いに楽しみにしている。ジャスパーの見たところ、かなりの数の女性もそのように見受けられる。

ジャスパーは湖を離れて、ゆっくりと芝地を横切り、屋敷のほうへ向かった。アーチェリーの競技会がすでに始まっていた。下段のテラスにも人々が集まって、焼き菓子や、刺繡作品や、木彫りの作品を見ている。パルテール庭園のベンチに腰をおろした人々、石畳の散歩道を歩く人々。また、舞踏室の外にある下段のテラスには料理のテーブルが並べられ、そこにも人々が集まっていた。

あとでフルーツタルトを試食して、審査をしなくてはならない。だが、いまは上段のテラスを通り抜けて東側の芝地まで行った。そこが駆けっこのコースになっている。何年か先には、コースをよそへ移さなくてはならないだろう。バラの東屋とリンゴ園に占領されてしまうから。

幼い子供たちがたくさん集まって手をつなぎ、輪になってゲームをしていた。キャサリンとジェイン・ハッチンズが中心になっていた。みんなが芝生に伏せるたびに、楽しげな笑い声がはじけた。

ジャスパーはじっと立ったまま、起きあがってスカートの草を払うキャサリンを見ていた。キャサリンの頰は紅潮し、顔に笑いがあふれていた。息を吞むほど美しい。

そのとき、二人のあいだの距離を隔てて、キャサリンの目が彼の目をとらえた。両手がスカートの上で止まり、微笑が静止した。

ジャスパーは金槌で殴られたかのように、あることを悟った。

キャサリンはすでに空気と同じく、彼にとってなくてはならない存在になっている。

どういう意味にせよ。

その意味をじっくり考えるのはやめにした。背中で手を組み、キャサリンのほうへゆっくり歩いていった。子供たちが行く手を横切るのも、大人たちが脇へよけ、そのあとで足を止めて、歩いていく彼を見守っているのも、ジャスパーの意識にはなかった。

妻の前に立ち、太陽がいかにその顔を明るく照らしているか、髪にまじった金色を輝かせているかに気づいた。底知れぬ深さをたたえた美しい目が彼を見つめかえしていた。ただ、いまはもう、底知れぬ深さではなくなっていた。底のほうまで見通すことができた。

「愛してる」ジャスパーは言った。

いま初めて、言葉が自然に口を突いて出た。そして、キャサリンの目に涙があふれるのを見て、いま初めて、彼女がその言葉を信じてくれたことを知った。

身をかがめて唇にキスをした。

そして、つぎの瞬間、三つのことを同時に悟った。自分がキャサリンを命よりも愛していること、キャサリンがそれを知っていて、同じだけの愛を返してくれること、まわりで湧きあがった喝采と笑いは、みんながやっているゲームとは無関係であることを。

まずい！　弱ったぞ！　妻への愛を示すのに、これほど人目につきやすい場所は、選ぼうとしても選べるものではない。

顔をあげ、キャサリンにニッと笑いかけてから、向きを変えて帝王のごとく手をふり、芝居がかったお辞儀をして、みんなの喝采に応えた。

ふたたび、どっと笑い声があがった。

エリス夫人がジャスパーに向かってしきりに腕をふりまわしていた。レースの準備ができたのだ。ピストルでスタートの合図をするのはジャスパーの担当だ。

「続きはあとで」大股で立ち去る前に、キャサリンにささやいた。


近隣に住む子供の数の多さときたら、驚くばかりだった。もっとも、レースのために集まってきたのは子供ばかりではなかった。若い子もたくさんいて、屋敷に滞在中の客のほとんどが参加し、やたらと元気にはしゃいでいた。レディ・フォレスターはデュボイス夫妻と一緒にパルテール庭園で腰を落ち着けていたが、たぶん、そのほうがよかっただろう。

それどころか、いま起きたばかりの出来事を考えれば、そのほうがぜったいよかっただろう。一人の男が妻への愛を告白し、おおぜいが見ている前でキスをしたのだから。レディ・フォレスターがそれを目にすれば、卒倒したことだろう。

ありとあらゆるレースがおこなわれた。ざっと挙げるだけでも、単純な駆けっこ、袋跳びレース、スプーンレース、三段跳び、馬跳び、などなど。歓声と金切り声と笑い声からすると、誰もが大いに楽しんでいる様子だった。園遊会の主人役を務め、ピストルでスタートの合図を送ることに専念していれば、なんの苦労もせずにすむと、ジャスパーはつくづく思った。マートンは袋跳びレースのあいだに何度も転倒し、ついには、ころがってゴールインしたが、脚を使わなかったということで失格になった。セインはスプーンレースのときに、ブーツの両方に卵を落としてしまい、ハンカチで拭きとろうとしてさらに悲惨な結果になった。アラミンタ・クレメントは馬跳びでスミス＝ヴェインの背中を越えようとしたとき、片方の足がスカートにひっかかり、ようやく笑うのをやめて立ちあがったときには、二人とも草まみれになっていた。元気いっぱいのシャーロットにとっくに追い越されて、レースに負けてしまった。

しかし、まだ二人三脚が残っている。そして、輝く目をした太陽の女神がいる。その女神は幼い子たちの遊びの相手を終えて、いまはレースを見物し、勝者に拍手を送っている。

ジャスパーは彼女の視線をとらえ、指を一本曲げて呼び寄せると、男爵家専用の農場で働いているがっしりした若い作男の一人にピストルを渡した。

「ぼくの出番だ」そばにきたキャサリンに言った。

「二人三脚？　あらあら」キャサリンは笑いだした。

まず、十二歳以下の子供たちが出場した。それから、大人の番になった。

ジャスパーが自分の左脚とキャサリンの右脚をくくりつけると、またしてもキャサリンが笑った。となりにはシャーロットとマートン。反対側にはマーガレットとフレッチャー。それから、村人や、近隣からやってきた人々がいた。この人々は真剣に勝利を狙っている。

「よし」ジャスパーがキャサリンの肩に腕をまわし、彼女のほうはジャスパーの腰に腕をまわした。「ワンツーのリズムでいこう。ワンでくくったほうの脚、ツーで外側の脚。ゆっくりスタートして、徐々にスピードをあげていく。いいね？」

「いいわよ」キャサリンが答え、笑いだした。

「ワンでスタートだ」

「そのほうが利口ね」キャサリンがまたしても笑いだしたので、ジャスパーはニッと笑みを浮かべた。

ふと気がつくと、見物人が増えていた。たぶん、モントフォード卿が恋をしていて、恋の相手である妻と二人三脚のレースに出るという噂が広まったのだろう。しかも、一時間前には、その妻と図々しくも人前でキスをしたばかりだ。

「あら、大変」キャサリンも同じことに気がついた。「人だかりを見て」

そして、またまた笑いだした。

そこでジャスパーは思いだした。強引に求婚したあと、結婚式までの一カ月のあいだ、笑いも、何かを楽しむ心も、彼女からすべて奪い去ってしまったと思いこんでいたことを。

これでようやく許しが得られたのだろうか。キャサリンの許しではない。キャサリンはとっくに許してくれている。自分自身による許しだ。

「さあ、わが男爵夫人」ジャスパーはきびしい口調で言った。「みんなにいいところを見せる時間だ」

レディ・フォレスターの姿が見えた。そして——なんと！——セス・レイバーンまで。例によって、苦虫を嚙みつぶしたような顔をしている。屋敷の客や近隣の人々がおおぜい見ている前で妻にキスをして、つぎは妻と二人三脚をしようという男に、この大叔父が好意的な目を向けてくれるかどうか、大いに疑問だ。

「位置について」作男が叫んだ。名前はハッチャーだったかな？「用意」

ピストルがバーンと鳴った。

シャーロットとマートンが悲鳴と叫びをあげて芝地に倒れこんだ。マーガレットとフレッチャーは、前へ進みたければ身体をぴったりつけなくてはならないことを、たったいま学んだ様子だった。

「ワン」ジャスパーが言い、どういう奇跡によるものか、くくりつけた二人の脚が同時に前に出た。

「ツー」外側の脚がくくりつけた脚のそばを通りすぎた。

「ワン」

キャサリンが笑っていた。

出場者のほとんどは、二歩も進まないうちに転倒していた。あとの者もまもなく遅れはじめ、二人はゴールラインをめざして息の合った歩調で進みつづけた。観客の声援が飛んできた。

だがそこで、ジャスパーは一等賞の賞金が三ギニーだったことを思いだした。彼にとってはなんでもない額だ。それに、もともと、彼のふところから出ているのだし。だが、何歩か遅れて妻と一緒に走ってくるトム・レイシーにとっては、夢のような大金だ。五人の子供のうち三人がコースの脇から金切り声で応援し、四人目は親指をしゃぶりながら目を丸くして見つめ、五人目はいちばん上の子の腕のなかでぐっすり眠っている。

「ツー」ジャスパーが言い、外側の脚が前に出た。

「ツー――あっ、ワンの間違いだ」

しかし、キャサリンが早くも躊躇し、ジャスパーが軽くつまずいたため、ゴールまであと三歩か四歩というところで二人そろって芝地に倒れてしまった。

「ツーのつぎはワンでしょ」キャサリンが叫んだ。

「いや、違う。子供のころ、どんな先生に習ったんだい？」舌打ちしながら、ジャスパーは妻に言った。「ツーのつぎはスリーだ」

そして、二人はおたがいに腕をまわした格好で倒れたまま、笑いが止まらなくなってしまい、そのあいだにトムと妻がゴールに入り、マーガレットとフレッチャーがあとに続いた。

男爵夫妻が――またしても――恥さらしな姿を見せたので、見物人は拍手喝采し、大笑いしていた。

二人はやっとのことで立ちあがると、残りをよたよた進み、十組のうち四着でゴールインした。まあまあの成績だ。マートンとシャーロットはスタートラインから二メートルほどしか進んでいなくて、またもや転倒していた。

レディ・フォレスターの顔が紫色になっていた。そして、愚かにも、いまにも雷を落としそうな顔つきのレイバーンに話しかけていた。何を言っているのか、ジャスパーには聞こえなかった。不思議なことに、レイバーンの返事ははっきり聞こえた。

「素朴な楽しみというものに、おまえは気づきもせんのだろうな、プルネラ。楽しみが顔を出して、おまえの尻に嚙みついたとしても」

誰かが間違いなく受け止めてくれるとわかっていれば、レディ・フォレスターはその場で卒倒したことだろう、とジャスパーは思った。しかし、クラレンスの姿はどこにもなく、スタンリー叔父は露骨にうれしそうな顔をしていた。

「わたしたち、ほんとは勝てたのよね」笑いが少しおさまったところで、キャサリンが言った。優勝したトムが脚の紐をほどいてから妻を抱きおこし、「ヒャッホー」と叫んで、くるっと妻を回転させているほうへ目をやった。子供たちが二人に駆けよっていく。「でも、勝たなくてほんとによかった。あれ、わざとだったんでしょ？」

「ぼくが？　わざとレースに負けた？　とんでもない言いがかりだ」

「いいえ。あなたのことはわかってるわ、ジャスパー・フィンリー。ちゃんとわかってますからね」

こいつ、何が言いたいんだか……。

ジャスパーは身をかがめて、二人の脚をくくっていた紐をほどいた。そのついでに、膝のうしろの柔らかな部分をなでた。

「ごめん」ジャスパーは言った。

「嘘つき」

「三ギニーだ、おまえ」トムが言っていた。「三ギニーだぞ」

これにひきかえ、ぼくのほうは――ジャスパーは思った――富と地位と領地から生まれる自由のなさについて、愚痴をこぼしたりしていた。

「タルトの審査をしてこなくては」ジャスパーは言った。

「わたしのほうは、刺繡作品の審査よ」キャサリンが言った。「一緒に行きましょうか」

下段のテラスまで行くのに、かなりの時間がかかった。午後の初めには恭しく距離を置いていた人々が、突然、二人に冗談を言ったり、いかに楽しんでいるかを語ったり、どうか園遊会を毎年恒例の行事として復活してほしいと頼みこんだりしはじめた。


すでに午後も遅くなっていた。レースはすべて終わり、アーチェリーの競技会も終了し、タルトや刺繡の審査と賞品の授与もすんだ。ほとんどの者が思う存分食べたり飲んだりした。友達や隣人とテラスに立って食べた者もいれば、パルテール庭園で腰をおろして、あるいは、芝地に広げた毛布にすわって食べた者もいた。夜の舞踏会以外に残されているのは、そして、家に帰って着替えをするかわりにここに残ることにした人々が心から楽しみにしているのは、泥のなかでくりひろげられるスポーツだった。

そして、これが本日最大の呼び物であることを、キャサリンも理解するに至った。泥レスリングに参加申込みをした男性八人と、そのあとに予定されていて、おそらく大人数の男性が参加するであろう綱引きを、誰もが見物したがっていた。屋敷の客も、すでに何人かが上等の服を脱いで着替えをすませていた。自分の入ったチームが負けて泥のなかをひきずられることになったら大変だ。

男の人って、ほんとにおバカさんね。でも、それを熱心に見たがってる女のほうはどうなのかしら。

このわたしも含めて。

「スティーヴン」上段のテラスに立っていると、スティーヴンが背後に近づいてきて肩に腕をかけたので、キャサリンは言った。「まさか、綱引きに参加する気じゃないでしょうね」

スティーヴンもすでに着替えていた。

「いや、もちろん出るよ。勝つ側を選んだから、恐れることは何もない」

キャサリンは彼の胸に軽くパンチを見舞った。

「あなたのチームが負けたら、いい気味だわ」

しかし、スティーヴンはニッと笑っただけだった。キャサリンは突然、男性の多くが負けチームに入ることを心ひそかに望んでいるのではないかと気づいた。

「楽しんでくれてる？」キャサリンは訊いた。この二週間、弟と二人だけで話をする機会がほとんどなかった。

「すごく楽しいよ」スティーヴンは姉の肩にかけた腕に力をこめた。「ケイトのおかげで最高だ。ハウス・パーティも、これも」空いたほうの腕であたりを示した。「幸せ？」

「ええ」

スティーヴンは首をまわして、キャサリンの顔を見つめ、キャサリンの目を探った。

「つまんないな」ニッと笑った。「あいつの鼻をへし折ってやるのを楽しみにしてたのに」

キャサリンは弟の肩に軽く頬を預けた。

「あなたのほうはどうなの？　シャーロットのそばからほとんど離れないじゃない」

すぐには返事がなかったので、キャサリンはスティーヴンを見あげた。

「マートン伯爵でいるのって、けっこう大変なんだよ、ケイト。もうじき成人だから、とくにね。花婿候補にうってつけだろ？　ぼくみたいな立場の連中が結婚の足枷をはめられるのを恐れて、いつも必死に女性を避けてるのを、ぼくは目にしている。でも、困ったことに、ぼく、女性が好きなんだ。ミス・レイバーンのことも好きだよ」

「でも、それは恋じゃないわけね」

「ケイト、ぼくは二十歳。ミス・レイバーンは十七。あ、今日、十八になったんだ」

「でも、向こうはあなたに恋してるんじゃない？」キャサリンは弟に訊いた。

「さあ、どうかなあ。そうは思えないけど。すてきな子だし、ぼくが好きだと思ってるように、彼女もぼくのことを好きだと思う。だけど、これからは注意しなきゃいけないって気がついたんだ。女の人に愛想よくしたばっかりに、求婚を期待されたりしたら困るから。ぼくは誰のハートも破りたくないんだ、ケイト。ミス・レイバーンのハートを破るなんて、ぜったいやだ。もっとも、彼女がぼくにお熱だとは思えない。その可能性があるかもしれないと想像するだけでも、ぼくのうぬぼれだよね。だけど、ぼくはマートンなんだ」

「ああ、スティーヴン、本当に立派な若者になったのね。あなたを誇りに思うわ。でも、誰のハートに対しても責任を感じる必要はないのよ。あなたがそのハートを強く求めているのでないかぎり。ほかの多くの紳士みたいに、女性から身を隠したり、冷たくあしらったりしてはだめ。あなたはあなたでいなきゃ。誰だってあなたを愛してくれると思うわ。でも、それはマートン伯爵という身分とはなんの関係もないのよ。誰もが理解するようになるわ――あなたのハートは貴重なもので、それをつかんだ女性に捧げるべきものだと。あなたがいまよりずっと大人になったときにね」

「ああ、ケイト」スティーヴンはクスッと笑った。「自分の姉から聖人のように思われるって、すてきなことだね。でも、ここを離れるときにミス・レイバーンを傷つけるようなことはしたくないって、ぼくは心から思ってる。このハウス・パーティはミス・レイバーンにとってすごく大切なものだしね。それから、彼女のことはほんとに好きだよ」

「そして、向こうもあなたのことが好き。ただ、それ以上の気持ちはないかもしれないわね、スティーヴン。来年のデビューを心待ちにしているだけで。でも、それとなく訊いてみて、できることなら、あなたの気持ちを楽にしてあげる」

スティーヴンはためいきをついた。「人間って、どうしていつも、子供時代の束縛から逃れさえすれば、自由になれる、最高に幸せになれるって思うんだろう？」スティーヴンは姉に訊いた。

キャサリンは爪先立ちになって、スティーヴンの頬にキスをした。

「あっ、そうだ。レスリングの試合を見逃す前に、湖へ急いだほうがいいよ。泥の池はもう見た、ケイト？　男だったらみんな、レスリング参加者が羨ましくなるよ」

キャサリンは首をふっただけで、返事はしなかった。

25

「園遊会を楽しんでるかい、クラレンス?」相手の肩に勢いよく手を置いて、ジャスパーは訊いた。

クラレンスは首をまわし、疑いの目でジャスパーを見た。ジャスパーの口から〝クラレンス〟という正式な呼び方を聞いたのは、たぶんこれが初めてだろう。二人は歩調をそろえて湖へ向かった。もうじき泥レスリングが始まるという噂が広がって以来、ほぼすべての者がそちらへ向かっている。

「ロンドンにいるあいだに、けっこう買物をしたようだね」ジャスパーは言った。「すばらしく粋な服を着てるじゃないか。それに、そのブーツのためなら右腕だって喜んで差しだそうというぐらい目の高い紳士が、ぼくの知りあいのなかにずいぶんいるぞ」

そのブーツは折り返し部分が白で、金色のタッセルがついていた。服はひどくきざだった。糊の利いたシャツの襟先がピンと立っていて、急に首をまわせば、眼球に突き刺さる危険がありそうだ。ネッククロスは芸術的な凝った形に結ばれていて、午後の園遊会より夜の舞踏会のほうがふさわしい。

「たしかに、仕立て屋とブーツ職人のところへ行った」クラレンスは認めた。「同じ階級の人々とつきあうときは、最新流行のファッションを身に着けるのが義務だからね」

「午後のあいだ、レディたちはほかの男にほとんど目を向けなかったぞ」

「また、おおげさな。もっとも、かなりの注目を浴びていたことは事実だが。服装の趣味がよく、威厳と礼節をもって行動し、身分の低い者たちがゲームに参加するのを許してやる紳士を、貴婦人は礼賛するものだ」

「じゃ、きみ自身は綱引きに参加しないのかい？」ジャスパーは訊いた。

「とんでもない」

ジャスパーはクラレンスの肩を強くつかんだ。

「シャーロットの十八歳の誕生日をともに祝うために、きみとプルネラ叔母さんが時間を割き、馬車の旅の不快さを耐え忍んでくれたことに、シャーロットがどれだけ感謝しているか、言葉にできないぐらいだ。長年にわたり、ぼくらは意見が合わないことばかりだったが、クラレンス、今回のことには感謝を述べねばならない。きみはいいやつだ」

「そうだな。いいか、ジャスパー、きみがつねに行儀よくふるまっていれば、意見が合わないことはけっしてなかったはずだ。だが、今日ここにきたのは、シャーロットの後見人の一人としての義務だし、母の喜びでもある。ぼくらがシャーロットをどれだけ大切に思っているか、きみはたぶん、ずっと理解していなかったのだろう」

ジャスパーはクラレンスの肩に手を置いたまま、泥の池のまわりに集まった人々に加わった。跳ねた泥がかからないように、みんな、安全な距離を置いて立っている。レスリング参加者八人は、全員が農場で働く作男で、上半身が裸、足もはだしだった。これもまた、園遊会の堕落の証拠として、レディ・フォレスターが頭にしまいこみ、あとで叔父に訴えるときの材料にするつもりでいるのが、ジャスパーは目に見えるようだった。その叔父も、スタンリー叔父、デュボイス氏と一緒に見物にきている。

レスリングのルールはすでに決められていた。ひと試合のなかで、相手を泥のなかに三回倒すことのできた者が勝者となる。泥がぬるぬるしているため、長いあいだ足場を確保しておくのは、誰にとっても容易なことではなかった。最初の試合は十分もたたないうちに終わった。しかし、その一分一分が見物客の興奮を掻き立て、誰か一人が泥のしぶきをあげて倒れるたびに、どよめきと、叫びと、うなり声と、歓声があがった。試合が終わるころには、八人全員が頭から爪先まで泥だらけになっていた。そして、四人の勝者による準決勝が始まる前に、八人全員が湖へ走っていった。

「わあ、こういうのを見てると、子供時代の夏の幸せな思い出がよみがえってくる。そうだろ、クラレンス」やけに大きな声でジャスパーは言った。「楽しかったなあ。もっとも、ぼくよりきみのほうが幸せだったと思うが」

クラレンスは疑いの目でジャスパーを見た。

愉快な泥レスリングの再開をじっと待っている人々の興味を惹くのは、むずかしいことではなかった。多くの者が軽く向きを変え、耳を傾けていた。

「サー・クラレンス・フォレスターは」ジャスパーはみんなに説明した。「ぼくより年下だったが、どういうわけか、つねに敏捷で、バランス感覚がすぐれていた。二人で木登りをすれば、木から落ちて服に破れ目を作るのは、いつもぼくだった。また、屋敷の屋根の欄干にのぼれば——子供には危険だと思われて、当然ながら、のぼるのは禁じられていたんだが——すばやくおりられなくてつかまってしまうのは、いつもぼくだった」

ジャスパーは笑った。

近くにいる多くの人々も笑った。

クラレンスも笑った。

「だが、のぼろうと言いだしたのは、いつもきみだった」クラレンスは言った。「お仕置きされるのがきみだったのは、自業自得というものだ」

「たしかにな」ジャスパーはふたたび笑った。

ジャスパーが木から落ちたのは、ここまでのぼってこいとクラレンスをそそのかしたところ、地面に立っていたクラレンスがジャスパーのかかとをひっぱったからだった。そのあと、クラレンスは屋敷に駆けもどって、ジャスパーのことを告げ口した。屋根の欄干にのぼっていたのがばれたのは、クラレンスが逃げだして、下へおりるドアにかんぬきをかけ、それから走っていって告げ口をしたからだった。

イタチはいつまでたってもイタチだ。

レスリングの参加者たちがつぎの試合のために戻ってきた。最初の試合で、全員がある程度のコツをつかんでいた。ぬるぬるした茶色い姿がひっぱりあい、押しあい、爪でひっかきあい、バランスを崩すまいとして必死になるなかで、最初よりはるかに長い試合になった。見物客は叫んだり、うめいたり、歓声をあげたり、野次を飛ばしたりした。だが、最後はついに、泥のなかに立っているのが二人だけになった。

四人が湖に飛びこむために走り去ると、ふたたび休憩時間になった。

「あの連中のバランス感覚は」ジャスパーは多くの者に聞こえるよう、声をはりあげた。「ぼくと似たり寄ったりだな。つまり、たいしたことはない。クラレンス、ぼくらがボートの上で格闘したときのことを覚えてるかい？　ぼくは水に落ちたが、きみは危なげもなく立ったままだっただろ？　あのとき、ぼくは教訓を得た。以後、きみとは二度と格闘しないことにした」

ジャスパーは笑った。

多くの見物人も笑った。

「ああ、そうだったな、ジャスパー」クラレンスが胸を膨らませ、聴衆に聞こえるように大きな声で言った。「小さなころから男性のスポーツ全般に関して、ぼくが然るべき指導を受けられるよう、父が配慮してくれた。きみはいつだって、野蛮な力で強引に押し進もうとしたが、練習を積んだ技に立ち向かおうとしても、野蛮な力では無理なのだよ」

「うん、まったくだ」ジャスパーは言った。

あのときは、まず屋敷に戻ってよそゆきの服を脱ぎ、ボートを出す許可をもらうべきだったが、頼んだところでだめだと言われるに決まっているので、そうはせずに、ジャスパー一人でボートを湖に出そうとしたのだった。岸に背を向けて、ボートに乗りこみ、すわろうとしていた。安全な岸に立っていたクラレンスがオールをとって、ジャスパーを水に突き落とした。

「ほかにどんなスポーツを習得なさったんですか、サー・クラレンス」ホーテンス・デュボイスが訊いた。「モントフォード卿を打ち負かすことができたのなら、きっと、すばらしい腕前だったのでしょうね。モントフォード卿は何をやっても勝つという評判ですもの。きのう、グラッドストーンさまがその話をしてくださったばかり。そうよね、マリアン」

「コホン」クラレンスが言った。「ぼくは拳闘が得意でしてね、ミス・デュボイス。かの有名な〝紳士の〟ジャクソンその人と、数ラウンド戦ったこともあります」

「〝紳士の〟ジャクソンだって？」村からきた若者が言った。「名前を聞いたことがある。最高の一人と言われてる」

「最高の一人ではない、お若いの。まさしく最高だ」

「クラレンスはひどく謙虚だから、ミス・デュボイス」ジャスパーは言った。「フェンシングがすばらしくうまいのに、言おうとしないんですよ。いまも昔と変わらず得意なんだろうね、クラレンス」

「うん、まあ――」

ジャスパーはふたたび彼の肩を勢いよく叩いた。

「ほらほら、謙遜しないで」と言った。周囲にニッと笑ってみせた。いまや、大人数がじっと耳を傾けていた。少し離れたところで目を丸くしているキャサリンも含めて。「覚えてるかい？　きみがぼくを徹底的にやっつけた午後のことを。あのとき、きみはフェンシングを習いはじめたばかりだったのに。レイピアに鞘がかぶせてあって助かったよ。でなければ、ぼくは血の噴水のようになっていただろう。失礼、レディのみなさん、心地よい光景ではありませんね」

「まあ、ぜひそのお話をしてくださいな、モントフォード卿」ミス・フレッチャーがせがんだ。「紳士がフェンシングをなさる姿を見ると、うっとりしてしまいます。あれぐらい男らしいスポーツはありませんもの」

「クラレンスの隙を突くことが、ぼくにはどうしてもできなかった」ジャスパーは言った。「なのに、クラレンスのほうは、何度もぼくの隙を突いてきた。ひどい屈辱だった。しかし、あれはクラレンスによる華麗なる技の披露だった。きっと、フェンシング教師の自慢の生徒だったことでしょう」

「まあ、たしかに」クラレンスは言った。「それまでに教えたなかで最高の生徒だと、先生が言っていた。ただ、その先生は教えはじめてまだ五年目ぐらいだった。たぶん、あとになればもっと優秀な生徒が出てきたと思うよ」

「それは大いに疑わしいね」ジャスパーはためいきをついた。

「残念だなあ」ジャスパーと目くばせをして、マートンが言った。「サー・クラレンスがこられるとわかっていれば、モンティ、今日の催しにフェンシングを加えておけたのに。もう遅すぎる？」

「屋敷にはレイピアが一本もない」ジャスパーは言った。「ひょっとして、きみ、持ってないかい、クラレンス？」

「い、いや」クラレンスは答えた。喉が詰まったような声だった。「不運なことに」とつけくわえた。

「ぼくにとっては、まことに幸運だ」ジャスパーは笑いながら言った。「もちろん、オールを持たせても、きみの腕前は剣に劣らずみごとだった」

「オールでフェンシングをやるのは、ふつうは無理だものな、ジャスパー」クラレンスがそう言って、あたりを見まわし、これを聞いて笑いだした人々に笑顔を向けた。

「単純なフェンシングより、何かひと工夫したものをやりたいな」ジャスパーは言った。「ボートのなかに立ってオールで一騎打ちというのは困る——嘆かわしいほど哀れなぼくのバランス感覚にとって、きびしい試練となるだろう。だが、バランスをとらなきゃいけないというのも、そういう一騎打ちのスパイスになりそうだ。そうだろ？　ボートより多少安定しているが、地面ほど堅固ではないものを使ってはどうだろう？」

馬番頭が——ジャスパーはこの男にだけ計画を打ち明けておいたのだが——これを合図に、声をはりあげた。

「板があります、男爵さま」そちらのほうを指さして、馬番頭は言った。「泥の池に渡したやつが。水を足すとき、池の上に立てるようにと思って。二十センチの幅があります」

「すると何かね、バーカー」肝をつぶした様子で、ジャスパーは言った。「サー・クラレンスとぼくに、その板に乗って、下は泥の池なのに、オールで戦えと言うのかい？　ぼくが真っ白なシャツを着ているのに？」

「バカなことを――」同じく肝をつぶして、クラレンスが言いかけた。

「しかも、フェンシングの名手を相手に？」ジャスパーはつけくわえた。

「賭けをしよう、モンティ」計画的にジャスパーを見て、マートンが言った。「きみは試合に勝てない、泥のなかへ屈辱の転落をする、というほうに」

「ちょ、ちょっと待て」ジャスパーは片手をあげた。「ばかばかしい。クラレンスのフェンシングの腕前など、話題にするのではなかった。賭けの誘惑には抵抗できないぼくだが、いくらなんでもそれは――」

「わたしもおまえが負けるほうに賭ける」細めた目でジャスパーを見て、スタンリー叔父が言った。

突然、あちこちで声があがった。モントフォード卿とサー・クラレンス・フォレスターにこの即席試合をするよう、みんながけしかけていた。泥レスリングの決勝戦に臨むために湖から戻ってきた男二人は、すっかり忘れられてしまった。

ジャスパーは片手をあげた。

「ちょっと待ってくれ」ふたたび言った。「ぼくにもプライドがあるから、挑戦を受けて立ち、苦闘虚しく泥に突き落とされる屈辱に耐えるしかないと、しぶしぶ覚悟するに至るだろう。だが、クラレンスにはもっと分別があると思う。そうとも、あるに決まっている。それに、たぶん、ぼくと違って、プライドを重んじるあまり判断を曇らせるようなことはないだろう。かつての技を失ってしまったに違いないと、ここに集まった人々の半数に思われても、たぶん気にしないだろう。どうだい、クラレンス？　気にしないと言ってくれ」

「わしの甥のなかにそのような弱虫の卑怯者がいたら」群集のなかから、ひどく苛立った声がした。「縁を切ることにする」

セス・レイバーンだ！

「セス叔父さま」レディ・フォレスターが言った。「ここで何が起きているか、おわかりにならないの？　ジャスパーがわざと――」

「黙りなさい」レイバーンが言った。「クラレンス？　どうする？」

クラレンスは平然たる顔をしていたが、背中で組んだ手が震えているのが、ジャスパーの目に入った。

「ジャスパーがどうしても泥の風呂に浸かり、屋敷の客と近隣の人々の前で恥をかきたいと言いはるなら」クラレンスは言った。「ぼくには止めようがありません。そうでしょう？」

「クラレンス」母親が哀れな声をあげた。

クラレンスは溺死しそうな目をそちらに向けたが、レディ・フォレスターに息子を助ける力はなかった。

かつてのばかげたフェンシング試合のときは、母親が味方についていた。クラレンスが十歳、ジャスパーが十三歳のときだった。ジャスパーはフェンシングの稽古など、生まれてから一度もしたことがなく、試合を観戦したことすらなかったが、何度もクラレンスに突きを入れた。レイピアに鞘がかぶせてなければ、クラレンスはそのたびに胃袋から背骨まで剣で貫かれていたことだろう。だが、ジャスパーの突きはすべて無効と宣言された。どうやら、フェンシングには空の星より多くのルールがあるようだった。その一方で、クラレンスは偏平足の下手くそバレリーナのごとくジャスパーの周囲を跳ねまわり、彼のふりまわすレイピアが卑しきジャスパーから数センチ以内のところでヒュッと鳴るたびに、母親が有効と宣言し、しかも、これはすばらしく高度な技で、もちろん、厳密にルールに則ったものだと言った。

みんなの注意が泥レスリングのほうに向いた。お待ちかねの決勝戦で、まるまる十分間続いたのちに、レニー・マニングがウィリー・タフトを抱えあげて、頭から泥のなかへ突き落とし、三対二で勝利をものにした。観客が熱狂するなかで、キャサリンがレニーから充分に距離をとってスカートを持ちあげ、笑いながら優勝賞金の十ギニーを彼に渡すと、レニーは金貨を恋人のほうへ投げてから、泥を落とすために湖へ駆けていった。そのあと、ボート小屋に入って、乾いた服に着替えるのだ。これから何週間にもわたって彼が村の英雄になることを、ジャスパーは疑わなかった。園遊会の最後を飾る催しとして、本来ならば、つぎは綱引きのはずだったが、オールを使った一騎打ちのことを誰も忘れていなかった。レニーが湖のほうへ姿を消したとたん、この日のために特別に用意されていた板を二枚、泥の上に渡そうとして、バーカーが進みでた。湖の水が流れこんでくるため、もちろん、水を足す必要などなかったのだ。何人かがバーカーを手伝って、ほどよい距離をあけて二枚の板を渡し、板の端が両側の地面にしっかり固定されていることを確認した。

興奮に満ちた期待が膨らんだ。

ジャスパーは上着とブーツを脱いだ。キャサリンがやってきて彼の前に立った。じっと彼を見ていた。

「上着を持っててくれないか、愛しい人」ジャスパーは言った。「汚しては大変だ。ぼくが泥のなかに落ちるはずはないという自信があれば、もちろん、上着やブーツを脱ぐ必要はないのだが。クラレンスはそんな心配をしなくていいよな。羨ましい。だが、徹底的に用心しようと思うかもしれない。泥に落ちたら、あのブーツは二度ともとに戻らないだろうから」

「クラレンスがブーツを脱ぐのなら」マートンが言った。「あまり自信がないことをみんなに告げるようなものだから、ぼくは賭けを考えなおすかもしれない。でも、ぼくの賭けた金はきっと安全だと思うよ」

「自信なら存分にあるとも」クラレンスは言い、愚かなことに、ボンド・ストリートでそろえた衣装をすべて着けたまま、泥の池のそばまで行った。

バーカーがオールを二本用意して待っていた。

「相手を泥のなかへ落としたほうが勝ちというわけだね？」ジャスパーは泥の池の縁に立ち、顔をしかめてのぞきこみながら、誰にともなく尋ねた。「せめて十秒ぐらいは持ちこたえたいが、約束はできない。少年のころのクラレンスがあれだけすばらしかったのなら、いまではどこまで成長したことやら。やはり、このまま綱引きに移ったほうがいいんじゃないかな」

みんながそろって大声で反対したので、ジャスパーはバーカーの手からオールを受けとり、片方の板にのぼって中央まで行った。それに続いて、クラレンスももう一方の板にのぼった。ちゃんと立つ前に、早くもバランスを失いかけた。そんなことになったら、みんな、拍子抜けだ！

見物人がシーンと静まりかえった。

「位置について」バーカーが言った。

ジャスパーはオールをかざして、クラレンスのオールに軽く触れた。

ピストルが鳴った。

クラレンスがすごい勢いでオールをふりまわした。ジャスパーがうまくよけなかったら、頭が吹っ飛んでいただろう。ジャスパーのほうは、機敏にオールを突きだしてクラレンスの脇を支え、板から落ちるのを止めてやらなくてはならなかった。そう簡単に落ちてもらうわけにはいかない。

しばらくのあいだ、突いたり、かわしたりが続いた。いや、猫がネズミをいたぶるようなものだ。やみくもにふりまわされるオールをジャスパーが受け止め、つぎは彼のほうから突いて出る。攻撃を受けて、クラレンスは前後左右にふらつき、恐怖で目玉が飛びだすが、ジャスパーのほうは、クラレンスを急いで泥のなかへ突き落とすつもりはない。

見物人に見応えのあるショーを提供したほうがいい。

そして、クラレンスを屈辱から解放する前に――いや、屈辱のなかへ叩きこむ前に――もうしばらく待たせたほうがいい。

ところが、バカなクラレンスは、自分を突き落とすのが無理なことをジャスパーも悟ったようだと思ったに違いない。不意にニタッと笑うと、見物人を感心させようとして、不格好なステップを踏みはじめた。オールをレイピアのごとく片手で持ち、ジャスパーの胃袋を突き刺してやろうと身構えた。

ジャスパーは降参するかのように自分のオールをおろすと、クラレンスのオールを肘で脇へどけてから、跳ねまわっている敵の膝のすぐ下を払った。

クラレンスは、バレリーナにはほど遠い格好で二、三歩よろよろ進み、風車のごとく両腕をふりまわし、狼狽の叫びをあげたと思ったら、少女のような悲鳴とともに二枚の板のあいだに転落し、泥のなかへ大の字になってうつ伏せに倒れこんだ。

見物人のあいだから、悲鳴があがった――たぶん、レディ・フォレスターだろう。そして、ほかのみんなから歓喜のどよめきが湧いた。

ジャスパーがふと気づくと、彼の身体にも泥が派手に飛んでいた。

目でキャサリンを捜しだし、エレガントなお辞儀をした。

「きみに捧げよう、愛しい人」と声に出して言った。もっとも、彼女にも、ほかの者にも、聞こえたかどうかは疑問だった。

しかし、キャサリンは彼の唇の動きでそれを読みとった。

まばゆい笑みを浮かべた。

〝ありがとう〟キャサリンの唇がそう言っていた。〝愛しい人〟とつけくわえた。

ジャスパーは泥のなかでもがいている茶色のぬるぬるした姿に注意を向けた。たぶん、必死に立ちあがろうとしているのだろう。身をかがめて、クラレンスのすべりやすい手の片方をつかんだ。

「さあ、しっかりつかまって。助けだしてやるから、一緒に泳ぎにいこう。きみは立派に戦った」

周囲の喧騒が静まっていくなかで、クラレンスは泥だらけの顔を同じく泥だらけの手で拭った。

「わざとやったな、ジャスパー」とわめいた。「ぜったい許さないぞ。母もぜったい許さない。セス大叔父もぜったい――」

「プルネラ」雷鳴のような声で、セス・レイバーンが言った。「わしはこの屋敷の主人ではないから、命令を下すことはできん。だが、クラレンスが泥汚れを落としたらすぐ、息子のためにおまえから涙ながらに詫びを入れ、ケント州へ連れて帰るよう、強く勧めたい。それから、おまえたちのどちらにも二度と会わずにすむようにというのが、わしの心からの願いだ」

レイバーンの周囲に集まった人々から、わずかな拍手が起きた。

「さあ、クラリー」彼だけに聞こえる声で、ジャスパーは言った。「少しはしゃんとしろ。またしても鼻をへし折られる運命だけは免れただろ。綱引きが始まる前に、湖で泥を落としてこよう」

「泳げないんだ！」クラレンスが涙声で言った。大きな声だったので、周囲から嘲りの声があがった。

彼のヘシアン・ブーツのタッセルは、溺れそうになってブーツの泥にしがみついているネズミのように見えた。

26

「幸せかい？」今夜は舞踏会、皮切りとなるカントリー・ダンスのために作られた長い列の先頭で待ちながら、ジャスパーはシャーロットに笑顔を向けた。

晩餐の席ではシャーロットのために何度も乾杯がおこなわれ、朝から数えきれないほど何度も〝誕生日おめでとう〟の言葉がかけられた。そして、いま、誕生日の最後を飾る華々しい瞬間を迎えて、兄とともに今宵の一曲目を踊ろうとしている。

「幸せよ」シャーロットは言った。「ええ、とっても幸せ。この瞬間のあたしみたいに幸せな人は、どこにもいないと思うわ。お兄さまとケイトがプルネラ叔母さまを説得して、明日まで残ってもらえることになって、あたし、とっても喜んでるの。お兄さまがクラレンスを泥のなかに突き落としたあとで、セス大叔父さまがつぶやいてらしたわ。当然の報いだって。あたしもすごくうれしかった――すばらしい見ものだったわ――でもね、クラレンスはあたしのいとこだし、プルネラ叔母さまはあたしの叔母さまでしょ。それに、お誕生日にいやな思いをするのは耐えられない。クラレンスの頭痛って、ほんとだと思う？」

「頭痛がしても、意外だとは思わないよ」ジャスパーは言った。

「わあ。すごいお花、ジャスパー。舞踏室がまるでお庭になったみたい。この香りも、お庭にいるみたい。それから、見て。鏡に映ってお花が何倍にも見える」

ジャスパーは妹に笑いかけた。

シャーロットは純白の装いで、とても初々しく清純な姿だった。ジャスパーがそう言えば、シャーロットは照れるに決まっているが。今夜のダンスの相手はすべて予約ずみだ。

来年になれば、求婚者がどっと押し寄せてくるだろう。ジャスパーとキャサリンは監視の目を光らせるのに忙しくなりそうだ。

「お兄さまのおかげで、マートン卿への気持ちを見つめなおすことができて、よかったと思ってるのよ」オーケストラのほうへちらっと目をやりながら、シャーロットは言った。オーケストラの面々は演奏を始めるためにジャスパーの合図を待っている。しかし、いまから列に並ぼうとするカップルがまだ二、三組残っている。

キャサリンがマートンと話をし、シャーロットとはジャスパーが話をした。わずか数週間前の彼なら、このような策略をどれほど軽蔑したことだろう！

マートンのことは大好きだと、シャーロットは兄に言った。またしてもマートンのことを太陽にたとえたので、多少は恋心もあるのではないかと、ジャスパーは疑った。しかし、彼から恋をされることを、シャーロットはまったく望んでいなかった。来年初めて迎える社交シーズンの興奮を楽しむために、自由の身でいたいと言うのだった。特定の紳士を選択するのは二十歳をすぎてからにしたい。それがシャーロットの本音だった。二十歳というのはどうやら、彼女にとって魔法の年齢らしい。

ジャスパーのほうも、結婚を考えるにはマートンはまだまだ若すぎる、とシャーロットに言ってやることができた。

そして、シャーロットも若すぎる。

「準備はいいかい？」ジャスパーは言った。

つぶらな目をみはり、シャーロットは大きくうなずいた。

ジャスパーがオーケストラの指揮者にうなずきを送り、そして、舞踏会が始まった。生まれて初めてシーダーハーストで経験する舞踏会。

キャサリンは彼の叔父と踊っていた。ジャスパーが彼女の目をとらえると、輝くような笑みが返ってきた。

ジャスパーは片方の眉をあげ、それからキャサリンにウィンクした。

〝続きはあとで〟——今日の午後、そう約束した。もうじきだ。いまはじっと我慢することにして、妹に注意を向けた。

シーダーハーストの舞踏会で、キャサリンは若いころに出席したスロックブリッジの村のパーティをあれこれ思いだし、一曲目と二曲目のあいだ、メグと一緒に立ったまま思い出話にふけった。あの村のパーティも、紳士階級だけでなく、誰もが参加したものだった。キャサリンにとっては、そういう集まりのほうがロンドンの貴族社会の舞踏会よりはるかに楽しい。

レイバーン氏までが舞踏会に顔を出していた。

そして、レディ・フォレスターもやってきた。もっとも、綱引きが始まる前から、ジャスパーとキャサリンのことを徹底的に無視していたが。あの綱引きの結果、ジャスパーは、負けチームに入っていたスティーヴン、ウィンフォード・フィンリー、その他九人の男とともに、湖へ逆戻りすることになった。

二曲目もまたカントリー・ダンスだった。スティーヴンがすでにシャーロットに申しこんでいた。スタンリー叔父がメグに申しこみにやってきた。キャサリンはジャスパーが舞踏室の向こうからやってくるのをじっと見ていた。彼は見るからに機嫌のいい顔をして、二、三人の客と雑談しながら近づいてくる。

〝愛してる〟――今日の午後、そう言ってくれた。東側の芝地にいた全員が静止して、ジャスパーが断固たる足どりで妻に近づくのを見つめ、彼の言葉に耳をそばだてていることには、まったく気づいていない様子だった。

〝愛してる〟

それは彼が以前にも口にした言葉だった。しかし、今日の午後みたいな口調だったことは一度もなかった。今回は心の底からの言葉だったことを、キャサリンは一瞬たりとも疑わなかった。二人だけになれる時間があれからほとんどなかったが、それでも、キャサリンは疑っていなかった。

〝愛してる〟

ジャスパーが彼女の前で足を止め、笑顔を向けた。

「まさか、すぐまたぼくをダンスにひきずりこむ気じゃないだろうね。舞踏会で一曲以上踊ったのがいつのことだったか、覚えてないよ。それに、この春まで、一曲だって多すぎたぐらいなのに」

キャサリンは笑みを浮かべた。

「あとで、きみとワルツを踊ろう。それだけは譲れない。夫の権利だ。となると、ひと晩で二曲踊るわけだ。新記録」

彼がニヤッとしたので、キャサリンは笑いだした。

「はいはい、お好きなように。カード遊びの方たちのために、主人役を務めてらっしゃい」

「そんなつもりは毛頭ない。散歩に行きたいんだ。ただし、きみが一緒にきてくれるなら」

本来なら許されないことだった。二人は今夜の主催者、しかも、舞踏会は三十分前に始まったばかりだ。でも、すべてが支障なく進んでいる。二人が舞踏室にずっと詰めている必要はない。それに、彼の目に浮かんだ表情が……。

ジャスパーの目にはずっとその表情が浮かんでいた。

「ええ、いいわよ。あなたが喜んでくれるなら……」

「きみもきっと喜ぶと思うよ」ジャスパーは一瞬、まぶたを軽く伏せ、声を半オクターブ低くした。「約束する」

ちょうど音楽が始まったときに、二人はフロアを横切り、フレンチドアからバルコニーに出た。

「あまり華々しい復讐ではなかったけどね」彼の腕にかけられたキャサリンの手に片手を重ねて、ジャスパーは言った。「少しは満足してもらえたかな？」

「とっても、とってもみごとだったわ」キャサリンは断言した。「すばらしかった。暴力はいっさいなかったし。あちらはひどい恥をかかされたけど、自業自得よね。正々堂々と戦って負けるという方法もあったのに。でも、そんなことはありえないって、あなたにはわかってたから、あの申し分のない作戦を立てたわけね」

キャサリンを連れてバルコニーを横切り、芝地におりる階段のほうへ行きながら、ジャスパーは言った。

「あいつに突き落とされれば、もちろん、こっちが大恥をかくことになっていただろう。その可能性だって充分にあったんだよ」

「百万年たってもありえないわ」キャサリンが断言した。

「じゃ、十億年ではどう？」ジャスパーは右の眉をあげて、キャサリンを見おろした。「ぼくのことをほとんど信用してないんだね、キャサリン」

「それに、泥のなかに突き落とされたとしても、あなたのことだから、笑いながら這いだして、自分をだしにして冗談を言ったことでしょう。綱引きのあとでやったように。そして、クラレンスの勝利を讃えたことでしょう」

「そして、自分のことを大バカ者だと思ったことだろう」

「ええ、それもあるわね」キャサリンは笑った。「わたしが〝ありがとう〟って言ったの、聞こえた？ ちゃんと口に出して言ったのよ。心の底から。あんなすてきな復讐をしてくださって、どうもありがとう」

背後で音楽が流れていた――二人の舞踏室、夏の舞踏会、近隣の人々すべてに楽しんでもらうためのもの。この先何度も舞踏会がひらかれることだろう。しかし、キャサリンには、今夜の舞踏会が特別なものとして永遠に記憶に残ることがわかっていた。

「幸せ？」角を曲がって上段のテラスに出ると、彼が耳もとで訊いた。

「幸せよ」

パルテール庭園に何人かが出ていた。しかし、ジャスパーは彼女を連れてテラスを通り抜け、午後からさまざまなレースがおこなわれた東側の芝地を通り抜けた。芝地もいまはまったく人影がなかった。

散策路が始まるあたりにも誰もいなかった。背の高い木々が並んでいて、キャサリンが以前、大聖堂のようだと言った場所だ。

二人はさきほどから無言だった。

手をつなぎ、指をからめていた。

木立に入ったところで、ジャスパーは足を止め、小道をそれると、頑丈な幹のひとつにキャサリンをもたれさせた。その頰に片手を置いた。月の光のなかに、彼の顔がかろうじて見える。

「前にも同じことがあったね」ジャスパーは優しく言った。

キャサリンの心にヴォクソールの記憶がよみがえった。

「愛してるわ」彼にささやいた。

「続きはあとで」ジャスパーは言った。「そして、いま、愛しい人、続きをしよう――誰もいないところで」

彼女はぼくを許してくれた。

ぼくは彼女を愛することを自分に誓い、その誓いを守った。

彼女の愛を得ようと努めることを自分に約束し、たったいま、愛していると彼女が言ってくれた。

仲のいい友達にもなれた。

クラレンスの卑劣な侮辱への復讐も果たした――とりあえず、ある程度まで。

これからは二人で永遠の幸せに浸ることができる――いや、少なくとも、幸せに暮らしていける。じつを言うと、永遠の幸せには興味がなかった。彼の心のなかでは、天国へ行って永遠にハープを奏でつづけるのと同じことだった。うんざりするほど退屈だろう。

それよりも、幸せに暮らす日々のほうがはるかに望ましい。

ただ、完全な罪滅ぼしができていない。いまはまだ。

ヴォクソールのあのときに戻って、すべてを正さなくてはならない。思い出を作って、古い記憶を消し去らなくては。

頭を低くしてキスをした。彼女の唇を味わい、そっとひらかせ、その奥の柔らかく濡れた部分に舌を這わせて、さらに奥へすべりこんでいった。

身体のほかの部分にはいっさい触れずに。

キャサリンのてのひらが木の幹に押しつけられていた。

「あの夜やるべきだったことを、いまからしようか」ジャスパーは彼女に訊いた。

「あの夜やるべきではなかったこと、と言うべきよ」キャサリンが生真面目に答えた。

「それもそうだね」ジャスパーは彼女に笑顔を向けた。暗いなかで、かすかに彼女の顔が見えた。「じゃ、今夜やるべきことを、いまからしようか」

「ええ」

彼女のスカートを持ちあげ、自分のズボンのボタンをはずしながら、立ったままで女性と結ばれた経験はこれまで一度もなかったことにジャスパーは気がついた。不思議なことだ。いつも考えていたのに……。

しかし、キャサリンに出会う以前のことは、いまの彼にはもう興味がなかった。あるいは、この瞬間以外のことにも。

あまり簡単にはいかなかった。ひらいたキャサリンの脚のあいだに身体を入れて、ヒップをしっかりつかみ、彼女の身体を浮かせて斜めにし、膝を軽く曲げさせ、そして、入っていった。

簡単ではなかったが、くらくらするほど官能的だった。

女の筋肉が彼にまとわりついた。

うう、すごい！

キャサリンが彼の肩にすがりつき、背中をそらせたため、乳房が彼の胸に押しつけられた。頭を木の幹にもたせかけた。目を閉じ、下唇をきつく噛んでいた。

ジャスパーはなんの技巧も使わずに、すばやく、勢いよく突きあげ、やがて、気恥ずかしくなるほど短時間のうちに、両方が声をあげておたがいの身体にもたれかかった。

驚くほど頭が冴えわたったその一瞬、ジャスパーは思った――これまでに経験したなかで、たぶん最高のセックスだ。

彼女によりかかり、おたがいにぐったりしたままで、ふたたび彼女の唇を見つけた。

「キャサリン」かすかに息を切らして、ジャスパーは言った。

キャサリンが彼の目をのぞきこんで微笑した。片手をあげ、彼の額にかかった髪を掻きあげた。

「愛してる」ジャスパーは言った。

「ええ」キャサリンは息を吐いた。「愛してるのね」

二人ともおだやかに笑った。

「わたしを愛してるのね」彼をさらに強く抱きながら、キャサリンは言った。「ああ、ジャスパー、わかってるわ。愛してくれてるって。そして、わたしもあなたを愛してる。ずっと愛してたの。もっとも、あなたが愛してくれなかったら、十億年たっても、認めはしなかったでしょうけど」

「ずっと?」顔をひき、闇のなかで彼女を見つめて、ジャスパーは訊いた。

「ヴォクソールであなたに恋をしてしまったの。だって、危険な人だったから。そして、今年もあなたに恋をしたの。だって、バカなことばかり言って笑わせてくれたから。それに、だって……だって……あら、理由がわからない」

「ぼくが賭けに勝ったからさ」ジャスパーは言った。「しかも、熟練の手腕を発揮して勝ったから」

キャサリンは笑い、顔をあげて彼のキスを受けた。

「覚えてらっしゃるかしら——賭けには続きがあったのよ。あなたが強引に主張したから。わたしだって、あなたに劣らず熟練の手腕を発揮したのよ」

「それに反論しようとすれば、ぼくはトップクラスの愚か者と言うべきだろうな。罰金として何を差しだせばいい? 生涯続く愛?」

「ええ」

「おや。きみから徴収するつもりの罰金と同じだ」

「いいですとも」

そして、二人は喜びのなかでおたがいの身体に腕をまわし、ふたたび長いキスをした。

「ジャスパー」ようやく、彼をきっぱり押しのけて、キャサリンは言った。「帰らなきゃ。二人とも何を考えてたのかしら。お客さまをほったらかしにしたりして」

「遠慮なく言うなら、そして、きみを赤面させる危険を覚悟で言うなら、きっとセックスのことを考えてたんだ」

「まっ……。でも、そのようね」

東側の芝地を半分ほど横切ったとき、キャサリンがふたたび話を始めた。

「早く子供ができるといいわね。そしたらもう、最高に幸せよ」

「では、早く実現させるために、ぼくも最善を尽くすとしよう。きみの望みにはつねに喜んで従うことにしている」

「クリスマスごろにはおなかが大きくなってるんじゃないかしら。それとも、来年の復活祭のころまでに。ぜひそうしたい」

「おやおや」テラスにのぼりながら、ジャスパーは言った。「ぼくのことをとんでもないグズだと思ってるんだね、キャサリン。ぼくなら、遅くとも九月の末までと言いたいね。早ければ八月の末」

「まあ。そんなに早くなくてもいいわ。だめだったときにがっかりするから。クリスマスにしましょう」

「ぼくは八月の末がいい」屋敷の角を曲がり、バルコニーに近づくあいだに、ジャスパーは言った。

「そんなに自信過剰だと、運命の女神ににらまれるわよ」

ジャスパーは彼女のウェストに腕をまわして、自分のほうを向かせた。

「耳をすませて！」人差し指をあげて言った。「聞こえるだろ？　感じるだろ？」

キャサリンはしばらくじっと立ったまま、眉根を寄せて神経を集中させた。

「何が聞こえるの？　何を感じるの？」

「きわめて明白。賭けが近づいてくるのを感じる」

彼女の顔が笑いで輝いた。

キャサリンとジャスパーは今宵の舞踏会にワルツを一回入れようと決めていた。一回だけにしたのは、近隣の人々のほとんどがワルツのステップを知らないことに配慮したからだった。しかし、それでも一回入れることにしたのは、自分の屋敷の舞踏室でワルツを踊る誘惑に抗しきれなかったからだ。

春の初めにふたたび親しくなったのも、ワルツから始まったことだった。

だから、シーダーハーストでひらかれた夏の舞踏会で、ふたたびワルツを踊ろうというのだった。

しかし、計画を立てたときには、まさか二人だけで踊ることになろうとは思いもしなかった。

ワルツの始まりが告げられると、予想どおり、多くの人が脇へしりぞいた。しかし、パートナーを連れてフロアに出た者もたくさんいた。ほとんどがロンドンからやってきた人々だった。オーケストラの面々が音合わせをするあいだに、彼らが舞踏室のフロアに散らばると、休憩室やカードルームから続々と人が出てきた。バルコニーやパルテール庭園にいた人々もどんどん集まってくるように見えた。

ワルツをじっさいに踊る光景を、誰もが見たがっている様子だった。

キャサリンはジャスパーと二人でフロアの中央に立ち、音楽が始まるのを待っていた。これまでの人生で、いまが最高に幸せだった。しかも、幸せの理由はひとつだけではなかった。シャーロットにとっても、メグとスティーヴンにとっても、屋敷の滞在客と近隣の人々すべてにとっても、完璧な一日だった。昔ながらの伝統が二人の力で復活した。きっと、今後何年も続いていくことだろう。シーダーハーストの暮らしは、とても、とても、すてきなものになりそうだ。

そして、キャサリンはジャスパーを愛している。彼も愛してくれている。散策路にある頑丈な木の幹にもたれて、淫らに愛をかわしてきたばかり。なんてすばらしい場所を選んでくれたのかしら。これからは、ヴォクソールのことを思いだすたびにかならず、今夜の特別な場面が浮かんでくることだろう。

まさに完璧だった。

そして、ワルツとともに一日が終わる。

これ以上完璧なことがあって？

オーケストラの準備が整った。音楽が始まろうとしていた。

キャサリンがジャスパーの肩に片手を置き、反対の手を彼の手に預けると、彼の腕がキャサリンのウエストにまわされ、礼儀作法が許すぎりぎりの距離まで抱きよせた。キャサリンは顔をあげて彼に笑いかけた。彼も物憂げな笑みを返してくれた。

音楽が始まった。

いったい何秒たったのか、何分たったのかわからないが、ふと気づくと、踊っているのは自分たち二人だけになっていた。あとのカップルは周囲へしりぞき、ほかの人々の仲間に入って二人を見つめていた。

キャサリンは驚いて、ジャスパーの顔を見た。

「あなたの企み？」と訊いた。

「ダンスが大好きなぼくだから？　とんでもない」

しかし、彼がニッと笑いかけたので、キャサリンも笑みを返した。

「どうやら、模範演技を期待されてるようだね」

「あらあら」

「だが、いまここで下を見て、夜の身支度をしたときに右足と左足をちゃんとつけてきたかどうか、たしかめるわけにもいかないし」

「そうよね」

キャサリンはあたりを見まわし、家族、友達、作男、召使いたちの慣れ親しんだ顔を目にした。温室と庭から運びこまれて豪勢に飾られている花々を、壁の燭台と頭上のシャンデリアで燃えているロウソクを、そして、彼女を抱いている男性を見た。

すべてが色彩と光にあふれていた。

キャサリンの人生と光と同じように。

ジャスパーがフロアの隅で彼女をターンさせ、色彩と光が渦を巻き、拍手が湧きおこるなか、ターンをくりかえして中央まで行った。

キャサリンは笑った。

彼も笑った。

「いま思いだした。左足を二本つけてきてしまった」

訳者あとがき

メアリ・バログが情感豊かに描きだす〝ハクスタブル家のクインテット〟の二作目、『麗しのワルツは夏の香り』をお届けしよう。ヒロインを務めるのは、三女のキャサリン。可憐な彼女が、社交界きっての悪名高き放蕩者モントフォード男爵の誘惑の罠に落ちそうになるところから、物語は始まる。

一作目の『うたかたの誓いと春の花嫁』をお読みになった方は、すでにご存じのことと思うが、イングランド中部の片田舎で貧しいながらも平和な日々を送っていたハクスタブル一家の運命の激変で、シリーズは幕をあけた。末っ子のスティーヴンが伯爵家の跡継ぎとなったため、一家は住み慣れた故郷をあとにして、ハンプシャーにある伯爵邸に移り住み、貴族として新たな暮らしを始めることになったのだった。

そして、華やかな社交シーズンの到来。ハクスタブル家の姉妹も正式に社交界にデビューし、晩餐会や舞踏会に大忙しの日々を送るようになる。三女キャサリンの清楚な美貌が若き貴族たちのあいだで評判になり、ついには、放蕩者のモントフォード男爵と友人たちのあいだで、男爵が彼女の誘惑に成功するかどうかという賭けにまで発展する。モントフォードは策略をめぐらして、ある夜の野外パーティでキャサリンを暗がりへ誘いこむことに成功。初《う》心《ぶ》な彼女はハンサムで危険な匂いのする男に惹かれて、彼のくちづけを受け入れる。ところが、キャサリンがあまりにも清純無垢なため、モントフォードはそこから先へはどうしても進むことができず、賭けの件を告白して彼女の前から姿を消してしまう。

そして、三年の歳月が流れた。二人はロンドンで偶然に再会する。モントフォードのことなどきれいに忘れていたつもりのキャサリンだったが、彼に気づいたとたん、せつない恋心がよみがえった。初めて二人で踊るワルツ。ガーデン・パーティでの語らい。会うたびに彼に惹かれていく。どんな運命が二人を待ち受けているかも知らないで……。

この三年のあいだに、キャサリンの姉や弟の境遇も変化した。リンゲイト子爵と結婚したヴァネッサはすでに二人の子供の母親。夫のエリオットが亡き祖父の跡を継いで公爵になったので、いまや公爵夫人だ。夫とともに幸福な家庭を築き、本書では、妹キャサリンの良き相談相手となっている。

末っ子のスティーヴンは自信にあふれた若者に成長し、オクスフォード大学を卒業して、青春の日々を謳歌している。年下の愛らしい少女に淡い恋心を抱いたりもするが、結婚する気はまだまだないようだ。

唯一変わらないのが長女のマーガレット。三年前にロンドンの舞踏会で知りあったアリンガム侯爵から何度か求婚されているが、そのたびに断わっている。あいかわらず責任感が強く、自分のことをあとまわしにして妹たちと弟のために尽くすところは、以前とまったく変わっていない。

富と権力に恵まれてはいるが、悲しい過去ゆえに心に傷を負い、愛を信じることができなくなったモントフォード男爵と、貧しいけれど温かな家庭で充分に愛されて育った優しいキャサリンが思いがけない再会を果たし、最初のうちはぎくしゃくしつつも、やがて彼女が男の傷ついた心にそっと寄り添っていく様子を、そして、彼の心にキャサリンや周囲の人々への愛が芽生えていく様子を、バログは彼女独特のしっとりした雰囲気で描きだしている。物語のゆるやかな流れに身をまかせて、バログの世界を堪能するのにぴったりの作品と言えよう。

最後に、シリーズの次作のお知らせを。ヒロインとなるのは長女のマーガレット。彼女を裏切った初恋の相手、クリスピン・デューとの再会。アリンガム侯爵との思いがけない別れ。そして、出会ったばかりの男性とのあわただしい婚約。冷静で慎重なはずのマーガレットからは考えられないことだが、じつをいうと、その裏にはやむをえない事情があった。冒頭からいきなりスピーディな展開で、読みはじめたら、あっというまに物語の世界にひきこまれること間違いなし。どうぞお楽しみに。

ライムブックス

麗《うるわ》しのワルツは夏《なつ》の香《かお》り

著　者　メアリ・バログ
訳　者　山本《やまもと》やよい

2013年6月20日　初版第一刷発行

発行人　成瀬雅人
発行所　株式会社原書房
〒160-0022東京都新宿区新宿1-25-13
電話・代表03-3354-0685　http://www.harashobo.co.jp
振替・00150-6-151594
ブックデザイン　川島進(スタジオ・ギブ)
印刷所　中央精版印刷株式会社

落丁・乱丁本はお取り替えいたします。
定価は、カバーに表示してあります。
 ISBN978-4-562-04446-7　Printed in Japan